十二把椅子

〔苏联〕伊利亚·伊里夫 叶甫盖尼·彼得罗夫 著
白桦熊 译

12
стульев

上海译文出版社

本书献给瓦连京·彼得罗维奇·卡塔耶夫

目录

第一部分

老城里的狮子[①]

① 狮子也可以理解为上流社会的人物。

第一章　别津丘克与“仙女”

N这个县级城市[①]里竟然有那么多的理发店和殡仪馆，以至于总是会让人产生错觉，似乎城里的居民生下来就是为了刮干净胡子、理个发、抹上润发膏，然后就等着一死了之。然而事实上，N县城很少有人出生，很少有人刮胡子，死人的事情也很少发生。N县城的生活节奏是最舒缓不过的了。春日的傍晚令人陶醉，月色中的泥泞路面犹如无烟煤一样闪闪发亮。整个城里的年轻人都被地方市政委员会的女秘书撩拨得春心荡漾，这也让她征收会员费时遇到不少麻烦。

伊波利特·马特维耶维奇·沃罗比亚尼诺夫对诸如爱情与死亡的问题是没有丝毫兴趣的，因为掌管这些问题本来就是他的职责所在，他每天从早上九点到傍晚五点都不得不面对这些问题，甚至连半小时的早餐时间也不例外。

每天早上，克劳馥蒂娅·伊万诺芙娜都会给他端来一份热牛奶。因为寒冷，玻璃杯外壁总挂着些水珠。喝完牛奶，他便走出昏暗的小楼，来到宽敞的马路上。这条以古别伦斯基同志命名的马路上[②]，春光遍地，树影婆娑。在一般的县城里，都会有这样一条最为宜人的马路。左手边，在一排浅绿色的磨花玻璃窗后面，陈列着“仙女”殡仪馆银光闪闪的棺材。右手边，是别津丘克师傅的棺材铺，在几扇油灰已经剥落的小窗子后面，躺着几口布满灰尘的橡木棺材，阴森而又寂寥。往前走，是“理发师皮埃尔与康斯坦丁”对顾客的承诺：“指甲护理”和“上门美发”。再往前走，有一家开着理发店的旅馆。旅馆后面是一大片空地，孤零零竖着一扇锈迹斑斑的门框，有一头浅黄色的小牛犊，正温柔地舔着紧靠在门框边的招牌：

殡葬公司“敬请惠顾”

虽然殡葬从业者甚众，但顾客委实没几个。这家“敬请惠顾”早在三年前就已经倒闭了，那时候伊波利特·马特维耶维奇还没有到N县城来定居，而别津丘克师傅也正经历着人生艰辛的低谷，终日嗜酒。有一次，他甚至想把自家最好的招牌棺椁送进典当铺。

的确，N县城的居民很少有人去世，伊波利特·马特维耶维奇对此比任何人都心中有数，因为他就在民政局供职，主管死亡与婚姻登记。

伊波利特·马特维耶维奇的办公桌像极了一块墓碑盖子。桌子左侧的一角已经被老鼠啃掉了，细细的桌腿被一堆烟草色厚厚的文件夹压得直打哆嗦。文件夹上都写着字，里面装着N县城所有居民的亲属信息，甚至包括在本县这片贫瘠的土地上繁衍生息

---

① 1921年，苏联政府开始实施新的全国行政区划制度，以取代沙皇时期的行政区划。到了1927年，所谓“县”已经不复存在，而被“区”取代。那个时候如果还称地方为县，无疑如同把政府部门依旧称为衙门一样可笑。小说作者在开篇注明“N县城”，固然是幽默感使然，同时也暗示着这个偏僻的小城里，新旧时期文化的冲突依然存在。

② 实际上没有古别伦斯基路。十月革命前，县城主要道路经常被命名为省长路。而俄语中省长和古别伦斯基发音相似，因此作者开了个玩笑，既反映了老城的传统风格，又体现了现代气息。

的族系图谱。

1927年4月15日星期五，伊波利特·马特维耶维奇和往常一样，七点半醒来，立刻把旧式的金边夹鼻镜套到鼻梁上。他以前不戴眼镜。有一次，他觉得戴夹鼻镜不卫生，于是就去眼镜店买了一副普通无框眼镜，镜架还是镀金的。一开始，他很满意这副眼镜，但老婆（这还是她去世前不久的事情）却发现，他戴上这副眼镜活脱一个米柳科夫[①]，于是他就把这副眼镜送给了门房。虽然门房没有近视，却适应了这副眼镜，一直心满意足地戴着。

“崩如尔[②]！”伊波利特·马特维耶维奇把脚放下床来，对自己愉快地打了个招呼。“崩如尔”意味着伊波利特·马特维耶维奇醒来时心情不错。如果醒来时说的是“古特摩尔根[③]”，则通常说明肝脏有些不舒服，毕竟五十二岁的年纪——已经不是闹着玩儿的了，而且现在的天气也比较潮湿。伊波利特·马特维耶维奇把两条干瘦的腿伸进裤子里。这条量身定做的裤子还是战前的式样，在脚踝处把小绦带系紧。又套上一双窄方头短筒软靴。五分钟后，伊波利特·马特维耶维奇披上了一件惹眼的月色西装背心，上面撒满了细碎晶亮的星星，然后又穿上了变色的柳斯特林[④]西装上衣。洗完了脸，伊波利特·马特维耶维奇掸去了花白胡须上留下的水珠，张牙舞爪地抖了抖胡髭，又有点犹豫地用手碰了碰坑坑洼洼的下巴，接着便用刷子理了理灰白的板寸头，然后

① 米柳科夫（1859—1943），俄国政治活动家、历史学家、政论家，立宪民主党的组织者之一，1917年任资产阶级临时政府外交部长。

② 法语的俄文音译，意为：你好。

③ 德语的俄文音译，意为：早上好。

④ 一种带光的毛织布料。

堆起一脸谦恭的笑容，朝着走进房间的丈母娘——克劳馥蒂娅·伊万诺芙娜迎了上去。

“埃波利——特，”①她的声音听上去像打雷，“我昨晚做了个噩梦啊。”

就连“梦”字的发音都拖着法国腔。

伊波利特·马特维耶维奇居高临下地瞟了一眼丈母娘。他的个子足有一百八十五厘米，以这样的高度，他可以轻而易举地用稍显轻慢的态度俯视丈母娘。克劳馥蒂娅·伊万诺芙娜继续说道：

“我梦见了死去的玛丽，她披头散发，束着一条金腰带。”

克劳馥蒂娅·伊万诺芙娜的声音就像轰鸣的大炮，把一盏铸铁灯连同灯轴、小铁珠和积了灰的玻璃吊坠震得一齐抖动起来。

“我好害怕。我担心，不会出什么事儿吧。”

最后几个字被她说得那么铿锵有力，伊波利特·马特维耶维奇听了，头上方块式的发型朝四面八方炸了开去。他的脸皱成了一团，一板一眼地说道：

“不会有什么事儿的，妈妈。您交过水费了吗？”

原来水费还没交，就连套鞋也还没洗过呢。伊波利特·马特维耶维奇不喜欢自己的丈母娘。克劳馥蒂娅·伊万诺芙娜以前就笨，现如今这一大把年纪，就更不用指望她还能有聪明起来的时候了。她的吝啬更是不可救药，只不过一贫如洗的伊波利特·马特维耶维奇没能给她机会充分展现这种让人荡气回肠的情怀。她

① 法语口音，“伊”音发成了“埃”。

的嗓音有力浑厚，就算狮心理查[1]听到也会嫉妒。狮心理查可是出了名的，他一声大吼，都能让骏马下跪的。除此以外，最让人心惊肉跳的是，克劳馥蒂娅·伊万诺芙娜老是做梦，而且做起梦来没完没了。她经常梦见系着宽腰带的女孩子；梦见绑着黄色骑警彩带的马匹；梦见弹竖琴的门房；梦见身穿警卫皮袄的宪兵，手里拿着梆子满大街巡夜；还梦见织针自己在屋子里蹦蹦跳跳，发出毛骨悚然的声音。克劳馥蒂娅·伊万诺芙娜这个老太婆实在是太空虚了。所有这些也就罢了，最让人讨厌的是，她的鼻子底下竟然长出了胡髭，而且根根都像修面用的小刷子。

伊波利特·马特维耶维奇带着几分愠怒地走出了家门。

棺材匠别津丘克正站在破旧的店铺门口，倚着门框，两手交叉抱着胸。因为亲手开办的生意屡遭破产的厄运，而且还长期嗜饮烈酒，所以他的两眼犹如猫一样变得亮黄，闪着永不熄灭的火光。

“贵客临门啊！”一眼瞅见伊波利特·马特维耶维奇，他像说绕口令一样大声招呼，“早上好！”

伊波利特·马特维耶维奇不失礼貌地抬了抬脏兮兮的厚呢帽子。

“您别见怪，丈母娘身体还好？”

“嗯——嗯——嗯。”伊波利特·马特维耶维奇耸了耸笔直的肩膀，含含糊糊应付了一句，继续向前走去。

“嗯，身体可要保重啊。”别津丘克似乎有一肚子倒不完的苦水，“生意难做啊，亏到现在了，去他妈的！”

---

① 狮心理查（1157—1199），英国金雀花王朝国王。

说完，他再次把手叉到胸前，倚住了门框。

路过“仙女”殡仪馆门口时，伊波利特·马特维耶维奇又被截住了。

“仙女”的业主是三个人。他们齐刷刷向伊波利特·马特维耶维奇鞠了一躬，异口同声地问候丈母娘的健康。

“好着呢，她好着呢。”伊波利特·马特维耶维奇回答说，“她能有什么事！昨晚还梦见她的宝贝女儿，披头散发的。她做的梦都是这样。”三个“仙女”业主相互使了个眼色，大声叹了口气。这番寒暄耽误了伊波利特·马特维耶维奇赶路，他一反常态地迟到了。等他赶到办公地点时，挂在标语“事情办完——即刻走人”下面的时钟已经指在九点零五分。

“马奇斯特迟到了。”

伊波利特·马特维耶维奇因为人高马大，尤其还长着胡髭，所以单位里的人都管他叫马奇斯特[①]，虽然真正的马奇斯特根本就没有胡髭。

伊波利特·马特维耶维奇从桌子抽屉里掏出一个蓝色毡毛靠枕，放到椅子上，把胡髭捋捋直（使它和桌面平行），然后才坐到靠枕上，这样他看上去就比自己的三位同事显得高一些。伊波利特·马特维耶维奇倒不是怕得痔疮，他是担心把裤子磨坏了，所以才用这块蓝色的毡毛垫。

两个年轻人——一个男人和一个姑娘，正腼腆地注视着苏维埃公务人员按部就班的办事流程。男人穿一身粗呢棉西装，办公

① 马奇斯特是意大利电影《卡比利亚》中的男主人公，是一个古罗马的奴隶。这部电影在当时非常受欢迎。作者通过马奇斯特简略而又十分形象地勾勒出沃罗比亚尼诺夫的外貌。

室里的气氛，茜素墨水的气味，时钟又急又粗的喘息，尤其是那幅严厉的标语“事情办完——即刻走人”，都让他感到异常的压抑。虽然这位穿西装的男人还没开始办自己的事情，但他已经有了离开的念头。他觉得，他要办的这件事情实在太微不足道，要麻烦伊波利特·马特维耶维奇这样一个衣冠楚楚的白发长者，良心上都说不过去。而伊波利特·马特维耶维奇本人也很清楚，来人的事情是小菜一碟，可以缓一缓。于是，他打开2号活页夹，拉开小扳手，埋头读起文件来。那女孩穿一身镶着亮闪闪黑色花边的长摆外套，只见她和男人嘀咕了几句，便羞红着脸，轻挪玉步慢慢朝伊波利特·马特维耶维奇靠近。

“同志，”她开了口，“请问哪里可以……”

穿西装的男人兴奋地呼了一口气，冷不丁自说自话地大声叫了起来：

“结婚！”

伊波利特·马特维耶维奇仔细地看了看挡住小两口的围栏。

“出生？死亡？”

“结婚啊。”穿西装的男人重复了一遍，不知所措地环视了一下周围。

女孩子扑哧一下笑了。这下事情有了进展。伊波利特·马特维耶维奇就像魔术师一样利索敏捷地干起活来。只见他用老太婆一样的笔迹，在厚厚的登记册上填写了新婚夫妇的姓名，随后一本正经地询问了被那女孩一路小跑从院子里叫进来的几个证婚人，接着又缓缓地、温柔地在正方形图章上哈着气，随即便一个接一个结结实实地盖在破破烂烂的护照上。收了新婚夫妇两个卢布之后，伊波利特·马特维耶维奇把发票递给对方，便咧嘴一笑，说道："恭贺圣礼圆满。"说罢，他站起身，伸展开高大的躯干，习惯性地鼓起胸脯（以前，他定做过一件紧身的西装背心）。太阳粗犷的黄色光线打在他的肩膀上，就像为他配上了肩章。他的样子显得有些滑稽，但却异乎寻常的庄严。夹鼻镜的双面凹镜片探照灯似的发出白光。相形之下，两个站着的年轻人几乎就是一对小羊羔。

"年轻人，"伊波利特·马特维耶维奇开始宣读金章玉句，"请允许我祝贺你们，就像老话说的那样，成为合法夫妻。非常，非——常高兴见到你们二位这样的年轻人，携手与共，成为彼此心仪的真命天子。非常，非——常高兴！"

一口气说完台词，伊波利特·马特维耶维奇又握了握新婚夫妇的手，坐了下来，他对自己的表现颇感满意，于是继续阅读起 2 号活页夹里的文件来。

邻桌的几位同事则对着墨水瓶哼哼唧唧地说：

"马奇斯特又在布道了。"

这个工作日就这么有条不紊地开始了。没有人再来打扰死亡与婚姻登记处。窗外，四散回家的人们哆哆嗦嗦地奔走在春寒料峭中。正午时分，"犁与锤"合作社的一只公鸡打起鸣来。谁都没有为此感到惊讶。随后，传来一阵马达的金属噪音，吱吱嘎嘎喊里喀喳。古别伦斯基同志马路上冒起了一团紫色的浓烟。喊里喀喳声也越来越响。不一会儿，浓烟里冒出了一辆县执行委员会国字 1 号汽车的轮廓，汽车顶上的散热片小得出奇，却拖着一个大得出奇的货厢。汽车在泥泞里来回挣扎，终于横跨老东家广场，摇摇晃晃地消失在刺鼻的浓烟里。公务员们仍久久地站在窗前品头论足，觉得刚才发生的事情可能和裁员有关系。过了一会儿，只见别津丘克师傅小心翼翼地踩着木板走了过去。他整天在市里晃来晃去，打听是否有哪一家死了什么人。

工作日已接近尾声。隔壁黄白相间的钟楼上，有人用尽吃奶的力气撞响了大钟。玻璃窗震动了。钟楼上惊起一群寒鸦，在广场上方集会片刻，便匆忙飞走了。傍晚的天空仿佛凝固在无人的广场上。伊波利特·马特维耶维奇该下班了。当天该出生的全都出生，并且载入了厚厚的登记册。所有要结婚的也都结了婚，并同样载入了厚厚的登记册。只有一样，显然是要逼得棺材匠们破产，没有一例死亡记录。伊波利特·马特维耶维奇合上档案夹，把毡毛垫藏进抽屉，用小梳子把胡髭梳得蓬松。当他正满脑子想着热气腾腾的肉汤，准备离去的时候，办公室的门突然被推开，棺材匠别津丘克出现在了门口。

"贵客临门啊。"伊波利特·马特维耶维奇笑了起来，"有何贵干？"

虽然棺材匠那张人嫌鬼厌的嘴脸在降临的暮色中显得神采奕奕，但他却一个字也说不出来。

"说啊？"伊波利特·马特维耶维奇加重了语气。

"'仙女'算什么，去他妈的，他们能给什么好货？"棺材匠闪烁其词地开了腔，"他们怎么会让顾客称心？棺材啊——一口棺材得用掉多少木材……"

"你说什么呢？"伊波利特·马特维耶维奇问道。

"说的就是'仙女'……他们是三家人合伙做的小本生意。肯定会偷工减料，做工就更次了，穗子也稀稀拉拉没几根，去他妈的。我可是老字号了。1907 年就开业了。我的棺材——看着就精神，上等的好材料，人见人爱……"

“你这是怎么了，发的什么疯？”伊波利特·马特维耶维奇简短地问了一句，抬脚就往外走，“一说到棺材，你就成傻子了。”

别津丘克赶紧抢先一步拉开了门，让伊波利特·马特维耶维奇先走，自己则紧紧跟在后面，大概是因为太过焦虑，他浑身都在发抖。

“那家‘敬请惠顾’还在的时候，那是没二话的！他们的锦缎是一家独大，就连特维尔市[①]也没人比得过——去他妈的。可现在，不是吹牛，哪一家的货也比不上我的。您甚至都不用去找。”

伊波利特·马特维耶维奇愤然转过身，满脸怒气地看了别津丘克一眼，迈开大步朝前走得更快了。虽然今天在工作上并没有发生什么不愉快的事情，但此刻他的心情已经糟透了。

“仙女”的三个业主站在自家铺子门口，还保持着原有的姿势，就跟上午伊波利特·马特维耶维奇离开他们时一样。就好像他们从那时起就彼此没说过一句话。但是，他们脸上的表情却有了惊人的变化，眼睛里闪烁着心满意足的神色，让人捉摸不透。这说明，他们已经获悉了某些重要的信息。

一眼瞅见自己的生意竞争对手，别津丘克绝望地挥了挥手，停下脚步，悄悄在沃罗比亚尼诺夫背后嘀咕，“我让价到三十二卢布。”

伊波利特·马特维耶维奇皱起了眉头，愈发加快了脚步。

“可以赊账。”别津丘克追加了一句。而“仙女”的三个业主却什么都没说。他们只是一言不发地跟在沃罗比亚尼诺夫身后，一路不停地摘下帽子，恭敬有加地鞠躬致意。

---

① 俄罗斯特维尔州首府。

伊波利特·马特维耶维奇最终被棺材匠们的死缠烂打搞得火冒三丈，他以比通常更快的速度一脚跨上门廊，在台阶上气冲冲地蹭干净鞋底，忍受着一波又一波前胸贴后背的饥饿感，走进了前厅。迎面却撞见“弗罗尔与拉夫尔”[①]教堂的神父费奥多尔正从房间里走出来。只见他浑身热气腾腾，右手挽着法衣，正眼没瞅一下伊波利特·马特维耶维奇，径直向门口快步走去。

伊波利特·马特维耶维奇这才发现，房间已经被收拾得不近人情地干净，家具本来就不多，却被重新凌乱摆放过，显得分外扎眼。一股浓烈的药水气味刺得鼻孔发痒。第一间房间里，迎接伊波利特·马特维耶维奇的是邻居，女农艺师库兹涅佐娃。她摆了摆手，小声说道：

“她的情况更糟糕了，刚刚做过忏悔。别踩靴子。”

“我没踩。”伊波利特·马特维耶维奇乖巧地回答，“出什么事儿了？”

库兹涅佐娃太太努了努嘴唇，用手指了指第二间房间的门说：

“急性心脏病猝发。”接着，她又作了补充说明，明显是在重复别人说过的话。由于这些话听上去意义重大，所以她很乐于重复：

“不能排除死亡的可能性。今天我已经忙了一整天。一大早过来拿绞肉机，看到——门开着，厨房里却没有人，这间房间也没人，嗯，我想，克劳馥蒂娅·伊万诺芙娜要做复活节大面包，准是去买面粉了。她前不久这么打算来着。您是知道的，眼下的情

---

① 弗罗尔与拉夫尔是公元二世纪基督教早期的两位殉教者。

形，面粉要是不早点买……”

库兹涅佐娃太太本来应该会花很长时间讲述面粉，讲述高物价，讲述她如何发现了克劳馥蒂娅·伊万诺芙娜已经躺在贴着瓷砖的炉子旁边，完全不省人事了。可是，一声呻吟，从隔壁房间传了出来，伊波利特·马特维耶维奇听得耳根直发麻。他赶紧伸出已经微微麻木的手划了个十字，随即走进了丈母娘的房间。

第二章　佩图霍娃太太辞世

克劳馥蒂娅·伊万诺芙娜仰面躺着，一只手枕在脑袋下面。她头戴一顶颜色鲜艳的杏色睡帽。这种帽子不知在哪个年代还算是时髦货，那个时候女士们还流行穿“香特可蕾”裙①，也才刚开始学跳阿根廷的“探戈”舞。

克劳馥蒂娅·伊万诺芙娜一脸肃穆，可也看不出她想要表达什么。两眼盯着天花板。

“克劳馥蒂娅·伊万诺芙娜！”沃罗比亚尼诺夫叫她。丈母娘飞快地翕动了一下嘴唇，可是，她并没有发出伊波利特·马特维耶维奇早已习以为常的号角般的嘶吼。他只听到一声呻吟，气若游丝，那么的悲苦，让他的心都揪了起来。一滴晶亮的泪珠出人意料地从眼角滚落，就像一滴水银，滑过他的脸颊。

“克劳馥蒂娅·伊万诺芙娜！”沃罗比亚尼诺夫又唤了一声，“您怎么了？”

但他依然没有听到答复。老太婆闭上眼睛，稍稍侧过身。

这时，女农艺师轻轻走进房间，拽住他的手，像领着孩子去洗澡一样，把他拖了出来。

“她睡着了。医生不让打扰她。亲爱的，您就帮个忙——去一趟药店吧。把药方带去，再问一下冰袋卖什么价。”伊波利特·马特维耶维奇意识到，库兹涅佐娃太太在这种事情上具有无可争辩的优越感，只好对她说的一切都言听计从。

去药店要跑很远的路。伊波利特·马特维耶维奇把药方紧紧攥在拳头里，像个中学生一样匆匆忙忙出了门。

天色几乎黑了。在垂死的晚霞映衬下，还能看见棺材匠别津丘克虚弱的身躯倚靠着云杉门框，他正嚼着面包和洋葱。三位“仙女”就蹲在他旁边，各自舔着勺子，在同一个生铁罐子里分享着荞麦粥。一看见伊波利特·马特维耶维奇，棺材匠们立刻像士兵一样挺直腰板站了起来。别津丘克发牢骚一样耸耸肩，伸手指着竞争对手，埋怨说：

“去他妈的，总是使绊子。”就在老东家广场的中央，有一座诗人茹可夫斯基的半身雕像，底座上刻有题词：“诗歌是人间圣洁梦想中的神明”②。有一群人在雕像旁热烈地谈论克劳馥蒂娅·伊万诺芙娜重病的消息。这群聚到一起的市民们渐渐达成了共识，那就是“人必有一死”，以及“生死有命，命不由己”。

理发师的铺子虽然起名“皮埃尔与康斯坦丁”，但他非常乐意别人叫他“安德烈·伊万诺维奇”。即便是这个时候，他也没有错过炫耀自己在医学领域学识的机会，而莫斯科的《星火》杂志③则是他汲取知识的源泉。而这本杂志平时就躺在他铺子里的小桌上，供剃须的公民们打发时间。

---

① 颜色鲜亮的束腰长裙。1910 年，彼得堡上演了法国剧作家罗斯丹讽喻话剧《香特可蕾》后风靡一时。剧名《香特可蕾》可以理解为“朝霞歌手”。讲述了发生在养鸡场里的一则爱情故事，主人公是一只喜欢作诗的公鸡，名字就叫做香特可蕾。虽然这出情节离奇的话剧在法国并不受欢迎，但却在俄罗斯引发了大众的兴趣。商人因而大做文章，趁机销售以“香特可蕾”命名的裙子、香水和巧克力。

② 茹可夫斯基（1783—1852），俄国诗人，彼得堡科学院名誉院士。题词是他的诗作《卡蒙恩斯》中的结尾语。

③ 《星火》杂志是 1899 年在彼得堡公开发行的插图周刊。1918 年曾被当局勒令停刊。1925 年于莫斯科恢复出版，很快就成为苏联最流行的大型杂志。

"现代科学，"安德烈·伊万诺维奇说，"已经发展到难以置信的地步。举个例子：比如，顾客下巴上突然长了个粉刺。以前可是会引起败血病的，可现在，据说在莫斯科——不知道是真是假——每个顾客都会单独配一把消过毒的小刷子。"

公民们齐声长叹。

"也就是你了，安德烈，这么会吹牛皮……"

"哪儿见过，每个人单独有一把小刷子？想得倒美！"

普鲁西斯曾经是无产阶级脑力劳动者，而现如今则是个小摊贩，他甚至情绪激动起来：

"您倒是说说，安德烈·伊万诺维奇，根据最新的人口普查数据，莫斯科有两百多万人呢？那么，至少得有两百多万把刷子？这可够夸张的啊。"

讨论越来越热烈，要不是看到伊波利特·马特维耶维奇出现在了碎石路的路口，鬼知道还会讨论出什么结果来。

"又去药店了。看来情况不妙啊。"

"老太婆快死了。怪不得别津丘克丢了魂似的满大街跑。"

"医生怎么说？"

"什么医生！社会保险银行[①]的那些人也算医生？好人都给治成病人了！"

理发师"皮埃尔与康斯坦丁"早就忍不住想要作一场医学报告了，他警惕地看看四周，开口说道：

---

① 社会保险银行是指隶属于国家社会保险总局的地区分支机构，主要负责社会在职人员及其亲属的所有保险事宜，包括抚养、医疗及残障等各个方面。当时的社会保险银行雇佣的基本都是私人医生，所以一提到医生，大家想到的不是正规医疗机构的医生，而是社会保险银行雇佣的私人医生。

“现在关键就看血红蛋白了。”说罢，“皮埃尔与康斯坦丁”便不再作声。其他公民们也都不说话了，每个人都暗自琢磨着血红蛋白的神奇力量。

圆月当空，当薄荷叶般的月色把精巧的茹科夫斯基半身雕像照得透亮，他铜质的背上便清晰地显现出用粉笔涂写的简洁明了的下流话。

1897 年 6 月 15 日，就在雕像刚刚落成的那个夜晚，上面就出现了第一批下流话。无论当时的警察局和后来的民警局怎么卖力，这些脏话都会每天坚持不懈地更新。

一幢幢围着栅栏的木屋里，茶炊已经嗤嗤地喷着水汽。晚饭时间到了。公民们不愿意再浑浑噩噩地浪费时间，便四散回了家。起风了。

这段时间里，克劳馥蒂娅·伊万诺芙娜正走向死亡。她一会儿要水喝；一会儿又说想要下床，把伊波利特·马特维耶维奇的高帮皮鞋从修理铺拿回来；一会儿又抱怨屋子里满是灰尘，用她的话来说，多得简直能把她呛死；一会儿又让人把灯全都点亮。

焦躁不安的心情已经让伊波利特·马特维耶维奇烦透了，他在房间里来回地走。可是脑子里却冒出了一些讨厌的琐事。他想着要去互助会预支一些钱，得赶紧去请神父，还得回复亲戚们的唁函。为了让自己散散心，伊波利特·马特维耶维奇来到了门廊里。绿色的月光下却偏偏站着棺材匠别津丘克。

“您看要我做些什么，沃罗比亚尼诺夫先生？”棺材匠把帽子扣在胸前问道。

“好吧，就这样吧。”伊波利特·马特维耶维奇愁眉苦脸地回答。

“‘仙女’他们，去他妈的，能给什么好货！”别津丘克又激动起来。

“见你的鬼！烦不烦人啊！”

“我的货好啊。我是说彩绘和锦缎。去他妈的，想怎么做？上等货，出口材料？还是怎么样？”

“彩绘和锦缎一概不要。普通木棺就好。松木的。明白吗？”

别津丘克把手指放到嘴唇上，表示全听明白了。于是他转过身，想借着帽子把持平衡，但还是踩着踉踉跄跄的步点，找自家宅子去了。直到这时候，伊波利特·马特维耶维奇才发现，棺材匠其实早就已经醉得没了人形。

伊波利特·马特维耶维奇的心情又一次变得异乎寻常的糟糕。他无法想象，以后该怎么面对这套脏乱不堪的空房子。他觉得，丈母娘一死，他那点微不足道的便利和习惯也都将不复存在了。而这些习性，都是革命褫夺了他花天酒地和穷奢极欲的享受之后，费尽千辛万苦才为自己营造起来的。“再娶一个？”伊波利特·马特维耶维奇盘算着，“娶谁呢？民警局长的侄女，普鲁西斯的妹妹瓦尔瓦拉·斯捷潘诺芙娜？或者，也许，干脆雇一个女佣？这怎么成！那得惹多少官司。而且还不划算。”

伊波利特·马特维耶维奇眼里，生活顿时漆黑一片。他怀着满腔愤慨和厌恶的心情重又回到了屋里。

克劳馥蒂娅·伊万诺芙娜此时已经不再胡言乱语了。她靠在几个高高垫起的枕头上，用异常清醒的眼神望了望走进来的伊波利特·马特维耶维奇，他觉得，这眼神甚至有些严厉。

“伊波利特，”她声音虽小，却吐字清晰，“坐到我这里来。我要告诉您一件事情……”

伊波利特·马特维耶维奇打量着丈母娘长着唇髭的瘦脸，满心不快地坐了下来。他尽力地想笑一笑，说几句宽慰的话。可是，那笑容简直比哭还难看，也找不出一个宽慰的字眼。伊波利特·马特维耶维奇只能从喉咙里挤出些笨拙的吱吱声。

“伊波利特，”丈母娘又叫了他一次，“您还记得我们家客厅那套家具吗？”

“什么家具？”伊波利特·马特维耶维奇此刻表现出来的殷勤，非病入膏肓者盖不能享受此待遇。

“那套……包着英式印花布的……”

“啊，是放在我家的吗？”

“是啊，就在老城……”

“记得，记得很清楚……一套沙发，两把圈椅，一打椅子和六脚小圆桌。家具的确很棒，汉布斯公司[①]的呢……您怎么想起这个来了？”可是，克劳馥蒂娅·伊万诺芙娜没能回答。她的脸上渐渐地渗出了矾土的颜色。伊波利特·马特维耶维奇似乎一下子也丢了魂。他清晰地回忆起自家别墅里的客厅，那里曾整齐而又对称地摆放着胡桃木曲腿家具，上了蜡的地板洁净明亮，古色古香的褐色钢琴，墙上挂着椭圆形的黑色相框，全都是显赫贵族亲戚们的银版照片。

这时，克劳馥蒂娅·伊万诺芙娜说话了，声音木讷而又冷漠：

“我把自己的钻石缝在坐垫里了。”

伊波利特·马特维耶维奇斜了老太婆一眼。

---

① 汉布斯家具公司由德国人创办，1790 年代开始在俄罗斯营业。1810 年被指定为宫廷家具供应商。

"什么钻石啊？"他机械地问道，可是猛然间回过神来，"难道抄家的时候没被拿走？"

"我把钻石藏到椅子里了。"老太婆固执地重复道。

伊波利特·马特维耶维奇蹦了起来，看了看煤油灯下克劳馥蒂娅·伊万诺芙娜那张僵硬的脸，他明白了，老太婆没撒谎。

"您的钻石！"他叫了起来，声音大得连自己都吓了一跳，"藏到椅子里！谁给您出的主意？为什么您不把钻石交给我？"

"您已经把我女儿的地产挥霍一空了，凭什么把钻石交给您？"老太婆说得既平静又凶狠。

伊波利特·马特维耶维奇一屁股坐下，立刻又弹了起来。他的心脏把血液呼呼地冲遍全身。脑袋里开始嗡嗡作响。

"那您把钻石从那儿取出来了？是不是藏在这里？"

老太婆摇了摇头，表示否定。

"我没来得及。您也记得，我们那次被迫出逃很突然，又那么仓促。它们还在椅子里，就是放在赤陶落地灯和壁炉之间的那一把。"

"这简直太没头脑了！您和您的女儿活脱一个样！"伊波利特·马特维耶维奇扯开嗓子大叫起来。

接着，他便不再顾及身边的老太婆还躺在床上等着咽气，撕破了矜持的脸面，轰隆一把推开椅子，踩着小碎步在房间里转了起来。老太婆注视着伊波利特·马特维耶维奇的一举一动，一脸无动于衷的表情。

"可是您倒是想想啊，这些椅子会流落到哪里去？或者您觉得，大概，椅子还会乖乖地站在我家客厅里，一直等着您回去把这些特权的象征取走？"

老太婆什么都没回答。

盛怒之下，夹鼻镜从民政局办事员脸上脱落下来，镀金镜框在膝盖头一闪，啪的一声掉在地上。

“有没有脑子？价值七万卢布的钻石藏到椅子里！现在还不知道谁坐在这把椅子上呢！……”

克劳馥蒂娅·伊万诺芙娜一声啜泣，整个身体倾向床沿。她的手在半空画了一条弧线，想要抓住伊波利特·马特维耶维奇，但立刻又垂落到紫色的棉被上。

伊波利特·马特维耶维奇吓得尖叫连连，冲向了女邻居的家。

“好像，死啦！”

女农艺师熟练地划了个十字，丝毫不掩饰自己的好奇心，拉起一脸络腮胡的农艺师丈夫，一同向伊波利特·马特维耶维奇家里跑去。而惊慌失措的沃罗比亚尼诺夫浑浑噩噩闯进了市里的花园。

就在农艺师两口子和他们的女用人收拾死者房间的时候，伊波利特·马特维耶维奇正一个人在花园里瞎逛，磕磕碰碰地从一根长条凳撞向另一根长条凳，把一对对纹丝不动沉醉在早春绵绵爱意里的鸳鸯情侣当成了灌木丛。

伊波利特·马特维耶维奇此时脑子里一片混乱。他仿佛听见茨冈人合唱的歌声，看到乐队里个个丰乳的女子正没完没了地跳着“探戈——阿玛巴”[1]，莫斯科的冬日和一匹高头大马仿佛浮现

① 阿玛巴是巴西北部地区地名。阿玛巴风格的探戈舞蹈在1910年代初开始流行于欧美。

在他的眼前，那马还态度傲慢地冲着路人直哼哼。伊波利特·马特维耶维奇眼前出现的东西太多了：有橙黄色舒适而又昂贵的衬裤，有奴才们的忠心耿耿，还有图卢兹[1]之旅似乎也要付诸实现了。

但接下来的一连串问题却犹如冷水，蓦地把伊波利特·马特维耶维奇从头到脚淋了个透：

“我上哪儿找钻石去呢？”茨冈人的合唱戛然而止。

“如今上哪儿去找这些椅子？肯定已经从我家被拖到老城的各个角落去了。说不定被分到登记处那样灰尘满地、臭气熏天的机关去了。”

伊波利特·马特维耶维奇放缓了脚步，却猛地被棺材匠的身体绊了一下。原来，棺材匠竟然裹着皮袄就横躺在花园的小径上。受到了冲撞，棺材匠醒了，打了个喷嚏，迅速站了起来。

“您大可不必担心，沃罗比亚尼诺夫先生。”他热情洋溢的态度，一如正在继续不久前的话题，“棺材嘛——活好货才好。”

“克劳馥蒂娅·伊万诺芙娜去世了。”订货人宣告。

“哦，愿她升天。”别津丘克随声附和，“这么说，老太婆去世了……老太婆嘛，总归是要去世的……或者见上帝去了，这得看是什么样的老太婆。比如，您家那位，个头矮有点胖的——那就该说去世了。再比如，个子高一点的，瘦一点的——那样的，应该说，见上帝去了……”

“什么叫应该说？谁应该这么说？”

“这是我们的行话。棺材匠们都这么说。就拿您来说，一表人

---

① 法国城市。

才，高个子，虽然不胖。要是您死了，但愿上帝保佑您不会死，那就该说，棺殓了。如果是个商人，商业行业协会的，那么，就该说是喜丧。要是这个人级别比较低，比如，看门的，或者是个乡下人，那么就要说：去了阴间或者蹬腿了。要是那些最有权势的人死了，比如列车检票员[①]或者某个领导，那么就要说，寿终正寝。其实平时大家都这么说：‘听说了吗，我们那位寿终正寝了。’”

关于人的死亡竟然还有这样诡异的分类，伊波利特·马特维耶维奇听得心惊肉跳，于是就问：

“那要是你死了呢，棺材匠死了又该怎么说呢？”

“我啊——我是小人物。大家会说：‘别津丘克翘辫子了’。其它的就不会多说什么了。”

接着又一脸严肃地补充道：

“寿终正寝或者棺殓——对我都不合适：我的体型太小了……棺材怎么做想好了吗，沃罗比亚尼诺夫先生？真的不要彩绘和锦缎吗？”

偏偏伊波利特·马特维耶维奇又一次陷入了纸醉金迷的幻想中，他什么都没回答，信步朝前走去。别津丘克跟在他后面，一边暗自掰着手指算计，嘴里还跟往常一样地念念有词。

月亮早就不见了踪影，天气也变得如冬天般寒冷。路面的积水又结了冰，踩着就像华夫饼干一样松脆易碎。两个同路人走到古别伦斯基同志马路上，晚风撕扯着招牌。老东家广场那边，伴着铁帘放下的声音，驶来一辆几匹瘦马拉的消防车。

---

① 当时列车检票员可以做买卖，被认为是有钱人。

消防队员们戴着头盔，套着帆布裤子的腿耷拉在平台外，来回晃着脑袋，故意扯着破锣般的嗓子大声唱道：

我们的消防队长最光荣，
我们亲爱的纳索索夫[①]同志
最呀最光荣！……

“这帮人刚刚在消防队长儿子科尔卡的婚礼上喝了酒。”别津丘克冷冷地说了一句，随即在皮袄里挠了挠胸脯，“真的不要锦缎，难道真的什么都不要了吗？”

就在这一刻，伊波利特 · 马特维耶维奇下定了决心。“我要去。”他决定了，“一定要找回来。走一步看一步吧。”一旦陷入这个钻石的梦想里，他甚至觉得，就连死了的丈母娘都比往常要可爱多了。他转身对别津丘克说：

“见你的鬼了！就这么定了！要锦缎！也要彩绘！”

① 纳索索夫是姓，词根有水泵的意思。

第三章　罪人警鉴

为弥留中的克劳馥蒂娅·伊万诺芙娜做完临终忏悔后，“弗罗尔与拉夫尔”教堂的神职人员、费奥多尔·沃斯特利科夫神父走出了沃罗比亚尼诺夫的家，走回自己家的时候，他一路处于极度癫狂的状态，不但魂不守舍地四处张望，脸上还挂着尴尬的笑容。快到家门口的时候，神情恍惚的状态几乎要了他的命，他险些没迎面撞上县执行委员会国字 1 号汽车而驾鹤西去。挣脱了凶险的汽车排放的紫色浓雾后，沃斯特利科夫神父的情绪彻底紊乱了。他不再顾及自己受人敬重的社会地位，也无视自己已然步入中年，硬是连跑带踮地踩着轻佻的步伐走完了剩余的一段路。

太太卡捷琳娜·亚历山德罗芙娜正忙着张罗晚饭。平日里如果没有晚祷，费奥多尔神父喜欢早点吃晚饭。可是现在，刚脱下帽子和厚厚的丝绒法衣，神父便一头扎进了卧室。太太被惊到了。他把自己反锁在屋里，还用沙哑的嗓子哼起了《无愧享用》[①]。太太见状，一屁股跌坐到椅子上，战战兢兢地喃喃自语：

“这是又要耍什么新花样了……”

费奥多尔神父有一颗冲动的心，从不知道安分为何物。无论是那个在教会学校读书的中学生小费佳[②]，还是那个长出了胡髭的毕业生费奥多尔·伊万诺维奇，她都不曾真正了解。教会中学毕业后，他进了大学，在法学系完成了三年学业后，这位沃斯特利科夫因为担心被抓壮丁，于 1915 年再次投身了宗教界。起初，他行了按手礼，成为一名辅祭，随后便被授予神父职位，被派往N县城履职。可是，在所有神职和民事升迁阶段，费奥多尔神父一如既往地保持着贪财的本性。

拥有一家属于自己的蜡烛厂，是沃斯特利科夫神父的理想。车间里，硕大的滚筒上，缠着一根根缆绳般粗粗的蜡条，类似的幻想常常把费奥多尔神父折磨得痛苦不堪。为了使自己发明的各色方案付诸实施，他必须筹措足够的本金和周转资金，用以收购萨马拉市一家早已心仪的小工厂。

费奥多尔神父的种种想法，往往灵机一动便会冒出来，而且一旦想法生成，他就放开手干。费奥多尔神父早先熬制过蓝花洗衣皂，整整熬了好几普特[③]。然而，按照他后来的表述，虽然肥皂的脂肪含量极高，却没能起泡，而且造价还是“犁与锤”合作社的三倍。于是，肥皂就在前厅里慢慢受潮逐渐腐烂，卡捷琳娜·亚历山德罗芙娜每每与肥皂擦身而过，甚至会忍不住哭上几声。再后来，只能分批分期地把肥皂扔进了污水坑。

有一回，他读到一本畜牧杂志，里面说兔子肉堪比小鸡肉般鲜嫩，而且兔子的繁衍规模甚众，要是主人勤勉持家，饲养兔子不啻是一项获利颇丰的营生。于是费奥多尔神父说干就干，当即买进了半打种兔。才两个月后，这些大耳朵动物便达到了难以置信的数量，把院子和屋子挤得满满当当，连宠物小狗涅尔卡都被吓得离家出走，不知所踪。没想到，N县城可恶的市侩们竟然都是些守旧的老顽固，他们表现出少有的同心同德，一致拒绝购买

---

① 东正教歌颂圣母的赞美诗。
② 费奥多尔的爱称。
③ 旧俄时期计量单位，1普特等于16.38千克。

沃斯特利科夫的兔子。于是，费奥多尔神父只好同太太商量，最后决定用比小鸡肉还要鲜嫩的兔肉为自家的菜谱锦上添花。于是，兔子肉被做成烤兔肉、炸肉饼、煎肉饼，又把兔肉熬成汤做成冻，晚饭时当作冷盘，还有土豆泥烤兔肉。但是这样也没能解决问题。费奥多尔神父算了一下，就算全家人以后只吃兔子肉，一个月充其量也不过能消耗四十只兔子，可与此同时，兔子们每个月能下九十个仔，而且这个数量以后还会以几何级数的方式递增。

最后，沃斯特利科夫两口子决定出售独家秘制午餐。整个晚上，费奥多尔神父把算数方格纸裁剪得整整齐齐，用彩色铅笔誊写宣传语，为纯鲜牛油烹制的独家美味午餐打出了广告。广告的开头是这样写的："价廉味美"。太太帮忙在搪瓷小碗里盛满面粉浆糊，费奥多尔神父便趁着夜色，把广告张贴在所有的电线杆上，就连苏维埃办事机构附近的地盘也没放过。

这一创举收获了巨大的成功。第一天便有七个人慕名而来，其中包括军事委员会的办事员本丁和公用设施科科长科兹洛夫。正是在后者的不懈努力下，城里唯一的古迹——伊丽莎白时期的凯旋门，不久前被拆除了[①]。据他解释，那玩意儿有碍交通。这些人倒是都很喜欢这种午餐。第二天又来了十四个人，两口子忙得来不及剥兔子皮。整整一星期，生意都那么红红火火，费奥多尔神父已经动起了开办小型熟制毛皮作坊的念头，纯手工工艺。可就在这时，偏偏发生了一件完全预料不到的事情。

---

① 1927 年，不顾众多知名学者的反对，全俄中央执行委员会通过了决议，将莫斯科红门广场上修建于 1757 年的凯旋门拆除。

因盘点货物而停业了三个星期的“犁与锤”合作社重新开张了。店员们铆足了劲儿，吭哧吭哧地把满满一大桶烂白菜滚到与费奥多尔神父家共用的后院，倒进了污水坑。诱人的气味把兔子们纷纷吸引到了坑边。第二天早上，瘟疫便在这些柔弱的啮齿动物中传开了。病情肆虐了仅仅三个小时，就把两百四十只种兔和不计其数的小兔崽子们统统撂倒了。

深受打击的费奥多尔神父整整老实了两个月。而现在，他刚从沃罗比亚尼诺夫家里回来，就把自己锁进了卧室，留下太太独自大惊失色，他终于重新振作起来了。这一切都表明，费奥多尔神父已经有了绝妙的新想法，令他难以自拔了。

卡捷琳娜·亚历山德罗芙娜勾起一根手指，敲了敲卧室的门。没人答应，但是里面传出的歌声却越来越亢奋。一分钟后，门打开了一条缝，露出了费奥多尔神父的脸，他的两颊竟然泛着少女般的红晕。

“老婆子，快把剪刀递给我。”费奥多尔神父的语速很快。

“你晚饭还吃不吃？”

“好啦，等会儿吃。”

费奥多尔神父一把抓过剪刀，又把自己锁了起来，走到黑色边框上已经布满抓痕的墙镜跟前。

镜子旁边挂着一幅名为《罪人警鉴》的民间铜版画，手工彩描工艺十分精湛，古色古香。在费奥多尔神父惨遭兔子“滑铁卢”后，这幅《罪人警鉴》给了他莫大的安慰。这幅版画清清楚楚地展示了一个道理，尘世间的一切都只是昙花一现。图中有四幅小画在上方排成一行，用斯拉夫连体字标注着一句能让人心平气和的警言：“闪在祷告，含在种麦，雅弗掌权。死神主宰一切”。[1]死神手里拿着大镰刀和长着翅膀的沙漏。他的身体看上去就像是用假肢和矫形零部件拼凑起来的，大大咧咧地劈开了双腿，站在空旷的丘陵上。那神态，分明是在说，兔子生意搞砸了——屁大点事儿。

此时此刻，费奥多尔神父更欣赏其中的“雅弗掌权”。一个富有的大胖子留着络腮胡子，端坐在小巧宫殿的王位上，满脸富甲天下的自信。

费奥多尔神父咧嘴笑了，专注地盯着镜子里的自己，开始修剪起令人肃然起敬的大胡子。毛发纷纷飘落到地上，剪刀咔咔直响，五分钟后，费奥多尔神父终于确信不疑，原来他根本就不会剪胡子。胡子已经被剪得歪向了一边，看着极不体面，甚至让人毛骨悚然。

在镜子前又受了一会儿罪，费奥多尔神父终于发脾气了。他叫来老婆，把剪刀递给她，不耐烦地说：

“你哪怕帮我一把也好，老婆子。我的这一把大胡子太难对付了。”老婆子惊得把两手藏到了背后。

“你这是干了些什么啊？”她终于憋出一句话。

“什么也没干啊。就是在剃胡子。帮一下忙吧，求你了。就是这里，好像歪了……”

“老天。”太太一把抓过费奥多尔神父的卷毛，“难道，费佳，你想改投革新派了？[2]”

---

① 闪、含和雅弗均出自《圣经·创世记》，是诺亚的三个儿子，洪水消退后，他们“生养甚多，遍满了地”。

② 指俄罗斯东正教自由革新教派，成立于1900年代。1922年，苏维埃政府与东正教牧首发生冲突时，革新教派支持了政府。

这个思路倒把费奥多尔神父给逗乐了。

“老婆子，改投革新派有啥不好吗？革新派难道——不是人？”

“是人，当然是人。”太太没好气地表示认同，“怎么不是人：又是泡电影院，又是支付赡养费的……”[①]

“好啊，我以后也去泡电影院。”

“你去吧，请便。”

“我真的会去。”

“跑断你的腿。你还是照照镜子吧。”确实，镜子里正有一张坑坑洼洼的嘴脸，瞪大了黑眼睛瞅着费奥多尔神父，虽然怪里怪气的络腮胡已所剩不多，但长长的唇髭却显得很荒唐。

于是两口子又动手剃唇髭，直到和大胡子的长短比例合适为止。

可接下来的事情就让太太更为震惊了。费奥多尔神父宣布，他当晚就要外出办事，还要求卡捷琳娜·亚历山德罗芙娜赶紧去开面包房的兄弟那里，把羊毛领大衣和咖啡色鸭舌帽借来用一个星期。

“我哪儿也不去！”太太扬声拒绝，热泪随即夺眶而出。

费奥多尔神父迈着大步在房间里转悠了半个小时，板着面目全非的脸吓唬老婆，满嘴跑火车地编造理由。太太只听懂一点：

---

① 革新教派当时宣布，基督教信仰与社会主义思想具有同等的地位，并表示支持宗教仪式的简化和神职人员活动的世俗化。比如，革新派认为神职人员一样可以去电影院，欣赏舞台剧和马戏，参加社会娱乐活动。而此前，神职人员的类似行为被东正教认为是极为不体面的。文中提到的“赡养费”，也是革新派的主张，认为神职人员可以有离婚与再婚的权利。这一系列举措和口号极大地败坏了革新派的形象和名誉。1927 年，东正教传统派代表在和政府达成妥协后，就把革新派清除出了教派。

费奥多尔神父平白无故地剪掉了胡子，还要戴上小丑一样的帽子不知道跑去哪里，可见是要抛弃她了。

“我不会扔下你的。”费奥多尔神父保证，“不会扔下你的，一星期就回来。我是有事情要办，总可以吧。可以不可以？”

“不可以。”神父太太说。平日里为人一向和善有加的费奥多尔神父，竟然挥起拳头敲了桌子。虽然他敲的时候很小心，动作也很笨拙，因为以前从不敲桌子，但神父太太真的吓得不轻，立刻披上头巾，跑去找兄弟借俗人才穿的服装了。

费奥多尔神父独自留在家里，思索了片刻，自言自语道：“女人家也确实不容易啊。”随即便从床底下拖出一个包着铁皮的小箱子。其实，这样的小箱子一般只有红军战士才会使用。箱子内壁贴着条纹纸，纸上画着布琼尼[①]的肖像，或者贴着“海滩”牌卷烟包装的硬纸，上面画了三个美女，躺在遍布鹅卵石的巴统湾[②]海岸边。可是，沃斯特利科夫家的箱子却让费奥多尔神父很不满意，虽然里面也贴了图片，但既不是布琼尼，也不是巴统湾的美女。神父太太用《1941 年战争大事记》杂志上剪下来的照片把箱子内壁贴得满满当当。有什么“攻克佩列梅舍利[③]”，还有什么“为前沿阵地的下级官兵送温暖”，反正都是些诸如此类的玩意儿。

他把箱子上层的书籍拿出来，放到地板上：有一套 1903 年的《俄罗斯朝圣者》杂志合订本，厚厚一本《教派分裂史》和一册

① 苏联元帅，三次苏联英雄。
② 格鲁吉亚地名。
③ 俄罗斯地名。

《俄罗斯人在意大利》[1]，封面上还印着喷发的维苏威火山。费奥多尔神父伸手探到箱子底部，把老婆那顶破破烂烂的风帽拽了出来。

一股樟脑丸的气味冷不丁扑鼻而来，费奥多尔神父不由得眯起了眼睛，他撕开花边和镶边饰条，从风帽里拎出一个沉甸甸的麻布长条袋。这个香肠状的袋子里保存着二十枚十卢布面值的金币——这就是费奥多尔神父经历了一系列商海冒险后所剩的所有家当。

他习惯性地双手捧起半边法衣，把整根香肠塞进了条纹裤子的口袋里。随后，他又走向抽屉柜，从糖果盒里拿出几张三卢布和五卢布的纸钞，共凑足五十卢布。留下二十卢布在盒子里。

“这些钱过日子足够了吧。”他胸有成竹地想。

① 学习意大利语的手册。

第四章　远游的缪斯

晚班邮政列车进站前一个小时，费奥多尔神父身披一件才过膝盖的短大衣，手提一只编织篮，站在售票处的队伍里，时不时探头探脑地向入站口张望。他很担心，万一太太不顾他的一再坚持，跑来火车站送行，那么小摊贩普鲁西斯马上就会认出他来，因为他此刻正坐在小卖部里请税务员喝啤酒。费奥多尔神父还不住地瞅一眼自己的条纹裤子，这副面目暴露在所有俗人的视野中，让他感觉既奇怪又羞愧。

硬座列车放行时，总会引发一阵吵吵闹闹。旅客们弯着腰，背上重负硕大无比的行李袋，从列车头部奔向尾部，又从尾部奔向头部。费奥多尔神父和大家一样，不知所措地来回奔波，也和大家一样，低声下气地巴结列车员，也和大家一样，担心售票员给错了票。直到最后，终于被放行进入车厢，他才恢复了日常的平静，甚至快活起来。

机车一声长啸，列车发动了。列车把身负神秘使命的费奥多尔神父送往未知的远方，而这项使命显然就是对他巨额回报的承诺。

铁路专用地带——真是一个有意思的地方。即便是最最普通的公民，一旦进入这个区域，内心都会变得多少有些浮躁，于是很快就会变成一名乘客，要么变成一个收货人，要么干脆变成一个逃票的二流子，从而把乘务组与站台检票员的生活和公务搅和得暗无天日。

公民一般会肤浅地把铁路专用地带称为车站或者站台，可从进入这个地带的那一刻起，他的生活就会发生急剧的变化。一群系着白色围裙、胸前佩戴镀镍号牌的叶尔马科·季莫费耶维奇①会立刻凑到近前，殷勤地帮忙接过行李箱。从这一刻起，公民就身不由己了。他摇身一变成了一名乘客，并开始履行乘客的所有职责。这些职责虽然五花八门，却也讨人喜欢。

乘客的胃口都很大。一般普通人夜里不进食，但乘客半夜里还要吃饭。即便炸童子鸡价格不菲，可乘客要吃，即便煮老了的鸡蛋对胃不好，可乘客要吃，乘客还要吃橄榄呢。列车驶过岔道口时，行李架上不计其数的水壶就叮叮当当响，就连包在报纸里被乘客们连根扯掉了大腿的童子鸡，也不停地蹦蹦跳跳。

但是乘客们根本不会在乎这些。他们说着笑话解闷。每三分钟，车厢里就爆发出一阵哄堂大笑。随即又安静下来，一个柔和的声音便接着讲另一个笑话。

"一个犹太老头快咽气了。老婆和孩子都站在旁边。'莫妮亚来了吗？'老头子硬撑着问。——'在呢。'——'布兰娜姑妈来了吗？'——'来了。'——'奶奶在哪儿？我没看到她啊。'——'她在这里呢。'——'那伊萨克呢？'——'伊萨克在这边。'——'那孩子们呢？'——'孩子们也都在这里了。'——'那谁在看店啊？！'"

刹那间，雷鸣般的笑声把水壶震得叮当响，童子鸡也惊得在

① 叶尔马科·季莫费耶维奇（？—1585），哥萨克首领，民歌中的英雄。1581年曾远征西伯利亚，与古楚汗作战时阵亡。此处作者意在取笑站台服务人员的工作服。

头顶的行李架上飞来飞去。但乘客不理会这些。每个人的心里都珍藏着一个笑话，蠢蠢欲动地等待着属于自己的机会。又一个表演者用胳膊肘捅了捅旁边的人，央求一般大声说：“我听过一个故事！”——他好不容易抓住了众人的注意力，便开始讲述：

“有个犹太人回到家里，挨着老婆躺下睡觉。忽然他听见——床底下有抓挠的声音。犹太人就把手探到床下，问道：‘是你吗，杰克[1]？’那个杰克就舔了一下他的手回答说：‘是我啊。’”[2]

乘客们笑得前仰后合，漆黑的夜覆盖了田野，顽皮的火星从机车的烟囱里飞出来，一根根细长的信号杆，头戴闪闪发光的绿眼镜，居高临下地望着列车，保持着严整的队列迅速掠过。

铁路专用地带——真是一个有意思的地方！长而笨重的远程列车奔向国家的各个角落。道路四通八达。处处绿灯闪亮——畅行无阻。极地特快北上驶向摩尔曼斯克[3]。从库尔斯克火车站发出的“K列一次”火车，在岔道口弯起腰弓起背，一路风尘奔向梯弗里斯[4]。远东特快则绕过贝加尔湖，向太平洋方向飞速进发。

远游的缪斯让人心旌神摇。她已经让费奥多尔神父冲出了僻静的县城修道院，而他将被抛向哪个省份，却还是个谜。而那位旧时的首席贵族、现如今的民政局文书伊波利特·马特维耶维奇·沃罗比亚尼诺夫，此刻内心也是紧张不安，鬼知道他到底在盘算着什么。

人们被火车送往全国各地。有一位在离上班地点一万公里远

---

① 小狗的名字。
② 列车上旅客讲述的都是与犹太人相关的笑话，被认为是作者有意影射当时的犹太裔苏联领导人。
③ 俄罗斯最北端的城市，在北极圈内。
④ 格鲁吉亚首都第比利斯的旧称。

的地方，给自己找了个明艳动人的未婚妻。另一位则为了追逐宝藏而不惜丢掉邮政电报处的铁饭碗，像个中学生一样，直奔阿尔丹[①]。还有一位，此刻正在自己家里坐着，一边小心地抚摸着成熟了的疝气，一边翻阅着萨利阿斯伯爵[②]的文集。这套书原价一卢布，他花了五戈比[③]就淘到了。

棺材匠别津丘克显得格外殷勤，他自告奋勇地操办了丧事。第二天，伊波利特·马特维耶维奇便去了办公室，履行他所肩负的职责，亲笔登记了克劳馥蒂娅·伊万诺芙娜·佩图霍娃的死亡，享年五十九岁，家庭妇女，无党派人士，居住地为N县城，老城贵族家庭出身。接着，伊波利特·马特维耶维奇又给自己办理了为期两周的法定丧假，领了四十一卢布的休假补贴，随后便与同事们一一告别，回了家。回家途中，他顺便去了一趟药房。

药剂师名叫列奥波里德·格里高利耶维奇，亲朋好友们都管他叫利帕[④]。他正站在红漆柜台后面，被一大堆装着毒药的牛奶瓶子包围着，紧张地向消防队长的大姨子推销"安葛牌防晒露，防日晒，祛雀斑，让肌肤尽显无瑕白嫩"。可是消防队长的大姨子偏偏不买账，她要的是"金色的拉舍尔牌扑粉，肌肤不用晒，一抹就光滑黝黑"。但是药房里只有安葛牌防晒露，于是，立场完全相反的化妆品拉锯战持续了半小时。利帕赢得了战斗的胜利，他最终卖给了消防队长大姨子一支口红和一罐灭臭虫药——罐子的结构和茶炊相同，外表看上去就像一个喷壶。

① 位于雅库特自治共和国，盛产金矿和云母。
② 萨利阿斯（1840—1908），是著名的探险小说作家。
③ 1卢布为100戈比。
④ 俄语中利帕有赝品、假货的意思。

“您想买什么？”

“发剂。”

“生发，脱毛还是染色？”

“要什么生发！”伊波利特·马特维耶维奇说，“染发用的。”

“染发有‘泰坦尼克’，效果特别好。直接从海关进的货。走私品。不管冷水、热水、肥皂水，还是煤油，洗了都不会掉色。纯正的黑色。一瓶能用半年，三卢布十二戈比。我们老熟人了，特别推荐。”

伊波利特·马特维耶维奇把四四方方的“泰坦尼克”小瓶子拿在手里转了一圈，叹了口气，又看了看标签，把钱放到柜台上。

一回到家，伊波利特·马特维耶维奇便强忍着恶心，把“泰坦尼克”淋在头上和胡子上。房间里顿时弥漫起一股恶臭。

直到饭后，臭气才渐渐散去。胡子也干了，却黏到了一起，花了好大的力气才把它梳散。纯正的黑色竟然有点发绿，但是已经没时间再染一次了。

伊波利特·马特维耶维奇从丈母娘的小匣子里取出当晚找到的珠宝清单，再次清点了一下所有现金，锁上房门，把钥匙藏进后裤兜，坐上7次加快列车，奔老城而去。

第五章　了不起的幕僚

十一点半的时候，一个二十八岁左右的年轻人，从西北面的奇玛洛夫卡村[1]来到了老城。一个流浪儿追着他跑。

“叔叔！”他欢蹦乱跳地大声招呼，“给十戈比吧！”

年轻人从口袋里掏出一个已经焐热了的苹果，递给了流浪儿，但是小孩子还是缠着不放。于是他停下脚步，调皮地看了看小孩，轻轻对他说：

“要不要，把藏着钱的房间钥匙也一起给你啊？”

得寸进尺的流浪儿意识到自己的要求实在是无理取闹，于是便不再跟着了。

年轻人其实吹了牛：他并没有什么钱，也没有可以放钱的房子，更别说什么能打开房门的钥匙了。实际上，他连一件大衣都没有。这个刚进城的年轻人身穿一件束腰的绿色西装。一条旧羊毛围巾缠在他粗壮的脖子上，绕了好几圈。脚上是一双半高清漆皮鞋，橙黄色的麂皮鞋面。皮鞋里面却没有穿袜子。[2]年轻人手里还拿着一台等高仪[3]。“噢，美貌的舞女，滴——哩——铃，滴——哩——啦！”[4]他一边朝外来货市场走去，一边哼起了歌。

在这里他的本事有了展示的舞台。乱糟糟的人堆里，他挤进了一排商贩的行列，把一台等高仪往跟前一放，一本正经地吆喝起来：

“谁要等高仪来？等高仪贱卖了啊！代表团和妇女部的，有优惠哦。”

只不过这样的商品实在是别出心裁，以至于很长时间都无人问津。家庭主妇代表团对紧俏商品的兴趣更大一些，她们团团围住了纺织品摊位。一名老城刑事案件侦查处的侦探已经在等高仪卖家的身边转悠了两次。可是，等高仪无论怎么看，都不像粮油中心办公室昨晚遭窃的打字机。于是，侦探不再两眼紧盯年轻人，径自走开了。

午饭前，等高仪以三卢布的价格被卖给了一位钳工。

“是自动测量的。”年轻人把等高仪交给买家的时候还交代了一句，“如果真有东西可以测量的话。”

摆脱了这个精密的仪器后，心情大好的年轻人在“美食角”餐厅吃了顿午饭，然后就进城熟悉环境去了。他先走完苏维埃路，接着来到红军路上（以前叫做普希金大道），横穿合作路后，发现自己又回到了苏维埃路。其实这条苏维埃路并非他刚才走过

---

① 现在的地图上并没有奇玛洛夫卡村。但是有学者认为，老城的现实原型应该是两位作者曾经工作过的老贝尔斯克市，而该市的郊区的确有一个村子叫作奇玛洛夫卡，只不过这个小村庄在老贝尔斯克市的东北面，而不是西北面。

② 由于小说执笔者之一彼得罗夫以前当过侦探，通过外表描写暗示了这个年轻人是一个曾有过多次前科的惯犯。这个年轻人不但在春寒料峭时分不穿大衣，脚上没有袜子，西装和鞋子都已过时，而且还没有住的地方。苏联当时的法律规定，“失去自由”的在押人士不具备拥有住房的权利。这说明，无家可归的年轻人至少已经服过一次刑。如果说，这个28岁左右的年轻人是在气候暖和的季节被捕，那么在早春时节被释放时不可能有大衣。鞋子和西装在服刑期间会被没收并保管起来，但内衣和袜子肯定已经破得不能再穿了。这个年轻人的装束比较奇特，他并没有乘坐火车，而是经验老到地步行进入老城，似乎也暗示他是刻意绕开了警察比较多的地方。另外，他选择老城作为目的地，也正是因为这里没有人认识他。

③ 天文学仪器。

④ 选自匈牙利作曲家卡尔曼的作品《印度舞女》。

的那一条苏维埃路：城里原有两条苏维埃路。年轻人对此正惊讶不已时，发现自己已经来到了勒纳事件[①]路（原戴尼索夫斯基路）。在一幢门牌号28的漂亮的两层楼公馆旁，挂着块招牌：

苏联，俄罗斯联邦，省立老城保险公司社会养老院二分院

年轻人停下脚步，想问坐在门口石椅上的门房借个火。

“大叔，”年轻人深吸一口烟，提了个问题，“你们城里有没有还没嫁出去的女人？”

看门老头对这个问题丝毫不以为怪。

“有人还把妓女当新娘呢。”看得出来，他很乐意卷入这场对话。

“没问题了。”年轻人迅速答复了一句，可是紧接着又提出另一个问题。

“这样的房子里，也没有还没出嫁的吗？”

“我们这里没有想嫁人的，”门房否认，“早就得打着灯笼去阴间找了。我们这幢楼可是国家养老院：老太婆们都享受全额退休金呢。”

“明白了。都是些历史唯物主义之前出生的吧？”

“那是当然。出生的年份肯定不会有假。”

“那么历史唯物主义以前，这楼是干什么的？”

“什么时候？”

---

① 勒纳事件，指1912年4月17日在勒纳金矿发生的冲突事件，沙皇军队对和平示威的工人实施了镇压。

“就是旧制度的时候。”

“旧制度那会儿，里面住的是我们家老爷。”

“是资产阶级吗？”

“你才是资产阶级！听好了——他可是首席贵族。”

“那是无产阶级？”

“你才是无产阶级！听好了——他是首席。”

门房虽然聪明，对社会阶级结构却分不大清楚，要不是年轻人果断切入正题，这个话题天晓得还会持续多久。

“大叔，你看，”他说，“要不咱们去喝一杯吧。”

“好，你请客。”

俩人消失了一个小时，回来的时候，门房已经是年轻人最忠实的朋友了。

“我就在你那里过夜吧。”新朋友说。

“既然你是好人，依我看，住一辈子都行啊。”

轻易达到自己的目的后，客人便迅速钻进门卫室，脱下橙黄色半高皮鞋，四仰八叉地往长椅上一躺，细细盘算着明天的行动计划。

这个年轻人名叫奥斯塔普·本德尔。关于自己的履历，他通常只告诉你一个细节：“我爸爸，”他如是说，“是土耳其臣民。”[①]这个土耳其臣民的儿子一辈子已经跳槽无数次了。活跃的性格让他无法深耕于某一项事业，而总是把他抛向全国各地，现如今又把他带到了老城，没穿袜子，没有钥匙，没有住房，也没

① 有研究者认为，作者是在暗示本德尔的父亲曾住在苏联南部的港口城市敖德萨，那里有许多犹太商人是土耳其裔。

有钱。

躺在暖和发臭的门卫室里，构思着两套如何发迹的方案，奥斯塔普·本德尔心里渐渐有了底。

可以多讨几个老婆，然后随身提着崭新的箱子，带着从轮值的老婆那里缴获的贵重财宝，潇洒地辗转于各个城市之间。

也可以明天去老城儿童福利院，建议他们传销一幅名为《布尔什维克写信给张伯伦[①]》的画，虽然这幅画还没有完成，却是模仿列宾[②]的名画《查波罗日人写信给土耳其苏丹王》的天才构思之作。要是运气好，这个方案能带来四百卢布的进项。

这两种方案都是奥斯塔普·本德尔最后一次在莫斯科逗留期间想出来的。他在晚报上读到一则司法报告，里面明明白白写着，有个犯了重婚罪的家伙只被判处两年的刑期，且监外执行。受此启发，他构思了第一种方案。而凭着一张免费门票观摩了俄罗斯革命美术家协会的巡展之后，本德尔的脑子里又想到了第二种方案。

不过，这两种设计蓝图都有缺憾。想多讨老婆，没有一身挺括的、灰色圆斑西服是办不到的。再说，想要衣冠楚楚地行骗，手头至少也得有十个卢布。当然了，穿一身绿色军装也能结婚，因为本德尔强壮的体格和英俊的相貌是外省那些到了出嫁年龄的玛格丽特们难以抗拒的。但是正如奥斯塔普自己所说："这么做太不上档次，也不够漂亮"。关于那幅画的构想也并非十拿九稳：可

---

① 张伯伦（1868—1940），1924 至 1927 年任英国外长，当时英国被视为苏联潜在的军事对手，1927 年两国曾经断交，所以张伯伦经常被苏联宣传媒体攻击。

② 列宾（1844—1930），俄国巡回展览派画家。

能会有一些纯技术性的麻烦。比如，把加里宁同志画成戴着毛皮高帽、披着白斗篷的形象是不是合适？契切林同志总不能光着上身吧？[①]当然，如果情况允许，把所有人物都画成日常穿着也未尝不可，但是这一来效果就差得太远了。

“就没有那种效果了！”奥斯塔普不由说出声来。

这时他才发现，门房早就在一旁喋喋不休地说着什么。原来，门房已经沉醉在对小楼旧时主人的回忆里。

“连警察局长都向他行礼……你来找他，这么说吧，我只要说几句好话，问候他新年好——他就给三卢布……到了复活节，这么说吧，我只要说几句好话，又拿三卢布。还有，这么说吧，祝贺他的命名日……看，一年里单单祝贺，就能白白捞到十五卢布……他还说要给我申请奖章呢。‘我，’他说，‘我要让我的门卫戴上奖章。’他就是这么说的：‘季洪，你的奖章十拿九稳了……’”

“后来呢，给了吗？”

“你别急啊……他说：‘我的门卫可不能没有奖章。’他后来去了圣彼得堡申请奖章。嗯，第一次吧，没办成。官老爷们不乐意，说：‘皇上出国了，现在办不了。’老爷就让我等着，说：‘季洪，你就等着吧，你不会没有奖章的。’”

“你家老爷现在怎么样了，被毙掉了吗？”奥斯塔普突然问道。

“没人枪毙他。他自己走了。在这里跟大兵们搅和在一起多没劲……现在还会给看门的颁奖章吗？”

“给啊。这事情我可以帮你操办。”

---

① 加里宁和契切林都是苏联早期的领导人。

看门的一脸敬意地看了看本德尔。

“我是不能没有奖章的。我做这份差事需要啊。”

“那你家老爷去哪儿了呢？”

“谁知道呢！有人说，他去了巴黎。”

“啊！……原来还是个吃洋面包的，移民中的佼佼者……那么说，他是移民了？”

“你自己才是移民呢……听说，他去了巴黎。房子被没收了，给老太婆们住……就算天天向她们道贺——也不见拿出十戈比给你！……唉！老爷在就好了！……”

就在这时候，门框上锈迹斑斑的铃铛振动起来。门房呼哧呼哧地拖着两条腿去开门，开了门，便惊得慌乱失措地朝后退了一步。

台阶上站着的正是伊波利特·马特维耶维奇·沃罗比亚尼诺夫，黑胡髭，黑头发。两只眼睛在夹鼻镜后炯炯有神，尽显战前的风采。

“老爷！”季洪牛一样激情四溢地哞了起来，“从巴黎回来了！”

看到门卫室里还有个陌生人，伊波利特·马特维耶维奇本来就觉得不好意思，继而又从桌子后看见了那人两只发紫的光脚板，于是他更加窘迫，想要马上离开这里。但奥斯塔普·本德尔却兴奋地跳了起来，当着伊波利特·马特维耶维奇的面深鞠一躬。

“虽然我们这里比不上巴黎，您能光临寒舍，不胜荣幸。”

“你好，季洪。”伊波利特·马特维耶维奇被迫开了口，“我根本就不是从巴黎回来。你哪里冒出来这种不着边际的念头？”

但奥斯塔普·本德尔有一个高贵的长鼻子，立刻嗅出了油水的气味，都没让门房吱一声，便说：

“太好了，”他斜着一只眼睛说，“您不是从巴黎来。当然啦，您是从科洛格里沃①来为去世的祖母扫墓的。”

一边说着，他一边轻轻搂住傻了眼的门房，把他撵到了门外。门房的脑子转不过来了，等到他清醒过来时，只记得老爷从巴黎回来了，而他季洪，则被赶出了门卫室，手里还攥着一张一卢布的纸钞。

本德尔赶走了门房，仔细地反锁了房门，转过身来对直愣愣站在屋子里的沃罗比亚尼诺夫说：

“别担心，一切正常。我姓本德尔！或许，您听说过我？”

“没听说过。”伊波利特·马特维耶维奇神色紧张。

“是啊，在巴黎怎么可能听说过奥斯塔普·本德尔的名头呢？巴黎现在暖和了吧？那可是个好地方。我有个表姐嫁到那里去了，前不久还用挂号信给我寄了一块丝巾……”

“什么乱七八糟的！”伊波利特·马特维耶维奇大声呵斥，“什么丝巾？我不是从巴黎来的，我是从……”

“奇怪，奇怪！是从莫尔尚斯克②来的吧。”

伊波利特·马特维耶维奇还从没和本德尔这样热情洋溢的年轻人打过交道，不免觉得心虚。

“好啦，我还是，我还是走吧。”他说。

“您着什么急嘛？您也没地方可去。国家政治保安局的人自己

---

① 科洛格里沃是俄罗斯地名，位于列宁格勒州。
② 俄罗斯地名。

会找上门来的。”

伊波利特·马特维耶维奇顿时无言以答，只好解开了宽松丝绒领口的大衣，往凳子上一坐，怀着戒心看着本德尔。

“我不明白您说什么。”他已经全然没了脾气。

“这没什么。您会明白的。我这就解释一下。”

奥斯塔普光脚套上了橙黄色的半高皮鞋，在屋子里转了一圈，便开始发表高论：

“您是从哪一段边境偷渡过来的？波兰？芬兰？还是罗马尼亚？一定辛苦坏了吧。我有个老熟人，不久前也偷渡过边境，他住在斯拉乌特[①]，不过是在我们这一边，而他老婆的父母住在那一边。两口子因为家里的小事吵架，老婆一家人本来又都小肚鸡肠，所以啐了他一脸，就穿过边境回了娘家。这个老朋友一个人在家待了三天，觉得日子实在过不下去了：没人做饭，满屋子脏乱，于是决定向老婆讨饶。他半夜出了家门，打算穿过边境去丈人家，却不巧被边防军逮了个正着，硬是给安了个罪名，判处坐牢六个月，后来还被开除出了工会。听说，后来老婆又跑回来了，真是笨女人，老公却还在劳教所关着。她只好经常给他送东西去……您也是从波兰边境偷渡来的？”

“老实说。”伊波利特·马特维耶维奇觉得，在追回钻石道路上，这个半路杀出的年轻人实在太健谈了，自己似乎已经意外地被他套住了。于是他只好开了口：“老实说，我是俄罗斯联邦的臣民。不信的话，我可以出示护照……”

“现在印刷技术那么发达，在西方印一份苏维埃护照就是小菜

---

① 俄罗斯边境居民点。

一碟，说出来都好笑……我有个老熟人，就连美钞也印过。您知不知道，仿造美元有多难？那种纸，您知道吧，有五颜六色细丝的那种。要相当精通技术才行。他在莫斯科黑市上卖得很顺利。可是后来，他的爷爷，一个出了名的外汇黄牛，在基辅买进了这些美元，结果彻底破了产。毕竟这些美元是假的啊。所以您的护照也别打错了算盘。”

让伊波利特·马特维耶维奇大为光火的是，他本该马不停蹄地去追回钻石，现在却坐在臭气熏天的门卫室里，听一个年纪轻轻的无赖大吹大擂，胡侃他的老熟人们那些见不得人的勾当。不过，他还是下不了决心离开。他意识到，这个陌生的年轻人可能会闹得满城风雨，说过去的首席贵族又回来了。一想到这里，他不由得心惊肉跳。那样的话，一切都完了，也许，还会坐牢。

“您还是行行好，不要告诉任何人，说看见我了。”伊波利特·马特维耶维奇哀求说，“别人真的会以为我是移民呢。”

“就是了！就是了！这话说到点子上了！往好了说：有个移民回乡了。往坏了说：他担心，国家政治保安局会把他抓起来。”

“可我已经对您说了上千次了，我不是移民。”

“那您是什么人？到这儿来干吗？”

“嗯，我是从N县城来办事的。”

“办什么事儿？”

“嗯，办点私事儿。”

“这算什么借口，您还说您不是移民？……我有个老熟人，也是从……”

此时此刻的伊波利特·马特维耶维奇已经被本德尔老熟人们的故事逼得近乎绝望，看起来是没法击退他了，于是只好缴械。

“好吧。”他说，“我都解释给您听。”“说到底，这件事没个帮手也办不成。”伊波利特·马特维耶维奇心想，“他其实就是个大骗子。可这种人说不定能用得着。”

第六章　钻石迷雾

伊波利特·马特维耶维奇从脑袋上摘下了斑点海狸皮帽，把胡髭梳理齐整。那胡髭一碰上小梳子，就会蹿起一小簇欢快的电火花。他清清嗓子，下定决心，把丈母娘临终前说的关于钻石的故事一五一十告诉了这个初次谋面的奥斯塔普·本德尔。

讲述过程中，奥斯塔普好几次蹦起来，对着铁炉子大喜过望地喊叫：

“要破冰了，陪审员先生们！要破冰啦。”

仅仅一个小时后，两个人就已经坐在摇摇摆摆的桌子后面，脑袋顶着脑袋，研究起长长的珠宝清单来。而很早以前，这些珠宝曾用来装饰过丈母娘的手指、脖子、胸脯和头发。

伊波利特·马特维耶维奇不停地扶一下鼻梁上松松垮垮的夹鼻镜，有板有眼地念道：

“三串珍珠……我记得很清楚。两串各四十颗珠子，另一串很大——有一百一十颗。钻石挂坠……”

“克劳馥蒂娅·伊万诺芙娜说过，价值四千卢布，还是早年间的工艺呢……”

接下来是戒指：那可不是，粗笨而又廉价的订婚戒指，而是精致、轻巧，还镶着几枚晶莹剔透的钻石；还有沉甸甸璀璨耀眼的耳坠，足以把女士们玲珑的小耳朵包围在五光十色的华彩中；几只用绿宝石雕成鳞片的蛇形手镯；一个用五百俄亩[①]收成换来的项圈；一串只有著名轻歌剧女主角才配戴的珍珠项链，最后还有一顶价值四万卢布的珠冠。

伊波利特·马特维耶维奇环顾了一下四周。这间门卫室里，就连鼠疫曾经肆虐的阴暗角落里，也星星点点迸发出绿宝石般的春色。钻石的迷雾凝聚在天花板下。珍珠成串地从桌面滚落，在地板上蹦蹦跳跳。奇珍异宝的幻象撼动着屋子。

心猿意马的伊波利特·马特维耶维奇最终还是被奥斯塔普的声音拉了回来。

“真是行家。看得出来，钻石挑得的确有品味。这么花天酒地花了多少钱？”

“七万——七万五的样子。”

“嗯啊……那么，现在能值十五万了吧。”

“真有那么多吗？”沃罗比亚尼诺夫兴高采烈地问。

“应该不止这个数吧。不过，您呐，亲爱的巴黎同志，您就吐一口唾沫算了。”

“吐什么唾沫？”

“就是唾沫啊，”奥斯塔普回答说，“就像在历史唯物主义之前的旧社会那样，啐一口算了，反正也不会有啥结果的。”

“什么意思？”

“就是这个意思。椅子一共有几把？”

“一打，是一套客厅家具。”

“您的一套家具，大概，早就被扔到炉子里烧掉了吧。”

沃罗比亚尼诺夫吓了一跳，噌地站了起来。

---

① 1俄亩等于2 400平方俄丈或1.09公顷。

“别慌，别慌。这事情我来操办。庭审继续[1]。对了，我们两个还得签一份小小的合同吧。”

伊波利特·马特维耶维奇喘着粗气点了点头，表示同意。于是，奥斯塔普·本德尔开出了条件。

“如果寻宝计划圆满实施，我作为雇佣合同的直接当事人，同时又是方案的技术领导人，理应得到百分之六十，不过您可以不用为我购买社会保险。反正我也无所谓。”

伊波利特·马特维耶维奇脸都灰了。

“青天白日的，敢抢劫啊。”

“那您打算支付我多少呢？”

“嗯——嗯——好吧，五个百分点，好吧，十个点，不能再多了。您算一算，这可是一万五千卢布啊！”

“您没别的要求了吗？”

“嗯——没了。”

“大概，您是盘算着，让我白干吧，是不是还想让我把藏着钱的房间钥匙交给您，最后再告诉您，什么地方可以躲开警察？”

“您要是这么说，那就抱歉了，”沃罗比亚尼诺夫瓮声瓮气地说，“我有充分的理由认为，我自己的事情，我一个人就能办到。”

“啊哈！要这么说的话，抱歉，”才华出众的奥斯塔普反唇相讥，“就像安迪·塔克尔[2]说的那样，我有更加充分的理由推断，您的这件事儿，我一个人也能对付。”

“骗子！”伊波利特·马特维耶维奇气得浑身发抖，大叫起

---

① “庭审继续”是奥斯塔普的口头禅，在小说中多次出现与审判有关的话，可能是作者暗示主人公以前坐过牢。

② 美国小说家欧·亨利系列小说中的主人公名字，是个惯骗。

来。而奥斯塔普依旧冷漠：

“听好了，巴黎先生，您好好想想，其实您的钻石差不多已经在我的腰包里啦！我之所以对您有兴趣，只不过是想帮您养老而已。”

伊波利特·马特维耶维奇终于明白，一双铁爪已经牢牢勒住了他的脖子。

“百分之二十。”他伤心不已地讨价还价。

“包伙食吗？”奥斯塔普讥笑道。

“二十五。”

“还有房间钥匙？”

“那可是三万七千五百卢布啊！”

“干吗要算得那么精确？好吧，要不这样吧——百分之五十。一半归您，一半归我。”

一场双方持之以恒的讨价还价。奥斯塔普终于让步了。出于对沃罗比亚尼诺夫身份的尊重，他同意只拿百分之四十。

“六万啊！”沃罗比亚尼诺夫叫了起来。

“您这个人真是俗不可耐，”本德尔反咬一口，“这么爱钱，人心不足蛇吞象啊。”

“您就不爱钱？”伊波利特·马特维耶维奇像长笛一样嚎了一嗓子。

“我不爱。”

“那您要六万卢布干吗？”

“这是为了原则！”

伊波利特·马特维耶维奇只好消停下来。

“怎么样，破冰了吗？”奥斯塔普追问。沃罗比亚尼诺夫鼻子里面呼着气，顺从地说：

“破了。”

“那好，就这么说定了，县城来的科曼齐[①]首领！要破冰了！要破冰啦，各位陪审员先生们！”

听见管他叫“科曼齐首领”，伊波利特·马特维耶维奇生了气，要求对方道歉。于是奥斯塔普发表了一通致歉的演说，且恭称他为元帅，紧接着俩人便携手部署行动计划。

已是夜半时分，门房季洪一路双手扶着篱笆，费力地拖着两腿向地下室挺进，一抓住木桩便要靠上半天。他够倒霉的，正好碰上一个只有月牙的夜晚。

“啊！这不是脑力劳动无产者嘛！这不是清扫工嘛！”奥斯塔普一眼瞅见几乎蜷缩成轮子的门房，惊叫起来。

门房发出了一连串低沉而又奇怪的声音，像极了夜深人静时分，猛然间响起急切匆忙而又含糊不清的抽水马桶的声音。

“真是上梁不正下梁歪。”奥斯塔普对伊波利特·马特维耶维奇说，“您家的门房可真够下流的。一个卢布怎么能就这样喝没了？”

“嗯——能啊。”门房突然口齿清晰了。

“季洪，你说，”伊波利特·马特维耶维奇发问，“你知不知道，老朋友，我们家的家具后来怎么了？”

奥斯塔普小心翼翼地搀扶着季洪，以便话语能从他那张大的嘴巴里顺畅地流淌出来。伊波利特·马特维耶维奇神色紧张地期待着。可是，门房那张牙齿错位间隔生长的嘴里，却冷不丁冒出

---

① 美国印第安人部族。

震耳的一声喊：

“那、那、那些日子好快、快活……”

门卫室里顿时响声一片，叮当声不绝于耳。门房卖力地唱起了一首歌，力求不错过一个字。他一边嚎，一边在房间里东倒西歪，一会儿稀里糊涂地钻到桌子底下，一会儿隔着帽子撞上挂钟的圆柱形铜质钟摆，一会儿又单腿跪地。他快活得不得了。

伊波利特·马特维耶维奇彻底蒙了。

“看来只好明天早上再询问证人了。”奥斯塔普说，“我们先睡觉吧。”做着春秋大梦的门房重得像一口抽屉柜，最后只能把他抬到了长椅上。

沃罗比亚尼诺夫和奥斯塔普决定一起睡到门房的床上。奥斯塔普的西装里面只有一件黑红格子的牛仔衬衫。牛仔衬衫里面就什么都没有了。而伊波利特·马特维耶维奇那件读者早已熟知的月色西装背心底下，还穿着一件亮蓝色的粗绒衬衫。

“这背心就像新的一样。”本德尔眼红了，“我穿正合适。卖给我吧。”

伊波利特·马特维耶维奇觉得，拒绝新的合伙人兼行动计划的直接参与人有点不厚道。于是，他皱起眉头，同意按心理价位出售背心——八卢布。

“钱嘛——等我们寻宝计划得手再说吧。”本德尔应声说，随即从沃罗比亚尼诺夫手里接过尚有余温的背心。

“不行，这我不干。”伊波利特·马特维耶维奇红了脸，“请把背心还给我。”奥斯塔普脆弱的本性被激怒了。

“怎么能这么惟利是图？”他大声斥责，“就要做十五万卢布的大事，犯得着为八卢布计较吗！您就学着大方点吧！”

伊波利特·马特维耶维奇的脸更红了，他掏出记事本，用书写体记录下来：

1927 年 4 月 25 日。

交付本德尔同志

8 卢布

奥斯塔普一眼看到了小本子。

“呵呵！要是您已经给我开立了个人账户，那就别搞错了。要写上借方，还要写上贷方。别忘了写上借方盈余六万卢布，这是您欠我的，贷方么——也就一件背心。我的顺差是盈余——五万九千九百九十二卢布。够过日子的了。”

奥斯塔普说完就像孩子一样，不声不响睡着了。而伊波利特·马特维耶维奇也脱下毛料护腕、男爵皮靴，只穿一件缝了补丁的用人睡衣，轻声打着呼噜，钻进了被窝。他睡得相当不踏实。靠外侧，因为被子不够盖而觉得冷，另一侧则被了不起的幕僚的身体烘得火热，在这具年轻的躯体里，种种念头正风起云涌。三个人不约而同做起了梦。

沃罗比亚尼诺夫的梦可谓阴暗压抑：细菌、刑侦、丝绒托尔斯泰衬衫和穿着晚礼服的棺材匠别津丘克，只不过他没有刮胡子。[①]

奥斯塔普则梦见了富士山、粮油托拉斯的高级管理人员，还

① 暗示梦见坐牢和死亡。

有正在兜售明信片的塔拉斯·布尔巴[1]，那明信片上还印着第聂伯河水电站的造型。

门房也做了梦，他梦见马儿从马厩里逃走了。梦里的他一直到天光发亮都在找那匹马，因为没找到，他悲伤地醒了过来，心都要碎了。他一脸惊讶地看着睡在自己被窝里的那两个人，看了好久。虽然什么都没想明白，但他还是拿起了扫帚，去外面履行起自己分内的职责来：拣选马粪，训斥养老院的老太婆们。

---

① 果戈理同名小说的主人公，哥萨克英雄。

第七章 “泰坦尼克”后遗症

伊波利特·马特维耶维奇像往常一样，七点半起了床，洪钟般亮了一嗓子“古特摩尔根”，便去洗脸了。他洗得非常享受：吐着唾沫，擤着鼻涕，不停地晃脑袋，把冲进耳朵里的水甩出来。擦脸也相当舒坦，可是，拿开毛巾的时候，伊波利特·马特维耶维奇发现，毛巾染上了纯正的黑色，正是前天他用来染唇髭的颜色。伊波利特·马特维耶维奇的心沉了下去。他急忙去找自己随身带着的小镜子。镜子里面映照出一个大鼻子，还有左半边嫩草一样鲜绿的胡髭。伊波利特·马特维耶维奇赶紧把镜子移到右边。右边的胡髭同样是这种恶心的绿色。他低下头，几乎要顶到了镜面，倒霉蛋又看见，四方的发型中央仍被纯黑色占领着，可是四周已经像种上了一圈青草的花边。

伊波利特·马特维耶维奇全身心地发出一声响亮的哀嚎，奥斯塔普立刻睁开了眼睛。

“您发什么疯！”本德尔呵斥了一声，随即又闭上了惺忪的眼睑。

“本德尔同志。”“泰坦尼克”的牺牲品低声哀告。

奥斯塔普经不住多次的推搡和求告，醒了。他仔细打量了一下伊波利特·马特维耶维奇，开心地笑起来。合作计划的总体负责人兼技术经理背过脸去，不看总经理兼行动发起人，却已经浑身哆嗦，抓住了床板，大叫：“受不了啦！”接着又是一阵狂笑。

“您这样可不好，本德尔同志。”伊波利特·马特维耶维奇一颤一颤地翕动着绿胡子说。

这个动作为已经笑不动了的奥斯塔普增添了新的动力。发自肺腑的笑声又持续了五分钟。等到他缓过气来，便转眼恢复了严肃的样子。

“您这么恶狠狠盯着我干吗，就像当兵的在头上找虱子？[①]您看看自己的样子？”

“但是药剂师说，这可是纯正的黑色。不管冷水热水肥皂水还是煤油都洗不掉的……这还是走私货呢。”

“走私货？所有走私货都是在敖德萨[②]小阿尔瑙特街生产的。把瓶子给我看看……您再看看，上面写的读过吗？”

“读过。”

“这里呢——这些小字读过吗？这里说得明明白白，用热水冷水或者肥皂水和煤油洗了头发之后，不能擦干，而是要晒干，或者用汽油炉烘干……您为啥不烘干？头顶这么一棵绿色的菩提树，您现在还怎么出门？”

伊波利特·马特维耶维奇满脸懊丧。这时季洪走了进来，看到老爷的绿胡子，惊得划了个十字，请求再喝一杯酒清醒清醒。

“您就给劳动英雄一个卢布吧。”奥斯塔普建议，“不过，可别写在我账上。这是您和老仆人之间的私事儿……等一下，大叔，你别走，我还有件小事儿。”

奥斯塔普和门房进行了一番有关家具的对话，仅仅用了五分

---

① 当兵的一般是剃光头发的。
② 乌克兰地名。

钟，两位合伙人便知晓了一切。整套家具在1919年就已经被运到房管处，只有一把客厅椅子除外，起先是季洪在用，后来又被社会养老院二分院的总务主任拿走了。

“那这把椅子，现在还在这幢楼里？”

“就在楼里啊。”

“老朋友，你说，”沃罗比亚尼诺夫屏住呼吸问道，“椅子在你这里的时候，你有没有……修过？”

“没必要修它。早年间的做工就是好。这椅子再过三十年也能用。”

“好吧，你去吧，老朋友，再给你一卢布，你可别说出去，说我回来了。”

“打死也不说，沃罗比亚尼诺夫先生。”打发了门房后，奥斯塔普·本德尔高喊一声：“要破冰啦。”随即又指着伊波利特·马特维耶维奇的胡子说：

“得重新染过了。拿钱来——我去药店。您的‘泰坦尼克’根本没用，只能染狗毛……早年有一种染料特棒！……有个赛马行家给我讲过他惊心动魄的一段经历。您对赛马有兴趣吗？没有吗？可惜了。很精彩啊。是这么回事儿……有个很有名的幕僚，德鲁茨基伯爵。他赌马输掉了五十万卢布。谁都没他输得多！后来，他输得除了一屁股债务就一无所有了，于是伯爵想到了自杀。这时，一个小滑头从他手里诓走了五十卢布，给他出了一个绝妙的主意。伯爵便离家出走，一年后带回一匹三岁的奥尔洛夫快马[①]。打那以后，

① 俄罗斯最出名的快马，据说是叶卡捷琳娜二世期间由奥尔洛夫伯爵从土耳其引进。

伯爵不仅赢回了所有本钱，还赚了三十万。他那匹奥尔洛夫小马名叫‘经纪人’，有良种马证书，每次都跑第一。在德尔比赛马会上，它领先了‘麦克马洪’[①]整整一个身长。轰动啊！……但是库洛奇金（听说过这人吗？）却看出了蹊跷，所有的奥尔洛夫种马都开始换毛色了，唯独这匹大美人‘经纪人’没有换毛色。这一下闹出了空前的丑闻！伯爵被判了三年。原来，‘经纪人’不是奥尔洛夫种马，而是染了毛色的杂种马，跑起来比奥尔洛夫种马快得多，能把种马甩到一俄里[②]以外。怎么样？……这才是染料呢！哪像您的胡子！……”

“那证书怎么解释？它不是有良种马证书吗？”

“那证书就和您‘泰坦尼克’上的标签一样，假的！拿钱来，我去买染料。”

奥斯塔普回来的时候带了一瓶新的药水。

“‘娜雅达’牌的。兴许，比您的‘泰坦尼克’要好。把西装脱了吧！”

重染的仪式启动了。可是，这种“让发质变得柔顺蓬松”的所谓靓丽的褐色与“泰坦尼克”的绿色混合在一起，竟然把伊波利特·马特维耶维奇的头发和唇髭染成了太阳光谱的七彩。

一大早起床就没吃过东西的沃罗比亚尼诺夫恶毒地把所有化妆品工厂骂了个遍，骂完国有工厂，又骂敖德萨小阿尔瑙特街的地下作坊。

---

① 名马的名字。
② 1 俄里等于 1.6 公里。

“这样的唇髭，怕是连阿里斯季德·白瑞安[①]也不会有。”奥斯塔普爽朗地指出，“不过，在苏维埃俄罗斯，这种紫外光一样的胡髭还是不留为妙。必须剃了它。”

“我不干。”伊波利特·马特维耶维奇悲伤不已，“这可不行。”

“怎么了，难道您的胡髭是珍贵的纪念品？”

“我不干。”沃罗比亚尼诺夫再次拒绝，耷拉下脑袋。

“那您就一辈子待在门卫室里，我去找椅子。顺便提醒您，第一把椅子就在我们头顶。”

“剃了吧！”

本德尔翻箱倒柜地找出一把剪刀，迅速揪住了胡髭，胡髭便无声无息地飘落到地上。剪完之后，技术经理从口袋里掏出一把发黄的“吉列”剃刀柄，又从皮夹里抽出一片备用刀片，开始为几乎失声痛哭的伊波利特·马特维耶维奇刮起脸来。

“最后一片刀片让您给用了。别忘记在我的借款一栏写上两个卢布的修剪费。”

伊波利特·马特维耶维奇痛苦地浑身发抖，但他还是死要面子：

“为什么那么贵？修面到处都是四十戈比！”

“因为这是保密行动，元帅同志。”本德尔反应很快。

被人用安全刀片剃头，心中的痛苦是难以想象的。伊波利特·马特维耶维奇从行动一开始就对此心知肚明。好在，万事皆有终，头也终于剃完了。

---

① 白瑞安（1862—1932），法国总理兼外交部长，他蓄有长髭的形象经常见之于苏联报端。

“大功告成。庭审继续！神经脆弱的人不要看啊！您现在像极了著名的讽刺作家博博雷金。[①]”

伊波利特·马特维耶维奇抖落身上一团团恶心的毛发，那些毛发不久前还是一根根潇洒的银丝。他洗了把脸，忍着整个脑袋火烧火燎的疼痛，又盯住了镜子，这已经是他今天第一百次照镜子了。不过，他竟然喜欢上了镜子里看到的形象。镜子里那张脸虽然由于痛苦而扭曲，但看着却显得格外年轻，活像个演员，只不过没有片约。

“好啦，前进吧，号角已经吹响！”奥斯塔普叫道，“我——去房管处调查，或者，确切地说，去房管处以前办公的楼里，您嘛——去搞定老太婆们！”

“我不去。”伊波利特·马特维耶维奇说，“我走进自家楼里会很伤心的。”

“啊，是啊！……感人至深的故事！被流放的男爵！好吧。那您去房管处，这里的事情我来处理。集合地点——门卫室。正步——走！”

① 博博雷金（1836—1921），俄国作家，其实他不是讽刺作家。

第八章　知耻无悔的小偷

社会养老院二分院的总务主任是个腼腆的小贼。虽然他全身心地反对盗窃行为，但却没法做到不偷。他每次小偷小摸的时候，都会有羞耻感。他不厌其烦地小偷小摸，不厌其烦地感到羞耻，所以他刮得光洁的两颊永远泛着窘迫、惭愧、腼腆和羞怯的红晕。总务主任名叫亚历山大·雅科夫列维奇，他的老婆名叫亚历山德拉·雅科夫列芙娜。他称呼她萨什亨，她叫他阿尔亨。这世上恐怕还未有过像亚历山大·雅科夫列维奇这样怕羞知耻的小偷。

他不但是总务主任，同时也是二分院的负责人。前一任负责人，因为粗暴对待被赡养的老太婆们而遭到撤职，现在去当交响乐队的指挥了。阿尔亨和他那个缺乏教养的前任没有丝毫共同点。因为肩负着整幢楼的管理，他每一个工作日都安排得满满当当，为了在楼里推行重要的改革和新的举措，他对待退休了的老太婆们也格外彬彬有礼。

奥斯塔普·本德尔拉开了沃罗比亚尼诺夫私邸那扇厚重的橡木门，进到了前厅，立刻便闻到一股粥烧煳了的味道。楼上的房间里一片南腔北调的说话声，就像从远处接二连三传来"乌啦"的呼喊。前厅里没有人，也没有人走出来。两排橡木楼梯通往楼上，台阶上的漆已经有些年头了。现如今楼梯上只剩下了铜环，原本在台阶上用来压住地毯的金属杆也已经不见了。

"好家伙，科曼齐首领以前过的日子还真是骄奢淫逸。"奥斯塔普一边想，一边朝楼上走去。

进到第一个房间，就觉得宽敞而又亮堂，十五六个头发花白的老太婆团团围坐，身上穿的都是用最便宜的灰色平纹布做成的裙子，颜色和老鼠别无二致。老太婆们正憋足了劲伸长脖子，盯着站在中央的一个年轻力壮的男人，齐声唱道：

"远处铃儿响叮当。那是熟悉的三套马车在奔跑……雪花片片闪着晶莹的光，白茫茫绵延四方！……"①

合唱指挥穿的灰色托尔斯泰衬衫也是用灰色平纹布做的，裤子的布料同样是灰色平纹布，他两手打着节拍，转动着身躯，不停地叱责：

"最高音部，轻一点！科库什金娜，别那么大声！"

他瞅见了奥斯塔普，但是，两只手的动作却停不下来，只是不太友好地看了看对方，仍继续指挥。合唱的声音就像穿透了枕头，越发高亢起来：

"塔——塔——塔，塔——塔——塔，塔——塔——塔，

多——罗——隆，图——鲁——轮，图——鲁——轮……"

"请问，总务主任在这里吗？"奥斯塔普抓住了第一个停顿，立刻插话问道。

"有什么事吗，同志？"

---

① 出自俄罗斯民歌《铃铛》。

奥斯塔普向指挥伸出手，友好地问他：

“是少数民族歌曲吗？很好听。我是消防监督员。”

总务主任顿时有了羞耻感。

“是啊，是啊，”他难为情地说，“您来得好巧。我正想写报告呢。”

“您不用操心。”奥斯塔普显得宽宏大量，“报告我就自己写了。现在，带我各处看看吧。”

阿尔亨摆摆手解散了合唱队，老太婆们兴高采烈地踩着小碎步散开了。

“请您随我来。”总务主任发出了邀请。在去参观之前，奥斯塔普盯上了这间屋子里的家具。房间里有一张桌子，两张铁脚的花园长椅（其中一张的椅背上深深地刻着一个名字“科里亚”），还有一把棕色的风琴。

“这间屋子里不烧汽油炉吗？有没有临时的炉子或者诸如此类的东西？”

“没有，没有。这里是小组活动的地方：合唱小组，戏剧小组，绘画小组和音乐小组……”

说到“音乐”二字，亚历山大·雅科夫列维奇脸红了。先是红了下巴，接着便红到了额头和两颊。阿尔亨感到羞愧难当，因为他早就把管乐队的乐器卖光了。反正老太婆们虚弱的肺也只能吹奏出狗崽子一样的哼哼声。这么一大堆金属白白地放着只能看，那就太可笑了。所以阿尔亨不能不把乐队偷个精光。而现在，他感到了异常的羞愧。

两扇窗户之间的墙面上，悬挂着一幅口号，白色的文字写在一块老鼠皮颜色的平纹布上：

“管乐队——通往集体创作之路”。

“很好。”奥斯塔普说，“兴趣小组活动房间没有任何火灾隐患。去看看其他房间吧。”

奥斯塔普快步经过沃罗比亚尼诺夫家小楼的几间正厢房时，并没有发现什么英式印花布包着的曲腿胡桃木椅子。光滑的大理石墙上贴着社会养老院二分院的公告。奥斯塔普读着告示，时不时用铿锵的语调质问：“烟囱定期清理吗？炉子正常吗？”在得到详尽答复后，便继续朝前走去。

消防监督员兢兢业业地搜寻着楼里的每一个角落，力求找到哪怕一星半点的火灾隐患，但这方面显然一切都无可挑剔。这样一来，搜寻工作就一无所获了。奥斯塔普走进卧室。老太婆们看见他，都站起身来鞠躬。房间里放着几张单人床，铺着狗毛一样毛茸茸厚实的毯子，毯子的一端还有纺织厂机车绣的“腿部”两个字，床底下放着箱子。亚历山大 · 雅科夫列维奇喜欢军事化管理，在他的提议下，每只箱子都刚好从床底下露出三分之一。

二分院楼里的一切都简陋得让人瞠目结舌：家具只有清一色从亚历山大林荫路拉来的花园长椅，现在这条路已更名为“无产阶级义务劳动者路”，还有几盏粗制滥造的煤油灯和那些绣着“腿部”的毯子。不过楼里有一样东西做得异常结实而又考究：那就是门上的弹簧拉栓。

捣鼓门闩是亚历山大 · 雅科夫列维奇的一大癖好。为此他耗费心血无数，给楼里的每一扇门都安上了各种样式的弹簧拉栓。有最简单的铁杆式弹簧拉栓，有带铜柱活塞的气压弹簧拉栓，有挂着笨重铅砂袋的下垂式组合装置，还有一些弹簧拉栓的结构更是复杂得惊人，就连社会养老院的钳工看了都直摇头。所有这些活塞、弹簧和平衡砂袋都沉重无比。在这些机械装置的作用下，房门闭合时，就像老鼠夹一样迅速，还往往震得整座小楼都颤抖起来。老太婆们每每哀声尖叫着想要躲避飞速扑来的房门，但却不是每次都能逃得掉的。房门通常都能追上逃亡的老太婆们，撞上她们的脊背，而与此同时，平衡砂袋发着阴险的喑呜，擦过鬓角，像铅球一样飞落而下。

本德尔和总务主任在楼里巡视时，一扇扇房门就像礼炮一样，接二连三发出可怕的轰鸣。听着让人觉得，似乎国内战争的日子又回来了。

这种要塞式固若金汤的防御设施背后，几乎藏不住任何东西——但椅子仍然没找到。一路检查消防隐患的监督员又走进了厨房。里面有一口原先用来煮被单的大锅正在熬粥，那气味是这位了不起的幕僚走进前厅时就已经领教过了的。奥斯塔普皱了皱鼻子问：

“这是什么，用机油煮的吗？”

“是千真万确的纯奶油啊！”阿尔亨红着脸，几乎要哭出来了，“这还是我们直接从农场买来的。”他的愧疚发自内心。

“不过，这倒是没啥火灾的隐患。”奥斯塔普表示认可。

厨房里也没有椅子。只有一张小板凳，坐着一名厨师，他身上的围裙和尖顶帽也都是用灰色平纹布做的。

“你们这里的衣服为啥都是灰色的，薄得跟纱布一样，拿来擦玻璃窗还差不多吧？”

腼腆的阿尔亨越发低下了头。

“贷款给得不够啊。”

他深深地厌恶自己。奥斯塔普看了看他，一脸狐疑地说：

"我现在说的是消防问题，和这个不相干吧。"

阿尔亨心虚起来。

"消防啊，"他赶紧解释，"我们采取的措施很完善。甚至还有一个'埃克列尔'泡沫灭火器"①。

监督员又顺路看了看几间小贮藏室，便不太情愿地走向灭火器。这个红色洋铁皮包着的锥形灭火器，虽然的确是楼里唯一一件和消防相关的物件，却让监督员大为光火。

"这是在旧货市场买的吧？"

亚历山大·雅科夫列维奇顿时像被雷劈到了，还没来得及答复，监督员便一把从生锈的铁钉上拽下了"埃克列尔"，不等他反应过来，砸碎了药瓶，又迅速尖头冲上把灭火器颠倒过来。但泡沫水柱并没有如预期的那样喷射出来，而只听到微弱的嘶嘶声，让人想起那首古老的旋律《假如我主享誉锡安》②。

"还真是，就是旧货市场买的。"奥斯塔普确认了自己一开始的想法，随即便把还在哼哼的灭火器挂回原来的地方。嘶嘶声中，两人继续往前走去。"椅子能放在哪儿呢？"奥斯塔普想，"情况有点不妙啊。"于是，他决定把一切都搞清楚，不然绝不离开这座灰色平纹布的宫殿。

就在监督员和总务主任爬进阁楼，具体探讨消防细节和烟囱配置时，社会保障二分院的生活也一如既往地进行。

午饭已经做好了。粥的煳味明显加重，已经盖过了楼里其他所有挥之不去的酸臭味。走廊里传出一片窸窸窣窣的声音。老太

---

① 埃克列尔是奶油卷的意思，这里指的是家庭用迷你灭火器。

② 国内战争时期，这首歌在支持沙皇的白区曾被当作国歌。

婆们用双手在胸前捧着盛了粥的小铁碗，小心翼翼地走出厨房，在一张公用桌子前坐下开始用餐。她们尽量不去看食堂里比比皆是的标语。那些标语都是亚历山大·雅科夫列维奇亲自拟写，并由亚历山德拉·雅科夫列芙娜用艺术字体描绘。其内容如下：

“食物乃健康之源”，“鸡蛋颗颗有脂肪，能与半磅肉相当”，“细细嚼来慢慢咽，是对社会做贡献”，还有“肉类有害”。

所有这些崇高的文字都能勾起老太婆们一连串的回忆。看到这些文字，她们便会想起革命前就已经掉光了的牙齿，想起差不多也是那段日子里便已经不见了踪影的鸡蛋，想起脂肪含量还不如鸡蛋的肉类食品，或许，在细嚼慢咽的同时，她们还会想起这个再也没有机会为之作出贡献的社会。

除了老太婆们，在桌边用餐的还有伊西多尔·雅科夫列维奇、阿法纳西·雅科夫列维奇、基里尔·雅科夫列维奇、奥列格·雅科夫列维奇和帕沙·艾米利耶维奇。无论是年龄还是性别，这些年轻人都和社会养老院的使命显得格格不入。不过，四位雅科夫列维奇其实就是阿尔亨的弟弟们，而帕沙·艾米利耶维奇则是亚历山德拉·雅科夫列芙娜的表外甥。这几位年轻人当中，年龄最大的是32岁的帕沙·艾米利耶维奇，他们都不认为自己住在社会养老院里有什么不正常。他们在楼里和老太婆们享受同等的待遇，也都盖着公家的被子，盖着绣有“腿部”的毯子，穿的也都和老太婆们一样，是老鼠皮颜色的平纹布。不过，多亏了他们的年轻和身强力壮，他们吃的要比其他被赡养人多得多。他们还偷走了楼里所有阿尔亨没来得及偷走的东西。帕沙·艾米利耶维奇还有着一口气吃掉两千克小鲱鱼的胃口，有一回他还真这么干了，结果整幢楼里的人都没能吃上午饭。

还没等老太婆们品尝出粥的滋味，几个雅科夫列维奇和艾米利耶维奇便已经狼吞虎咽解决了自己的份额，随即打着饱嗝站起身来，又去厨房踅摸一些容易消化的食物。午餐仍在继续。老太婆们却吵吵嚷嚷地数落起来：

“等他们吃撑了，就该大喊大叫地唱歌了！”

“帕沙·艾米利耶维奇今天一大早就把‘红色一角’的椅子给卖了。还是从后门拖出去卖给二道贩子的。”

“等着瞧吧，今天肯定喝得烂醉回来……”

这时，喇叭里传出了擤鼻涕一样的声音，老太婆们的谈话被打断了。那声音甚至盖过了一直嘶嘶作响的泡沫灭火器，只听一个母牛似的嗓音开始广播：

“……弗（发）明……”

扩音喇叭就立在屋角擦得锃亮的镶木地板上，可是老太婆们却低下了头，继续用餐，并不去理会，显然是希望这个外形酷似酒杯的家伙能放过她们。但是喇叭依然神气活现地继续广播：

“页沃克啦啦啦呵呵呵呵，维度索[①]……有价值的发明。穆尔曼斯克铁路养路工索库茨基同志——一个一个字母地拼，就是萨马拉、奥廖尔、克列奥帕特拉、乌斯基妮娅、察里津、克列缅第、伊菲哥尼亚、约克——合在一起就是索——库茨——基……”

喇叭里一声呼噜，深深吸了一口气，继续用伤风的嗓音播报：

“……发明了扫雪车上的照明信号装置。公路发明创造及改善

① 扩音器出了故障发音不清。

局已经认可了该项发明——达莉娅、奥涅佳、雷蒙德……[1]”

老太婆们像灰鸭子一样溜回了房间。喇叭被自己的音量震得直颤，依旧在空荡荡的房间里激情澎湃：

“……现在请收听来自诺夫哥罗德[2]的四句民谣[3]……”

于是在很远很远的地方，似乎是在地心的深处，有人触动了三角琴弦，响起了巴蒂斯蒂尼[4]中气十足的歌声：

几只臭虫趴在了墙面，
冲着太阳眯缝起两眼，
一旦看见财政监督员——
一个接一个立刻完蛋……

地心深处传来的四句短歌引发了剧烈的反响。喇叭里响起了可怕的轰鸣。听上去像是雷鸣般的掌声，又像是地底火山正酝酿喷发。

与此同时，神情沮丧的消防监督员撅着屁股从阁楼的梯子上爬了下来，再次走进了厨房，只见里面已经坐着五位公民，正直接伸手从木桶里捞起酸白菜，塞进嘴里大口咀嚼。他们一声不吭地吃着，只有帕沙·艾米利耶维奇像个美食鉴赏家一样晃着脑袋，一边甩掉胡子上的酸菜渣，一边艰难地感慨：

“这么好的酸白菜，不就着伏特加吃，真是罪过。”

---

① 公路发明创造及改善局简称的首字母拼写。
② 俄罗斯城市名。
③ 指俄罗斯民间滑稽短歌。
④ 巴蒂斯蒂尼（1856—1928），意大利男中音歌唱家。

"这就是那批新来的老太婆了？"奥斯塔普问。

"他们都是孤儿。"阿尔亨一面回答，一面用肩膀把消防监督员挤到厨房外，还回身朝这些孤儿们挥了挥拳头，以示警告。

"伏尔加一带来的孩子吗？[①]"

阿尔亨哑然。

"还是沙皇时期留下的沉重负担？"

阿尔亨两手一摊表示：哈，有啥办法，既然这是历史遗留问题。

"你们这里是两性混合赡养？"

腼腆的亚历山大·雅科夫列维奇丝毫没有怠慢，毫不迟疑地邀请消防监督员随意用一顿便饭，上帝给什么我们就吃什么。

当天，上帝给了亚历山大·雅科夫列维奇一瓶茅香露酒、自家腌渍的蘑菇、鲱鱼碎肉土豆饼、乌克兰上等牛肉红菜汤、鸡肉配米饭和糖煮苹果干。

"萨什亨，"亚历山大·雅科夫列维奇叫她，"你来认识一下省消防厅的同志。"

奥斯塔普像个演员一样向女主人鞠躬致意，接着便发表了一通拖沓冗长而又含糊其辞的恭维话，说到最后连自己都不知道该怎么收场才好。萨什亨是一位身材魁伟的女士，她本来姣好的面容多多少少被尼古拉[②]式的半连鬓发型给丑化了，只见她嫣然浅笑，和两个男人一同干了一杯。

"为你们的福利事业干杯！"奥斯塔普大声说。

---

① 1920年伏尔加一带曾闹饥荒，奥斯塔普暗讽这些人的吃相就像饥荒时期幸存的孤儿。

② 指沙皇尼古拉一世。

这顿饭吃得相当愉快，以至于最后吃糖煮苹果干的时候，奥斯塔普才想起来此行的目的。

“说说看，”他问道，“您这幢酸臭熏天的楼里，器材怎么会那么匮乏？”

“怎么会，”阿尔亨慌了，“不是有簧风琴吗？”

“知道，我知道，‘人声’牌的。但是您这里连像样的座椅都没有。只有几张公园的长椅。”

“‘红色一角’那儿有一把椅子啊。”阿尔亨不服气了，“是英国产的椅子呢。据说还是以前留下来的老式家具。”

“什么‘红色一角’，我刚才怎么没看到。那里的消防工作做到位了吗？不会有啥问题吧？这可得去看看。”

“您请。”

奥斯塔普对主人的招待表示了感谢，便走了出去。“红色一角”从来不点汽油炉，也没有临时火炉，烟囱不但能用，还定期打扫。但是，让阿尔亨大为惊讶的是，椅子竟然不见了。于是大家开始寻找椅子。床底下瞄了，长椅底下也看了，还莫名其妙地移开了簧风琴，老太婆们更是被追问了个遍，可她们也只是忐忑不安地瞄着帕沙 · 艾米利耶维奇，椅子仍然没有下落。而帕沙 · 艾米利耶维奇此时却格外执着地想要把椅子找出来。大家都已经消停了，可他还在房间里转悠个不停，一会儿看看长颈玻璃瓶的底下，一会儿又把铁皮杯子移来移去，还自言自语道：

“椅子能跑哪儿去呢？今天还在的，我亲眼看见的！真是搞笑。”

“姑娘们，真是可悲啊。”奥斯塔普在一旁冷冰冰地说。

“实在是搞笑！”帕沙 · 艾米利耶维奇厚颜无耻地应和。

这时候，一直在浅吟低唱的泡沫灭火器“埃克列尔”把调子升到了只有共和国人民演员涅日达诺娃[1]才够得到的高音“发”，接着停顿片刻，便尖叫着喷射出第一股泡沫，不但射到了天花板上，还打飞了厨师头上灰色平纹布的圆帽子。继第一股泡沫之后，泡沫灭火器紧接着便射出了平纹布般灰色的第二股泡沫，顿时把未成年的伊西多尔·雅科夫列维奇掀翻在地。接下来，“埃克列尔”便开始了绵绵不绝的喷射。

于是，帕沙·艾米利耶维奇、阿尔亨和所有幸免于难的雅科夫列维奇同时向事故突发地扑了过去。

“动作倒是够利索！”奥斯塔普说，“就是办法笨了点！”

老太婆们眼看奥斯塔普一个人留下，领导不在了，立刻七嘴八舌告起状来：

“他让那帮子弟兄们都搬进来住。还胡吃海喝。”

“还喂这些猪崽子们牛奶喝，我们只能喝粥。”

“整个楼都被他搬空了。”

“姑娘们，安静。”奥斯塔普边后退边说，“劳动监察部门的人会来问你们的。上级没给我这个权利。”

老太婆们不听他的。

“就是这个帕沙·艾米利耶维奇，他今天早上把椅子卖了。我亲眼看到的。”

“卖给谁了？”奥斯塔普高声问。

“卖掉了——卖没了。他还想把我的毯子也给卖了。”此时，走廊里同灭火器的鏖战已进入白热化。最终，人类的才华夺取了

---

① 著名女歌手，1925 年被授予“人民演员”称号。

胜利，泡沫灭火器被帕沙·艾米利耶维奇的铁脚踩烂，吐出了最后一股软绵绵的泡沫，便永永远远地歇菜了。

于是老太婆们被打发去擦洗地板。消防监督员稍稍低下头，轻轻晃着腰胯，走到了帕沙·艾米利耶维奇的跟前。

“我有个熟人，”奥斯塔普的语气斩钉截铁，“他也卖掉了国有的家具。现在他被剃度了——进了劳改所。”

“您这种毫无根据的指责让我惊讶。”浑身上下散发着泡沫气味的帕沙·艾米利耶维奇表示不服气。

“你把椅子卖给谁了？”奥斯塔普压低了嗓门小声问道。

这一问，让帕沙·艾米利耶维奇顿时具备了超自然的神奇预感，他立刻明白，对方马上就要对他大打出手，甚至可能还会用脚踹。

“二道贩子。”他招了。

“地址？”

“我这辈子第一次看见他。”

“这辈子第一次？”

“千真万确。”

“恨不能打烂你的狗头。”奥斯塔普说这句话的时候一脸迫不及待要动手的架势，“只不过，查拉图斯特拉[①]不会允许我这么做。好啦，见你妈的鬼去吧。”

帕沙·艾米利耶维奇讨好地咧嘴一笑，想要赶紧脱身。

“喂，你这个堕胎的牺牲品，”奥斯塔普趾高气扬地叫住他，

① 德国哲学家尼采《查拉图斯特拉如是说》中主人公的名字，书中宣扬“超人哲学”和“权力意志”。

“先别急着滚开，把事情交待完。二道贩子长什么样，金色头发？黑头发？”

帕沙·艾米利耶维奇只好一五一十地解释清楚。奥斯塔普仔细地听完，便一句话结束了采访：

“当然啦，这和消防没有关系。”

腼腆的阿尔亨在走廊里撵上了正要离开的本德尔，递给他一张十卢布的钞票。

“这可触犯刑法一百十四条。”奥斯塔普说，“对正在执行公务的当事人行贿。”

但他还是收了钱，都不和亚历山大·雅科夫列维奇道个别，便径直走向出口。配有强力装置的门被使足了劲拉开，随即就撞到了奥斯塔普的屁股，那力道足足有一吨半重。

“还是挨了撞。”奥斯塔普一边揉了揉被撞疼的部位，一边说道，“庭审继续！”

第九章　您的卷发去哪儿啦?

就在奥斯塔普参观社会养老院二分院时，伊波利特·马特维耶维奇走出门房的房间，带着剃光了脸凉飕飕的感觉，来到了故乡的大街上。

初春清亮的雪水顺着路面急淌。钻石般剔透的水滴从屋檐坠落，滴答声叮咚声不绝于耳。几只麻雀盯上了牲畜的粪便。阳光撒遍了楼宇的屋顶。几匹金色的骏马故意把蹄子在裸露的路面上敲得脆响，一边还垂下耳朵，得意洋洋地欣赏着自己的蹄声。潮湿的电线杆上，贴着几张湿漉漉的广告，皱巴巴的，字迹也已经模糊不清："教授简谱吉他弹奏"和"备考人民音乐学院的社会学课程辅导"。一队戴着防寒头盔的红军战士一路踩着水洼，从省残疾人合作联合商店一直走到省计划委员会大楼。大楼的三角墙面上，装饰着几只用石膏雕刻的老虎、胜利徽章和几条眼镜蛇。

伊波利特·马特维耶维奇饶有兴趣地边走边看着往来穿行的人群。他这个在俄罗斯生活了一辈子的人，经历过革命，目睹了生活是怎么被摧毁，又如何改头换面和日新月异。对此他早就习以为常，但是，他所习惯的仅仅是地球上的一隅——N县城。而回到故乡后，他发现，其实他还什么都不懂。他似乎真就像是一个从巴黎刚回国的侨民，感觉浑身的不自在和别扭。要是在过去，他坐着马车穿过市区时，总能碰到几个熟人，或是一些他认识的人。可是现在，他已经顺着勒纳事件路走完四个街区，却没遇到一个熟人。也许他们都失踪了，或是都已经老得认不出来了，也可能是因为他们的穿着变了样，帽子也改了式样，所以辨认不出了。要么，就是他们改变了走路的姿势。不管怎么样，他们都不见了。

伊波利特·马特维耶维奇一个人走着，脸色苍白，神情冷漠，怅然若失。他已然完全忘记，他是来找房管处的。他从人行道走向人行道，钻进一个又一个胡同，任性的高头大马在胡同里更加肆无忌惮地敲打着蹄子。胡同里的冬意更盛，有些地方还淤着未融尽的残冰。整个城市的颜色都变了样。蓝色的楼宇变成了绿色，黄色的变成了灰色，消防瞭望塔上的信号气球不见了，也看不到有消防员在塔上走动，马路上也变得比伊波利特·马特维耶维奇记忆中更加嘈杂。

在普希金大道上，伊波利特·马特维耶维奇被几根铁轨和挂着电线的有轨电车杆子吓到了，这是他以前在老城从未见过的。伊波利特·马特维耶维奇没读过报纸，他不知道五一节前，老城将开通两条有轨电车线路：火车站线和外来货市场线。伊波利特·马特维耶维奇时而觉得他从未离开过老城，时而又觉得这是一个完全陌生的地方。

他一边东想西想，不觉来到了马克思和恩格斯路。这个地方让他重新有了孩提时代的感觉，似乎那幢带狭长阳台的两层高的小楼拐角处，立刻会闪出某个熟人的身影。伊波利特·马特维耶维奇甚至停下脚步期待着这一刻的到来。但是并没有什么熟人出现。先是出现了一个玻璃匠，拎着一个装有雕花玻璃和黄铜色油灰腻子团的箱子。接着是一个衣着体面的人从拐角处走了出来，头上戴着一顶有黄色皮革帽檐的麂皮鸭舌帽。他的身后紧跟着跑出一群孩子，看样子都是小学生，身上用小皮带扎着几本书。

突然间，伊波利特·马特维耶维奇只觉得手心发热，而肚子里却冒出一丝凉意。一个慈眉善目的陌生人径直冲他走了过来，只见他像扛着一把大提琴似的扛着一把椅子。伊波利特·马特维耶维奇定睛一看，立刻认出了那把属于自己的椅子，他冷不丁打了个嗝。

没错！那正是汉布斯公司的椅子，虽然经历了革命的风暴，外面包着的英国印花布已经变得暗沉，但就是那把曲腿的胡桃木椅子无疑。伊波利特·马特维耶维奇觉得像是有人往他的耳朵里开了一枪。

“磨刀啦，剪刀，剃须刀啊！”不远处响起一个近乎男中音的低声吆喝。紧接着便有了细声细气的回应：

“焊接啦，修补啊！……”

“莫斯科《消息报》啊，《笑话》杂志，《红色沃土》，《老城真理报》啦！……”

头顶上方有人砸碎了一块玻璃。面粉厂的载重卡车驶过，整个城市都被震得直哆嗦。有个警察吹响了哨子。生命在沸腾，甚至已经沸腾得溢了出来。这样的机会是绝不容错失的。

伊波利特·马特维耶维奇像豹子一样跳了起来，蹿到可恶的陌生人跟前，二话不说就把椅子往怀里拽。陌生人把椅子拽了回去。于是，伊波利特·马特维耶维奇左手抓住椅子的一条腿，右手使劲去掰开陌生人粗大的手指。

“抢劫啊。”陌生人一声低吼，把椅子抓得更牢了。

“抱歉，请放手。”伊波利特·马特维耶维奇嘴里一边嘟嘟囔囔，一边继续掰扯陌生人的手指。

开始有人围观了。周围至少已经有三个人站定，怀着强烈的兴趣关注着争端的发展。

于是，两个人都心怀鬼胎地四下望了望，虽然彼此没有细看对方，但牢牢抓住椅子的手却不肯松开，他们就像什么事情都没有发生一样，同时快步向前走去。

“这可怎么是好？”伊波利特·马特维耶维奇有了无计可施的感觉。

陌生人此刻在想些什么无从得知，可是他的脚步却异常坚定。

两个人越走越快，一眼瞥见一个没有人的死胡同，撒了一地的碎石和建筑材料，便如同听到号令一般，一齐拐了进去。进了胡同的伊波利特·马特维耶维奇力气陡增。

“把手松开！”他不再羞赧，大叫起来。

“救——命——啊！”陌生人呼救的声音低到勉强才能听见。

由于抓住椅子的手都腾不开，俩人便开始用脚互相对踹。陌生人的靴子打了掌钉，所以伊波利特·马特维耶维奇一开始的情况很不妙。不过他很快就熟能生巧，就像表演起了克拉科维克舞[①]，时而向左跳，时而又蹦到右边，躲闪着对手的打击，同时力求击中敌人的肚子。因为椅子很碍事儿，所以他没能命中肚子，但他终于狠狠踢中了对手的膝盖骨，逼得对方只好用左腿踹。

“哎呦，上帝啊！”陌生人一声哼哼。伊波利特·马特维耶维奇这才发现，这个偷窃他椅子的可恶至极的陌生人不是别人，正是“弗罗尔与拉夫尔”教堂的神职人员——费奥多尔·沃斯特利

---

① 波兰一种民间舞蹈。

科夫神父。

伊波利特·马特维耶维奇惊呆了。

“神父！”他惊叫一声，松开了抓住椅子的手。

沃斯特利科夫神父紫涨了脸，终于也松开了手指。椅子没人抓住，跌落到了碎砖块上。

“您的胡髭怎么不见了，尊敬的伊波利特·马特维耶维奇？”这位宗教界的大人物极尽挖苦之能。

“那您的卷发去哪儿啦？您原来不是一头卷发吗？”

伊波利特·马特维耶维奇以令人难以容忍的鄙视回应着对方。他那不可一世的高傲眼神把费奥多尔神父淋了个透，随即把椅子夹到腋窝下，转身便要离开。但是费奥多尔神父此刻已经从窘迫中回过神来，他没有让沃罗比亚尼诺夫如此轻易就得手。只听他一声大喊：“没门儿，您给我站住。”又一把抓住了椅子。俩人又恢复了原先的姿势。

双方站立着，牢牢抓住椅子腿，活像两只公猫，又像两个拳击手，彼此用眼神提防着对手，移动脚步交换着阵地。

扣人心弦的间歇持续了足足有一分钟。

“原来是您啊，高尚的神父。”伊波利特·马特维耶维奇的牙齿咬得咯咯响，“您在打我家产的主意？”

伊波利特·马特维耶维奇嘴里说着，猛地一脚踢向神父的大腿。

费奥多尔神父机灵地闪开，恶狠狠一脚踹中了首席贵族的腹股沟，后者立刻蜷缩成了一团。

“这可不是您的家产。”

“那是谁的？”

“不是您的。”

“那是谁的？”

“不是您的，就不是您的。”

“那是谁的，谁的呢？”

“就不是您的。”

俩人一边嘟嘟囔囔地相互指责，一边拼命猛踹对方。

“到底是谁的财产？”首席贵族大叫一声，重重地踢到了神父的肚子。神父负痛，却仍然嘴硬：

“这是国有化的财产。”

“国有化？”

“是——啊，是——啊，就是国有化的。”两个人语速之快，说出的话都掺杂到了一起。

“谁把它国有化了？”

“苏维埃政权！是苏维埃政权！”

“什么政权？”

“劳动人民的政权。”

“啊——啊——啊！……”伊波利特·马特维耶维奇就像吞了薄荷，从头凉到了脚，“就是工农政权？”

“没错——啊——啊！”

“嗯——嗯——嗯！……那么，高尚的神父，您大概还是党员了？”

“嗯——大概吧？”

此时伊波利特·马特维耶维奇再也忍不住了，大吼一声“还大概！”饱含激情地往神父慈眉善目的脸上啐了一口。费奥多尔神父毫不迟疑地向伊波利特·马特维耶维奇的脸上回啐，竟然也命中了。脸上的唾沫没东西可擦：手还抓着椅子呢。伊波利特·马特维耶维奇挤出一种类似房门被推开一样的声音，使出全身气力把椅子推向了敌人。敌人倒地了，但同时也把气喘吁吁的沃罗比亚尼诺夫拉倒在地。双方均以跪撑的姿势继续保持战斗。

突然一声脆响，椅子的两条前腿被一齐掰断了。打斗双方立刻忘却了彼此的存在，开始动手撕扯胡桃木的宝藏。随着一声海鸥般的哀鸣，英国印花布被撕裂了。椅子背被豪爽地抛弃，飞到了一边。两位寻宝者把席纹布和铜扣子扯了下来，甚至顾不上会被弹簧划伤，手指深深探进了毛料填充物里。受惊的弹簧铮铮地叫起来。才五分钟，这把椅子就被彻底肢解，七零八落散了一地。弹簧四面八方滚了出去，风儿把破败的绒毛吹得到处飞扬，椅子的曲腿倒在坑里。钻石却没找到。

"怎么样，找到了吗？"伊波利特·马特维耶维奇喘着粗气问道。

费奥多尔神父浑身粘满了一撮撮绒毛，呼哧呼哧直喘，并不说话。

"您就是个骗子！"伊波利特·马特维耶维奇嚷道，"我一定要抽您一顿嘴巴，费奥多尔神父！"

"您鞭长莫及。"神父回答。

"您浑身粘着绒毛打算去哪儿？"

"关您什么事儿？"

"无耻啊，神父！您就是个——贼！"

"我可没偷您什么东西！"

"您是怎么知道这事儿的？竟然利用忏悔的秘密为自己谋私？太好了！干得漂亮啊！"

伊波利特·马特维耶维奇怒气冲冲地“呸”了一口，便离开了胡同，一路掸着大衣袖子，走了回去。在勒纳事件路和耶罗非耶夫斯基胡同交界处，沃罗比亚尼诺夫看见了自己的搭档——技术经理兼计划总体负责人，只见他侧着身子，抬着左脚，正让人用亮黄色的鞋油擦他的麂皮鞋面。伊波利特·马特维耶维奇赶紧向他跑去。技术经理正自得其乐地哼唱着《西密舞》[①]：

以前这是骆驼的踯躅，
以前这是波多苦多人[②]的舞步，
如今成了全世界流行的西密舞……

“嗯，房管处的事情办得怎么样？”他一本正经地问，却又马上说道，“等一下，您不要说了，看您这激动的样子，还是先冷静一下吧。”

奥斯塔普付了擦鞋的七个戈比，便抓起沃罗比亚尼诺夫的胳膊，拖着他沿马路走去。激动不已的伊波利特·马特维耶维奇把所有的事情都讲述了一遍，奥斯塔普听得全神贯注。

“啊哈！是那个留着一小撮黑胡子的人吗？那就对了！穿的是羊皮领大衣？我明白了。这椅子就是养老院的，是他今天早上花了三卢布买的。”

“我还没讲完呢……”

---

① 上世纪20年代流行的一种狐步舞。本德尔唱的是匈牙利作曲家卡尔曼于1921年所作轻歌剧《舞妓》中一首短歌《西密舞》，在当时的俄罗斯颇为流行。

② 巴西的印第安人。

接着，伊波利特·马特维耶维奇又把费奥多尔神父的下流行径全都告诉了合伙人。奥斯塔普顿时愁眉不展。

“有麻烦了。”他说，“遇到列赫特维斯洞穴了[①]。居然冒出一个神秘的对手。我们得抢在他前头才行，抽嘴巴以后有的是机会。”

两个朋友随即在“斯坚卡·拉辛[②]”啤酒馆里吃了点东西，奥斯塔普还打听清楚了以前的房管处在哪栋楼里，那里现在又是什么机关，一个白天就这么过去了。

金色毛发的高头大马此时又变成了棕褐色。钻石般晶莹的水珠一边滴落一边就冻住了，啪啪地坠落到地上。啤酒馆和“凤凰”饭馆的啤酒坐地涨价：夜晚降临了。普希金大道上的路灯都亮了起来，一列少先队员结束第一次春游归来，踩着鼓点般整齐的步伐走了过去。

省计划委员会大楼上的老虎、胜利勋章和眼镜蛇在城市上空刚探出头的圆月下发出神秘的光。

回去的路上，奥斯塔普突然变得沉默不语。伊波利特·马特维耶维奇看了看省计划委员会的老虎和眼镜蛇，当年这里曾是省土地管理局，人们对那几条眼镜蛇相当引以为豪，把它们看作是老城的名胜。

“我一定能找到。”伊波利特·马特维耶维奇凝神盯着胜利勋章，心中暗想。

老虎似乎亲热地摇起了尾巴，眼镜蛇也快活地蜷起身来，伊波利特·马特维耶维奇的心里充满了信心。

---

① 列赫特维斯洞穴是1910年出版的雷德尔通俗惊险小说中的神秘洞穴。

② 啤酒馆以顿河哥萨克农民战争的领袖斯捷潘·拉辛（1630—1671）命名，斯坚卡是他的小名。

第十章 钳工、鹦鹉和算命婆

佩雷列申斯基胡同的 7 号楼在老城算不上最好的建筑。两层高的小楼被建成第二帝国的风格[1]，几头狮子就是小楼的装饰，狮子的嘴脸已经残破不全，看起来像极了当年著名的作家阿尔志跋绥夫[2]。阿尔志跋绥夫的嘴脸一共有八个，与面朝胡同的窗口数量相符，窗户上方的拱顶里刚好能把这些鬼脸全都装下。

房子上还有两处装饰，但那纯粹是出于商业的目的。一面墙上挂着蔚蓝色的招牌：

敖德萨面包圈劳动组合，"莫斯科小面包圈"

招牌上画着一个打着领带的年轻人，穿一条法式短裤。一条胳膊弯起，挎着一个童话里才有的聚宝盆，从里面汩汩地冒出暗红色的莫斯科小面包圈。看来，在需要的时候，莫斯科小面包圈也可以当作敖德萨面包圈卖。只是这年轻人笑得一脸淫荡。另一面墙上是包装公司"快装"的广告，用镀金的圆体字在漆黑底色的招牌上向尊敬的客户们宣传自己。

虽然招牌的风格迥然不同，周转资金也天差地别，但这两家不同属性的企业却在干着同一个勾当：倒买倒卖一切纺织品——粗毛织品、细毛织品、棉织品，如果能搞到颜色和图案好看的丝织品，那就连同丝织品也一起卖。

穿过隧道般满地是水阴暗的大门洞，再向右转，就走进一个有水泥石井的院子，可以看到两扇没有台阶的门，门洞直对着院子里尖尖的石子路。右侧的门上有一块暗无光泽的铜牌子，上面刻着手写体的字母：

V. M. *波列索夫*

左侧的门上端端正正挂着一块雪白的铁皮：

时装与帽子

但这些其实都只是装点门面而已。这家时装与帽子的作坊内部，既没有硬质帽檐材料，没有饰物，也没有什么军姿笔挺的无头人体模特，更没有用于展示精致女士帽子的大块头木胎。本来应该堆满金银线的三居室里，却住着一只纯白无瑕的鹦鹉，还套着一条红色衬裤。这只鹦鹉饱受跳蚤的骚扰，却有苦说不出，因为它不会说人话。鹦鹉整天嗑着瓜子，隔着塔楼形笼子的金属条把瓜子皮吐到地毯上。要是给它一架手风琴，再让它穿一双吱嘎作响的新套鞋，这鹦鹉活脱就是一个因职场失意而孑然一身的手工业者了。印着紫斑的暗褐色窗帘在窗口徐徐地飘动，屋子里的基调也变成了暗褐色。钢琴上方悬挂着一幅勃克林《死岛》[③]的复

---

① 第二帝国指拿破仑三世（拿破仑一世的侄子）统治法国时期。

② 米哈依尔·彼得洛维奇·阿尔志跋绥夫（1878—1927），俄国作家，十月革命后移居波兰华沙，著有长篇小说《萨宁》。

③ 阿诺德·勃克林（1827—1901），瑞士象征主义著名画家。《死岛》是阿诺德·勃克林所作的一幅长 150 厘米，宽 80 厘米的油画。

制品，画框由暗绿色抛光橡木制成，样式奇特，还盖着玻璃。只不过玻璃的一角早已不见，裸露在外的部分画面，因为苍蝇的糟蹋，完全和画框融为了一体。所以死岛上这一部分发生的故事——已经不可能搞清楚了。

卧室的床上坐着女主人，胳膊肘支在八角桌面上，桌子上覆着肮脏的刺绣桌布。女主人正一张张排着扑克牌，对面坐着寡妇戈里匝祖耶娃，披着一块毛茸茸的披肩。

“我要事先把话说清楚，姑娘，算一卦少于五十戈比我可不干。”女主人说。

不惜一切代价也要再度找个丈夫的寡妇同意了这个价格。

“不过，也请您一起算一下前途。”她哀怨地央求。

“您的命得用梅花王后来算。”

寡妇不同意：“我从来都是红桃王后的命啊。”

女主人一脸无所谓地表示同意，就开始组合牌张。用红桃王后测算寡妇的命运才几分钟就出了结果。显示寡妇将会有一些大麻烦和小麻烦，她心里有个梅花国王，而这个国王却和方块王后情深意切。

接着就是看手相。寡妇戈里匝祖耶娃的掌纹很清晰、很深刻、很完美。生命线延伸得很长，末端甚至连到了脉搏，如果掌纹表述的确乎实情，那么她准保能活到末日审判①。寡妇的智慧线和艺术线则让人深信，如果她抛弃食品杂货生意，一定会在艺术、科学或者社会科学等任何领域为人类贡献出无与伦比的财

① 引用《圣经 · 新约》，基督宗教认为，在世界终结前，上帝将要对世人进行审判，即末日审判。

富。寡妇手心里的掌凸就像满洲的火山，显示蕴含极为丰富的爱意与温存。

算命婆把这一切都解释给了寡妇听，说的都是测字先生、手相术士和马贩子们才习惯性使用的词汇和术语。

“太谢谢您了，太太。”寡妇说，“我现在可算知道了，谁是梅花国王。方块王后是谁我也心里有数。那这个国王和我是同花顺吗？”

“是同花顺，姑娘。”

满心欢喜的寡妇迈开大步回家去了。算命婆随手把牌扔进了抽屉，打了个哈欠，符合五十岁女人年龄的血盆大口立刻暴露无遗。她走进了厨房，在“格雷茨”牌煤油炉[①]上忙着处理完加热过的饭菜，随即像厨娘一样在围兜上擦净了手，提起一只搪瓷已经斑斑剥落的水桶，去院子里打水了。

她费力地挪着平底脚板走在院子里。几近下垂的乳房在重新染过的短上衣里有气无力地跳动着。灰白的头发在脑袋上扎成一把笤帚。她已经是个老太婆了，浑身脏兮兮的，看所有人都面带狐疑，还喜欢甜食。要是伊波利特·马特维耶维奇看到她现在的样子，准保认不出来这位叶列娜·鲍尔就是自己曾经的老情人。法庭书记官曾诗兴大发地描述过她：“不由想吻她，步步生莲花”。邻居维克多·米哈伊洛维奇·波列索夫在井边向鲍尔女士打招呼，他是一个博学多才的钳工，刚才就用装汽油的小铁桶打满了一桶水。波列索夫的脸让人想起歌剧里的魔鬼，就像是登台演出前用炭黑精心涂抹过的一样。

① 作者暗示这位女士生活的平民化。

相互打过招呼后，两位邻居又聊了一会儿老城尽人皆知的事情。

“这日子过的。”波列索夫不无嘲讽地说，“昨天我跑遍了整个老城，连八分之三英寸的螺丝板都没买到。哪儿都没有。没有！可有轨电车倒是要通车了。”

叶列娜·斯塔尼斯拉沃芙娜脑子里关于八分之三英寸螺丝板的概念，就如同列奥纳多·达·芬奇舞蹈培训班里女学员对农业的理解一样，她始终认为奶渣是从甜馅饺子里提取出来的，不过她还是表示了同情：

“现在的商店真不像话！只见排队的人群，不见有商店。而且这些商店的名称也太吓人了。老城省残疾人合作联合商店！……”

“不，叶列娜·斯塔尼斯拉沃芙娜，您知道吧，这倒也能说得过去！可是他们，就剩下四台‘通用电力公司’的发动机了。好吧，这几台还能凑合用，虽然外壳已经破破烂烂！……玻璃上的橡胶封条也脱落了。这是我亲眼看见的。一发动就哐啷哐啷响……没救了！其他几台发动机都是哈尔科夫[①]造的，全是国立有色金属工业公司的产品。根本跑不了几俄里。我可是领教了的……”

钳工忿忿不平地住了口，那张黑色的脸在阳光下灼灼发亮，眼白显得有点发黄。老城有很多修理发动机的手工业者，而维克多·米哈伊洛维奇·波列索夫却是其中最不开窍，也是最经常走霉运的。其原因就在于他大大咧咧的本性，而且他还是个大大咧咧的懒汉，成天情绪激昂地唾沫四溅。想要在佩雷列申斯基胡同7号侧院的私人作坊里找到他，几乎是不可能的。一台熄了火的便

① 乌克兰城市名称。

携式点火器孤零零地站在石棚中央，角落里堆满了千疮百孔的内胎、撕成破条的“三角牌”防护胶，几把大到可以锁住城门洞的红褐色铁锁，几个用来装燃油的软油箱上标有“印第安人”和“漫游者”[①]的字样，一辆弹簧式小童车，一台今生今世都没法再发动的发电机，几根已经腐烂了的鞣皮带，一块被油浸透的垫圈，一张磨光了的砂纸，一把奥地利刺刀，还有不计其数破烂的、被掰弯的、被压扁的废物。客户根本没法找到维克多·米哈伊洛维奇，因为他早就在别处颐指气使了。他可顾不上正经工作。看到装着货物的大马车驶近自家或者别人家的院子，他没办法坐视不管。他会立刻背着两只手走到院子里，一脸鄙夷地盯着马车夫的举动，最后实在忍不住了。“谁会这么驾车啊？”吼声震得人胆战心惊，“拐一边儿去！”

吓破了胆的车夫只好拐弯。

“你往哪儿拐，丑八怪？”恨铁不成钢的维克多·米哈伊洛维奇向马儿扑过去，“这要是在过去，一准给你几个嘴巴，看你不好好拐弯。”

他能一直这样发号施令不下半小时。波列索夫每每打算回作坊修理那个一直都没能修好的自行车气泵时，城里平淡无奇的生活就会再一次掀起某种纠纷的波澜。要么是街上货车的车轴彼此挂住，维克多·米哈伊洛维奇指手画脚地告诉大家，该用什么好办法迅速脱钩；要么是电线杆换新的了，于是波列索夫就专程回作坊取来吊锤测量杆子是否垂直于地面；再不然，就是驶过一队消防车辆，喇叭声把波列索夫搅得心神不宁，一时急火攻心，不

① 德国著名汽车制造商奥迪合并前的四家公司之一。

由得便跟着马车跑去。

不过，维克多·米哈伊洛维奇也会时不时地听命于内心务实苦干的本性。他能连着好几天猫在作坊里一声不吭地埋头工作。那个时候，孩子们会在院子里肆无忌惮地又跑又叫，拉车的马儿会在院子里随心所欲地绕弯，街上的货车根本不会挂钩，消防车和灵柩车也只能一路寂寞地驶向火场——因为维克多·米哈伊洛维奇正在安心工作。在一次类似的间歇性废寝忘食的工作后，他像扯着绵羊的犄角一样，把一辆摩托车推到院子里，这辆摩托是由汽车、灭火器、自行车和打字机的各个部件组合而成的。安装了漫游者公司一匹半马力的发动机，还有戴维森轮胎[①]，而其他的关键部件早就没了品牌。鞍座上垂下一根细绳子，挂上一块写有“试车”的硬纸牌。引来一大群人围观。维克多·米哈伊洛维奇没正眼看任何一个人，单手拧上了脚蹬。足有十分钟没点着火。接着，终于发出了金属吧唧吧唧的振动声，摩托车颤抖起来，整个车身旋即被肮脏的烟雾裹了起来。维克多·米哈伊洛维奇一个飞身骑上鞍座，摩托车以疯狂的速度把他从隧道似的门洞带到马路当中，却突然像被子弹打中一样停了下来。维克多·米哈伊洛维奇本打算下车检查一下这台神奇的机器，没想到它却猛然开始倒行，带着自己的缔造者又穿回隧道般的门洞，回到了院子当中的起点，一阵咕嘟咕嘟的轰鸣后，便爆炸了。维克多·米哈伊洛维奇竟奇迹般幸免于难。于是在下一个忘我的工作周期，他又用摩托车的残骸攒了一台固定式发动机，虽然看上去像极了真正的发动机，却从没能发动起来。

---

① 哈雷戴维森是美国著名的摩托车轮胎品牌。

隔壁5号楼大铁门史诗般的工程，就是这位学院派知识分子钳工壮举的巅峰之作。这栋楼的住宅公司和维克多·米哈伊洛维奇签订了合同，按照约定，波列索夫必须彻底修缮楼里的大铁门，还得自选比较实惠的颜料，将其油漆一新。另一方面，住宅公司必须按照验收进度支付V. M. 波列索夫专项佣金——二十一卢布七十五戈比。税票则由工程承包者自行负责。

于是维克多·米哈伊洛维奇像参孙[①]一样，把铁门拖走了。在作坊里，他激情澎湃地开始工作。花了两天时间卸下了大门上的铆钉，把大门拆卸成各个组件。拆下的生铁卷花都被放进了小童车里，铁杆子和铁矛头被堆放在工作台底下。接着又花了几天检查受损的状况。可后来，城里发生了一桩大麻烦：柴火路上的自来水主管线裂开了，于是这一周剩余的时间里，维克多·米哈伊洛维奇都泡在了事故现场。他带着一脸的嘲笑，对着施工工人大喊大叫，还时不时地朝塌陷的坑里探头探脑。

一直到组织热情稍有减退时，维克多·米哈伊洛维奇才重新回到铁门的工作上来，但已经晚了：院子里的孩子们已经把5号楼大铁门的生铁卷花和铁矛头拿去当玩具了。一看到怒气冲冲的钳工，孩子们便吓得丢下这些小玩具，作鸟兽散。卷花丢了一半，再也找不到了。打那以后，维克多·米哈伊洛维奇对大门彻底失去了热情。

而5号楼里，因为大门一直敞开，发生了一系列可怕的事情。先是阁楼上挂着的湿内衣频频遭窃，有一天晚上，甚至放在

---

① 参孙是《圣经》中玛挪亚的儿子，《士师记》中的一位犹太士师，生于公元前11世纪的以色列，是一个拥有天生神力的犹太战士。

院子里正在煮水的茶炊也被偷走了。维克多·米哈伊洛维奇还亲自参与了追捕小偷的行动。那个小偷虽然弯着胳膊把茶炊抱在胸前，而且铁管子里还冒着火苗，可是却跑得飞快，竟然能一边跑一边回过头来，脏话连篇地非难跑在众人前面的维克多·米哈伊洛维奇。不过损失最为惨重的，要算5号楼的门房了。他丢掉了每天夜里的收入：大门没了，进进出出畅通无阻，纵情晚归的居民们也没有理由用十戈比的硬币贿赂他了。一开始门房还经常来打探，看看大门是不是快修好了，后来又以基督上帝的名义央求他，到最后就变成了似有似无的威胁。住宅公司也不止一次地书面催促过维克多·米哈伊洛维奇。眼看一场官司是逃不掉了，催逼得也越来越紧迫。

算命婆和对任何事物都充满热情的钳工仍站在井边继续聊天。

“枕木都没正经泡过。”维克多·米哈伊洛维奇的喊声整个院子都听得到，“这怎么能开有轨电车，会惹出大麻烦！”

“什么时候才算到头啊！”叶列娜·斯塔尼斯拉沃芙娜说，“这日子过得简直像野蛮人一样。”

“盼不到头了……对了！您知道我今天见到谁了吗？沃罗比亚尼诺夫。”

叶列娜·斯塔尼斯拉沃芙娜一下子靠住了井沿，不过在大惊失色之余，依然悬空拽着盛满水的桶。

“今天我去公用事业管理局，办理作坊租用合同延期。就在走廊里，突然两个人迎面走来。我看着怎么那么面熟。很像是沃罗比亚尼诺夫。他们向我打听：‘请问这个楼里以前是什么单位？’我说，这里以前是女子中学，后来改成了房管处。‘您问这个做什么？’我反问他们。可他们只说了声‘谢谢’就走了。那时候我看清楚了，就是沃罗比亚尼诺夫本人，只不过没了胡髭。他这是从哪儿来的？另外那个人，和他一起的——是个一表人才的男人。一看就知道以前是个军官。所以我就想……”

这时候，维克多·米哈伊洛维奇似乎觉察到了有什么不对劲。于是他住了嘴，拎起了铁桶快速跑开，身影立刻消失在了垃圾桶背后。只见5号楼的门房慢悠悠地踱进了院子，在井边停下脚步，开始环顾院子里的楼房。但他没发现维克多·米哈伊洛维奇，于是他犯起愁来。

“钳工维奇卡[1]还没来吗？”他问叶列娜·斯塔尼斯拉沃芙娜。

“啊，我啥也不知道。”算命婆说，“啥也不知道。”

她显得异乎寻常地激动，顾不得桶里的水直往外溅，急急忙忙地走回了家。

门房摸了摸水泥井台，朝作坊走去。那里挂着招牌：

通往钳工作坊

只两步之遥挂着另一块更显眼的招牌：

钳工作坊，修理汽油炉

招牌下面垂着一把沉重的大锁。门房用脚踢了一下大锁，忿

① 维克多的昵称。

忿地说：

“哼，人渣！”

门房在作坊旁边又站了足有三分钟，酝酿好最最恶毒的情绪，接着当啷一声揪下招牌，把它扯到院子中央的井边，两只脚踏将上去，开始大闹。

“你们7号楼里有小偷！”门房一声大吼，“就是个混蛋！认了七个爹的下贱货！还说受过中等教育！……我才不管什么中等教育！……可恶的人渣！……”

而此时此刻，那位认了七个爹还受过中等教育的人渣正躲在垃圾桶背后，如坐针毡地坐在汽油桶上。

楼里的窗户噼噼啪啪打开了，看热闹的居民们都探出头来。一些好事者也从外面不紧不慢地走进院子里。看到自己有了听众，门房更加有恃无恐。

“钳工——机械师！”门房嗓门越来越大，“狗娘养的贵族！”

在这篇议会式的宣言中，门房交替使用了大量自己平日里尤为偏爱的恶言恶语。在窗口挤作一堆的女性弱势群体虽然对门房的言行极为愤慨，但却不愿意离开窗边。

“撕烂你的狗脸！”门房暴怒了，“受过教育！”

正当这出丑剧演绎到了高潮，来了一位民警，二话不说就要把闹事者拖到分局去。“快装”公司几个强壮的年轻人帮了民警的忙。

门房乖乖地搂住民警的脖子，哭了起来。危险解除了。身心交瘁的维克多·米哈伊洛维奇这才从垃圾箱后面跳了出来。众人一片哗然。

“卑鄙！”维克多·米哈伊洛维奇冲着远离的人影大叫，“卑鄙！看我不收拾你！恶棍！”

嚎啕哀怨的门房什么都没听见。大家把他抬去了分局，同时也把“钳工作坊，修理汽油炉”的招牌作为实物证据一并带走了。维克多·米哈伊洛维奇又继续神气活现了好久。

“这些狗崽子。”他对着围观者说，“有什么了不起！卑鄙！”

“您闹够了吧，维克多·米哈伊洛维奇！”叶列娜·斯塔尼斯拉沃芙娜在窗口叫他，“您过来一下。”

她在维克多·米哈伊洛维奇面前放了一碟糖水煮干果，便一边在房间里走来走去一边开始打探消息。

“我跟您说过了啊，就是他，虽然没有胡髭，但肯定是他。”维克多·米哈伊洛维奇习以为常地大声嚷嚷，“真的，我太了解他了！就是沃罗比亚尼诺夫，一个模子里刻出来的！”“您小声一点啊，我的天！您觉得，他来这里想做什么？”

维克多·米哈伊洛维奇黑黑的脸蛋上竟有了一丝奚落的微笑。

“嗯，那您觉得呢？”他笑容里奚落的意味更加浓厚了。

“反正不是来和布尔什维克签协议的。”

“您觉得，他会有危险吗？”

自革命以来，维克多·米哈伊洛维奇整整十年积攒下的幽默感是取之不尽用之不竭的。他的脸上漾起深深浅浅各种笑意，还故作狐疑。

“在苏维埃俄罗斯，又有谁会没有危险，更何况像沃罗比亚尼诺夫那样有地位的人？那胡髭，叶列娜·斯塔尼斯拉沃芙娜，他可不会随随便便剃掉的。”

“那是被人从国外派回来的？”叶列娜·斯塔尼斯拉沃芙娜差点没背过气去。

“那还用问。”天才的钳工回答。

“他来这里到底想干吗？”

“您可别犯孩子气啊。”

“无所谓了。我一定要见他。”

“您知道，您会冒什么样的风险吗？”

“唉，无所谓！分手十年了，我不能不见见伊波利特·马特维耶维奇。”

她真心认为，正是在相爱的时候，命运棒打了他们这对苦命鸳鸯。

“求求您，去找到他！去打听一下，他在哪儿！您跑的地方多！您找到他不会太难！请您转告他，我想见他。听明白了吗？”

穿着红衬裤的鹦鹉刚才还在横杆上打瞌睡，这会儿被吵闹的谈话吓坏了，一个倒栽葱头朝下挂了起来，一动不动地装死。

“叶列娜·斯塔尼斯拉沃芙娜，”钳工机械师欠起身，双手按住胸口，“我一定找到他，联系上他。”

“您要不要再来一点煮干果？”算命婆深受感动。

维克多·米哈伊洛维奇吃完糖煮干果，便丝毫不给面子地攻击了一番鹦鹉笼子结构如何地不合理，和叶列娜·斯塔尼斯拉沃芙娜道别之际，又提醒她要对所有事情严加保密。

第十一章　“人生镜像”检索

第二天，合伙人已经确认，住在门房间是真的不方便。季洪先是看到了老爷的黑胡髭，后来看到胡髭变成了绿色，最后干脆没了胡髭，于是便开始絮絮叨叨个没完。连个睡觉的地方都没有。季洪的新靴子还散发出一股粪便的恶臭，弥漫了整个门房间。而他的旧靴子就放在屋子的角落里，本来对空气也没有臭氧净化的作用。

“我认为，叙旧之夜已经谢幕。”奥斯塔普说，“该搬去宾馆住了。”

伊波利特·马特维耶维奇一个哆嗦。

“这可不行。”

“这又是为什么？”

“那里要登记的。”

“护照出问题了？”

“不是啊，护照没啥问题，但是我家的姓氏在城里人尽皆知。会有风言风语。”

两位合伙人默不作声地仔细想了想。

“您喜不喜欢米赫尔松这个姓？”优秀出众的奥斯塔普突然问道。

“哪个米赫尔松？参议员吗？”

“不是。苏联商业企业职员工会成员。”

"我不懂您的意思。"

"这是因为您没有一点专业技巧。你就别再这么老实巴交的了。"

本德尔从绿色上衣里掏出一个工会会员证，递给了伊波利特·马特维耶维奇。

"康拉德·卡尔洛维奇·米赫尔松，四十八岁，无党派，单身，1921 年起加入工会，人品极为高尚，此人我非常了解，他好像还和小孩子们交了好朋友①……不过您可以不用和孩子们交朋友：民警可不会检查这个。"

伊波利特·马特维耶维奇的脸腾地红了。

"这么做合适吗？"

"跟我们的合作大业比起来，这样的事情虽然会触犯刑律，但毕竟如同猫捉老鼠那样小儿科，算不上有罪。"

沃罗比亚尼诺夫还是有点犹豫。

"您可真是个理想主义者，康拉德·卡尔洛维奇。您的运气算是不错的了，您想想，要是来个什么帕帕-基督佐普罗或者兹洛翁诺夫什么的姓②，您也没辙啊。"

这下沃罗比亚尼诺夫立刻就同意了，于是两位合伙人连招呼都不和季洪打一个，便搬了出去。两个人在"索邦"③家具齐全的房间里下榻了。奥斯塔普把宾馆里本来就为数不多的服务生一个

---

① 这里指此人加入了"儿童之友"协会，苏联 1924—1935 年的社会组织，国家机关职员必须参加。下文也有所提及。

② 这两个姓氏都是本德尔随口编造的。第一个姓氏不仅暗含罗马教皇和基督耶稣，词尾还暗示该姓氏源自希腊，而宗教色彩如此浓厚的姓氏在当时的苏联十分敏感，甚至非常危险；第二个姓是恶臭熏天的意思。

③ 宾馆名为索邦，索邦实际上是巴黎大学本部，为欧洲最古老大学之一，法国文化与科学中心。

个吓得不轻。先是查看了七卢布的房间，但对房间里的家具表示了不满。虽然他最青睐五卢布房间里的陈设，但是地毯却是脱了毛的，而且房间里气味也令他感到愤慨。倒是三卢布的房间里一切颇为理想，只是对墙上的挂画有些微词。

“我没法住一个有风景画的房间。”奥斯塔普说。

最后只好入住一个一卢布八十戈比的房间。那里面没有风景画，没有地毯，而且家具也刚好够用：两张床和一个床头柜。

“简直就是石器时代的风格嘛。”奥斯塔普的故意调侃中不乏赞许，“床垫里面会不会有史前动物啊？”

“那就得看季节啦。”调皮的楼层管理员回答，“比如说，要是省里开什么代表大会，那当然就不会有，因为游客很多，所以在他们入住之前，会里里外外打扫个干净。要是别的时间，确实会时不时跑出来很多。不过都是从隔壁‘拉瓦季亚’[①]宾馆房间里跑来的。”

两位合伙人当天就去了老城公用事业局，在那里获取了所有必要的资料。原来，房管处 1921 年就已经被解散了，大量的材料如今归老城公用事业局管理。

了不起的幕僚随即开始了行动。傍晚时分，合伙人就已经拿到了档案室主任瓦尔福洛梅 · 科罗贝伊尼科夫[②]的家庭住址。此人曾是市府办公厅的一名官员，现在是办公室工作人员。

奥斯塔普郑重其事地披上一件粗毛背心，把西装在床背上拍打挺括，又问伊波利特 · 马特维耶维奇要了一卢布二十戈比的代

① 乌克兰地名。

② 此人的姓氏意为小商贩。

言费，便出门去拜访档案主管了。伊波利特·马特维耶维奇独自留在“索邦”，由于内心的紧张，他在两张床中间狭窄的过道里转来转去。就在这个阴郁而又寒冷的夜晚，两人事业的命运就要被决定了。从沃罗比亚尼诺夫府邸中被充公的椅子有一张分配去向的清单，如果能顺利拿到复印件，那么大功就算告成了一半。当然，今后还会有许多想象不到的困难，但至少可以掌握线索了。

“一定要拿到清单。”伊波利特·马特维耶维奇躺在床上喃喃自语，“一定要拿到清单！……”

老态龙钟的床垫里，弹簧像跳蚤一样噬咬着他，而他却没有丝毫感觉。他还没法清楚地预料，拿到清单后情况会发展成什么样，不过他坚信，一切都会像抹了黄油一样畅行无阻。“黄油嘛。”不知道为什么，一句老话在他的脑子里挥之不去，“黄油再多也坏不了一锅粥吧。”

可是现在这锅粥显然已经煮得泡沫四溢。在黄粱美梦中彻底沉沦的伊波利特·马特维耶维奇在床上辗转反侧，而弹簧就在他身下羊一般“咩咩”直叫。

奥斯塔普不得不横穿整个城市，因为科罗贝伊尼科夫住在老城近郊的鹅区[①]。

鹅区住的大多数是铁路工。有些人就在房子顶上，能看到火车头沿着用水泥薄墙围起来的路堤连吁带喘地倒车而过。而房顶就在一瞬间被机车炉膛里喷射的火焰映得通红。有时候是一列列空车皮疾驰而过，有时候又能听到响墩[②]爆破的声音。在简陋的小

① 鹅区在俄语中指骗子较多的贫民区。

② 响墩指危险信号预警装置。

矮房和临时工棚之间，还绵延着一排排长长的灰色合作楼[①]。

奥斯塔普走过一座灯火通明的孤岛——铁路俱乐部，对照纸片确认了一下地址，在档案室主任的家门口停下了脚步。门铃上有凸起的字“请摇”，他摇响了门铃。

又是“找谁”又是“想干吗”地盘问了好久之后，房门终于打开了，他闪身进了昏暗的过道厅，那里摆满了柜子。黑暗中有个人冲着奥斯塔普呼呼地喷气，却什么话也不说。

“科罗贝伊尼科夫先生在这里吗？”本德尔问道。

呼呼喘气的人抓住了奥斯塔普的手臂，把他带进了挂着一盏煤油灯的餐厅。这下奥斯塔普看清楚了，自己面前站着一个小老头——他显然是个有洁癖的人，而且背部非常灵活。丝毫不用怀疑，这个老头就是科罗贝伊尼科夫先生本人。未等对方客气，奥斯塔普就挪过一把椅子坐下了。

看着这个专横的人，小老头并不说话，脸上也没有惧意。奥斯塔普倒是很客气地开门见山：

“我来找您有事情。您在老城公用事业局档案室任职？”

小老头的背开始动起来，表示肯定地拱了拱。

“以前在房管处供职？”

“我任职过的地方多了。”老头子不无得意地说。

“甚至在市府办公厅吧？”

说这句话的时候，奥斯塔普优雅地笑了笑。老头子的背扭来扭去好一阵子，最后锁定了一个姿势，这代表市府里的工作已经是遥远的过去，他绝不可能记住所有的事情。

---

① 苏联时期火柴盒形状的公房。

“能否请教一下，我能怎么效劳？”主人颇有兴趣地看着来客问道。

“当然可以。”客人回答，“我是沃罗比亚尼诺夫的儿子。”

“哪一个……是那个首席贵族吗？”

“正是。”

“他怎么了，还活着吧？”

“死了，科罗贝伊尼科夫先生。他长眠了。”

“好吧。”老头子没有表现出特别悲伤的样子，“是件伤心的事情。不过，似乎他没有孩子啊？”

“是没有。”奥斯塔普客客气气地承认。

“那怎么？……”

“其实没什么。我是他贵庶通婚的孩子。”

“难道您是叶列娜·斯塔尼斯拉沃芙娜的儿子？”

“不错，正是。”

“她身体还好吧？”

“母亲大人早已作古。”

“哦，哦，唉，太伤心了！”

老头子眼含同情的泪水久久地盯着奥斯塔普，虽然就在今天上午，他还看到叶列娜·斯塔尼斯拉沃芙娜在市场上排队买肉。

“人都是要死的啊。”他说，“不过恕我冒昧问一下，您有何贵干，尊敬的，看我还没请教大名呢……”

“沃尔德马尔[1]。”奥斯塔普不假思索地回答。

---

① 德国古代男性贵族的名字，下文中俄罗斯男性名字弗拉基米尔即来源于此。

“弗拉基米尔 · 伊波利托维奇？太好了。那么，您有何贵干，弗拉基米尔 · 伊波利托维奇。”

小老头挨着铺着印花胶布的桌子坐下，盯了一眼奥斯塔普的眼睛。

奥斯塔普用文雅的措辞表达了自己对已故双亲的忧思。接着又对深夜私闯最受尊敬的档案室主任宅邸，并因其来访而造成的麻烦表示了歉意。不过他也希望，最受尊敬的档案室主任在了解他此番唐突造访的缘由后，一定会网开一面。

“我想，”奥斯塔普以令人无法抗拒的赤子亲情结束了诉求，“找回几件家父的家具，以作纪念。您是否知道，家父宅子里的家具都分配给了谁？”

“这事情不好办哦。”老头子想了想，回答说，“有钱人家才买得起吧……恕我冒昧，您从事什么行业？”

“自由职业。在萨马拉开了一家屠宰冷藏私人企业，我是合伙人。”

老头子满腹狐疑地看了看这个沃罗比亚尼诺夫家族儿子穿的一身绿色盔甲，但是他没有提出异议。“这年轻人的脑子转得挺快。”他暗想。然而奥斯塔普此时已经结束了对科罗贝伊尼科夫的观察，他断定，这个老头子就是个“典型的流氓”。

“那么。”奥斯塔普说。

“那么，”档案室主任说，“的确难办，不过可以……”

“要花点钱吧？”屠宰冷藏企业主帮他说了出来。

“不会很多……”

“就像莫泊桑说的那样，您太贴心了。情报肯定是有偿的。”

“那就好，给七十卢布吧。”

“怎么那么贵啊？现在连燕麦都那么值钱吗？”①

老头子扭着脊梁骨，发出几声瘆人的干笑。

“您开什么玩笑……”

“没问题啊，大叔。拿到清单马上给钱。什么时候再来找您？”

“您带着钱吗？”

奥斯塔普信心十足地拍了拍自己的口袋。

“那现在就办了吧。”科罗贝伊尼科夫郑重其事地说。

他点起一支蜡烛，把奥斯塔普带进里间。房间里有一张床榻，显然是主人用来睡觉的，还有一张堆满财务报表的写字桌，一排长长的开放式文件柜。架子的侧面贴着印刷体俄文字母：从А、Б、В一直到垫底的字母Я。架子上是一捆捆用簇新的细绳扎起来的清单。

“呵呵！”奥斯塔普表示由衷钦佩，“家里就有全套档案啊！”

“要啥有啥。”档案主任一副谦虚的样子，“您看，我这是为了以备不时之需……反正这些档案放在公用事业局也没啥用，而等我老了倒是可以派上用场……您看，我们现在就像在火山口过日子……一切都有可能发生……到时候万一有人冲回来想找自己的家具，怎么办，去哪儿找？来我这里！都在这里呢！在文件柜子里。那是谁在保管，谁保全了他们的财产？是科罗贝伊尼科夫啊。这些先生们不光要感谢我这个老头子，还会在我老了的时候帮我呢……不过我也不贪心——一张小清单给十卢布就行——就这，他们还得说声谢谢……不然的话，就让他们试试海底捞针去

① 本德尔暗讽情报本身不值钱。

吧。没了我，上哪儿找去！”

奥斯塔普看着这老头，一脸崇拜。

“您的办公室真是妙不可言。”他说，“全面机械化。您简直就是劳动英雄啊！”

被吹捧得晕晕乎乎的档案室主任一五一十地向来客介绍起自己所钟爱的事业。他打开一册册厚厚的登记簿和分配簿。

“都在这里了。”他说，“整个老城！所有家具！什么时候从谁家拿走的，什么时候给了谁家。这就是字母索引，一面人生的镜子！您想问谁家的家具？一等商人安格洛夫家的吗？请——便。您请看字母 A。字母 A，Aк，Aм，Aн，安格洛夫……号码呢？就是 82742。现在把登记簿拿出来。第 142 页。安格洛夫在哪儿？这儿就是安格洛夫。安格洛夫家 1918 年 12 月 18 日被没收了：编号 97012‘贝克尔’钢琴一架，配套软凳一个，写字台两张，衣柜四个（两个是红木的），矮柜一个，等等……给了谁呢？……接着看分配簿。同样的编号 82742……有了。矮柜给了市军事委员会，三个衣柜给了‘百灵’儿童寄宿学校……还有一个衣柜供老城省粮食委员会书记私人使用。那钢琴去哪儿了呢？给了社会保障二分院。而且现在还在那里……”

“我怎么就没见到那里有钢琴呢。”奥斯塔普暗想，脑子里不禁出现了阿尔亨那张羞涩的脸。

“或者，再看一个，市参议会办公室主任穆林……字母 M，那么，来找一下。都在这里了。全城都在这里。这里面有钢琴、各式软榻、穿衣镜、扶手椅、沙发、软凳、吊灯……甚至还有成套餐具之类……”

“嗯。”奥斯塔普说，“真该给您建一座非人力所能造的丰碑[1]。不过，我们还是说正事儿吧。比如说，看一下字母B。”

“字母B有啊。”科罗贝伊尼科夫欣然同意，“马上。Вм，Вн，沃利茨基，编号48238是沃罗比亚尼诺夫，伊波利特·马特维耶维奇，就是令尊，愿他在天堂安好，他生前可是个大好人啊……编号54809‘贝克尔’钢琴一架、四个中国雕花花瓶、法国‘赛弗尔’产欧比松地毯八块——尺寸不一、手工挂毯‘牧人’一幅、手工挂毯‘牧女’一幅、贴金地毯两块[2]、霍罗山粗毛地毯[3]一块、端盘子的熊标本一个、卧室家具一套——十二件、餐厅家具一套——十六件、客厅家具——十四件，胡桃木的，汉布斯出品。”

“都分配给谁了？”奥斯塔普不耐烦了。

“我们这就来看看。托盘子的熊标本——给了民警二分区。手工挂毯‘牧人’——送给了艺术珍品基金。手工挂毯‘牧女’——给了水运俱乐部。欧比松地毯、贴金地毯和霍罗山地毯——都送给外贸人民委员会了。一套卧室家具送给狩猎协会，一套餐厅家具给了茶叶总局老城分局。客厅的胡桃木家具——分成了好几部分。一张圆桌和一把椅子——给了社会保障二分院。曲背沙发——由房管处使用（至今还在前厅放着呢，整张皮面被糟蹋得油汪汪的，这帮混蛋），还有一把椅子——给了帝国主义战争残疾军人戈里匝祖耶夫同志，他本人申请后，房管处处长布尔京同志批准的。根据人民教育委员会的通告，十把椅子被送往莫斯科家

---

① 源自普希金诗歌“我给自己建立了非人力所能造的纪念碑”。

② 产自土库曼斯坦。

③ 产自伊朗。

具工艺博物馆……几个中国雕花花瓶……”

“太棒了。”奥斯塔普欢呼雀跃，“说到点子上了！最好看看清单吧。”

“马上，我们这就把清单找出来。看编号48238，首字母B。”

档案主任走到柜子前，踮起脚，取下一个需要的文件夹。“就是这个。令尊所有的家具都在这里了。您是要所有清单吗？”

“要那么多干吗……要不……作为童年的回忆，就要客厅家具的吧……我还记得，小时候在客厅里的霍罗山地毯上玩，眼睛还盯着‘牧女’的挂毯……真是岁月如歌，金色的童年啊！要不，大叔，我们就只要客厅家具的吧。”

档案主任爱惜地摊开装着绿色存根的文件夹，开始一张张翻找需要的清单。科罗贝伊尼科夫挑出了五张单子。一张是十把椅子的，两张分别记着一把椅子，一张是圆桌的，还有一张“牧女”挂毯的。

“您看到了吧。都没错吧。什么东西在哪里——一目了然。存根上所有地址都记录在案，还有领取者的亲笔签名。所以万一发生什么事情，谁也赖不掉。要不，您再要一套波波娃将军夫人的家具？非常不错的，也是汉布斯公司生产的。”

但是，出于对双亲过于强烈的挚爱，奥斯塔普激动地一把抓过清单，塞进了侧面口袋的最底部，而且拒绝了将军夫人的家具。

“能写个收条吗？”档案主任灵巧地弯下腰问道。

“可以。”本德尔回答得很客气，“就写，为思想而战的斗士。”

“那我就这么写了。”

“就这么定了！”

他们转而来到第一间房间。科罗贝伊尼科夫用书写体的笔迹写完了收据，满脸堆笑地递给来客。主要合伙人以异乎寻常的谦恭姿态用右手的两个手指接过纸条，塞进了本来就已经放了宝贵清单的那个口袋里。

“好吧，那就回见了。”他说着，眼睛眯缝起来，“看起来，我已经把您打扰得够意思了。可不敢再给您添麻烦了。让我握一下您的手吧，办公室主任。”

一脸惊愕的档案室主任木然握了握伸过来的手。

“回头见。”奥斯塔普又说了一次，便迈步走向门口。

科罗贝伊尼科夫蒙了。他甚至看了一眼桌面，确认来客是否把钱留在了那里，但桌子上并没有钱。于是档案室主任小声问道：

“那么钱呢？”

“什么钱？”奥斯塔普说着，一边去开门，“您是不是，问到了什么钱？”

“是啊，当然要问！您要的家具啊！买清单的钱啊！”

“亲爱的。”奥斯塔普油腔滑调起来，“千真万确，我以家父亡灵的名誉担保。我发自内心愿意付钱，但现在没有，忘记从活期账户里取钱了。”

老头子浑身哆嗦，一只枯瘦的爪子伸向前，想要拦住这个夜半的不速之客。

“别激动，你这个蠢货。”奥斯塔普一声怒斥，“这是用俄语在跟你说话呢——说明天就是明天。就这样了，回见！给我写信吧！……”

门被吱嘎响地甩上了。科罗贝伊尼科夫却再次打开门跑了出去，但奥斯塔普已经不见了踪影。他快速走过桥边。一辆机车刚好驶过高架桥，一束火光把他照亮，随即一团烟雾便吞没了他。

“要破冰啦！”奥斯塔普对着机车司机大喊，“要破冰啦，陪审员先生们！”

机车司机没听清他在叫什么，他一挥手，车轮更加有力地拽动起曲柄钢肘，机车便疾驰而去。

科罗贝伊尼科夫在冰冷的寒风中矗立了大概有两分钟左右，然后一边破口大骂，一边走回了自己的小屋子。

难以承受的痛苦包围了他。他站在屋子中央，暴怒地抬腿踹桌子。那只上面用红字写着“三角”的胶鞋状烟灰缸在桌面上一蹦一蹦跳了起来，连玻璃杯也撞到了长颈瓶。

瓦尔福洛梅·科罗贝伊尼科夫还从没有被人用这么下流的手段欺骗过。他自己可以愚弄任何一个人，但是现在，他竟然被别人这么轻而易举地给耍了，气得他站立良久，一个劲地踢着餐桌粗壮的桌腿。

鹅区的人们都管科罗贝伊尼科夫叫作瓦尔福洛梅奇①。只有迫不得已的时候，大家才会去找他。瓦尔福洛梅奇会向人索取抵押物品，而且开出的利息高得能吃人。他干这一行已经有好几年了，还从没有被抓到过。但此时此刻，他却栽在了自己最为拿手的生意经上，原本还指望发几笔横财用来养老呢。

“开的什么玩笑！”一想起清单竟然白白拱手送人，他大喊大叫，“以后一定要先付钱！我怎么就那么大意呢？亲手葬送一套胡桃木客厅家具！……单单一条‘牧女’挂毯就是无价之宝啊！纯手工制品！……”

① 把大名改称为父称，有故意套近乎的意思。

而此时，“请摇”的铃铛早就被一只迟疑不决的手摇了许久，瓦尔福洛梅奇还没来得及反应过来，原来房门还是开着的。这时前厅里已然传来沉重的撞击声，有人显然在柜子布下的迷宫里迷了路，只听一个声音大声求救：

“哪里是入口啊？”

瓦尔福洛梅奇走进前厅，一把扯住一件大衣（感觉像是厚呢子），把费奥多尔神父拉进了餐厅。

“大人不记小人过。”神父费奥多尔开口便说。经过双方长达十分钟吞吞吐吐而又心怀鬼胎的较量，终于弄明白了，科罗贝伊尼科夫先生的确握有一些沃罗比亚尼诺夫的家具材料，而费奥多尔神父则不会拒绝为这些材料支付费用。除此以外，让档案主任格外惊喜的是，来访者竟是前首席贵族的同胞兄弟，而且出于深切的缅怀之情想要拿回整套胡桃木家具。沃罗比亚尼诺夫哥哥家的这套家具，记载了少年时代最为温馨的记忆。

瓦尔福洛梅奇要价一百卢布。可是缅怀胞兄情义的估价远低于这个数目，只有三十卢布。双方最后以五十卢布的价格达成共识。

“我可是要先收钱的。”档案室主任声明，“这是我的规矩。”

“那是当然的，我能支付十卢布的金币吗？”费奥多尔神父手忙脚乱地扯开了上衣衬里。

“我就按照汇率收吧。一枚金币九个半卢布。这是今天的汇率。”

沃斯特利科夫从香肠形状的袋子里抖落五块黄澄澄的金币，又添了两块一卢布和一块五十戈比的银币，拢成一堆推到档案室主任跟前。瓦尔福洛梅奇把硬币来回清点了两遍，拨拉到一只手中，便请来客稍候片刻，自己去取清单了。瓦尔福洛梅奇在自己的秘密办公室里并没有思索太久，便打开索引柜，找到人生镜像中的字母 П，很快就翻出需要的号码，从架子上取下波波娃将军夫人名下的文件夹，瓦尔福洛梅奇从里面挑出一页清单，那也是一套十二把椅子的胡桃木家具，同样是汉布斯厂生产，但送给了家住维诺格拉德路 34 号的布伦斯同志。档案主任对自己的伶俐和随机应变感到惊讶，他不由笑了笑，便把清单拿去给了买家。

"都在一个地方吗？"买家兴奋了。

"完好无损。都在那里呢。这套家具非常棒，看着就让人眼红。不过，这哪还用得着跟您解释！您自己最清楚了！"

费奥多尔神父握住档案室主任的手，来回兴奋地摇晃了好久，还好几次磕碰到了前厅里一排排的柜子，随即一溜烟跑进了深夜的漆黑中。

瓦尔福洛梅奇想着这位被愚弄的买家，暗自窃笑良久。他把金币在桌面上排成一列，久久端坐，睡意蒙眬地注视着五枚圆圆的光圈。

"这些人怎么会对沃罗比亚尼诺夫的家具着了迷？"他想了想，"莫不是疯了吧。"

他脱了外衣，心不在焉地做了祷告，躺进窄窄的只够女孩子睡的被窝里，带着一肚子的操心事进入了梦乡。

第十二章　热情似火的女人是诗人的梦想[①]

才一宿的工夫，寒冷就散尽了。天气一下子变得相当暖和，以至于早起出行的人们个个腿脚发软。处处都能听到麻雀的啾啁。甚至连一只从厨房里蹿出来的母鸡都感觉自己气力倍增，跑到大院子里打算一飞冲天。天空中飘着几团小小的云彩，垃圾箱里飘出堇菜和田园汤的味道。屋檐下和风轻柔。几只猫懒散地躺在屋顶上，气定神闲地看着院子里，有个名叫亚历山大的楼层服务生正捧着一包脏衣服跑步穿过。

“索邦”酒店的走廊里一片嘈杂。代表们都来参加有轨电车线路开通仪式。挂着“索邦”牌子的酒店班车把他们大批大批地送到酒店门口。

热情洋溢的太阳挥洒着温暖。商店的卷帘铁门都被拉了上去。苏维埃工作人员穿着棉大衣，出门上班也感到了春意的压力，敞开了衣襟，大口喘着粗气。

合作社路上，面粉厂一辆超载的大货车断了板簧，维克多·米哈伊洛维奇·波列索夫已经赶到了事故现场，正在指手画脚。

在奢华度刚好符合办公设施条件的房间里（两张床和一个床头柜），响起了犹如一匹马在打鼾或者嘶吼的声音：那是伊波利特·马特维耶维奇正在欢快地洗脸清理鼻孔。了不起的幕僚躺在床上，仔细端详着高筒皮鞋表面的破洞。

“忘了说了。”他说，“欠我的钱还我吧。”

伊波利特·马特维耶维奇从毛巾里探出头来，没戴夹鼻镜的眼珠子瞪出来，看了看合伙人。

“您这么看着我干吗，就好像当兵的在头上找虱子一样？有什么好奇怪的？欠了钱吗？是啊！你是欠我钱呢。我昨天忘了告诉您，受您的委托，我自己垫付了清单的钱，七十卢布。这可是有收据的。您得转给我三十五卢布。合伙人嘛，我想，开支也应该平分吧？”

伊波利特·马特维耶维奇戴上夹鼻镜，看了一遍收据，不甘心地掏了钱。不过，就连这事情也没能让他的喜悦心情蒙上阴影。财富眼看唾手可得。三十五卢布在成堆钻石的光芒照耀下，简直就像消失不见的尘粒。

伊波利特·马特维耶维奇堆起满脸灿烂的笑容走出房间，在走廊里来回散起步来。新生活是用奇珍异宝堆积起来的，想起来就觉得舒坦。“至于那个神父嘛，”他幸灾乐祸地想，“傻瓜终究是傻瓜。椅子他是再也看不到的了，就像他再也看不到自己的络腮胡一样。”

走到走廊尽头的时候，沃罗比亚尼诺夫转过身来。13 号房间那扇满是裂纹的白漆房门被打开了，穿着蓝色偏领衬衫的费奥多尔神父竟然迎面向他走来，腰里还缠着一根挂着毛茸茸穗子的破旧黑腰带。幸福已经在他那张和善的脸上晕开。他也来到走廊里散步。竞争对手狭路相逢了好几次，彼此都用眼神把胜利的宣言甩到对方脸上，然后各自继续散步。两人在走廊尽头同时转过身来，又开始面对面接近……极度的兴奋在伊波利特·马特维耶维

① 出自法国诗人贝朗瑞（1780—1857）的诗歌《女乞丐》。

奇心里喧腾。费奥多尔神父也被同样的心情支配着。两个人的内心都充满了对手下败将的怜悯之情。终于，两架航班第五次相遇时，伊波利特·马特维耶维奇忍不住了。

“神父您好啊。”他一脸难以形容的惬意。

费奥多尔神父也极尽上帝允许之鄙夷，回应道：

“早上好，伊波利特·马特维耶维奇。”敌对双方又各自散去。

两个人再次走到一起时，沃罗比亚尼诺夫不客气了：

“上次见面我没伤着您吧？”

“没有啊，怎么会呢，见面很愉快。”神父神采飞扬。

两人又一次分开。可是费奥多尔神父的嘴脸开始让伊波利特·马特维耶维奇恼火了。

“您已经不做午祷了吧？”又一次遇到时，他开口问道。

“午祷有什么好做的！连教民们都跑光了，到各城各乡寻宝去了。”

“请您说话注意——找的可是自己的宝藏！自己的！”

“到底是谁的——我也不知道，反正大家都在找。”

伊波利特·马特维耶维奇想要骂几句难听的话，甚至已经张开了嘴巴打算付诸行动，却一个字都没想出来该骂什么，只好悻悻地走回房间。只过了一小会儿，土耳其臣民的儿子便从里面闪身而出——正是奥斯塔普·本德尔，他披着一件浅蓝色背心，踩着皮鞋上散落的鞋带，走到沃斯特利科夫跟前。费奥多尔神父脸上的酡红立刻消退了，瞬间变成烟灰色。

“您来淘旧货吗？”奥斯塔普严厉叱问，“买椅子？牲畜的下水？鞋油盒子？”

“您想干吗？”费奥多尔神父嗫嚅道。

“我倒是想把旧裤子卖给您。”

神职人员手脚冰凉，立刻闪到一边。

“您怎么哑了，一副高僧接见信众的傻样？”

费奥多尔神父慢慢地向自己的房间移动。

“旧货我们买，新的我们偷！”奥斯塔普冲着他的背影叫道。

沃斯特利科夫把脖子缩了进去，在门边停下脚步。奥斯塔普继续冷嘲热讽：

“裤子到底要不要，最尊敬的法僧？买不买啊？还有两只背心的袖子，圆面包的边角圈，还有一对死驴的耳朵。一整套购买是批发价，更便宜。而且这些都不在椅子里面，都不用去找了！啊？！”

法僧在背后关上了门。得意洋洋的奥斯塔普慢慢踱了回去，鞋带在地毯上打着节拍。就在他魁伟的身躯走到了足够远的位置，费奥多尔神父迅速从门里探出脑袋，尖声脆叫着宣泄了压抑已久的愤怒：

“你才是傻瓜！”

“你说什么？”奥斯塔普大叫一声，返身扑了过来，但是门已经被锁上了，只听到插销咔嗒一声。

奥斯塔普俯下身对准锁孔，手掌拢成喇叭状，字正腔圆地说：

“麻醉人民的鸦片[1]卖多少钱？”

门后没有声音。

“神父，您是个下流坯！”奥斯塔普提高了嗓门。

---

① 出自卡尔·马克思的著作《宗教是人民的鸦片》。

就在这一刻，门锁里突然刺出一根铅笔，原来是神父想用铅笔的尖端刺伤敌人。合伙人及时闪身躲过，而且还一把抓住了铅笔。隔着一扇门的敌我双方二话不说，开始把铅笔拽向自己一方。年轻的一方取得了胜利，铅笔像一根插在肉里的刺一样，被慢慢地从锁眼里扯了出来。奥斯塔普带着战利品回到自己房间。两位合伙人更加欢欣鼓舞了。

“敌人逃啊，逃啊，逃啊！[①]”奥斯塔普唱起歌来。他用折叠小刀在铅笔的侧面刻一个脏字，随即跑到走廊里，从锁眼里把铅笔扔了进去，便立刻跑了回来。

两个朋友在灯下掏出绿色的清单存根，开始详详细细地研究起来。

“这张是‘牧女’挂毯的清单。”伊波利特·马特维耶维奇不无感慨地说，“这幅挂毯还是我从一个彼得堡古玩商手里买来的。”

“‘牧女’就见鬼去吧！”奥斯塔普嚷嚷着把清单撕成碎条。

“圆桌……看来，也是这一套家具里的……”

“把桌子拿来。桌子也去见鬼！就剩两张清单了：一张是十把椅子，给了莫斯科家具工艺博物馆，另一张是一把椅子的，给了老城的戈里匝祖耶夫同志，家住普列汉诺夫路 15 号。”

“准备好钱吧。”奥斯塔普说，“也许，还得去一趟莫斯科呢。”

“可是这里还有一把椅子呢？”

“一比十的机会。不过就是一个数字而已。说实在的，这位戈

① 出自普希金诗歌《英明的奥列格之歌》，后被改编为流行歌曲。

里匝祖耶夫先生别把椅子扔进火炉给烧了就好。”

“别这么开玩笑，不吉利。”

“没事的，没事的，自由之父康拉德·卡尔洛维奇·米赫尔松，我们会找到的！我们的事业是神圣的！我们要带上棉麻包脚布，还得有奶油吃。”

“我怎么总觉得，”伊波利特·马特维耶维奇琢磨着说，“宝贝应该就在这把椅子里面。”

“哈！您觉得？您还觉得什么了？没了吗？那好吧。那我们还是照着马克思主义的理论干吧。天虽高，那是属于鸟儿的，我们只管去找椅子[1]。我现在迫不及待地想要见一见这位帝国主义战争残废军人戈里匝祖耶夫先生，普列汉诺夫路，15号。您别掩后腿，康拉德·卡尔洛维奇。我们一路边走边订个计划。”

两人走过费奥多尔神父的房门时，好记仇的土耳其臣民后代使劲用脚踹了一下。房间里的竞争对手遭到迫害，立刻发出有气无力的低吼。

“他可别跟着我们啊！”伊波利特·马特维耶维奇有点担心。

“经历了今天的部长级游艇会晤，双方不会再有任何近距离接触的可能了。他怕我。”

两个朋友一直到傍晚才回来。伊波利特·马特维耶维奇满脸心事的样子。奥斯塔普却兴高采烈。他脚踩一双新买的深红色皮鞋，鞋帮上还箍了一圈橡胶印花，穿着绿黑相间的棋格纹袜子，头戴奶油色鸭舌帽，还披着一条罗马尼亚色泽的半丝围巾[2]。

① 改编自德国社会民主党、第二国际创建人之一和领导人倍倍尔（1840—1913）的名言。原文是：天虽高自有鸟去飞，我们只管人间是非……

② 指1920年代在敖德萨非常流行的玫瑰色围巾。

“椅子倒是在。”伊波利特·马特维耶维奇回想着拜访戈里匝祖耶娃的经过，“但是怎么拿到手呢？买吗？”

“怎么能买呢。”奥斯塔普回答，“别说这样的消费不会有任何回报，这么做还会让别人说闲话。为什么要买一把椅子？而且偏偏还是这一把？……”

“那怎么办呢？”

奥斯塔普爱惜地欣赏着新鞋的后跟。

“太阔气了。”他说，“还能怎么办呢？您别担心，总裁，我来负责行动。有这样一双鞋子，没有什么椅子是征服不了的。”

“不是，您不知道。”伊波利特·马特维耶维奇激动起来，“刚才您和戈里匝祖耶娃夫人聊水灾的时候，我坐到我们的椅子上，嗯，说老实话，我感觉到屁股底下有硬硬的东西。钻石一准在那儿，千真万确，就在那儿……没错，千真万确的，我能感觉到。”

“别激动，米赫尔松先生。”

“得趁着半夜把它偷出来！千真万确，一定要偷出来！”

“您还是首席贵族呢，这可太没有风度了。您了解干这一行需要什么技巧吗？也许，您箱子里藏着的旅行化妆盒里有一套万能钥匙？还是打消这个念头吧！这是典型的纨绔作风——打劫一个可怜的寡妇。”

伊波利特·马特维耶维奇被骂醒了。

“我想快点了结啊。”他央求道。

“只有猫生崽子才会快。”奥斯塔普严厉训斥道，“我要娶她。”

“娶谁？”

“娶戈里匝祖耶娃女士。”

“有什么必要？”

“这样就能太太平平、不动声色地折腾那把椅子。”

“这么做您岂不是要捆住手脚一辈子？”

“为了合作利益，有什么事情不能做的！”

“一辈子啊！”伊波利特·马特维耶维奇嘟囔着。

伊波利特·马特维耶维奇在极度讶异中扬起了双手。牧师一样刮得溜滑的脸上嘴巴张得老大，尽显一口打从N县城离开那天就没有刷过的发蓝的牙齿。

“要生活一辈子啊！”伊波利特·马特维耶维奇嗫嚅着，“这是多大的牺牲啊。”

“生活！”奥斯塔普说，“牺牲！您了解什么是生活和牺牲？您以为，把您赶出了别墅，您就体验了生活？充公了您那个仿制的中国花瓶，这就算牺牲了？生活，陪审员先生们，是很复杂的，不过，陪审员先生们，这个复杂的东西要打开也很容易，就像打开一个抽屉一样。只不过需要懂得怎么打开它。谁不会开，谁就倒霉。您听说过骠骑兵——苦行僧的故事吗？”

伊波利特·马特维耶维奇没有听说过。

“布拉诺夫！没听说过吗？他是彼得堡贵族的英雄啊？我来告诉您……”

于是，奥斯塔普·本德尔就给伊波利特·马特维耶维奇讲述了这个故事。这个故事从一开始就震惊了整个彼得堡的上流社会，但更让人唏嘘不已的结局却莫名失传，近年来已经全然不为人提起了。

骠骑兵——苦行僧的故事

正如本德尔所说，杰出的骠骑兵阿列克谢·布拉诺夫伯爵确实是一位彼得堡的贵族英雄。这位出色骑兵兼酒徒的大名，从来都是住在英吉利河滨庭院里那些墨守成规的居民的谈资，也从未在名人新闻栏里消失过。他帅气的肖像照片也经常出现在各类插图杂志的页面上——衣服上绣着绶带，镶着泡泡绒边饰[1]，高高的鬓角梳得光洁整齐，短短的鼻梁趾高气扬。

布拉诺夫伯爵的背后是接二连三数不清的秘密决斗的荣耀，每一次荣耀的结局都是一次不幸的死亡，这是他与上流社会最美丽最傲慢的女士们一段段张扬的情史，他疯狂乖张的行径也是对德高望重的社会要人的一次次挑衅，而每一次激情洋溢的酩酊大醉之后，无一避免地会有非军人身份的人士惨遭其痛殴。

这位伯爵相貌堂堂，年轻，富有，情场上艳福不浅，赌场上财运亨通，而且在继承遗产方面也顺风顺水。他的亲戚一个接着一个去世，而这些遗产也为他本来就腰缠万贯的身价再添砝码。

此人果敢而又勇猛。他曾力助阿比西尼亚内古斯[2]梅涅里克与意大利人作战。在阿比西尼亚斗大的星辰照耀下，他全身裹着带风帽的白色肥袖斗篷，端坐细看三俄里方圆的地形图。火炬的光芒把摇摆不定的阴影投在伯爵光洁整齐的鬓角上。他的脚边还坐着一个新朋友，那是一个名叫瓦西卡的阿比西尼亚男孩。

在击溃意大利皇帝的军队后，伯爵带着阿比西尼亚男孩瓦西卡回到了彼得堡。彼得堡用鲜花和香槟迎接了这位英雄。正如贵族社会的罗曼史所述，阿列克谢伯爵再度沉溺于无忧无虑的享乐泥淖。人们以倍增的崇拜热情传颂他的故事，女人为他服毒，男

---

① 暗示他的军人身份。
② 阿比西尼亚是埃塞俄比亚的旧称。内古斯是埃塞俄比亚皇帝的称号。

人对他又妒又恨。伯爵的马车在百万大道上飞驰而过时，后脚蹬上总是站着那个阿比西尼亚人，他那黝黑的皮肤和细削的腰身也总是能引起行人们的惊叹。

可是这一切突然戛然而止了。阿列克谢·布拉诺夫伯爵消失了。伯爵最后一位情人白俄罗斯-波罗的海公爵夫人痛不欲生。伯爵的消失闹得满城风雨。报纸的版面彻底被各种猜测占据。私家侦探也为此跑断了腿。但一切都是徒劳。伯爵完全不知所踪了。

可就当传闻渐渐沉寂，却从阿维尔基耶夫一所荒僻的修道院捎来一封解释所有缘由的书信。这位杰出的伯爵，彼得堡的贵族英雄，十九世纪的伯沙撒[①]竟然出家做了苦行僧。骇人听闻的细节口口相传，都说伯爵——修道士戴上了好几普特重的脚镣，本已习惯精致法式大餐的他，现在竟然只以土豆皮为食。还有一种揣测甚嚣尘上，说他看见了母亲的亡灵。于是女人们以泪洗面。白俄罗斯-波罗的海公爵夫人的院子门口停满了整排的马车，公爵夫人和丈夫不断地接受慰唁。接着又有了新的风言风语，说伯爵要回来了，而之前所发生的事情只是出于他对宗教的一时痴迷。也有人说，伯爵是为了躲避债务。也有传言说，伯爵不幸的情史才是这一切的罪恶源头。

而实际上，骠骑兵的确出家做了修道士，因为他想要看破红尘。他最终没有回来。人们也渐渐将他忘却。波罗的海公爵夫人后来认识了一个意大利歌手，那个阿比西尼亚男孩子也回到了

① 巴比伦最后一位皇帝，据《圣经》记载，他在筵席上看见神出手在墙上写字，预言他将身死国亡。

故乡。

在修道院里的阿列克谢·布拉诺夫伯爵把名字改为叶夫波尔，他的种种惊人之举也把自己折磨得身心俱疲。他的确戴了脚镣，但是他却认为这还不足以认知生命。于是，他又为自己量身定制了特别的修行服饰：一顶帽檐宽大到能遮住整张脸的帽子，一件穿上就很难动弹的法衣。在接受了修道院长的祝祷后，他便穿上了这件袈裟。但是，这样做他还嫌不够，于是索性带着满腔的自豪感离群索居，走进树林中的土窑里，开始在橡木棺材里生活。

苦行僧叶夫波尔的荒谬举止让整个修道院为之惊叹。他只吃面包干，而且每三个月才得到一次补给。

就这么过了二十年。叶夫波尔认为自己的一生是睿智、正确而又唯一虔诚的。他的生活自此变得格外轻松，思想也变得水晶般纯洁。他终于看破红尘，意识到自己无法再活成别的样子了。

有一天，他突然惊异地发现，那个持续二十年为他提供面包干的红尘世界，居然彻彻底底断供了。他一连四天没有东西吃。到了第五天，来了一个脚踩树皮鞋的陌生老头。老头告诉他，修道士们都已经被布尔什维克赶出了修道院，修道院现在已经是国营农场了。老头说完便留下一些面包干，抹着眼泪走了。苦行僧没听明白老头的话。他依然清醒而又安分地躺在棺材里，享受着对生命至理的参悟过程。而农民老头则继续为他送来面包干。就这样又过了几年与世无争的日子。

直到有一天，窑洞的门被人打开了，几个人弯着腰走了进来。他们走近棺材，一言不发地仔细端详躺在里面的老汉。这些人身材高大，脚踩打着马刺的靴子，穿着宽大的马裤，佩着毛瑟枪，套在木制的漆面匣子里。老汉躺在棺材里，张开双臂，目光如炬地看着不速之客。长长的灰白胡子几乎盖住了半个棺材。只听马刺一阵作响，陌生人耸了耸肩膀，便离去了，临走还小心翼翼地带上了门。

时光就这么一天天过去。苦行僧终于豁然开朗，生活的完美和甘甜在他的眼前一览无遗。就在苦行僧对生活大彻大悟的当晚，他醒了过来。这让他感到惊讶，因为他还从未在深夜醒来过。他不明白是什么叫醒了他，思前想后中，他再度进入梦乡，可却又立刻醒了过来，同时感到了背上强烈的灼痛。了解了灼痛的来源后，他努力想让自己睡着，却做不到。总有什么让他不自在。他一直到天亮都没能睡安稳。第二天夜里，他又一次被弄醒，而且辗转反侧到天明，一边低声呻吟，一边不由自主地挠着自己的手臂。白天，他坐起身来，偶然回头看了一眼棺材里面。这下他全明白了：灰蒙蒙的被子角落里，有几只深红色的跳蚤正飞快地跑来跑去。这一幕把苦行僧恶心坏了。

这一天刚巧老头又带着面包干来了。这一次，二十年没说过一句话的苦行僧总算开口说话了。他请求老头带一点煤油来。听到严格恪守言戒的大隐竟然说起话来，老农一时慌了手脚。尽管如此，他还是不好意思地藏起了小酒瓶，随后把煤油送来了。老头刚离开，隐居的苦行僧就用颤巍巍的手把棺材里所有的坑坑洼洼和缝隙抹了个遍。三天来叶夫波尔头一回睡踏实了，没有什么再刺激他了。接下来的几天里，他一直用煤油抹棺材板。不过，两个月后他明白了，臭虫用煤油是杀不完的。每天夜里，他激烈地翻来覆去，大声地祷告，可是祷告的作用还不如煤油。

整整半年时间是在难以形容的折磨中度过的，隐士只好再次求助于老头。他的第二个请求让老头更为诧异，这次苦行僧让老头从城里为他捎带专门杀臭虫的“阿拉加茨[1]”粉。可是就连“阿拉加茨”粉也没能帮上忙。臭虫的繁衍速度令人难以置信。苦行僧强壮的体魄没有被二十五年的斋戒拖垮，现在却每况愈下了。生活自此变得阴暗绝望。连棺材在苦行僧看来也变得讨厌而又不舒服。到了夜里，他按照老头的建议，用松明烧杀臭虫。臭虫虽然成片死去，却依然不肯投降。

于是尝试动用了最后一种办法：一种格里克兄弟公司生产的名为“臭虫平”的粉红色液体，这药有一股馊桃子气味。但这种药也没起作用。情况越来越糟糕了。与臭虫开始进行伟大的战斗两年后，隐士在一次偶然的机会里突然自省，原来他根本没心思再思考人生的意义，而只顾着没日没夜地杀灭臭虫了。

于是他清醒了，意识到自己犯了错误。生活依旧与二十五年前一样，阴暗而又难以预料。自己最终还是没能远离尘世的纷扰。看来想让肉体活在世上，而灵魂活在天堂里，是不可能做到了。

于是老头子站起身，行动敏捷地走出了窑洞。他伫立在幽暗的绿林间。此时正值干燥的早秋，窑洞旁的泥土里冒出一大簇白色的大肚子蘑菇。一只神秘的小鸟坐在枝头独自鸣唱。一列火车呼啸而过，大地也为之颤抖，生活是那么的美好。老头子头也不回地朝前走去。

---

① 亚美尼亚山名。

如今，他已是莫斯科公用事业局马匹供应站的一名马车夫了。①

为伊波利特·马特维耶维奇讲述了这个极有教育意义的故事后，奥斯塔普用外衣袖子擦了擦自己的红皮鞋，嘴里吹起迎宾曲，走了出去。

凌晨时分他才回到房间，脱去鞋子，把红皮鞋搁到床头柜上，抚摸着锃亮的皮革，一边温柔而又动情地说：

“我的小弟兄们。”

“您去哪儿了？”伊波利特·马特维耶维奇睡意昏沉地问道。

“寡妇家。”奥斯塔普沉闷地回答。

“情况如何？”

伊波利特·马特维耶维奇用手肘撑着身体。

“您真的打算娶她？”

奥斯塔普两眼发光。

“作为一个正人君子，现在我是非娶她不可了。”

伊波利特·马特维耶维奇窘迫地哼哼了一声。

“热情似火的女人啊。”奥斯塔普说，“这可是诗人的梦想呢。有着乡下人的质朴。类似于这样的亚热带，如今在大城市里早就看不到了，不过在边远地区，在地方上——还是有的。”

---

① 本德尔讲述的关于布拉诺夫伯爵的故事基本属实。伯爵的真实姓氏为布拉托维奇，1870—1919。此人曾任近卫军军官，精通民族学，喜好游历四方。1896—1900年间，他作为俄国派遣军赴埃塞俄比亚，帮助梅涅里克二世打败了意大利军队。战后，他从意大利带回一个名叫瓦西卡的男孩。后来伯爵把自己的人生经历写成书集，其中最为畅销的就是出版于1900年的《与梅涅里克二世并肩作战》。1903年，布拉托维奇伯爵退役，并开始了苦行僧式的修道生活。但是关于棺材里的苦行细节和还俗情节，则是本德尔添油加醋的杜撰。

“什么时候举办婚礼呢？”

“后天吧。明天来不及了：五月一号——到处都关门了。”

“那我们的事情怎么办？您这一结婚……说不定，我们还真得去莫斯科呢。”

“呵，这您担心什么？庭审照样继续。”

“那老婆呢？”

“老婆吗？钻石小寡妇吗？这问题最简单啦！就说中央突然召集开会，要在小人民委员会做个小报告。临别总要儿女情长一番，再顺手带一只小鸡路上吃。我们就舒舒服服上路了。睡吧。我们明天休息。”

第十三章　请深呼吸：您太激动啦!

五月一日的早上，平日好出风头的欲望把维克多·米哈伊洛维奇·波列索夫撩拨得火急火燎，他忍不住蹿到了街头，急奔市中心而去。一开始，他那所向披靡的才华还没能找到用武之地，因为人还不多，而且由骑警守护着的节日露天看台也还空着。但快到九点时，城里四面八方响起了各种乐队哼哼唧唧呼哧呼哧咿咿呀呀的演奏声。各家各户的主妇们也纷纷跑出了大门。

一行穿着翻领服的乐队，不知道怎么回事，竟然挤进了铁路工人的行进行列，显得碍手碍脚磕磕绊绊。

一辆载重卡车被装扮成绿色的苏式“狗鱼”系列机车[①]，不断地在后面冲撞乐队。从机车的大肚子里还同时骂声不断，怒斥拼命吹着双簧管和长笛的人：

“你们管事儿的人呢？红军街是你们的路线吗？！没看见啊，你们这么一闯进来，路就堵了！”

目睹此景，维克多·米哈伊洛维奇插手了这件事，在乐队成员们的伤口撒了一把盐。

“当然啦，你们得走这边，进胡同，快绕道啊！怎么连节日活动都组织不来！”波列索夫叫得声嘶力竭，“这边！走这边啊！简直不像话！”

老城公用事业和国营面粉厂的卡车负责把孩子们运送到各处。最小的孩子靠车栏杆站着，个头大一点的孩子站在当中。这一支未成年的大军手里摇着纸旗，开心得东倒西歪。

少先队员的鼓敲了起来。没到征兵年龄的少年们挺起了胸膛，努力踩着整齐的步伐。拥挤、喧闹、热火朝天。为了在拥堵期间打发时间，人群把老头子们和积极分子们哄抬起来。老头子们婆婆妈妈地央告求饶，而积极分子们则一言不发地飞来飞去，一脸严肃的样子。有一支气氛欢快的队伍把正打算横穿马路的维克多·米哈伊洛维奇当成了管事儿的人，便把他也哄抬了起来。波列索夫两腿乱蹬，活像个耍宝的小丑。

一尊英国首相张伯伦的人形肖像被抬了出来，有个浑身肌肉像解剖室里标本一样的工人，抡着硬纸板做的榔头敲打着他的圆帽子。三个共青团员穿着燕尾服戴着白手套，坐在小汽车里驶过，局促不安地朝人群张望。

“瓦西卡！”人行道上有人大叫，“资产阶级！把背带拿来。”

姑娘们欢声歌唱。阿尔亨走在社会养老院的职员队伍里，胸口还佩着一朵大红花，心事重重地哼哼着：

“但是从原始森林到不列颠海岸，红军依旧所向披靡！……”②

体育运动员们跟随着号令，一字一顿却又含糊不清地嚷嚷着什么。

人流、车流和一列列整齐的队伍都往有轨电车车库行进，老城第一辆有轨电车将于下午一点整准时从那里出发。

谁也没法确认，老城的有轨电车线是什么时候开始兴建的。

似乎是1920年刚开始普及“义务星期六”活动的某一天，一

---

① 1905年，由于日俄战争的爆发，在俄罗斯境内铁道上开始全面运营大功率机车，民间戏称“狗鱼”。

② 《红军进行曲》歌词。

群机务段工人和缆线工在音乐的伴奏下来到鹅区，花了一整天的功夫挖了一些坑。这些坑挖得又深又大。有个头戴工程师大檐帽的同志奔走在工人中间，他的身后还跟着几个手拿彩色测杆的工段长。下一个义务星期六，他们仍在原地工作。有两个坑，挖错了……地方，只好把它们重新填上。头戴工程师大檐帽的同志劈头盖脸地训斥那几个工段长，要求他们解释清楚。新挖的坑也更深更宽了。

随后运来了砖头，又来了一批正儿八经的建筑工人。他们开始铺设地基，可后来却没了动静。头戴工程师大檐帽的同志还会时不时来空旷的工地看看，在铺了砖头的大坑里踱来踱去，嘴里还念念有词：

“经济核算啊。”

他用棍子敲打了一会儿地基，然后便两手捂着冻僵的耳朵跑回了城里的家。这位工程师姓特列乌赫夫[①]。在铺设地基阶段就夭折了的有轨电车站，是特列乌赫夫早在 1912 年就设想好了的，然而设计方案却被市政府否决了。两年后，特列乌赫夫再度向市政府发起了猛烈的攻击，却因战争的爆发而受阻。战后又再度被革命耽搁了。而现如今的新经济政策、经济核算、自负盈亏又让项目止步不前。整个夏天，地基上开满了野花。到了冬天，孩子们又在上面堆起了一座座小冰山。

特列乌赫夫有过干一番大事业的梦想。在老城公用事业局公共设施处的工作让他倍觉无聊，不是修理人行道路肩，就是给广告柱子的安装做预算，再没有比这些更大的事情可做了。再次被

① 名字有打耳光的意思。

提交审核的有轨电车设计方案，在各个省级上级机关里垂死挣扎，一会儿被通过了，一会儿又被否决了，还被转交到中央审核，但无论通过还是不通过。设计方案难逃被束之高阁的命运，因为不管通过还是不通过，都没有拨过款。

“简直就是没文化！”特列乌赫夫冲着老婆大喊大叫，“没钱？超额支付马车费、把钱付给畜生来把商品拉到车站就有钱了？老城的车夫们不管活人死人都一样宰客！当然，都让奸商垄断了！你试试看拖着东西步行走五俄里去火车站！……有轨电车只要六年就能收回成本！”

他那蔫巴巴的小胡子被怒火烧得垂了下来，翘鼻子的脸也哆嗦个不停。他从桌子里取出用摄影机在蓝色印纸上翻拍的工程图，第一千次气冲冲地指给老婆看。上面画着车站平面图，还有十二条有轨电车线路的车库方案。

“见鬼去吧，还十二条线呢，还是算了吧。但是有三条线，三条！要是再不建起来，老城就堵死了。”特列乌赫夫鼻子里呼哧呼哧打着响炮去厨房里劈柴了。家里面所有的活都是他一个人干。他自己亲手设计组装了婴儿的摇篮和洗衣机。刚开始的时候，他不但自己洗衣服，还一边给老婆解释洗衣机的工作原理。特列乌赫夫工资的至少五分之一，被他用来订购外国技术材料。为了让日子勉强能过得下去，他只好戒了烟。

他把设计图纸送给刚从撒马尔罕①调来老城公用事业局的新局长佳弗里林看。这位新局长被土耳其斯坦②的太阳晒得黝黑，他

---

① 乌兹别克斯坦地名。

② 指苏联境内的西土耳其斯坦。

久久地心不在焉地听取了特列乌赫夫的汇报，又漫不经心地把所有图纸都翻了个遍，最后说道：

“看看撒马尔罕，人家就不需要有轨电车。那里人人都骑洛子[①]。骑一次洛子才三卢布——便宜吧。一头洛子驼得起十普特呢！……洛子个头看着那么小，真是不可思议啊！”

“亚洲就是乡下啊！”特列乌赫夫火了，“三卢布骑一次骡子，养活它一年就得三十卢布吧。”

“您的有轨电车花三十卢布就能坐好多次吗？三百次顶多了吧。也用不着一年里天天都坐啊。”

“好吧，那您就批准买骡子去吧！”特列乌赫夫嚷嚷着冲出了办公室，还重重地带上了门。

打那以后，新局长多了一个新习惯，每次见到特列乌赫夫都会提一些讥讽意味十足的问题：

“怎么样啊，我们是批准买洛子呢，还是建有轨电车啊？”

佳弗里林脸上光光的，就像刨平了的大头菜。眼神狡黠。

两个月以后佳弗里林把工程师叫来，一本正经地告诉他：

“我拟了一个小计划。有一点我很清楚，那就是没钱，但有轨电车不是洛子——三个卢布可买不来。所以一定要筹备物质基础。那么现实的解决方案是什么呢？就搞一个股份公司吧！还有其他办法吗？借钱！还利息。有轨电车几年可以收回成本？”

“从第一期三条线运营开始算起——得六年以后吧。”

“那好，我们就算它十年。现在谈谈股份公司。谁来做股东？食品托拉斯，粮油中心。缆线工也需要坐有轨电车吧？当然需

---

① 局长的地方口音，实为骡子。

要！我们完全可以往火车站发几个货运车厢。那么把缆线公司也算进来！也许，人民交通委员部多少会给一点。还有，省执行委员会也会出钱。这是肯定的。既然我们开了头——国立银行和公用事业银行就一定会贷款。这就是我的小计划。星期五省执行委员会主席团会讨论这件事情。如果决议通过——接下来就看您的了。”

特列乌赫夫直到大半夜都在激动不已地搓洗内衣，一边还对老婆解释，有轨电车相比牲口拉的车好在哪里。

到了星期五，决议倒是得以圆满通过。但接踵而来的却是种种烦恼。费了九牛二虎之力，股份公司总算凑起来了。可人民交通委员部一会儿说要入股，一会儿又说不想入股。食品托拉斯也挖空心思想把百分之十五的股份降低到仅仅百分之十。最后，整个股权终于分配落定，虽然其间没少发生冲突。佳弗里林还因为霸道行为被人民交通委员部传唤过一次。不过，总的来说还算顺利。现在就等开工了。

“好吧，特列乌赫夫同志。”佳弗里林说，“你开始干吧。你觉得，能搞出什么名堂吗？就是嘛。这可不是你去买头洛子那么简单哦。”

特列乌赫夫从此被工作淹没了。他多年来期盼已久的那个伟大的时刻终于到来了。编写各种预算、制订建造工程计划，各种订购。但是很多问题却偏偏出在他们觉得不可能出岔子的环节。比如，城里竟然没有水泥专业人士，于是只好申请从列宁格勒调过来。尽管佳弗里林不断催促，可数家工厂都只答应一年半后才能提供机器，可这些机器不到一年就需要派上用场。最后不得不威胁要订购国外的机器，这才有了效果。随后又是不断的小麻烦。要么是没法找到合适尺寸的型铁，要么就是以次充好地提供没泡过油的枕木来替代泡过油的枕木。后来，枕木倒是给对了，可是特列乌赫夫亲自跑了一趟枕木浸油加工厂，发现百分之六十的枕木是次品。一些生铁部件里有渣孔。原料木材是潮湿的。铁轨倒是还不错，但往往都要迟一个月才会送到。佳弗里林常常开着一辆像害了伤风的破“菲亚特”来车站建设工地。在这里，他和特列乌赫夫也会时不时地拌嘴。

就在有轨电车站和车库还处于建设和安装阶段，老城人的插科打诨就没消停过。

《老城真理报》上关于有轨电车问题的报道全都出自老城著名的专栏作家普林茨·达茨基[1]的手笔，如今他的笔名是“飞轮”。这个飞轮每周不少于三次会在生活特写专栏对电车建设大放厥词。报纸的第三版面曾经充斥质疑味浓厚的简讯：《俱乐部何乐之有》《击中弱点》《参观可以，但何需招摇过市且前呼后拥》《不错啊……糟了》《我们的喜好与憎恶》《踩住为害教育的人》和《文山会海可以休矣》——而现在，飞轮却开始用阳光振奋的标题来取悦读者了：《如何建设，如何生活》《巨人即将造福》《谦逊的建设者》等等诸如此类。

特列乌赫夫哆嗦着翻看着报纸，满怀对作家兄弟们由衷的厌恶之情，读着描写自己的激昂文字：

……我攀上希望的架梁。
风声在耳畔呼呼作响。

---

① 普林茨的名字有王子的意思。

上面站着其貌不扬的——他，我们宏伟电车站的建设者，他身形瘦削，一张翘鼻子脸，粗布的大檐帽上印着几枚小榔头。让我想起："他伫立在唯有惊涛的岸边，胸中激荡着伟大的思想。"①

我走到近前。没有一丝微风。架梁也纹丝不动，我问：

"任务完成得如何？"

工程师特列乌赫夫并不英俊的脸生动鲜活起来……他握住我的手，说：

"百分之七十的任务已经完成。"文章结尾是这么写的：他握着我的手道别……我身后的架梁嘎嘎作响。工人们东奔西走来回奔忙。谁能忘记工地上如此热火朝天的场面，还有我们的建设者朴实的身影？

飞轮

由于特列乌赫夫平时没什么时间阅读报纸，所以有时候会错过飞轮的文章，而这一点恰好成了他的幸运。

可是有一次，特列乌赫夫实在忍无可忍，于是挖空心思写了一篇刻薄的文章加以驳斥。

"当然啦。"他写道，"螺母也可以称之为传动装置，不过也就那些对建筑事业一窍不通的人才会这么写。还有，我很想对飞轮同志指出，架梁只有在建筑物快散架的时候才会嘎嘎作响。这么描写架梁，简直就是在断言小提琴会生孩子。其他意见也同样借鉴一下吧。"

---

① 源自普希金诗歌《青铜骑士》。

打那以后，向来不安分的普林茨就再也没来过工地，但是生活特写专栏依旧在普通文章的背景之上，显眼地占据了第三版：《15000 卢布正在打水漂》《住房瓶颈》《材料正在哭泣》，还有《贻笑大方和眼泪》。

建设工程接近尾声。一根根铁轨用铝热法焊接起来，没有缝隙地从火车站一直通到屠宰场，从外来货市场通到墓地。

一开始，有轨电车通车揭幕仪式想定在十月革命九周年纪念日，可车厢制造厂却以“配件”为借口，没有按期交付车厢。于是通车典礼只好推迟到了五月一日。到了这一天，一切都彻底尘埃落定了。

合伙人闲逛着，和游行队伍一起走到了鹅区。整个老城都挤在这里了。车库的新大楼被弯弯的松树枝围了起来，一面面旗帜呼啦啦招展，风儿拍打着横幅标语。一名骑警纵马驱赶着头一个出门兜售冰淇淋的小贩，天知道这小贩怎么就闯进了被电车员工们围起来的空地里来。车库的两扇大门之间高高耸立着草草搭起的空舞台，上面只有一个麦克风——扩音器。代表们先后走向舞台，公用事业局和缆线厂的混编乐队也在试验自己的肺活量，一面大鼓横躺在地上。

亮堂堂的车库大厅里，停放着十辆浅绿色的车厢，标着从 701 到 710 的号码。一名从莫斯科来的记者，头戴一顶毛茸茸的鸭舌帽，在大厅里走来走去。他的胸前还挂着一枚小镜子，时不时紧张不安地照一照自己。记者在找总工程师，准备向他提几个有轨电车相关的问题。在这位记者的脑子里，虽然有关通车典礼的报导，包括还未发表的讲话纲要早都已经有了底稿，但他还是兢兢业业地做着实地考察。不过他看来看去，发现这里唯一的缺憾，就是缺少一家小卖部。

人群中有人唱歌，有人喊叫，有人嗑瓜子，大家都在等候有轨电车通车。

省执行委员会的主席团成员登上了舞台。普林茨·达茨基正结结巴巴地与一位笔友交换着只言片语。大家都在等待莫斯科新闻电影摄制人员的到来。

“同志们！”佳弗里林开始讲话，“请允许我宣布，老城有轨电车通车庆祝仪式大会，现在开始。”

几支铜号开始晃动起来，深深吸了一口气，一连把《国际歌》吹了三遍。

“现在有请佳弗里林同志做报告！”佳弗里林高声宣布。

普林茨·达茨基-飞轮和莫斯科来的记者，虽然事先并没有串通过，但却不约而同地记录道：

“老城公用事业局局长佳弗里林同志的报告拉开了庆祝仪式大会的序幕。人群侧耳倾听。”

虽然同是记者，这两个人却是完全不同的类型。来自莫斯科的记者还是个单身汉，很年轻。普林茨-飞轮却肩负一大家子，年龄也早已过了四十。前者一直生活在莫斯科，而后者从没去过莫斯科。莫斯科人喜欢喝啤酒，而这位飞轮——达茨基，除了伏特加什么都不爱喝。可是，尽管性格、年龄、习惯和教育背景等方面存在巨大差异，但两位记者的感想在形诸文字时，竟同时采用了已经用得不能再用、老得不能再老的陈词滥调。两个人的铅笔在笔记本上龙飞凤舞，又写下新的一行：“值此节日期间，老城的街道似乎也显得更加宽敞……”

佳弗里林的开场白则精彩而又简洁：

“建造有轨电车，”他说，“可不是买头洛子。”

人群中的奥斯塔普·本德尔突然爆发出脆亮的笑声。他对这句话显然十分欣赏。眼看着受到观众的鼓舞，佳弗里林竟忘乎所以地突然讲起国际形势来。他好几次想要把自己的报告拖回有轨电车的轨道，却大惊失色地发现，自己竟然拖不回去了。与他的意愿完全相反，从嘴角不由自主流出的话都是有关国际形势的。佳弗里林先是花了半小时大谈张伯伦，随后又把美国参议员波拉[①]扯上了国际舞台。人群已经蔫了。两位记者再次不约而同地写下：“演讲人生动形象地描绘了我们苏维埃的国际地位……”已然慷慨不已的佳弗里林抨击了一番罗马尼亚大贵族[②]后，又把矛头指向了墨索里尼。直到演讲的最后，他才战胜了自己国际化运动的第二天性，把话题扯到正事上来，说了几句务实的好话：

“我是这么认为的，同志们，现在即将出厂下线的有轨电车，要感谢谁呢？当然，同志们，应当感谢你们，应当感谢俗有工棱[③]，他们没有惧怕风险，他们的工作是为了问心无愧。还有啊，同志们，我们要感谢一位忠厚的苏维埃专家，总工程师特列乌赫夫。也要对他说一声谢谢！……”

人群开始寻找特列乌赫夫，却没找见。粮油中心的代表早就火烧火燎等得不耐烦了，只见他挤到舞台的护栏边，大手一挥，扯开了洪亮的嗓门开始大谈国际形势。他的演讲结束之际，两位记者虽然只听到几声稀稀拉拉的掌声，却迅速记下：“掌声雷动，

---

① 波拉（1865—1940），曾主张与苏联建立外交关系。

② 罗马大贵族是当时苏联媒体对专制制度下的罗马尼亚常用的称谓，尤其在1926年罗马尼亚与墨索里尼治下的意大利结盟后，这个称谓用得愈加频繁。

③ 佳弗里林方言口音严重，“俗”为“所”之误，“棱”为“人”之误。

随即变成热烈的欢呼……”可转念一想，觉得“随即变成热烈的欢呼……”似乎有些过于夸张。莫斯科记者当即决定把欢呼删去，飞轮则叹了口气，没舍得。

太阳很快就顺着斜斜的弧线滚了下去。舞台上仍一个接一个发表贺词。乐队不停地吹奏迎宾曲。黄昏中已经显露出夜幕的亮蓝，但庆祝活动仍在继续。不论演讲的人还是听众，都觉察到情况有点不妙，庆祝活动拖延得太久了，该赶紧开始发车的环节了。可是，大家早就习惯了长篇大论，说着说着就没法停下来了。

最后，特列乌赫夫终于找到了。他浑身脏兮兮的，上舞台前还特意在办公室里洗了好久的脸和双手。

“现在有请总工程师，特列乌赫夫同志！”佳弗里林兴高采烈地宣布，“来吧，还是你来说，不然我老是说不到点子上。”他小声补充了一句。

特列乌赫夫确实有很多话想说。他想说说义务星期六的劳动，说说工作的繁重，说说所有已经做完了的和也许以后还可以做的事情。真的还有不少事情可以接着做：可以关闭麻烦不断的外来货市场，使老城免受其苦，另外造几座玻璃顶棚的大房子取代之；还可以造一座永久性的大桥，用以替代那座每年都会被浮冰冲垮的临时桥梁；还有，那家肉类屠宰冷藏厂的建造规划也早该付诸实施了。于是特列乌赫夫张大嘴巴开始演讲：

“同志们啊！我们国家的国际地位……”

接着便吞吞吐吐地讲起了那些尽人皆知的套话，这已经是人群第六次聆听国际形势的演讲了，大家反应冷漠。直到演讲结束，特列乌赫夫才发现自己竟然对有轨电车只字未提。“这可真气人。”他想，“我就是不会说话，根本就不会。”

此时他想起了一位法国共产党人有一次在莫斯科会议上的发言。这个法国人介绍了资本主义媒体。“这些要把戏的家伙。”他提高了声调，“这些制造闹剧的行家，这些转轮印刷机的豺狼……”法国人演讲的第一部分采用了音调“啦”，第二部分降到了音调“哆”，最后又升到激昂的“咪”。他的手势也随之变化得恰到好处，显得潇洒得体。

“我们只会胡说八道。”特列乌赫夫终于醒悟了，“还不如什么都不说呢。”省执行委员会的代表用剪刀剪开拦在车库大门口的红缎子时，天色已经完全暗了。工人们和各个社会团体的代表们在一片嘈杂声中纷纷坐进了车厢。一阵脆耳的铃声响过，特列乌赫夫亲自驾驶第一辆电车，伴着人群震耳欲聋的欢呼声和乐队哼哼唧唧的演奏，滑出了车库。一节节车厢被灯光照得通明，一路驶去显得比白天更加耀眼。一连串的电车驶过鹅区，在铁路桥下穿行而过，轻轻松松爬上城市的高地，转入了普希金大道。乐队坐在第二节车厢里，喇叭被搁到车窗外，吹奏着《布琼尼骑兵进行曲》①。

佳弗里林穿着售票员的短腰制服，肩上斜挎一个背包，从一节车厢蹦到另一节车厢，脸上堆起温情脉脉的微笑，不合时宜地摇着铃铛，把一张张请帖递到乘客们的手里。

请帖上写着：

五月一日，晚九点

庆祝晚会

---

① 二战时期苏联军歌。

公用事业职工俱乐部特安排下列节目：

1. 莫欣同志做报告

2. 公用事业职工工会颁发奖状

3. 助兴节目：大型音乐会，家庭晚餐与茶点。

最后一节车厢里，站着不知道怎么竟然以嘉宾身份混进来的维克多·米哈伊洛维奇。他凑到马达跟前查看了一下，万分惊讶地发现，马达看上去竟然很不错，而且工作状态良好，玻璃也没有被震得哗哗响。又仔细端详了一阵子后，维克多·米哈伊洛维奇确认，这些最终还是用橡胶封起来的。因为他刚才向电车司机提了几个意见，所以已经被众人捧成了精通西方有轨电车的行家。

“气闸不是很好。”波列索夫洋洋得意地看了看乘客，郑重其事地宣称，“不抽气。”

“你就别乌鸦嘴了。”机车司机回答，“信不信，你不捣乱就能抽。”

满载节日气氛在城里巡游一周后，有轨电车回到了车库，那里的人群已在翘首恭候。特列乌赫夫已经在通明的灯光中被抛上抛下。佳弗里林也被抛了一次，但是他的体重将近一百千克，没能飞多高，所以人们立刻就放弃了他。莫欣同志、技术员和工人们也被一个个抛起来。维克多·米哈伊洛维奇今天已经是第二次被抛起来了，这次他没有四肢乱蹬地挣扎，而是板起一张严肃的脸，瞪着满天的星光，在夜空中上下翻飞。最后一次下滑时，波列索夫注意到，抓住他腿的人群中，有个一脸皮笑肉不笑的人，那个人不是别人，正是前首席贵族伊波利特·马特维耶维奇·沃罗比亚尼诺夫。波列索夫谦和地从哄闹的人群中脱了身，稍稍朝旁边退去，但视线却再也没有离开过这位前贵族。他发现，有个年轻的陌生人和伊波利特·马特维耶维奇走在一起，看上去显然是一个退役的军官，就在两人离开的时候，维克多·米哈伊洛维奇蹑手蹑脚地跟了上去。

当一切都结束后，佳弗里林坐上自己那辆雪青色“菲亚特”，等着特列乌赫夫安排好最后的事宜，便打算和他一起去俱乐部。就在这时候，一辆载着新闻影片摄制人员的福特牌客货两用汽车驶近了车库的大门。

第一个从车里跳下来的，是一个戴着十二角角质眼镜的男人，身穿一件风雅的无袖皮革外套。男人又尖又长的胡须直接长在了喉结上。另一个男人拖着摄影设备，身上胡乱缠着一条长长的围巾，不过那条围巾倒是奥斯塔普·本德尔经常挂在嘴边所谓“相当时髦”的风格。紧接着，卡车里又钻出几位助手、几台弧光灯，还有几个女孩子。一众人大呼小叫地冲进了车库。

“注意啦！”穿着皮革外套的大胡子大叫，“科利亚！把弧光灯支起来！”

特列乌赫夫的脸腾地就红了，径直向这些深更半夜的访客们走去。

“是你们要拍电影吗？”他问道，“怎么白天没来呢？”

“通车仪式安排在几点开始？”

“仪式早就结束了。”

“啊，啊，我们路上耽搁了一会儿。偶然发现一处自然美景，干了一大堆活儿。落日余晖啊！不过，我们会完成任务的。科利亚！亮灯！转动的轮子！放大！往来人群的腿——特写。柳达！

亲爱的！迈开步子！科利亚，开拍！开拍。走起来！走，走，走……好啦。谢谢。现在拍建设者。您就是特列乌赫夫同志了？劳驾您帮个忙，特列乌赫夫同志。不，不是这样。四分之三的角度……好了，就这样，独特一点，用有轨电车作背景……科利亚！开拍！您随便说点什么吧！……”

“嗯，我，说实话，这样子很别扭！……”

“太好了！……好！……您继续说！……现在您要和第一位女乘客说话……柳达！走到镜头里来。就这样。请深呼吸：您太激动啦！……科利亚！腿部特写！……开始！……好的，好的……十分感谢……停！……”

“菲亚特”一直在抖个不停，佳弗里林费劲地从小车里爬了出来，想来叫迟迟没能上车的朋友。喉结上毛发丛生的导演立刻兴奋起来。

“科利亚！到这儿来！这位群众演员太棒了。是工人！还是乘客！请深呼吸：您太激动啦。您以前从没坐过有轨电车。开拍！深呼吸！”

佳弗里林苦大仇深地喘起了粗气。

“太好了！……亲爱的！……过来一下！代表共青团致敬！……请深呼吸：您太激动啦……好……太好啦。科利亚，收工。”

“您不拍有轨电车了吗？”特列乌赫夫惴惴不安地问。

“您看。”穿着皮革衣服的导演含含糊糊地应付，“照明效果不好啊。只好回莫斯科补拍了。回见！”

说完，纪录片摄制小组像一道闪电一样，消失不见了。

“好了，我们走吧，朋友，该休息了。”佳弗里林说，“你这是怎么了，怎么抽起烟来了？”

“抽上了啊。”特列乌赫夫招认了，“实在受不了了。”

在家庭庆祝宴会上，饥肠辘辘的大烟鬼特列乌赫夫连着喝干了三杯伏特加，醉得不像样。他和在场所有人都接了吻，大家也都吻了他。他本想对妻子说几句好听的话，可却只是哈哈大笑起来。接着又不停地晃着佳弗里林的手，说：

“你可真是个怪人啊！你该去学铁路桥梁设计！这可是一门非凡的学问。而且，关键是特别简单。哈德逊大桥[①]……”

半个小时后，他彻底打开了话匣子，发表了一篇激昂愤慨的演说，抨击资产阶级媒体：

“这帮要滑头的恶棍，这群舞文弄墨的鬣狗！这伙人把印刷机玩得得心应手！”他大喊大叫。老婆只好叫了辆马车把他拉回了家。

“我想坐有轨电车。”他对老婆说，“唉，你怎么就想不明白呢？既然有了有轨电车，就该坐车啊！……为啥？首先，便宜啊……”

波列索夫在两位合伙人身后跟着走了好长时间，也憋了好久，终于，走到一个没人的地方，他靠近了沃罗比亚尼诺夫。

“晚上好，伊波利特·马特维耶维奇先生。”他毕恭毕敬地打招呼。可沃罗比亚尼诺夫却顿时紧张起来。

“可不敢当啊。”他嘀咕着答应。

奥斯塔普挺起了右肩膀，凑到百事通钳工跟前。

---

① 哈德逊大桥建成于1931年，后改名为乔治·华盛顿大桥，连接纽约市曼哈顿与新泽西州李堡，跨越哈德逊河。本书写成于1928年，当时这座大桥尚未竣工。

"喂——喂，"他说，"您想对我朋友说什么？"

"您别害怕。"波列索夫一边东张西望地向四周张望，一边压低了声音说，"是叶列娜·斯塔尼斯拉沃芙娜让我来找您的。"

"是吗？她也在这里？"

"在这儿。她很想见见您。"

"有什么事儿吗？"奥斯塔普问，"您又是谁啊？"

"我……伊波利特·马特维耶维奇，您可别想歪了。您不认识我，可我非常清楚地记得您。"

"我也想顺道去看看叶列娜·斯塔尼斯拉沃芙娜。"沃罗比亚尼诺夫犹犹豫豫地表态。

"她请您务必去一趟。"

"好吧，不过她是怎么知道的？……"

"我在公用事业局的走廊里遇见过您一回，还想了好久：您太脸熟了。后来我想起来了。伊波利特·马特维耶维奇，您千万别担心！一切都会完全保密的。"

"还是个女性熟人吗？"奥斯塔普经验老到地问。

"嗯——是啊，老熟人了……"

"那么，要不我们就去老熟人家里吃个晚饭？您看，我现在想要大吃一顿都想疯了，但是店都关门了。"

"也行啊。"

"那就走吧。您这位神秘的陌生人就给我们带个路吧。"

于是，维克多·米哈伊洛维奇便领着两位合伙人，穿过一座座杂院，依旧一路东张西望地朝着位于佩雷列申斯基胡同的算命婆家里走去。

第十四章　剑犁之盟

女人要是上了年纪，身上就会出现一大堆毛病：牙齿脱落了，头发也白了，变得稀稀拉拉的，喘气越来越粗，一眨眼就胖得不像话，要么索性瘦成一根柴火。可是，她的嗓音却不会改变，就像还是当年那个中学生，就像刚当了新娘或者做了浪荡公子情妇的时候一模一样。

所以，当波列索夫敲响叶列娜·斯塔尼斯拉沃芙娜的家门，里面传来一声："谁呀？"的时候，沃罗比亚尼诺夫冷不丁一个哆嗦。他情人的嗓音还是那样，和九九年巴黎展会[①]开幕前一模一样。可是，当伊波利特·马特维耶维奇走进房间，眯起眼睛躲开灯光才发现，往昔的容颜早已流逝殆尽。

"您的变化好大啊！"他不由自主地感慨。

老太婆冲上前来搂住了他的脖子。

"谢谢。"老太婆说，"我知道，您到我这儿来要冒多大的风险。您还是那个宽宏大量的骑士。我不会打听您为什么要从巴黎回来，您是知道的，我不会多管闲事的。"

"可是，我根本不是从巴黎回来的啊。"沃罗比亚尼诺夫有点不知所措。

"我和同事是从柏林来的。"奥斯塔普赶忙纠正道，一边使劲挤着伊波利特·马特维耶维奇的胳膊肘，"不过这事情最好不要声张出去。"

“啊呀，见到您真是太高兴了！”算命婆大叫起来，“您快进来，到这间屋子里来吧……维克多·米哈伊洛维奇，您嘛，不好意思，能不能过半小时再来？”

“噢！”奥斯塔普明白了，“初次见面！一言难尽的时刻啊！那么请您允许我也离开吧。维克多·米哈伊洛维奇，我知道您最好客了，我就去您那里吧？”

钳工开心得浑身筛糠一样。两个人便一起去了波列索夫的家。奥斯塔普坐在从佩雷列申斯基胡同5号院子那扇大门上拆下来的废铜烂铁上，面对这个只靠一台发动机维生的个体手工业者，看着对方错愕不已的脸，奥斯塔普开始大吹大擂自己的理念，暗示他有能力拯救故乡于水火。

一个小时后，他们再回来时，看到的是两个老人完全慵懒无神的脸。

“叶列娜·斯塔尼斯拉沃芙娜，那您还记得吧？”伊波利特·马特维耶维奇说。

“伊波利特·马特维耶维奇，那您还记得吗？”叶列娜·斯塔尼斯拉沃芙娜说。

“看来，是时候为晚饭做一点心理暗示了。”奥斯塔普暗自琢磨。于是他把沉浸在市府大选回忆中的伊波利特·马特维耶维奇拽了出来，说道：

“柏林有个稀奇古怪的习俗——那里吃饭的时间实在太晚，都搞不清到底是早晚餐呢，还是晚午餐。”

一语惊醒了梦中人，叶列娜·斯塔尼斯拉沃芙娜蓦地回过神

① 指1899年巴黎世博会。

来，把小鸟依人般的眼光从伊波利特·马特维耶维奇身上收了回来，慢腾腾地走进厨房。

“现在，我们该行动、行动再行动！”奥斯塔普把音量降低到违法乱纪的人才会有的程度。他一把抓住波列索夫的手，说：

“这老太婆不会不靠谱吧？这女人可靠不可靠？”

波列索夫祷告一样双手合十。

“您的政治信仰是什么？”

“时刻准备着！”波列索夫回答得激情满满。

“那您一定是基里尔派了①？”

“正是。”波列索夫像根弦一样绷直了身子。

“俄罗斯不会忘记您！”奥斯塔普一声大吼。伊波利特·马特维耶维奇手里攥着一块甜馅饼，一脸迷茫地听着奥斯塔普的言论，却没法阻止他。奥斯塔普一如脱缰野马，了不起的幕僚已然找到了灵感，中上等水平的诈骗即将付诸实施，这让他陶醉不已。他像一匹雪豹一样在屋子里晃了一圈。

叶列娜·斯塔尼斯拉沃芙娜费力地从厨房端出茶炊的时候，刚好看到他神采飞扬的状态。奥斯塔普赶紧殷勤备至地窜到她跟前，半道劫持了茶炊，把它放到桌子上。茶炊嗤嗤地喘了口气，奥斯塔普便开始了他的行动。

“女士。”他说，“我们万分荣幸地在您身上看到……”

然而他并没有想好，到底该说在叶列娜·斯塔尼斯拉沃芙娜身上看到了什么样的人。于是只好从头再说一遍。可是，他脑袋

---

① 十月革命前后，俄国君主主义者的一个派别，赞同基里尔·弗拉基米罗维奇大公继承皇位。

里所有沙皇时期金章玉句的储备中，转来转去只有那么一句“敬请吩咐”，而且现在说这句话也不是时候。所以他决定采用务实的开场白：

“严格保密！国家机密！”

奥斯塔普伸手一指沃罗比亚尼诺夫：

“各位请看，这位强悍的老者是谁？不要说话，你们不可能知道。他就是——思想的巨人，俄罗斯民主之父，沙皇陛下的亲信。”

伊波利特·马特维耶维奇立刻笔直地绷起了自己挺拔的腰板，惊慌不安地看了看四下。虽然他没搞明白到底是怎么回事，但是，根据他的经验，奥斯塔普·本德尔从来不会无缘无故地发言，于是他索性一言不发。而眼前的一切却让波列索夫心惊胆战。他站在那里，下巴翘起来冲着天花板，摆出一副行注目礼走正步的架势。叶列娜·斯塔尼斯拉沃芙娜跌坐到椅子上，惊恐地瞪着奥斯塔普。

“我们自己人在城里多吗？”奥斯塔普直奔主题，“大家的心情怎么样？”

“现在是人手不够的情况……”维克多·米哈伊洛维奇开始颠三倒四地细数自己的不幸遭遇。他说到了5号院子那个自命不凡而又蛮横的门房，说到了八分之三英寸的螺丝板，还有有轨电车等等，不一而足。

“太好啦！”奥斯塔普大喝一声，“叶列娜·斯塔尼斯拉沃芙娜！我们想请您帮忙，联系到城里的杰出人士，尽管他们迫于厄运已经潜入地下。能邀请到谁来吗？”

“还能请谁呢！或许，马克西姆·彼德罗维奇两口子？”

“老婆别带来。”奥斯塔普赶紧纠正，“老婆不能带！您将是唯一一位赏心悦目的特例。还能请谁来？”

在维克多·米哈伊洛维奇热情积极的参与下，讨论结果决定，可以邀请那位马克西姆·彼德罗维奇·查鲁什尼科夫，他曾是市杜马的议员，而现在却奇迹般摇身一变，跻身苏维埃公务员行列了。另外，还能邀请“快速包装”的老板贾季耶夫，敖德萨面包合作社“莫斯科小面包圈”的理事长季斯利亚尔斯基，还有两位姓氏不详但十分可靠的年轻人。

“既然如此，现在就把他们几位请来开一个小范围的会议。一定要严加保守秘密。”波列索夫首先自告奋勇：

“我这就去找马克西姆·彼德罗维奇，再把尼克沙和弗拉加叫来，不过，叶列娜·斯塔尼斯拉沃芙娜，‘快速包装’和季斯利亚尔斯基那儿，就辛苦您跑一趟了。”

说完，波列索夫一溜烟跑了。算命婆一脸崇拜地看了看伊波利特·马特维耶维奇，也走了出去。

“这算怎么回事儿？”伊波利特·马特维耶维奇问。

“这就是说。”奥斯塔普回答，“您的思想落后啦。”

“怎么说？”

“明摆着的！原谅我问一个低级趣味的问题：您现在还有多少钱？”

“什么钱？”

“所有的钱。包括银币和铜板。”

“三十五卢布吧。”

“就这点钱，您打算支付我们事业的所有开销？”

伊波利特·马特维耶维奇不说话了。

“这么说吧，亲爱的庇护人。我觉得，您是能理解我的。就委屈您扮演一个小时的思想巨人和沙皇陛下的亲信吧。”

“有什么目的吗？”

“我们需要周转资金，这就是目的。明天我要举办婚礼，老子我又不是要饭的。我要在这个隆重的喜庆日子里大宴宾客。”

“那我该做些什么呢？”伊波利特·马特维耶维奇哼哼唧唧地问道。

“您不说话就好。不过得时不时鼓鼓腮帮子，显得您是位要人。”

“这可是……诈骗啊。”

“这是谁说的？托尔斯泰伯爵这么说了吗？还是达尔文这么说了？都没有吧。我倒是听某人这么说过，这家伙昨天还在打算半夜里偷偷摸进戈里匝祖耶娃家里，把可怜的寡妇家的椅子偷出来呢。您就不要犹豫了。别说话就好。不过可别忘了鼓起腮帮子。”

“干吗非得卷进这么危险的事情呢？会有人告密的啊。”

“这您就别操心了。没什么把握的事情我才不干呢。我会把事情处理得天衣无缝，谁也不会察觉什么。我们先喝茶。”

当客人们陆陆续续走进房间的时候，两位合伙人还在吃吃喝喝，而鹦鹉在一旁噼噼啪啪地嗑着瓜子。

尼克沙和弗拉加是和波列索夫一起进来的。维克多·米哈伊洛维奇没敢把两位年轻人介绍给思想巨人，两个人在房间角落里坐下，开始观察这位俄罗斯民主之父吃冷盘小牛肉的样子。尼克沙和弗拉加都年近三十，是两个无可救药的傻瓜。显然，对这次被邀参加会议，两个人都感到很开心。

前市府杜马议员查鲁什尼科夫是个胖得流油的老头子，他握住伊波利特·马特维耶维奇的手晃了好久，一边还盯着他的眼睛。两位土生土长的本城人就在奥斯塔普的监督下开始了叙旧。眼看着话匣子被打开了，奥斯塔普向查鲁什尼科夫提了个问题：

“您是在哪个部队服役的？”

查鲁什尼科夫呼哧呼哧地喘起来。

“我嘛……我，其实，从来没有服过役，只不过因为大家对我信任有加，所以屡次当选。”

“那您是贵族了？”

“是啊。不过那是以前的事了。”

“那么，我希望您现在还是吧？一定要坚持下去。我们需要您的帮助。波列索夫跟您说过了吧？国外会给我们提供帮助的。万事俱备，只欠社会舆论了。组织是严格保密的。切记！”

奥斯塔普把波列索夫从尼克沙和弗拉加身边支开，用不容置疑的严厉语气问道：

“你们在哪个部队服役的？该为祖国做出贡献了。你们是贵族吗？太好了。西方会支持我们的。一定要坚持住。捐款要完全保密，我是说，组织要完全保密。切记。”

奥斯塔普完全放开了。事情进展似乎还算顺利。叶列娜·斯塔尼斯拉沃芙娜把奥斯塔普介绍给“快速包装”的老板认识，奥斯塔普把他拉到一边，同样鼓励他坚持下去，还问了一下，他是否服过役，并保证国外势力会配合行动，最后嘱咐要为组织严格保密。而“快速包装”老板的第一感觉却是想要尽快离开这个密谋大业的房间。他觉得自己的公司实在太有名望，冒险掺和这样的事情太不值得。但是他打量着奥斯塔普动如脱兔的身手，不免心里又有所动摇，暗自琢磨：“万一要是成了呢！……说实在的，还得看这事情做起来是扯着什么样的大旗了。”

一边坐着喝茶，一边友好会谈，气氛相当融洽。所有当事人一边信誓旦旦会保守秘密，一边谈论着城里的新闻。

季斯利亚尔斯基先生是最后一个到的，他当年既非贵族，也从没有在近卫军服役过，但从与奥斯塔普简短的谈话中，他立刻洞悉了事情的本质。

“一定要坚持住。”奥斯塔普立场坚定。季斯利亚尔斯基随即做出了承诺。

“您，作为私有企业的代表，您不能对人民的呻吟视若无睹。”

季斯利亚尔斯基露出了忧伤的表情以示赞许。

“您知道坐在这里的是谁吗？”奥斯塔普指着伊波利特·马特维耶维奇问道。

“当然知道。”季斯利亚尔斯基说，“这位就是沃罗比亚尼诺夫先生。”

“他就是，”奥斯塔普说，“思想巨人，俄罗斯民主之父，沙皇陛下的亲信。”

“这至少得判两年监禁，严密隔离。”季斯利亚尔斯基暗想着，不由打了个冷战，“我干吗要到这儿来呢？”

“绝密的剑犁之盟啊！”奥斯塔普压低的语气中透露出不详。

“这下要判十年了。”这个念头在季斯利亚尔斯基脑子里一闪而过。

“当然，您可以临阵脱逃，但是我要警告您，我们的手很长！”

“狗崽子，我要给你点颜色看看。”奥斯塔普暗想，“少于一百卢布，我绝不会放过你。”

季斯利亚尔斯基呆住了。今天他还安安静静享受过一顿美餐，吃了几块鸡胗，喝了一盘核桃鸡汤，对眼前这个可怕的“剑犁之盟”还一无所知。他只好留下了：“手很长”这几个字让他有了偷鸡不着蚀把米的感觉。

“先生们！”奥斯塔普拉开了会议的序幕，“生活迫使我们屈从于它的法则，它残忍的法则。我不打算向诸位赘述此次会议的目的——想必诸位也都已经知道。我们的目的是神圣的。我们听到来自四面八方的呻吟，祖国幅员辽阔，然而处处都传来求救的呼声。我们一定要伸出援助之手，一定要出手相助。你们当中，有人身为公职人员，吃着抹了黄油的面包，也有人打着零工，吃着鱼子酱三明治。公职也好，打零工也好，你们都有自己的床铺，能盖着暖和的被子。但却有那么一群孩子，流离失所的孩子，他们没有人照顾。这些流落街头的花朵，或者，用无产阶级知识分子们的话来说，这些流落在柏油马路上的花朵，他们本该受到命运更好的眷顾。我们，陪审员先生们，我们应该帮帮他们。我们，陪审员先生们，也一定能够帮到他们。”

了不起的幕僚如此一番演说，在几位听众当中引发了全然不同的反应。

波列索夫没能理解这位新朋友——这位年轻的近卫军军人说的是什么。

“哪来的孩子？”他想不通，“怎么说起孩子了？”而伊波利特·马特维耶维奇甚至都没打算弄明白什么。他早就什么都无所谓了，只是鼓起腮帮子一言不发地坐着。叶列娜·斯塔尼斯拉沃芙娜犯起了愁，尼克沙和弗拉加则忠心耿耿地盯着奥斯塔普那件浅蓝色的西装背心。

“快速包装”的老板倒是特别满意。“演讲得不错啊。”他心里暗赞，“扯着这样的大旗，钱倒是可以给。成事儿了——就赚个好名声！要是事败——跟我也没太大关系。我可以说是捐助儿童——就完事了。”

查鲁什尼科夫和贾季耶夫对报告人在地下工作中利落老练的表现表示了肯定，他们交换了一个意味深长的眼神，便继续在桌面上搓起了面包球。

季斯利亚尔斯基听得如坠云里雾里。“这脑袋瓜子真是聪明绝顶。”他佩服得紧，甚至觉得，他从没像今晚这样强烈地热爱过那些流浪儿。

“同志们！”奥斯塔普继续说，“我们需要即刻援助。我们要把孩子们从街头罪恶的魔爪中拯救出来，我们一定能够拯救他们。我们要帮帮孩子。我们要牢记——孩子们是生活的花朵。我特请各位即刻捐款，救助孩子们，只救助孩子们，而不是其他任何人。各位明白了吗？”

说着，奥斯塔普从侧面口袋掏出了一个发票簿。

“敬请各位捐款。伊波利特·马特维耶维奇将确认全权委托于我。”

伊波利特·马特维耶维奇鼓足了腮帮，低下了脑袋。事已至此，甚至连尼克沙和弗拉加两个傻瓜，还有好管闲事的钳工本人，都看透了奥斯塔普这番隐晦的话中所谓机密的本质。

“按长幼排序，先生们。”奥斯塔普说，“就从尊敬的马克西姆·彼德罗维奇开始。”

马克西姆·彼德罗维奇开始如坐针毡，勉勉强强掏出了三十卢布。

"要是光景好转，我会多给一点！"他声明。

"美好光景就快来临了。"奥斯塔普说，"不过，这跟我眼下所说的流浪孩子们没什么关系。"尼克沙和弗拉加一共给了八卢布。

"太少啦，年轻人。"年轻人两颊绯红。波列索夫干脆跑回了家，拿来五十卢布。

"太棒了，骠骑兵！"奥斯塔普赞许，"作为一个仅靠一台马达赖以维生的骠骑兵，头一次能捐这么多，足够了。商业界人士怎么说？"

贾季耶夫和季斯利亚尔斯基讨价还价半天，直抱怨如今的均衡税收[①]。但是奥斯塔普却铁石心肠：

"既然伊波利特·马特维耶维奇亲临现场，我认为你们现在所说实属多余。"

伊波利特·马特维耶维奇配合地低下了头。于是，两位商业人士为了孩子们的利益各自捐献了两百卢布。

"一共，"奥斯塔普宣布，"四百八十八卢布。咳！差十二卢布就能凑个整数了。"

叶列娜·斯塔尼斯拉沃芙娜忍了好久，还是走进卧室，拿出一个旧款的女式手提包，取出十二卢布补上了奥斯塔普要求的差额。

会议的后半部分就显得虎头蛇尾，也没那么庄重了。奥斯塔普欢蹦乱跳，而叶列娜·斯塔尼斯拉沃芙娜已经浑身瘫软无力。

---

① 指除国家统一定期征收的营业税外，地方政府还根据个体工商户的交易额自行征收一笔税款。

客人们客客气气地同会议组织者道了别，便纷纷离去。

“下一次会议召开的时间，会专门通知各位。”奥斯塔普在告别时专门嘱咐道，“请严守秘密。救济儿童的事情一定要保密……顺便说一下，这件事情关乎各位的切身利益。”

听到这样的话，季斯利亚尔斯基很想再给五十卢布，只求今后不用再来出席任何会议。他最终勉强克制住了这种冲动。

“好吧，”奥斯塔普说，“我们都该走了。伊波利特·马特维耶维奇，您嘛，我看，既然叶列娜·斯塔尼斯拉沃芙娜那么热情好客，您就在这里留宿吧。再说，为了保守机密，我们分开一会儿也有好处。好了，那我走啦。”

伊波利特·马特维耶维奇绝望之中给奥斯塔普使眼色，后者却装作没看见，径自走了出去。

走过一个街区，他才想起来，口袋里已经有了亲力亲为挣来的五百卢布。

“马车夫！”他叫住一辆车，“去‘凤凰’餐厅！”

“可以啊。”车夫一口答应，接着便不紧不慢地把奥斯塔普送到已经打烊了的饭店门口。

“这是怎么回事？关门了吗？”

“因为是五一节啊。”

“哎，这些该死的家伙！钱有的是，却找不到好玩的地方！好吧，那就去普列汉诺夫路吧。你认识吗？”

奥斯塔普决定去一趟未婚妻家里。

“以前这条路叫什么来着？”

“我不知道。”

“那能去哪儿？我也不知道啊。”但奥斯塔普还是吩咐马车夫边走边找。夜色里，他们在空荡荡的城市马路上逛了一个半小时，见到巡夜的和警察就上前打听。有一个警察卖了半天的关子，终于松口告诉他们——原来就是以前的省长路。

“哦，是省长路啊！省长路我太认识了。我在这条路上跑了二十五年了。”

“好啊，那就去吧！”

可等到了省长路才发现，省长路以前根本不叫普列汉诺夫路，而叫作卡尔·马克思路。

火冒三丈的奥斯塔普只好再次开始找寻这条无人知晓的普列汉诺夫路。但还是没能找到。

直到微白的晨曦照亮他的脸，这位饱受折磨的富翁还是没能痛快行乐。

“送我去‘索邦’吧！”他没好气地大声说，“还算是个车夫呢！连普列汉诺夫路都不认识！”

寡妇戈里匝祖耶娃家的客厅装扮得富丽堂皇。婚宴的主桌上正坐着庆典的主角、新郎官——土耳其臣民的儿子。他风度翩翩，但已经眼饧耳热。客人们也正闹得欢。

新娘已经当不起一个“新”字，她至少已经三十五岁出头。老天却给予她格外慷慨的优待。她拥有一切该有的：西瓜般硕大的乳房，刀背般挺直的鼻梁，五彩斑斓的两颊，肥厚的后脑勺。她不但崇拜新一任丈夫，而且还很怕他。所以没敢直接称呼他的名字，甚至连父称也不敢叫，而且她一直都没能弄明白他的父亲到底是什么人，所以只好称呼他的姓氏：本德尔同志。

伊波利特·马特维耶维奇再一次坐上了那把朝思暮想的椅子。整个婚礼晚宴中，他动不动就在椅子上颠两下，试探里面有没有硬物。偶尔有那么几次，他还真的碰到了硬东西，于是在座众人在他眼里就变得可爱，便不由大声狂呼起来“苦啊”[①]。

奥斯塔普没完没了地发表演说词、欢迎词和祝酒词。众人为人民教育事业干杯，继而又为乌兹别克斯坦的水利灌溉事业干杯。干杯的理由全用完后，宾客们纷纷四散回了家。伊波利特·马特维耶维奇找准机会在前厅对本德尔悄声说道：

“您可别耽误了正事儿。椅子就在那儿呢。”

“您眼里就只有钱。”喝醉了的奥斯塔普一口答应，“去旅馆等我吧。哪儿都别去。我随时都可能过去。把旅馆的账结清，所有事情都安排妥当。去吧，元帅！您现在应该祝我晚安了。”

伊波利特·马特维耶维奇祝了对方晚安，便直奔“索邦”旅店焦虑等待去了。

凌晨五点钟的时候，奥斯塔普提着椅子出现了。伊波利特·马特维耶维奇的情绪瞬间崩溃。奥斯塔普把椅子放在房间中央，一屁股坐了上去。

“您是怎么做到的？”沃罗比亚尼诺夫终于憋出一句话来。

“很简单，两口子之间的小把戏。小寡妇还没醒，正做着梦呢。都不忍心吵醒她。‘曙光乍现时，请别叫醒她’[②]。没办法，只好给爱人留个字条了：‘要去新霍佩尔斯克[③]作报告。午饭不用等我。你的小男孩。’椅子是从厨房里拿来的。现在这一大早的，电车还没开——我一路搬来，还在椅子上休息了几次。”伊波利特·马特维耶维奇嗓子眼里发出咕噜噜的声音，猛地扑向了

① 俄罗斯婚礼上宾客要求新人接吻时必须高声喊叫“苦啊”。
② 俄罗斯著名诗人阿法纳西·费特写于 1842 年的诗歌。
③ 俄罗斯城市名。

椅子。

“轻一点。”奥斯塔普说，“行动要不声不响。”

只见他从口袋里掏出一把虎钳，便立即投身于热火朝天的工作中。

“您把门反锁了吗？”奥斯塔普问。他把猴急的沃罗比亚尼诺夫推到一边，小心翼翼拆开椅子，尽量不让英式的印花布受损。

“这样的料子现如今已经买不到了，得保存好才是。没办法，这是奇缺商品。”

这一切的一切都让伊波利特·马特维耶维奇等得心急如焚。

“好啦。”奥斯塔普小声说。他把椅子面掀开，两手伸进去在弹簧之间摸索，额头上凸起一根V字青筋。

“怎么样？”伊波利特·马特维耶维奇高高低低换着调门问个不停，“怎么样？怎么样？”

“怎么样，什么怎么样。”奥斯塔普发火了，“一比十一的机会。只是估计这次……”

他在椅子里刨了好一会儿，终于把这句话说完了：

“这次的机会是没戏了。”

他挺起了身板，拍打清理着膝盖。伊波利特·马特维耶维奇一头扑向椅子。

里面没有钻石。伊波利特·马特维耶维奇沮丧地垂下了双手。但是奥斯塔普还是一如既往的振作。

“现在我们的机会就增加了。”他在房间里转起了圈。

“没关系！寡妇为这把椅子付出的代价可比我们多呢。”

奥斯塔普说着，从侧面口袋里一股脑掏出一枚镶着玻璃珠子的金制胸针，一只空心金手镯，还有半打镀金餐勺和一个茶滤。

伊波利特·马特维耶维奇满心沮丧，甚至都没有意识到，他已经沦为一宗低级盗窃案件的同伙。

“的确低级趣味。”奥斯塔普承认，“不过您该不会反对吧，我总不能就这么丢下心爱的女人，好歹得给自己留一点能用来思念她的东西。但是时间可不能浪费。这里只是个开头。莫斯科才是终极目标。那里的家具博物馆可不像寡妇那么好对付，会难得多啊！”

两位合伙人把椅子的断腿往床底下一塞，清点了一下钱（总共算下来，加上为儿童捐款的部分，竟然有五百三十五卢布），便离开去火车站，打算搭乘去莫斯科的火车。坐着马车去车站要横穿整个市区。在经过合作社路时，他们瞧见了在人行道上狂奔的波列索夫，他跑得像一头受了惊的羚羊。佩雷列申斯基胡同5号院的门房在他身后紧追不舍。在转过街口的时候，两位合伙人刚好看见门房追上了维克多·米哈伊洛维奇，二话不说抬手就打。波列索夫不住地大叫“救命！”和“卑鄙！”。

因为担心可能会遇到心爱的女人，两位合伙人在火车启程之前一直窝在厕所里。

火车终于载着两个朋友驶入了喧闹的市中心。他俩把脸贴在窗户上。列车在鹅区上方呼啸而过。奥斯塔普冷不丁大叫起来，一把抓住了沃罗比亚尼诺夫的二头肌。

“快看，看哪！”他叫道，“快看！是阿尔亨，这狗——狗崽子！……”

伊波利特·马特维耶维奇看了看下方。轨道路堤的下方，一个长着小胡子的彪形大汉正拖着一辆手推车，车上装着一架褐红色簧风琴，还有五扇窗框。而在小车后面推着的那个人，身穿灰皮老鼠颜色的肥衬衣，一脸的羞怯。

太阳光穿透了乌云，教堂顶上的十字架被照得耀眼夺目。

奥斯塔普哈哈大笑着，把头探出窗外一声大吼：

“帕什卡！你这是去旧货市场吧？”

帕沙·艾米利耶维奇抬起头，但他只看到最后一节车厢的减震器，于是便更加使劲地迈开了步伐。

“看到了吧？”奥斯塔普得意地说，“干得漂亮！人们就是这么挣钱的！”

沃罗比亚尼诺夫一脸愁容，奥斯塔普拍了拍他的肩膀。

“没关系，大叔！别泄气！庭审还要继续呢。明晚我们就在莫斯科了！”

第二部分

莫斯科之行

第十五章　椅子的海洋

统计数据无所不知。

在苏联境内，包括黑土地、亚砂土和黄土在内的可耕地都已经被精确统计在案。所有不同性别的公民，也都中规中矩地被罗列在厚厚的民事登记册里——这方面伊波利特·马特维耶维奇是内行。共和国一个普通公民年均消耗多少食物，而这位普通公民每年要喝掉多少伏特加，在喝酒的同时又要吃掉大约多少下酒菜，都一清二楚。国内有多少狩猎人士、多少芭蕾舞女演员、几台六角机床、所有品种的狗一共多少条、多少辆自行车、多少座纪念碑、多少女孩子、多少座灯塔和多少台缝纫机，也都一目了然。

一张张统计表中，有多少充满热情、欲望和思想的生命正注视着我们呢！

随便说个人吧，他现在满脸通红地坐在小餐桌旁，胸前挂着餐巾，正津津有味地消灭一盘盘热气腾腾的食物，可是在统计表格里他又是什么样的？统计数据显示，他的身边围了一大群微型的小公牛，肥头大耳的猪挤满了表格的一角，统计表里还有那么一个大型专栏，就像是个水族馆，数不清的鲟鱼、鳕鱼和欧飘鱼在里面畅游，水花四溅。这个人的肩膀上、胳膊上和脑袋上蹲满了母鸡。松软的云层里，盘旋着鹅、鸭子和火鸡等各类家禽。餐桌底下还藏着两只兔子。地平线上，诱人的烤面包垒起一座座金字塔，高耸入云。牛奶流成一条小溪，环绕着用蜜饯搭起来的小城堡。一根黄瓜足有比萨斜塔那么高，矗立在地面。用食盐和胡椒面砌成的城堡围墙外，足有半个连之多的红酒、伏特加和果子露酒，列着整齐的编队大踏步前行，而一群不含酒精的饮料则拖着蹒跚的脚步，有气无力地跟在它们身后：纳尔赞矿泉水、柠檬水和装在网兜里带吸管的软饮料，溃不成军地乱成一团。

那么，这个满脸通红的人究竟是谁呢？他既贪吃，又嗜酒，还特别喜欢甜食。莫非他是卡冈都亚，是季普索德国王①？要么就是大力士福斯②？还是传奇的士兵——红衣亚什卡③？还是卢库尔④？

可他并不是卢库尔。他只是伊凡·伊凡诺维奇·希多洛夫，或者是希多尔·希多洛维奇·伊凡诺夫。他仅是一位普普通通的公民而已，而图表上描绘的，正是他这辈子会吃掉的食物。他就是一个卡路里和维他命的正常消费者，一个少言寡语的四十岁单身汉，平日就在服饰和针织品商店里上班。

统计数据让人无法藏匿身形。它不但精准地显示了牙医、香肠店、注射针筒、门房、电影导演、妓女、茅草屋顶、寡妇、马车夫和罩钟的数量，甚至还了解国内统计工作者的人数。不过唯有一样它不了解。统计数据无法显示苏联境内有多少把椅子。因为

① 卡冈都亚是法国人文主义作家拉伯雷小说《巨人传》中的人物，以惊人的食量而闻名。季普索德是卡冈都亚的儿子，同样饭量惊人。

② 大力士福斯是 19 世纪末至 20 世纪初著名的杂技演员，艺名为埃米尔·福斯，也是一名重量级拳击手。据说一顿能吃下一整头烤乳猪，平时饭量是常人的十倍。

③ 俄罗斯童话中的人物，生性顽皮，性格张扬快乐，饭量惊人。

④ 卢库尔（公元前约 117—前 56），罗马统帅，以富有和奢侈的生活方式闻名，酷爱豪华宴席。

椅子太多了。

最新的统计普查数据表明，所有加盟共和国的居民总共有一亿四千三百万人。如果刨去九千万喜欢坐长凳、高板床和土台的农民，其中还包括东部地区喜欢坐旧地毯和无绒地毯的农民，那么依然还有五千多万人口，对他们而言，椅子是居家必备的日用品。如果考虑到可能会有漏算的情况，外加加盟共和国的某些公民有一个人坐两把椅子的习惯，那么就有必要把总量缩减一半，这样就能估算出国内的椅子数量不会少于两千六百五十万把。为了让这个数字更准确，我们再减去六百五十万，得到椅子的最低数量为两千万把。

在这样一片椅子的汪洋之中，有胡桃木做的，橡木做的，梣木做的，紫檀木做的，红木做的和卡累利阿桦木做的。而长篇小说的主人公必须在云杉木和松木椅子中找到一把汉布斯公司生产的胡桃木曲腿椅，只有在那把椅子英式印花布包裹着的肚子里面，才藏着佩图霍娃太太的宝藏。

两位合伙人躺在上铺，还沉浸在梦乡里，而此时的火车已经蹑手蹑脚地越过了奥卡河，加足马力驶近莫斯科。

第十六章　贝尔托尔德·施瓦尔茨修道士[①]公共宿舍

伊波利特·马特维耶维奇和奥斯塔普你撞我一下我推你一把，站在打开的硬座车窗前，全神贯注地望着慢悠悠走下路堤的奶牛，望着针叶林，望着木栏围起来的小站月台。

一路上能讲的笑话全都讲完了。周二的《老城真理报》已经从头读到尾，甚至连广告都读了个遍，报纸上也弄得全是油渍。带来的小鸡肉、鸡蛋和橄榄也都吃得一干二净。

剩余的这一段路程是最煎熬的——还有一个小时就到莫斯科了。

一座座小别墅从稀疏的树丛和小树林里蹦出来，让人看着心情愉悦。其中有一些木头搭建的小院子，凉台上的玻璃窗和新漆的铁皮屋顶都明晃晃地发着光。也有普普通通的木墙小屋，墙上开着几个小巧的窗口。对于别墅爱好者们来说，这一切都不啻是要命的诱惑。

这时候，乘客们欣赏着地平线的风景，纷纷炫耀各自博古通今的才学，彼此讲述莫斯科的往昔与现在，但是却张冠李戴把记忆中的卡尔卡战役[②]挖掘出来说事。伊波利特·马特维耶维奇的脑子里怎么也甩不掉关于家具博物馆的想象。他想象着，博物馆应该是一条长达好几俄里的走廊，两边靠墙夹道列队一样排列着一把把椅子。沃罗比亚尼诺夫看到自己正大踏步快速行走在椅子的行列之间。

“博物馆还不知道是什么样的呢。会顺利的吧？”他一副焦虑不安的样子。

“您呐，首席贵族先生，您该去做个电疗了。还没到时候呢，怎么就发起神经来了。要是您实在忍不住不烦躁，那就一句话也别说，把烦心事烂在肚子里。”

火车一蹦一蹦驶过岔道。信号灯张开大嘴瞪着开过的列车。轨道变得越来越密集。已经能感觉到一个巨大的铁道交通枢纽就在眼前。青草地不见了，取而代之的是矿渣路。调度机车不住地鸣笛，扳道工的号子此起彼伏。列车的轰鸣猛然加剧了，火车驶入了一条两边都是空车皮的车道，一边咯噔咯噔往前走，一边清点着两边走马灯一样后退的车厢。

轨道分叉变成了双轨。

火车最终驶出了车道，太阳猛地照了进来。道岔灯像一只只花魁鸟一样，紧紧贴着地面向四面八方飞散开去。一股烟雾先冒了出来，机车随即大声喘着粗气，喷出的烟雾就像洁白如雪的连鬓胡子。转盘上发出一声长啸，机务段工人把机车调进车库。

随着一个急刹车，列车各个连接部位跟着吱嘎作响，整辆列车也尖叫起来。那一刻，伊波利特·马特维耶维奇觉得自己掉进了一个牙痛的深渊。列车停靠在了沥青站台旁。

莫斯科到了。梁赞火车站——所有莫斯科的火车站里，它是最新建造的。

---

① 真名为康斯坦丁·安克利岑，德国方济各会修道士，生活在14世纪，相传为欧洲火药发明者。

② 1223年俄国与波洛伏齐联军在卡尔卡河畔阻击蒙古军队的战役，以俄国大败而告终，与莫斯科历史没有任何联系。

莫斯科还有八个火车站，没有哪个有梁赞火车站那么宽阔高大的室内空间。整个雅罗斯拉夫火车站，连同车站的伪俄式风格顶棚和那些母鸡顶饰，都能轻轻松松装进梁赞火车站的大餐厅里。

莫斯科的每一个火车站都是城市的大门。每天进进出出的乘客流量多达三万人。从亚历山德罗夫火车站走出来一位外国人，脚踩胶底鞋，身穿高尔夫球衣（肥大的运动裤和厚厚的毛线长袜）。从库尔斯克火车站来到莫斯科的是一个高加索人，头戴一顶有透气孔的褐色羊皮帽子，还有一个来自伏尔加河流域的居民，脸上长着一团乱麻一样的络腮胡子。从十月火车站疾步走出一位中层干部，手里拿着一个相当时尚的猪皮公文包。他是从列宁格勒来协调、商讨业务细节的。来自基辅和敖德萨的代表们往往会通过布良斯克车站融入首都的人流中。其实，还在吉洪诺夫普斯滕站没到莫斯科的时候，基辅人的嘴角就露出了轻蔑的微笑。因为他们根深蒂固地认为，克列夏季克大街才是世界上最美的街道。敖德萨人总是随身拎着几个篮子和装着熏鲭鱼的扁盒子。他们也有心中认可的最美的街道，只不过，当然不会是克列夏季克大街，而是拉萨尔路，以前又被称为杰里巴索夫卡路。从萨拉托夫、阿特卡尔斯克、坦波夫、勒季谢夫和科兹洛夫到莫斯科都是在巴韦列茨车站下车。在萨维奥洛夫车站下车的人数最少，他们一般都是来自塔尔多姆的鞋匠、德米特洛夫市的市民、亚赫罗马纺织厂的工人，或者冬天和夏天都住在赫列布尼科沃站的懒散的市郊居民。从这里坐火车去莫斯科用不了多久，走这条线最远的距离也就一百三十俄里。而在雅罗斯拉夫火车站到达莫斯科的，基本都是从海参崴、哈巴罗夫斯克、赤塔等边远大城市来的人。

而在梁赞火车站下车的，恰恰是最稀奇古怪的人。一般都是乌兹别克人，他们头上缠着白色的薄纱头巾，身披五颜六色的长袍，还有红胡子的塔吉克人、土库曼人、希瓦汗国人和布哈拉商人，这些人生活的共和国上空永远是似火的骄阳。

两位合伙人费了好大劲才挤到出口处，抬眼一看已经身处卡兰切夫广场。他们的右手边就是雅罗斯拉夫火车站那些高高在上的母鸡形状顶饰。正对面是阴森森的十月火车站。车站外墙被漆成两种颜色，大钟正指着十点零五分。但是雅罗斯拉夫火车站的大钟却显示刚好十点。如果再看一眼梁赞火车站深蓝色的大钟，旅客们会发现，装饰成黄道十二宫的表盘上显示的是差五分十点。

“这倒不错，约会起来方便了！”奥斯塔普说，“总有十分钟时间迟到余地。”

马车夫听闻，便像接吻一样咂了咂嘴。坐车驶过桥下，首都壮丽的美景便如画般呈现在游客们的眼前。

“我们到底是要去哪儿？”伊波利特·马特维耶维奇问。

“去找好人。”奥斯塔普说，“莫斯科好人多得不得了。而且他们全都认识我。”

“我们要住在他们那里吗？”

“是一处宿舍。如果这家没有床位，就找另一家，总能找到。”

狩猎商行里混乱一片。几个没有营业执照的小摊贩头顶托盘，像鹅一样被撵得四处乱窜。一个民警正踩着懒散的小碎步在他们身后驱赶着。流浪汉们挨着一大桶沥青，怡然自得地闻着沸腾焦油的味道。

他们来到了阿尔巴特广场，穿过了普列奇斯坚卡林荫路，向右一转，在西弗采夫谷地胡同里停了下来。

“这是什么楼？”伊波利特·马特维耶维奇问。

奥斯塔普看了看这幢带阁楼的玫瑰色小楼，说：

“这是化学系大学生宿舍，叫作贝尔托尔德·施瓦尔茨修道士公共宿舍。”

“真的是修道士宿舍吗？”

“喂，我开玩笑的，开玩笑的啦。其实这楼是以谢马什科[1]命名的。”就像其他普通的莫斯科大学生宿舍一样，这幢本该住着化学系大学生的楼，也毫不例外地住满了与化学八竿子打不着的外来人员。而真正的大学生早就各奔前程。其中一部分人结束了学业后就踏上了各自的工作岗位，另一部分则因为成绩实在不如人意被除了名。正是这部分学生的人数一年比一年多，以至于在这幢玫瑰色小楼里逐渐形成了一个介于住宅公司和封建制村镇之间的东西。一批又一批新来的大学生曾试图攻陷这幢楼，均以失败告终。捷足先登的学长们具备超乎寻常的谋略，每次都能击退新生们的攻击。后来大家便不再对小楼抱任何希望，小楼也变成了无法无天的地方，甚至连莫斯科不动产管理局也把它排除在各种计划之外。小楼变得名义上似乎从来不曾存在过，但是又确确实实地存在着，而且里面还住满了人。

两位合伙人沿着楼梯走到二楼，转身便没入一条伸手不见五指的走廊。

---

① 谢马什科（1874—1949），苏联国务和党的活动家，苏联第一任卫生人民委员。

“光线充足，空气也好。”奥斯塔普调侃。突然之间在漆黑中，有人在伊波利特·马特维耶维奇的胳膊肘边打起了呼噜。

“别怕。”奥斯塔普解释，“这不是走廊里的声音，这是墙后面传来的。胶合板嘛，物理学说得明白，是最好的声音导体。当心一点哦！抓住我！这里应该有个消防箱。”

话音未落，沃罗比亚尼诺夫一声惨叫，胸口撞到了一个金属棱角，说明这里的确有一个消防箱。

“怎么样，没撞疼吧？”奥斯塔普问，“这还算好的了——只不过是皮肉之苦。还有更多精神上的折磨呢——简直不堪回首。这边以前搁着一具骷髅，是大学生伊万诺普罗的私人物品，明明是他自己在苏哈列夫卡买的，却又害怕放在屋子里。来访的客人总是先撞到消防箱，接着骷髅就扑到他们身上。怀孕的妇女们对此尤其表示强烈不满。”

接着，合伙人又顺着一处螺旋形的楼梯攀爬到阁楼。阁楼本来是个很宽敞的大房间，却用胶合板分割成了几个长条形隔断，每个隔间宽不到一米五。小小的隔间就像几个铅笔盒，但与铅笔盒又有所不同，因为里面除了铅笔和钢笔以外，还有人住，还放着汽油炉。

“科利亚，你在家吗？”奥斯塔普在最中间的房门口停下脚步，轻声问道。不料，所有五个铅笔盒竟然都活跃起来，七嘴八舌地争相回答这个问题。

“在家。”有人在门后回复。

“又是谁一大清早就来找这个蠢货！”最左侧铅笔盒里传出一个女人低低的抱怨声。

“还能不能让人好好睡觉了！”二号铅笔盒嘟囔了一声。

第三个铅笔盒有人兴奋地叽叽喳喳：

“警察来找科利亚了。肯定是为了昨天那块玻璃。”

第五个铅笔盒里没人说话，但是里面有汽油炉在咝咝作响，还传出有人接吻的声音。

奥斯塔普踹了一脚房门。整个胶合板结构立刻晃动起来，两位合伙人挤进了科利卡[1]的夹缝里。奥斯塔普进门后第一眼看到的景象，虽说表面上并没有什么问题，但还是让他吃惊不小。隔间里只有一张摞在四块砖头上的红条子床垫，算是唯一的家具。不过这并不是让奥斯塔普感到不安的原因，因为他对科利卡的家具早就心知肚明。科利亚本人现在就坐在长了腿的床垫上，这不值得大惊小怪。可是，他的身边竟然还有一位国色天香的女子，奥斯塔普一看到她便立刻阴沉了脸。一看就知道，这样的女孩子绝不会是整天混迹于名利场上的人，那些烟花女子不可能有这么清澈湛蓝的眸子，也不会有洁净如雪的脖颈。这只可能是情人，或者更糟糕——是妻子，而且还是挚爱的妻子。果然，科利亚叫这位小美女“丽莎”，直接用“你”相称，还冲她扮鬼脸。

伊波利特·马特维耶维奇摘下了自己的厚呢帽子。奥斯塔普把科利亚叫到走廊里，两人在那里嘀嘀咕咕好一阵子。

“多美的早晨啊，女士。”伊波利特·马特维耶维奇打开了局面。

蓝眼睛的女士咯咯笑了起来，随即便根本无视伊波利特·马特维耶维奇的礼节性招呼，自顾自讲起隔壁铅笔盒里住的人有多么愚蠢。

---

① 科利亚的昵称。

“他们是故意打开汽油炉的，因为不想让别人听见他们接吻的声音。可是，您知道吗，这么做有多傻。其实我们都听得一清二楚。他们自己倒是因为开了汽油炉，什么都听不见了。要不要我这就证明给您看？您听！”

科利亚的妻子显然洞悉了汽油炉的所有奥妙，只听她说道：

“兹韦列夫[①]全家都是笨蛋！”

墙后的汽油炉恶狠狠地咝咝叫着，同时传来一片亲嘴的咂吧声。

“看见了吗？他们真的什么都听不见。兹韦列夫，你们全家都是笨蛋、木头脑袋，都是变态。看到没！……”

“真是这样。”伊波利特·马特维耶维奇叹服。

“我们可不用汽油炉。有啥必要？我们都是去素斋食堂吃饭，虽然我不赞成老是吃素菜。但是我和科利亚结婚的时候，他就总是盼着能和我一起去吃素斋[②]。所以我们就天天吃素了。其实我很喜欢吃肉的。可那里连肉丸子都是用面条做的。不过，您可千万不要跟科利亚说啊……”刚说到这里，科利亚和奥斯塔普一起回来了。

“好吧，既然实在没法住在你这里，我们只好去找潘捷列伊了。”

“这就对了，朋友们！”科利亚大声说，“去找伊万诺普罗吧，这小伙子是自己人。”

---

① 这个姓氏有野兽的意思。

② 苏联 19 世纪 20 年代的物资供应相对比较匮乏，为了合理分配食品资源，政府在全国普及了公共食堂，其中就包括素食食堂。当时的群众也对不久的将来就会实现的共产主义充满信心，所以大家都习惯去食堂用餐，一般家庭里都没有厨房，或只有公共厨房。

"欢迎来做客啊。"科利亚的妻子说，"我和丈夫会很开心的。"

"他们又要请人来做客！"最边上的铅笔盒里传来一个忿忿不平的声音，"还嫌客人不够多啊！"

"你们就是一群傻瓜、蠢货和变态，关你们屁事！"科利亚的妻子并没有抬高嗓门。

"你听见没有啊，伊凡·安德烈耶维奇。"最边上的铅笔盒情绪激动起来，"有人欺负你的老婆，你连个屁都不放一个。"

其他铅笔盒里不露面的评论员们也纷纷加入声讨，一时间口舌之战进入了白热化。而两位合伙人则下楼找伊万诺普罗去了。

大学生刚好不在家。伊波利特·马特维耶维奇擦亮一根火柴，门上挂着一张字条："9点后到家。潘捷列伊。"

"不要紧。"奥斯塔普说，"我知道钥匙在哪里。"他在消防箱底下摸索了一会儿，果真就找到了钥匙，打开了门。

大学生伊万诺普罗的房间大小和科利亚的完全一样，但是靠着墙角落，有一面是石头墙。这位学生对此尤其感到自豪。而伊波利特·马特维耶维奇却懊恼地发现，这位大学生连一张床垫子都没有。

"我们会安顿好的。"奥斯塔普说，"在莫斯科能占到这么大的地方，已经够体面的了。要是我们三个人都打地铺，还能空余出一些地方呢。潘捷列伊这个狗东西！我倒想问问他，他把床垫弄哪儿去了？"

一扇窗户正对着胡同，那里有个警察正走来走去。对面有一栋哥特式塔楼形的小房子，里面是一个强盛的弹丸小国的大使馆。使馆铁栅栏后面有人在打网球，白色的小球飞过来飞过去，还能听到短促的哼哈声。

“界外球。”奥斯塔普评论说，“不是高水准比赛。不过，我们真的该休息了。”

合伙人在地板上铺了报纸。伊波利特·马特维耶维奇掏出了一个随身携带的小巧玲珑的枕头。

奥斯塔普一头倒在报纸的字里行间，马上就睡着了。而伊波利特·马特维耶维奇早已经梦到了周公。

第十七章　先生们，请尊重床垫！

“丽莎，我们吃饭去吧！”

“我不想去。我昨天已经吃过了。”

“这话什么意思。”

“我不要吃假鸡蛋。”

“嗨，说什么傻话！”

“我不能总吃素泥肠啊。”

“今天你可以吃苹果奶油布丁啊。”

“我还是不太想吃。”

“小声点，别人会听见的。”于是小两口转而开始拿腔作势地窃窃私语。

两分钟后，新婚才三个月的科利亚终于头一回意识到，原来心爱的女人远远不及他那么钟爱胡萝卜、土豆泥和豌豆做的泥肠。

“我算是明白了，好好的营养餐不要，你非要吃狗肉了？”科利亚叫出声来，完全忘记了隔墙有耳的邻居们。

“你小声一点好不好！”丽莎叫了起来，“再说了，你对我又不好。是的！我是喜欢吃肉！可又不是经常吃。这有什么不对吗？”

科利亚震惊得说不出话来。这样的突变是他万万没料到的。肉类食品给科利亚日常收支预算捅下的窟窿，将会是无法填补的。他在床垫周围逛了一圈又一圈，而涨红了脸的丽莎蜷缩成一团，坐在床垫上。年轻的丈夫心里，这笔账怎么算都是绝望的结果。

科利亚·卡拉乔夫在“科技动力”制图公司描图纸，即便是收入最好的月份，他拼死也挣不到四十卢布。不过住宿是不用付钱的。在这样一个法外之地的小村落里，既没有房管处，房租也只是一个抽象的概念。十卢布用于支付丽莎缝纫裁剪班的学费，不过毕业后的待遇倒是能和建筑技工相当。两个人在“戒盗”素斋食堂[1]的午餐（一份开胃菜——修道士红菜汤，一份主菜——假兔肉，换言之就是真面条）是凭着良心一人一半分着吃的。这部分支出占去了两口子每个月十三卢布的预算。剩余的钱就不知道花到哪里去了。而这部分剩余的钱偏偏让科利亚最为头疼。“钱都去哪儿了呢？”他苦思冥想，一边拿着鸭嘴笔在天蓝色的绘图纸上勾勒出一条细长的线条。就这样的条件还想着吃肉，简直是自寻死路。科利亚激情澎湃地发表了演说：

“你想想，吃肉就是吃被屠戮的动物的尸体啊！就是戴着文明的面具干吃人的勾当！肉是所有疾病的根源。”

“那是当然啦。”丽莎带着娇羞挖苦道，“比如说，咽喉炎。”

“是啊，就是啊，还有咽喉炎！你以为呢？一直吃肉体质就会减弱，无法抵抗感染。”

“这种话要多傻有多傻！”

“这可不是傻话。只知道填饱肚子而从不关心维生素有多少的人才是傻瓜呢。”

科利亚突然不说话了。寡淡而又绵软的烤面、稀饭、土豆泥

① 现实中莫斯科没有一家食堂的名称会使用“戒盗”之类的宗教训诫。

做的各种杂碎，渐渐地模糊成了背景，而内心深处却瞪圆了一只眼睛，分明看到了一块又肥又厚的猪肉饼。这块猪肉饼显然刚刚滑出平底锅，仍在吱吱作响，汩汩地冒着油，浓香四溢。肉饼里还杵着一根骨头，就像一把决斗用的手枪。

“可你要搞清楚。”科利亚大声叫道，“随便哪块猪肉饼都会让人折寿一星期！”

“折就折呗！”丽莎说，“假兔肉还让人短命半年呢。昨天我们吃了烤胡萝卜，我都觉得自己快要死了。只不过我不愿意告诉你。”

“为什么不愿意告诉我呢？”

“我没力气了，我怕会哭出来。”

“那你现在怎么不怕了？”

“我现在已经无所谓了。”

丽莎说着，哽咽起来。

“列夫·托尔斯泰。”科利亚的嗓音都在发抖，“他也不吃肉。”

“是——的。”丽莎被泪水噎住了，“伯爵[①]吃的是芦笋。”

“芦笋不是肉。”

“但是写《战争与和平》的时候，他吃过肉的！吃过的，吃过的，吃过的！写《安娜·卡列尼娜》的时候——还吃了好多，吃了好多，吃了好多！”

“你给我闭嘴！”

“吃了好多！吃了好多！吃了好多！”

“写《克莱采奏鸣曲》的时候，是不是也吃了好多？”科利亚

① 托尔斯泰被授予过伯爵爵位。

恶毒地问道。

“《克莱采奏鸣曲》篇幅很短啊。要是成天吃素泥肠，你让他写一部《战争与和平》试试！”

“你这是怎么了，抓住托尔斯泰就跟我闹个没完了？”

“我抓住托尔斯泰跟你闹？我闹了吗？我抓住托尔斯泰和您闹了吗？”

科利亚随即也开始改称“您”了——这下子，所有铅笔盒都忍不住了，一起哄堂大笑起来。丽莎匆匆忙忙把一顶浅蓝色编织帽从后脑勺拉到前额。

“你要去哪儿？”

“你别管我。我出去有事儿。”

丽莎跑了出去。

“她能去哪儿呢？”科利亚猜不透。于是他侧耳倾听起来。

“现在可是苏维埃掌权的时代哦，您的小妹妹有很多自由呢。”最左侧的铅笔盒发言了。

“会跳河吗？”第三只铅笔盒揣测。第五只铅笔盒打开了汽油炉，又开始了习以为常的接吻。而此时的丽莎正顺着马路飞奔，情绪激动。

时值周日的白天，幸福的人们运着从市场买来的床垫穿过阿尔巴特广场。

新婚夫妇和苏联国内那些中不溜的人们才是弹簧床垫的主要买家。他们通常把床垫竖起来，两手抱着运回家。也应该是这样，这些印着鲜亮花朵的浅蓝色床垫成就了他们幸福的基础，他们怎么能不拥抱呢！

先生们！请尊重这些浅蓝色印花的弹簧床垫！它代表了家庭

的温馨，是最重要的家具，是居家舒适的总体与完整体现，是爱情的基础，汽油炉的先辈！伴着每根弹簧民主的发声入睡，该有多甜美！贴身躺在浅蓝色粗布上做梦，该有多酣畅！拥有床垫的每一个人，该多么受人敬重。

失去了床垫的人，是可怜的人。他根本就没资格存在。他没能力交税，也没能力成家，连熟人都不愿意相信他“星期三就还钱”的鬼话，出租车司机也会追着他骂娘，女孩子们嘲笑他：她们可不喜欢理想主义者。失去了床垫的人，大多还会写诗：

听着柔美的“布列”①钟鸣，
尽享摇椅小憩的安宁。
院中雪片如漫天落英，
梦想如寒鸦盘旋不定。

他就在电报局高高的写字台后面进行诗歌创作，精明的床垫拥有者赶来发电报，也会因此被他耽误。

床垫会让人的生活麻烦不断。它的覆面和一根根弹簧里，隐匿着某种迄今为止仍未被研究透彻的吸引力。床垫弹簧的声音颇具号召力，人与物纷纷聚集到它身边。尤其是税务人员和女孩子们纷至沓来。他们都想和床垫的主人交个朋友。税务人员来的目的是为了创收，尽力于国有益，而女孩子们则没有什么私心，她们心甘情愿委身于自然法则。

---

① 莫斯科“帕维尔 · 布列”钟表公司出产的钟表。1816 年，由瑞士人帕维尔 · 布列获亚历山大一世特许而开办，其后人不断开拓业务，20 世纪 20 年代时，布列成为知名品牌。

青春的花季绽放了。税务人员收完税后，就像小蜜蜂采集完春日的贿赂一样，兴高采烈地嗡嗡叫着飞回自己辖区的蜂巢。但是，迅速撤退的女孩子们却会被老婆和“黑钻 1 号”汽油炉[①]替代。

床垫总是那么不知足，它不断要求进贡。每天深夜都会发出声响，听上去就像皮球掉到了地上。它需要一个厨架，它需要一张底座俗气的桌子。它用弹簧奏起嘎吱嘎吱的节奏，表达想要窗帘、要门帘，还要厨房餐具的诉求。它把人推搡着轰出去，并告诉他：

“快去！买个搓衣板和擀面杖！”

“我真替你害臊，你这么个人，到现在连一块地毯都买不起！”

“快去上班！我很快就会给你生一堆孩子！你得去挣钱买尿布和摇篮。”床垫的记忆力强大，而且做事向来自以为是。就连诗人都躲不开这样大众化的命运。这不，他刚从市场买来床垫，又惊又怕地紧紧贴着它软绵绵的肚皮。

“诗人啊，我一定要彻底改掉你这不听劝的毛病！”床垫说，“你用不着再去电报局写诗歌了。再说了，写这些诗歌有啥用吗？快去好好干活！钱多一点对你总是有好处的。想想你的老婆和孩子吧。”

“我没有老婆！”诗人抗拒地大叫，想要躲开这位弹性十足的导师。

“会有的。虽然我不敢担保，你老婆会是世界上最漂亮的女孩

① 德国进口。

子，我甚至不知道她是否心地善良。不过你总得做好所有准备，你会有一堆孩子的。”

“我不喜欢孩子！”

“你会喜欢的！”

“您别吓唬我，床垫先生！”

“闭嘴，你个傻瓜！你知道什么啊！你还要去莫斯科木材加工公司贷款买家具呢。”

“我要杀了你，床垫！”

“狗崽子！你要真敢这么做，邻居会去房管处举报你。”

就这样，在床垫弹簧每周日欢快的节奏声中，一群幸福的人在莫斯科奔波劳碌。

不过，莫斯科的周日当然并非只有这一件事情令人振奋。周日还是博物馆日。

莫斯科有那么一类特殊的人群。他们对油画技巧一窍不通，对建筑艺术也不感兴趣，更不喜欢名胜古迹。这一类人参观博物馆只有一个原因，那就是博物馆都开在奢华的大楼里。这些人在金碧辉煌的大厅里漫步，羡慕不已地观赏色彩缤纷的天花板，用手去摸不允许触摸的展品，嘴里还不住地嘀咕：

“唉！看人家过的日子！”

他们不会关心，墙上的壁画是出自法国皮维·德·夏凡纳[①]的手笔。他们也不在乎，小洋楼先前的主人为此曾付出多大的代价。他们沿阶而上，看到楼梯平台上的大理石雕像，想到的却

① 皮维·德·夏凡纳（1824—1898），法国19世纪后期的重要壁画家。在很大程度上独立于当时的艺术主流之外，受到一群不同风格的艺术家和批判家的支持。

是这里以前曾站着多少仆人，每个仆人月薪多少，小费几何。壁炉上虽然摆放着瓷器，但是他们对瓷器一点都不在意，倒是一眼断定壁炉是个不实惠的家什：太费柴火了。餐厅里的墙面是用橡木包裹的，他们没有注意到上面精美巧妙的雕刻，但是却为以前身为富商的主人吃什么费尽思量，进而计算这些餐饮放在眼下是不是会贵得吓人？

任何一家博物馆都能看到这一类人。当一个个参观团兴致高昂地从一个展品大踏步走向下一个展品时，这类人却什么都不看，只一味黯然自语，

“唉！看人家过的日子！”

丽莎一路奔跑，把泪水吞到肚子里。满脑子的思绪让她无法停下飞奔的脚步。她想到了自己幸福却又贫困的生活。

“就是嘛，要是还有一张桌子和两把椅子，那就再好不过了。汽油炉终究还是要去买一个的。过日子总得像像样样吧。”

她的脚步渐渐放慢了，因为她突然间想起了和科利亚之间的争执，除此之外，她也饿坏了。对丈夫发自内心的怨恨出其不意地被点燃了。

“太不像话了！”她脱口而出地抱怨。可是饥饿感却更强烈了。

“好吧好吧，那好吧。我自己又不是做不了主。”

于是，丽莎红着脸在一名女商贩那里买了一份夹着煮香肠的面包片。可是，无论饿成什么样，在马路上吃东西总是不雅的。不管怎么说，她好歹是床垫拥有者，对生活中的小细节还是很注意的。她四下望了望，便走进一座两层洋房的门廊里，就在那里大快朵颐起来，同时体验着莫大的满足感。香肠的味道简直太诱

人了。这时，一个人数众多的参观团走进了门廊。每一位参观者与站在墙边的丽莎擦肩而过时，都会看她一眼。“看什么看！”丽莎铁了心恶狠狠地想。

第十八章　家具博物馆

丽莎掏出手绢擦干净嘴，掸落短袖衣上的面包屑，心情变得好多了。她发现自己正站在一块招牌前：

“家具艺术博物馆”

现在回家太不甘心了，但是又没别的地方可去。口袋里就剩二十戈比了，于是丽莎决定，就从参观博物馆开始跨出自己独立生活的第一步。确认了手里的现钱后，丽莎走进了前厅。

在前厅里，丽莎一眼就看到一个人，那人长着一把饱经风霜的络腮胡子，深沉的眼神死死盯着一根孔雀石立柱，透过胡髭挤出一句话来：

“真是有钱人的日子啊！”

丽莎怀着敬意看了看那根柱子，便走上楼去。

楼上几间正方形房间里，天花板低得出奇，每个走进屋子的人都显得像个彪形大汉。丽莎就在那里逛了足有十来分钟。

这里的房间里，陈设着巴甫洛夫帝国风格的红木与卡累利阿桦木家具，样式严谨、精美，极具尚武风范。有两个正方形的柜子，柜子的玻璃门上装饰着几根十字交叉的长矛。柜子正对面是一张写字桌，桌面大得找不到边。谁要是在桌子后面坐下，那气势就像驾驭了整个剧院广场一样，就连国家大剧院门前的柱廊和四尊拉着太阳神阿波罗去看《红罂粟》[①]首演的青铜马，看上去也和案头的文具差不多。至少，像兔子一样整日里嚼着胡萝卜充饥的丽莎是这么感觉的。房间的角落里摆放着几把高背扶手椅，椅背的顶部向两旁弯曲成羊角状。一缕阳光正好洒在椅座桃红色的覆面上。

看到这样的椅子，就有立刻坐上去的冲动，但这是被禁止的。

丽莎下意识里做了个比较，如果这把无价的巴甫洛夫帝国式手扶椅子放在红条子床垫旁，会有什么样的效果。应该会很不错的吧。她读了挂在墙上的匾牌，了解了巴甫洛夫帝国风格的科学与意识形态论据，然后便满心沮丧地想到，这座宫殿里没有一间房间是属于她和科利亚的。不经意间，她已经走到了走廊里。

地板左侧有一排低矮的半圆形窗户。丽莎从那里望出去，脚底下是一个宽敞的白色大厅，不但有上下两排窗户，还有几根立柱。大厅里也有家具展出，一些参观者在那里晃来晃去。丽莎不由停下脚步，她还从没体验过脚底下看到大厅的视觉感。

吃惊之余，她注视着下面呆立良久。突然，她发现有两个人正从几张扶手椅那边向一张办公桌走去，而这两个人正是今天刚刚结识的——本德尔和他的同伴，那个剃光了头发仪表堂堂的老头子。

“太好了！”丽莎说，“这下不会那么无聊了。”

---

① 1927 年，俄罗斯大剧院首次上演了著名作曲家格里爱尔的现代芭蕾舞剧《红罂粟》。故事大意为：一艘苏联船只在中国上海靠岸，当地反革命分子正在筹划破坏活动。但是他们的阴谋却被一位名叫桃花的舞女揭穿。桃花因此遭到反革命分子残酷的报复。因为受到苏联水兵们革命思想的影响，在临终前，她号召同胞们共同起来革命。

她兴高采烈地跑下楼去，却一下子迷了路。原来她闯进了一个红色的客厅，里面陈列着约有四十件展品，都是曲腿胡桃木家具，可是客厅却没有出口。于是她只好原路折回，快步穿过一个开着天窗的圆形房间，而房间里面只有五颜六色的枕垫。

她跑过意大利文艺复兴时期的锦缎手扶椅，跑过荷兰风格的橱柜，跑过一张哥特式大床，床角支着黑色的螺旋圆柱，顶上盖着幔帐。要是有个人躺在这张床上，看上去差不多也就一个核桃大小。

终于，丽莎听到了参观者的喧哗。人们似乎已经不耐烦听导游揭露叶卡捷琳娜二世的帝国主义阴谋——已故的女皇曾经因为酷爱路易十六风格的家具而企图干预法国内政[①]。

嘈杂的人声正是从有两排窗户和立柱的大厅里传来的。丽莎穿过大厅走到另一端，她的熟人本德尔同志正和自己的光头同伴激烈讨论。丽莎走近他俩的时候听到一个洪亮的声音说：

“家具的风格算得上相当时髦。不过，我们要的似乎不是这一款。”

“是啊，但是这里肯定还有其他展厅。我们一定要系统地全部看个仔细。”

“你们好。”丽莎打招呼。两个人转过头，立刻皱起了眉头。

“您好，本德尔同志。能在这里见到你们太好了。不然我一个人可无聊了。我们一起参观吧。”

两位合伙人相互交换了一下眼色。伊波利特·马特维耶维奇

① 1792 年 8 月，法国路易十六被推翻后，叶卡捷琳娜二世曾图谋干预，想在法国恢复帝制。

却在此时端起了派头，虽然他心里暗生不快，因为丽莎有可能会给他们寻找钻石家具的正事带来麻烦。

“我们可都是地道的乡下人啊。”本德尔表现得很不耐烦，“那您作为莫斯科人，怎么到这里来了？”

“完全是碰巧啦。我和科利亚吵架了。”

“真的吗？”伊波利特·马特维耶维奇不由心念一动。

“好吧，那我们再去别的展厅看看。”奥斯塔普说。

“我这里还没看呢。多漂亮的大厅啊。”

“麻烦了！”奥斯塔普在伊波利特·马特维耶维奇耳边悄悄说。他又转身对丽莎说：“这里没什么好看的。都是没落的风格，克伦斯基时代[①]的东西。”

“有人告诉我说，这里应该有汉布斯工匠制作的家具。”伊波利特·马特维耶维奇说，“我们还是去那里看看吧。”

丽莎同意了，于是挽起沃罗比亚尼诺夫的手臂（在她眼里，这应该是一位尤为慈祥的科学界代表人物），向出口走去。尽管现在的情况容不得马虎，眼看寻宝的决定性时刻已经来临，但走在两人身后的本德尔竟然顽皮地笑了出来。他觉得可笑的是，这个科曼齐部落的首领居然还能扮演舞伴的角色。

丽莎的出现让两位合伙人大感局促。两个人往往一眼就能确认房间里没有要找的家具，便下意识要赶去另一个房间，而丽莎却要在每一个分区逗留好久。她不但出声地朗读所有家具的文字评论内容，对参观者的行为举止发表尖刻的意见，还在每一件展

---

① 克伦斯基（1881—1970），俄罗斯政治家，1917 年 3 月参加社会革命党，7 月任临时政府总理。十月革命后曾组织推翻苏维埃政权，后流亡海外。

品旁久久流连不愿离去。甚至连她自己都没有意识到，她已经身不由己地，把每一件看到的家具都根据自己的房间和用途拿来评头论足一番。她很不喜欢那张哥特式的大床，因为那张床实在是太大了。就算科利亚能够创造奇迹，拿到一间三俄丈[①]的房间，也放不下这张大得出奇的中世纪风格的床。尽管如此，丽莎还是一步步绕着床丈量准确的面积。这个时刻，丽莎是开心的。她没有注意到两位同伴懊恼不已的脸色，而两个人的骑士性格终究也不允许他们不顾一切地冲进汉布斯家具的展厅。

“忍一忍。”奥斯塔普小声提醒，“家具是跑不掉的。但是您，首领，别和女孩子贴得太紧。我会吃醋的。”沃罗比亚尼诺夫洋洋得意地笑了笑。展厅一个接着一个往前延伸，就好像走不到尽头。亚历山大时期的家具展品有无数套，其相对较小的尺寸令丽莎欣喜不已。

“看哪，快看哪！”她扯着沃罗比亚尼诺夫的袖子，小鸟依人地叫道，“您看见那张办公桌了吗？它和我们的房间简直太般配了，是不是啊？”

“家具确实很漂亮！”奥斯塔普已经怒气冲冲了，“就是风格太没落了。”

“这里我刚才来过。”走进一个红色客厅时，丽莎说，“我觉得，这里没什么可看的。”

但是让她大为不解的是，刚才还对家具漠不关心的两位同伴，居然像哨兵一样在门前僵住了。

“你们站着干吗？我们走吧。我已经累了。”

---

① 1俄丈相当于2.13米。

“您等一下。”伊波利特·马特维耶维奇挣脱了她的手，“请等一分钟。”

这个大房间摆满了家具。汉布斯款式的椅子靠墙摆了一列，围着桌子还摆了一圈。角落里的沙发周围也围着几把椅子。这些椅子弯曲的腿，还有舒适的椅背，都是那么的眼熟，一下子摄住了伊波利特·马特维耶维奇的心。奥斯塔普仔细盯着他，伊波利特·马特维耶维奇的脸已经变得通红。

“小姐，您累了。”他对丽莎说，“您就在这里稍坐片刻，休息一下，我们俩在这里逛一会儿。这个展厅看着还挺有意思。”

两位合伙人拉着丽莎坐下，便一起走到窗边。

“是这些吗？”奥斯塔普问。

“看着很像。还得再看仔细一点。所有椅子都在这里了？我这就数一下。等等，等一下……”

沃罗比亚尼诺夫的目光从这张椅子移到那张椅子。

“不对啊。”他终于开口了，“二十把椅子。这绝不可能啊，一共应该是十把才对啊。”

“您再仔细好好看看。说不定，不是那些椅子。”

两个人在椅子之间走来走去。

“怎么样？”奥斯塔普催促。

“椅子背好像和我家的有些不一样。”

“那就不是这些？”

“不是这些。”

“看来，我是白白和您扯上关系了。”

伊波利特·马特维耶维奇被呛得无地自容。

“好啦。”奥斯塔普安慰他，“庭审还是照样继续的。椅子毕竟不是针头，总能找到的。把清单给我看看。我们只好去和博物馆行政部门打一次不愉快的交道了。您去小姑娘那儿坐一会儿，我去去就来。”

“您看上去怎么那么不开心？”丽莎问，“是累了吗？”

伊波利特·马特维耶维奇想用沉默敷衍过去。

“您头疼吗？”

“是啊，有点。您也知道，操心的事情太多。缺了女人的温柔，生活也变得乱七八糟。”

丽莎听他这么说，一开始还吃了一惊，不过她看了看这位光头的同伴，反而真的开始可怜起他来了。沃罗比亚尼诺夫的眼睛里的确流露出一股忧伤的气质，夹鼻眼镜根本就遮不住他标志性外凸的眼袋。从一个安分守己的县城民政局公务员，一下子进入既尴尬又劳碌的猎取钻石的冒险家角色，这种迅速的转变要适应起来还真是相当不容易的。伊波利特·马特维耶维奇瘦了，肝部也开始时不时隐隐作痛。在本德尔几近残忍的监督下，伊波利特·马特维耶维奇渐渐丧失了原有的仪容，很快就被土耳其臣民儿子那强悍的智慧溶解了。现在，有机会能和眼前这位楚楚动人的卡拉乔娃单独相处一分钟，他非常想把一肚子苦水都倒出来，倾诉一下焦虑的心情。但是他怯场了。

“是啊。”他看着身边的女伴，温柔地解释，“其实也就那么回事了。您过得怎么样，伊丽莎白……”

“彼德洛芙娜。您怎么称呼呢？”

于是两人各自介绍了名字和父称。

“这不就是相见恨晚的童话吗。”伊波利特·马特维耶维奇端详着丽莎单纯的脸庞，心中暗想。于是，这位老迈年高的首领竟身不由己地跃入了爱的激流，渴望起女人的温柔来，要是没了女人的温柔，生活节奏可真就乱套了。他一把抓起丽莎的小爪子，握在自己爬满皱纹的手掌里，热情洋溢地讲述起巴黎来。他渴望发财，渴望一掷千金，渴望倾倒众生。他想在女子乐队里勾引一个美女，伴着耳畔乐队的演奏，在单独的书房里和她共饮法国洛耶地列尔香槟酒。可是面对眼前的这个小姑娘，又能说些什么呢？毫无疑问，她不会知道什么是洛耶地列尔香槟酒，也不知道女子乐队是怎么回事，甚至天生就不具备这种悟性，更没法体会这种场景的全部美妙之处。可是他真的好想变成一个极具魅力的人啊！于是，伊波利特·马特维耶维奇便只好用巴黎的故事来让丽莎上钩。

“您是一位科学工作者吗？”丽莎问。

“某种程度上算是吧。”伊波利特·马特维耶维奇脱口回答，同时便立刻意识到，自打认识了本德尔，这些年来和自己几乎没有什么缘分的厚颜无耻，重又回到了他身上。

“我唐突问一下，您贵庚啊？”

“我的年龄嘛，和我目前从事的科学没有什么关系。”

如此敏捷而又中肯的回答，瞬间俘获了丽莎的芳心。

“到底多大嘛？三十？四十？五十？”

“差不多。三十八。”

“啊哈！您看上去可年轻得多啊。”

伊波利特·马特维耶维奇的幸福感油然而生。

“我什么时候还能有这份荣幸再见到您吗？”伊波利特·马特维耶维奇发出了磁性的鼻音。

丽莎十分不好意思，她在手扶椅里感觉如坐针毡，不免觉得尴尬起来。

“这位本德尔同志跑哪儿去了？”她娇声细气地说。

“那么，什么时候呢？”沃罗比亚尼诺夫猴急起来，“我们什么时候在哪儿见面？”

“嗯，我不知道。您看着办吧。”

“那就今天，行吗？”

“今天？”

“求您了。”

“嗯，那好吧。那就今天。您来我们家吧。”

“这不好，我们还是在外面见吧。现在的天气那么好。您听过一首诗吗：‘这就是五月——多么调皮，这就是五月——像魔术师，羽扇轻摇，清风习习’。”

“这是扎洛夫的诗歌吧？[①]”

“嗯，嗯……好像是的。那就说好今天了？在哪儿呢？”

“您真是奇怪！哪儿都行啊。要不——就在消防箱那里？您还记得吧？天黑以后吧……”

于是，伊波利特·马特维耶维奇分三个步骤十分庄重地履行了吻手礼。就在他刚刚亲完丽莎的手的时候，奥斯塔普回来了，满脸的严肃认真。

“抱歉，小姐[②]。”奥斯塔普语速很快，“我和我的朋友不能再陪您了。现在有一件琐碎但很重要的小事情要处理。我们得赶紧

① 这里是丽莎记错了。扎洛夫（1899—1981），苏联演员，人民艺术家。而这首诗歌真正的作者应该是康斯坦丁·福法诺夫（1862—1911）。沃罗比亚尼诺夫为了讨好丽莎，故而没有点破。

② 原文为法语。

去一个地方。”伊波利特·马特维耶维奇顿时连呼吸都紧张起来。

“回头见，伊丽莎白·彼德洛芙娜。”他急忙连连道歉，“抱歉，抱歉，抱歉，但我们真的要赶时间了。”

两位合伙人一溜烟地跑了，撇下丽莎站在放满汉布斯家具的房间里独自纳闷。

“要不是我。”奥斯塔普下楼梯的时候说，“就全完了。您就冲着我做祷告吧！祈祷吧，祈祷吧，不用担心，不会掉脑袋的！您听清楚了！您的家具还不值得在博物馆展出，博物馆不要。现在椅子都在惩戒营的营房呢。您对这种现状还满意吧？”

“不要糊弄我！”沃罗比亚尼诺夫大叫起来，极力想要摆脱土耳其臣民之子雄才大略的桎梏。

“先听我说完。”奥斯塔普冷冷地说，“您不了解现在的情况。要是现在不赶紧把家具弄到手——那就彻底完了。我们就再也没机会见到家具了。我刚才就在办公室里和这一大堆历史垃圾的主管进行了一次艰难对话。”

“怎么样了呢？”伊波利特·马特维耶维奇大声问道，“主管告诉您什么了？”

“他全说了，该说的都说了。您先别激动。‘请问，我问他，这张清单上从老城给您调派过来的椅子怎么不在现场？我问的时候当然是很客气的，那种同志式的语气。’‘什么家具？’他问，‘我们博物馆这里还没出现过这样的事情哦。’我立刻把清单递给他看。他就去翻档案册了。找了有半个小时，后来，终于回来了。嗯，您能猜得到吗？这套家具现在在哪里？”

“是卖掉了吗？”沃罗比亚尼诺夫声音都变尖了。

“您猜怎么着，还没呢。您想不到吧，眼下这么乱的局势，家具竟然还能幸免于难。我刚才说了，您的家具对博物馆来说没什么价值。所以就被堆放到仓库里去了，直到昨天，注意哦，就在昨天，都过去七年了啊（家具竟然在仓库里面躺了七年！），才被送到拍卖行去了。是科技总局的拍卖行。还有，如果昨天或者今天早上还没被卖出去的话，那一定就是我们的囊中之物了！您这下满意了吧？”

“那快去吧！”伊波利特·马特维耶维奇又大叫起来。

“车夫！”奥斯塔普一声大吼。两个人连讨价还价都顾不上就坐了上去。

“您向我祈祷就行，祈祷吧！别担心，宫廷事务大臣！美酒、美女和牌局都已经是煮熟的鸭子——跑不掉了。到时候把我那件浅蓝色马甲的钱给结了。”

拍卖大厅就在彼得罗夫广场的游廊式商场里。两位合伙人一下车，就像两匹种马一样，精神抖擞地跑进了游廊。

在拍卖行的第一个房间里，他们终于看到了长久以来一直在寻找的东西。伊波利特·马特维耶维奇家的所有十把椅子都弯着腿靠墙站立着。椅子的覆面甚至没有发黑，没有褪色，也没有被损坏。椅子还是那么簇新，那么干净，看上去就好像刚刚才摆脱勤俭持家的克劳馥蒂娅·伊万诺芙娜的监视。

“是这些吗？”奥斯塔普问。

“上帝，上帝啊。”伊波利特·马特维耶维奇这回确认了，“是的，是这些。就是这些。这次没有什么可怀疑的了。”

“以防万一，再检查确认一下。”奥斯塔普尽量平复了情绪。他走到售货员跟前：

“请问，这些椅子，好像是从家具博物馆送来的？”

“这些吗？这些——是的。”

“它们卖吗？”

“卖。”

“价格呢？”

“价格现在还说不好。要拍卖了才知道。”

“啊哈。是今天卖吗？”

“不是。今天交易已经结束了。明天五点开始。”

“那现在不会卖掉吧？”

“不会。明天五点开始。”

可是，马上就离开这些椅子真的太难了。

“请允许我，”伊波利特·马特维耶维奇唯唯诺诺地说，“仔细看看。行吗？”

两位合伙人久久地查看着椅子，在上面坐了坐，为了显得合乎体面，还看了看其他卖品。沃罗比亚尼诺夫呼哧呼哧直喘，还不停地用胳膊肘推搡奥斯塔普。

“向我祷告吧！”奥斯塔普悄悄对他说，“祷告吧，首领。”

此时的伊波利特·马特维耶维奇别说向奥斯塔普做祷告，让他亲吻那双深红色漆皮鞋的鞋底都是心甘情愿的。

“明天，”他说，“明天，明天，明天。”他好想唱一首歌啊……

第十九章　欧式表决

两个朋友既参观博物馆，又是向姑娘献殷勤，可就在他们体验着文明而又高雅的生活方式时，住在老城普列汉诺夫路上的双料寡妇戈里匝祖耶娃坐不住了，这个女人虽然肥胖，却有一颗脆弱的心，于是她和几个邻居开了一个秘密的会议。几个人凑到一起，仔仔细细地研究本德尔留下的字条，甚至还对着灯光翻来覆去地看。但是，字条上确实没有水印，即便是真的有水印，也没法让潇洒倜傥的本德尔那神秘的涂鸦看上去更清晰一些。

三天过去了，地平线还是干干净净的地平线。本德尔也好，茶滤也好，空心小手镯也好，椅子也好，都没再回来过。不管是有生命的人，还是没有生命的物品，都以最神秘的方式消失了。

于是寡妇只好采取了极端的方法。她跑去了《老城真理报》的办公室，那里的工作人员火速为她编写了一份告示：

> 恳请知情者相告。
>
> 本德尔同志，年 25—30 岁，现离家出走。身穿绿色西装，黄色皮鞋，天蓝色马甲。黑发。
>
> 知其下落者请即时相告为盼，必有重谢。普列汉诺夫路 15 号，戈里匝祖耶娃。

“是您的儿子？”办公人员深表关切地询问。

“他是我丈夫！”受害人用手绢捂住了脸。

“啊，是丈夫啊！”

“合法的。怎么啦？”

“没什么。您最好去一趟警察局吧。”

这一提醒倒反而让寡妇害怕了。她害怕去警察局。寡妇在众人大惑不解的目光护送下离开了。

《老城真理报》版面上的告示接连召唤了三次。可是这个伟大的国家却一声都不吭。没有人知道脚踩黄色皮鞋的黑发男子的下落。也没有人来领取数额客观的赏金。女邻居们倒是多了很多闲言碎语。

一天天过去，寡妇的脸色越来越不好看。这事情也太蹊跷了：丈夫像一枚火箭一样，在眼前一晃，就消失在了漆黑的天际，还带走一把上好的椅子和一个家用的茶滤。但是寡妇竟然还爱着他。谁又能懂女人的心呢，尤其这颗心还是一个寡妇的？

老城的人们已经习惯了有轨电车，而且还勇敢大胆地乘坐了。检票员每每用洪亮的嗓音叫喊：“没有位子啦”，这一切似乎都让人觉得，城里的有轨电车早在弗拉基米尔“红太阳”①时代就已经有了。各类残障人士、带孩子的妇女们和维克多·波列索夫一般都在前门上车。听到“买票啦”的叫声，波列索夫就大大咧咧回应“年票”，随即就在司机身边站定。可其实，他没有什么年票，也不可能有。

自打沃罗比亚尼诺夫和那位了不起的幕僚造访了老城后，那里便留下了他们抹不去的印记。

---

① 俄罗斯古代民歌中的勇士，一般认为他的功德等同于圣徒。

阴谋家们尽心尽力地保守着秘密。尤其是维克多·米哈伊洛维奇，他本来好几次逢人就要把这个激动人心的秘密倾吐出来，不过，一想起奥斯塔普伟岸的肩膀，他只好忍了。只有在和算命婆聊天的时候，他才会倒一下苦水。

“您怎么看，叶列娜·斯塔尼斯拉沃芙娜，”他说，“我们的领导人老是不露面，这怎么解释？”

这个问题同样让叶列娜·斯塔尼斯拉沃芙娜操心，但她也没有任何消息。

“叶列娜·斯塔尼斯拉沃芙娜，难道您不觉得，”聒噪的钳工继续聒噪，“他们应该是在执行特别任务吗？”

其实，算命婆自己也正是这么认为的。就连穿着红衬裤的鹦鹉，显然也非常认同这个想法。它用一只充满智慧的圆眼珠子瞪着波列索夫，似乎在说：“快给我吃瓜子，我就全都告诉你。维克多，你会当上省长的，所有钳工都会听你的使唤。5号院的门房，那个自命不凡的下流坯，让他继续当他的门房。”

“叶列娜·斯塔尼斯拉沃芙娜，您不觉得，我们该继续做点什么吗？不管怎么说，就这么袖手旁观总不好吧？”

算命婆表示同意，但又强调：

“伊波利特·马特维耶维奇可是个英雄呢！”

“他当然是英雄，叶列娜·斯塔尼斯拉沃芙娜！毫无疑问的。那个和他在一起的勇敢的军官呢？他也是个精明能干的人啊！您怎么想我不管，叶列娜·斯塔尼斯拉沃芙娜，但是事情不能就这么一直没有进展。绝对不行。”

于是波列索夫开始了行动。他定期地拜访秘密组织“剑犁之盟”的所有成员。尤其是季斯利亚尔斯基先生——敖德萨面包合作社“莫斯科小面包圈”那位谨小慎微的老板，被他折磨得不轻。一看到波列索夫，季斯利亚尔斯基的脸就变得铁青。必须开始行动的论调，更是让胆小如鼠的面包商精神错乱。

周末，所有人都聚集在叶列娜·斯塔尼斯拉沃芙娜养着鹦鹉的房间里。波列索夫情绪激动，慷慨陈词。

“维克多，你就别说那么多了。”沉着老练的贾季耶夫打断他，“你没事整天在城里到处乱跑什么？”

“我们要有行动啊！”波列索夫大喊大叫。

“行动当然要有，不过大喊大叫就没必要了。这件事情嘛，先生们，我个人是这么看的。既然伊波利特·马特维耶维奇说了——事业是神圣的。那么，可以预计，我们已经用不着等待太久了。至于事情会怎么发展，我们也不用去了解：这应该是军人的任务。而我们只是普通公民，只能代表城里的知识分子和商人。我们应该以什么为重？我们要做好充分准备。我们现在有什么呢？我们有中央吗？没有。谁来当市府首脑？也没有人选。而这些，先生们，才是最重要的。先生们，英国人似乎不会再对布尔什维克客气了。这是个好兆头。一切都会被颠覆，先生们，而且会很快。请你们相信我。”

“嗯，这一点我们不怀疑。”查鲁什尼科夫鼓着腮帮子表示认同。

“这就好啊，你们不怀疑就好。您有什么看法呢，季斯利亚尔斯基先生？还有你们呢，两位年轻人？”

眼看不久的将来就要日月换新天，尼克沙和弗拉加发自肺腑地表示充满了信心。而季斯利亚尔斯基因为听到“快速包装”贸易公司的老板说，自己不用直接参与武装冲突，开心地连连点头称是。

“那我们现在该做些什么？”维克多·米哈伊洛维奇不耐烦地问。

“您别急。”贾季耶夫说，“学一学沃罗比亚尼诺夫先生的那位同伴吧。多机灵啊！多谨慎啊！你们没发现吗，他那么轻巧地就把话题转移到捐助流浪儿童上来了？我们也该学着他那样干。我们只是救助儿童。好啦，先生们，我们来确定一下人选吧！”

“我们推选伊波利特·马特维耶维奇·沃罗比亚尼诺夫为首席贵族！”尼克沙和弗拉加两个年轻人喊道。查鲁什尼科夫故作大方地咳嗽起来。

“瞎说什么！他至少应该当个部长，甚至更高级别——该统领全局！”

“先生们，你们扯到哪里去了。”贾季耶夫说，“首席贵族，那是无关紧要的小事情！我们现在该考虑的是省长，而不是首席贵族。就先从省长开始吧。我觉得……”

“我推选贾季耶夫先生！”波列索夫冲动地叫起来，“谁还有本事掌控整个省的大权？”

“承蒙信任，万分荣幸……”贾季耶夫立刻端起了架子。但脸红耳赤的查鲁什尼科夫此时却插了话。

“这个问题嘛，先生们。”他嗓子眼里铆足了劲，“或许还有研究的余地嘛。”

他尽量不去看贾季耶夫。“快速包装”的老板自豪地端详着自己脚上沾满木屑的靴子。

“我不反对。”他发表了意见，“那我们就投票吧。无记名投票还是公开？”

“我们可别按照苏维埃的办法来。”查鲁什尼科夫一肚子不甘心，“我们就老老实实，按照欧洲的办法——无记名投票。”

大家在小纸条上投了票。有四票选了贾季耶夫。查鲁什尼科夫获得两票。有人弃权了。从脸上的表情来看，弃权的人应该是季斯利亚尔斯基。他显然不愿意得罪未来的省长，不管是谁当选。

诚实公正的欧式选举结束后，心里七上八下的波列索夫宣读了选举结果，房间里一下子沉默了，气氛委实难堪。大家尽量不去看查鲁什尼科夫。这位倒霉的省长落选人坐在那里，就像是受到了众人的唾弃。

叶列娜·斯塔尼斯拉沃芙娜倒是非常可怜他，因为她那一票正是投给他的。

对于选举事务驾轻就熟的查鲁什尼科夫收获的另外一票，正是他自己投给自己的。善良的叶列娜·斯塔尼斯拉沃芙娜立刻打圆场：

“依我看，市府首脑还是选查鲁什尼科夫先生吧。”

“什么叫还是选？”宰相肚里能撑船的省长发话了，“不是还是选，而是非他莫属。查鲁什尼科夫先生的社会活动能力我们是有目共睹的。”

“同意，同意！”大家齐声附和。

“那么我们的选举就通过了？”

被唾弃的查鲁什尼科夫重新振作起来，甚至开始了抗议：

“不行，这不行，先生们，我请求你们投票。市府首脑甚至比省长更应该投票表决。先生们，如果各位愿意相信我，就请投票表决，我衷心请求各位啦！”

于是大家把选票投进了空糖罐。

“六票同意，”波列索夫说，“一票弃权。”

“祝贺您，市长先生！”季斯利亚尔斯基说，他的脸上分明可以看出，这一次弃权的还是他，“祝贺您！”

查鲁什尼科夫心花怒放。

“现在该可以喝一杯了吧，阁下。”他对贾季耶夫说，“波列索夫，快，快去‘十月’店里跑一趟。有钱吗？”

波列索夫打了一个神秘的手势就跑了出去。大选被临时中断了，重新继续已经是在晚饭以后了。

前任贵族中学校长拉斯波波夫被推举为教育局督学，他现在是一名旧书商。大家都对他赞不绝口。唯独弗拉加，喝掉三杯伏特加后冷不丁发表了反对意见，

“不能选他。毕业考试的时候，他逻辑学给了我不及格。”

话音刚落，弗拉加立刻成了众矢之的。

“这么关键的时刻，”大家群起抨击他，“怎么还能考虑个人私利！该想想祖国。”

在强大的宣传攻势下，弗拉加很快就被说服了，甚至自己还主动投了那个虐待狂一票。除去一票弃权，拉斯波波夫以全票当选。

季斯利亚尔斯基被推举担任交易委员会主席。他没有对此提出反对，但是在投票的时候，为了给自己留条后路，还是弃权了。

各人把自己的熟人和亲戚挑拣了个遍，最后选出了：警察局长，公共评估局局长，消费税、税务和生产督察；填补了区检察长、大法官、法院书记官和审判员的空缺；还指定了地方自治机关、商业局、儿童慈善机构的领导人，最后连市民管理局局长也一并拟定了。叶列娜·斯塔尼斯拉沃芙娜被选为“一滴牛奶”和“小百花”慈善协会的监理。尼克沙和弗拉加因为还年轻力壮，

所以被任命为省长的贴身特勤官。

“请等——一下！”查鲁什尼科夫叫起来，“省长一下子配了两个特勤官！那我呢？”

“市府首脑嘛，”省长和颜悦色地提醒，“按照编制，不能配备特勤官。”

“那么，给个秘书总可以吧。”

贾季耶夫同意了。叶列娜·斯塔尼斯拉沃芙娜兴奋起来。

“能不能这样，”她有些腼腆地说，“我这里倒是有一个年轻人，很可爱很有教养。是切尔克索娃太太的儿子……真的很可爱，很能干……现在没有工作呢。他已经在劳务市场登记了，甚至还拿到了劳务证。有人这几天答应把他介绍到协会去……您能不能把他收下？他的母亲一定会感激万分的。”

“这个嘛，好说啊。”查鲁什尼科夫很体谅地表示接受，“诸位觉得怎么样，先生们？好吧。反正，我觉得，可行。”

“那么，”贾季耶夫说，“看来，这样……就差不多了？没其他问题了吧？”

“那我呢？”突然窜出一个尖细而又激动的声音。

众人一齐回过头。只见波列索夫正在墙角里，站在鹦鹉身边，一副彻底伤心绝望的神情。维克多·米哈伊洛维奇黑色的眼眶里热泪涌动。大家立刻动了恻隐之心，马上又想起，他们喝的伏特加还是波列索夫花钱买来的，而且从根本上来讲，他可是“剑犁之盟”老城分会的重要组织者之一啊。

叶列娜·斯塔尼斯拉沃芙娜两手捂住鬓角，大惊失色叫起来。

“维克多·米哈伊洛维奇！”众人哀叹起来，“老兄啊！亲爱的！喂，您就不害臊吗？怎么回事，你怎么站到角落里去了？快，快过来啊！”

波列索夫靠近了人群。他太伤心了。他绝没想到，举同一柄剑耕同一把犁的同志们竟然会那么铁石心肠。叶列娜·斯塔尼斯拉沃芙娜忍不住为他抱屈。

“先生们啊！”她说，“这太可怕了！维克多·米哈伊洛维奇对我们所有人都很重要啊，你们怎么能把他忘了！”

她站起身，吻了吻贵族钳工被熏黑的额头。

“先生们啊，难道，维克多·米哈伊洛维奇就连学区督学，或者警察局长都不能胜任吗？”

“嗯，维克多·米哈伊洛维奇？”省长问他，“您想当督学吗？”

“那是当然的了，他肯定会是一位优秀而又仁慈的督学！”市长表示赞同，皱起眉头吞下了一块蘑菇。

“那么拉斯波——波夫呢？”维克多·米哈伊洛维奇委屈地拖长了声调，“你们不是已经任命了拉斯波波夫吗？”

“是啊，真是的，那么拉斯波波夫又放哪儿去？”

“要不，当个消防队长，怎么样？……”

“消防队长啊！”维克多·米哈伊洛维奇一下子兴奋了。

他的眼前瞬间出现了一队队消防马车、熊熊的火光、声声号角和铿锵的鼓点。一把把斧头闪着寒光，一条条火舌摇曳跳动，天塌了地陷了，几匹漆黑的龙驹载着他向市剧院的火灾现场疾驰而去。

“消防队长？我想当消防队长啊！”

“那就太好啦！祝贺您。从现在起，您就是消防队长了。”

“为消防队大展宏图干一杯吧！”交易委员会主席有意挖苦一下。接着大家立刻一致把矛头对准了季斯利亚尔斯基：

“您一直都是左派人物！我们都知道！”

“先生们，我怎么就成左派了？”

“大家都知道，都知道！……”

“就是左派！”

“所有犹太人都是左派！”

“先生们啊，你们在说什么笑话，千真万确，我可真的一点也听不懂。”

“左派，就是左派，别瞒我们了！”

“晚上做梦都能看到米留科夫[①]！”

“立宪民主党[②]！你就是立宪民主党！”

“立宪民主党出卖了芬兰[③]，”查鲁什尼科夫突然冒出一句，“是不是拿了日本人的钱[④]？还鼓动那些亚美尼亚小瘪三[⑤]。”

季斯利亚尔斯基不能忍受众人一哄而上的指责，况且还是空穴来风的污蔑。这位交易委员会主席脸色煞白，小眼睛眨巴眨巴，牢牢抓紧椅背，扯开嗓门声明。

---

① 米留科夫（1859—1943），俄国政治活动家、历史学家、政论家，立宪民主党的组织者之一，1917 年任资产阶级临时政府外交部长。

② 正式名称为“人民自由党”，纲领为君主立宪议会制，强调资产阶级自由化，保留地主的土地，合法解决工人问题。

③ 1917 年 3 月，俄国临时政府恢复了芬兰被长期限制的自治权，当时的外交部长正是立宪民主党党魁米留科夫。因而右派激进分子指责立宪民主党出卖了国家利益。

④ 沙皇俄国右派激进分子认为，自由党派在日俄战争中的活动经费来自日本。

⑤ 1915 年至 1916 年间，土耳其政府对亚美尼亚人实施了种族灭绝政策，俄国自由党派的报纸对此表示愤慨，因而受到右派分子的指责。

“我一直都是十月党人[①]，将来也不会变。”于是大家便转移了话题，开始讨论各自的党派立场。

“先生们，当务之急，是要民主。”查鲁什尼科夫说，“我们的城市自治政府应该是民主的。但不能有立宪民主人士参与。他们早在一九一七年就让我们吃够了苦头！”

“我希望，”省长阴险地问，“我们当中不会有什么社会民主人士吧？”

这次会议上，季斯利亚尔斯基号称自己是十月党人，也没有人能比他更左了。查鲁什尼科夫宣布自己是“中立”立场。消防队长则自认为是极右翼分子。他已经右到了连自己究竟该属于哪个党派都不知道了。接着大家又讨论起了战争。

“不是今天打，就是明天打。”贾季耶夫说。

“会打起来的，一定会。”

“我劝诸位多少储备点东西，现在还不算晚。”

“您真的这么认为吗？”季斯利亚尔斯基紧张起来。

“那您觉得呢？您以为真打起来的话，还能弄到什么东西吗？到时候市场上的面粉会立刻断货！银币掘地三尺都找不到一枚，各种各样的纸币、邮票之类可以等价流通的，会发行一大堆，还有类似乱七八糟的玩意儿。”

“仗是一定会打的了。”

“你们要怎么做，我不知道，”贾季耶夫说，“我要把所有闲钱都拿去买日用必需品。”

---

① 即“十月十七日同盟”，1905 年至 1917 年间活跃的俄国大地主和工商业资产阶级的极右势力，因明确支持沙皇于 1905 年 10 月 17 日的诏书而得名，主张君主立宪。

“那您的布匹作坊怎么办？”

“作坊还是照样开，面粉和糖也按部就班不耽误。我建议你们各位也这么做。务请留意。”

波列索夫却冷笑一声。

“布尔什维克能打什么仗？用什么打？他们用什么来打仗？就那几杆破步枪吗？还有空军呢？一个共产党的高官告诉过我，他们，哈，你们猜猜，有几架飞机？”

“两百来架！”

“两百？根本没有两百，才三十二架！而法国就有八万架战斗机呢。”

一直到半夜，众人才各自散去。

“是啊——啊……布尔什维克把大家都逼上了绝路。”

省长决定送送市长。

两个人保持着相当别扭的一致步伐。

“省长！”查鲁什尼科夫说，“你算什么省长啊，连将军都没当过呢？”

“那我就做个文职省长，怎么，你嫉妒啊？我要是愿意，一句话送你去坐牢。你也只能乖乖坐个够。”

“你没法让我坐牢。我是被选举出来的，大家对我信任有加。”

“找两个没被选上的替换你一个被选上的，这还不容易。”

“请——不要和我耍嘴皮子！”查鲁什尼科夫突然提高嗓门，叫得整条马路都听得见。

“你干吗，傻瓜，叫什么叫？”省长生气了，“你想去警察局过夜吗？”

“我可不会去警察局过夜。”市长回答，“我是苏维埃公务员……”

一颗孤星闪耀在天空，夜色怡人。第二苏维埃路上，省长和市长的口舌之战仍在持续。

第二十章　从塞维利亚到格林纳达[1]

那么请问，费奥多尔神父在哪儿？那位剃掉了胡子的“弗罗尔与拉夫尔”教堂神职人员现在又在哪里？他本来不是想要去找住在维诺格拉德路34号的布伦斯先生吗？此时此刻，在伸手不见五指的走廊里，他的死对头伊波利特·马特维耶维奇·沃罗比亚尼诺夫正值守在消防箱旁，那么这位披着天使外衣的寻宝人士又身在何处呢？

费奥多尔神父失踪了，他遇到了大麻烦。据说，有人在顿涅茨克沿线一带的波帕斯纳亚[2]站见到过他。他当时正提着一壶开水飞奔在站台上……

费奥多尔神父内心的渴望已经喷薄而出，他就是想要发财。波波娃将军夫人的那套家具已经让他跑遍了整个俄罗斯，而读者们心中有数，那些椅子里其实什么都没有。神父虽然游遍俄罗斯，但他没忘了给老婆写信。

费奥多尔神父的家书

他在哈尔科夫的火车站上，给在N县城的老婆写过一封信。

宝贝儿，我的卡捷琳娜·亚历山德罗芙娜！在你面前我深感愧疚。竟然在这种时刻丢下你一个人孤苦无依。

我应该把事情的原委全都告诉你。你一定会理解我，而且希望你会支持我。

其实我没去参加什么新生教会，真的没去，也从没想过要去，而且上帝保佑，这种事情最好不要发生。

现在你要读得认真点。我们很快就会过上好日子了。还记得吧，我跟你说过蜡烛厂的事情。那家厂子很快就会是我们的了，说不定，我们还会有一些其他的收获。你很快就不用自己煮饭了，也不用和别人一起搭伙吃饭。我们一起搬到萨马拉[③]去，还能再雇一个用人。

事情是这样的，不过你一定要保守秘密，谁都不要告诉，甚至连玛丽亚·伊万诺芙娜也不要告诉。我在寻找宝藏。你还记得已故的克劳馥蒂娅·伊万诺芙娜·佩图霍娃吗，就是沃罗比亚尼诺夫的丈母娘？克劳馥蒂娅·伊万诺芙娜临终前，告诉了我一个秘密，说她把一些钻石藏在了老城家中客厅的一把椅子里（一共有十二把）。

卡琴卡[④]，你可别以为我是什么小偷小摸的人。她亲口把这些钻石遗赠给了我，让我妥为保管，别让那个长期以来一直虐待她的伊波利特·马特维耶维奇拿走了。

所以我才这么突然地把你丢下了，小可怜啊，你可千万别怪我。

---

① 西班牙的两座城市名称。“从塞维利亚到格林纳达”是西班牙经典歌剧《唐璜》里小夜曲中的一句歌词，曾被许多人引用过，包括莫扎特、A.托尔斯泰、柴可夫斯基、布尔加科夫和本书的作者。在这部作品中，作者用这句话来讽刺坠入爱河而不可自拔的沃罗比亚尼诺夫。所以在这一章里出现了很多与西班牙有关的典故。

② 乌克兰地名。

③ 俄罗斯伏尔加河沿岸的一座城市。

④ 卡捷琳娜的昵称。

我去了老城，真没想到——这个老色鬼竟然也到了那里。他一定是得到了消息，肯定在老太太临死前逼问过她。这个人太可怕了！还有一个刑事犯和他在一起——肯定也是他雇来的强盗。他们俩看到我就立刻扑过来，想要了我的命。但我不怕，我也不是那么好惹的，我还以了颜色。

一开始我搞错了路。只在沃罗比亚尼诺夫老家（现在那里是一家慈善机构）找到一把椅子。我带着椅子回“索邦”宾馆的房间时，角落里突然有个人像狮子一样大吼大叫向我冲来，想要偷袭，一把抓住了椅子。我们差点就没大打出手，想让我斯文扫地呢。后来我定睛一看，这人不就是沃罗比亚尼诺夫嘛。他剃光了胡子，而且，竟然还剃了个光头，这个投机骗子，都一大把年纪了还要出洋相。

我们把椅子彻底拆了——里面什么都没有。后来我才明白，是我找错了方向。不过那时候我真的失望极了。

我发了大脾气，当着这个好色之徒的面，我揭露了他的老底。

我说，您就是个不要脸的老不死。我说，俄罗斯现在也真是荒唐：首席贵族居然能像一头狮子一样不顾形象地攻击神职人员，还要斥责别人没有党派！我说，您太低级趣味了，您不但虐待克劳馥蒂娅·伊万诺芙娜，而且还暗地里想法侵吞别人的财产。现在这些财产都是国家的，不属于他了。

他听了羞惭不已，就撇下我离开了，应该是去青楼了吧。

我回到“索邦”的房间，认真考虑了下一步的计划。我想到了一个办法，那个剃了光头的家伙肯定一辈子都想不到：我决定去找当时负责分配被充公家具的人。卡琴卡，你想不到吧，我以前在法律系可没有白学啊——还真就派上用场了。我找到了那个人，而且我第二天就找到了。他叫瓦尔福洛梅奇，是一个很正派的老头子，和他的老太婆住在一起，靠着艰辛的工作维持生计。他把所有的文件都给了我。当然，我是不会不支付酬劳的。所以现在我没钱了（不过这一点下面再讲）。原来，沃罗比亚尼诺夫老家客厅的那十二把椅子全都给了工程师布伦斯，他的地址是维诺格拉德路 34 号。这可是个好消息啊，所有椅子都给了一个人，这我还真没想到呢（原本还担心，椅子会散落到不同的地方）。这消息让我高兴坏了。没想到，我在“索邦”又遇到了沃罗比亚尼诺夫这个恶棍。我结结实实地教训了他和他的强盗同伴，一点不留情面。因为很担心，他们会打探到我的秘密，所以一直躲在宾馆里，直到他们离开。

原来，布伦斯早在 1923 年就因为工作调动，从老城搬到哈尔科夫去了。我从门房那里得知，他非常爱惜家具，离开时全都带走了。据说，此人十分老成持重。

现在我就坐在哈尔科夫火车站，给你写这封信，是想说明一下情况。首先，我很爱你，很想你。其次，布伦斯已经不在这里了。但是你不要失望。我了解到，布伦斯现在去了罗斯托夫，在“新罗斯托夫水泥厂”工作。到那里的路费刚好够用。再过一小时，我就乘坐货客混用的火车去那里。我亲爱的，求你去一趟姐夫那里，问他要五十卢布（这是他欠我的，答应过会还），然后寄到罗斯托夫来：邮政总局，待收件人自取，费奥多尔·约翰诺维奇·沃斯特利科夫收。为了节省，平邮就可以了，才三十戈比。我们市里现在有什么消息吗？有什么新闻？康德拉其耶芙娜去找过你吗？告诉基里尔神父，我很快就会回来：就说，我去沃罗涅日探望病危的阿姨了。钱要省着点用。耶夫斯基戈涅耶夫还在我们家搭伙吃饭吗？替我向他请安。告诉他，我去阿姨家了。

天气还好吧？哈尔科夫这里已经是盛夏了。市区很热闹——毕竟这是乌克兰共和国的中心。从乡下刚到这里，感觉就像到了国外。请做好以下几件事：

> 1）我的夏季法衣送去洗了吧（花 3 卢布洗干净总比新买一件好），2）保重健康，3）你给古连卡[①]写信的时候，顺便告诉他，我去沃罗涅日看望阿姨了。替我向所有人请安。就说，我很快会回来。温柔地吻你，拥抱你，祝福你。你的丈夫费佳。
>
> 特别要注意：沃罗比亚尼诺夫现在还不知道在哪里东奔西窜呢？

爱情令人衣带宽，公牛发情哞声连，公鸡坐卧不安，首席贵族不思饭。[②]

伊波利特·马特维耶维奇把奥斯塔普和大学生伊万诺普罗扔在小酒馆，自己却溜回玫瑰色小楼，在消防箱旁边占据了地形。他似乎听到了开往卡斯蒂利亚的火车发出隆隆声响，也听到了离岸的邮轮哗啦啦的拍水声。

阿尔普哈拉金色的疆域，在远方视野中消失。

心儿犹如踉跄的钟摆，滴答敲响在耳际。

---

① 伊戈尔的昵称。

② 当时一首很著名的情歌，作者佚名。

亲爱的姑娘出来吧，吉他在声声呼唤你。

走廊里弥漫着不安的气氛，消防箱冷得出奇，似乎任何加热措施也无法让它变得温暖。

> 从塞维利亚到格林纳达，在那寂寥的苍茫夜色里……
> 铅笔盒里有人在放留声机，还传来汽油炉的蜂鸣。
> 绵绵情歌，如风剑戟……①

一句话，伊波利特·马特维耶维奇无可救药地堕入情网，爱上了丽莎·卡拉乔娃。

沿着走廊从伊波利特·马特维耶维奇身边走过的人不算少，但他们身上散发出来的都是烟草的气味、伏特加的酒气，或者是药味，又或者是隔夜的菜汤味道。黑咕隆咚的走廊里，只能根据人身上的味道或者脚步的轻重来判断到底是谁。丽莎没有走过。伊波利特·马特维耶维奇对此深信不疑，因为丽莎既不抽烟，也不喝伏特加，更不穿打了铁掌的靴子。她身上也绝不可能有碘酒或者鱼头的味道。她身上只可能有大米粥或者加工过的干草散发出的最最柔媚的气息。不过，诺尔德曼-赛维洛娃太太倒是真的一直都用干草做的菜肴养活了著名画家伊利亚·列宾②。

终于，响起一阵轻柔而又迟疑的脚步声。有个人在走廊里边走边敲击着弹性十足的墙壁，嘴里还细声细气嘟囔着什么。

“是您吗，伊丽莎白·彼德洛芙娜？”伊波利特·马特维耶维

---

① 《唐璜》中的歌词。
② 诺尔德曼-赛维洛娃太太（1863—1914），列宾的妻子，素食主义者。确实喜欢用干草做菜。十月革命前，关于“干草饭”的笑话曾一度很流行。

奇的声音像棉花糖一样甜腻。

回答的却是一个粗鲁的声音：

“请问，这里是普菲费尔科恩的家吗？这里实在太暗，什么都看不清啊。”

伊波利特·马特维耶维奇吓得赶紧住了口。找普菲费尔科恩一家的那个人茫然地等待着回复，却好半天没等到，于是继续一路摸索过去。

丽莎一直到九点才来。于是他们走到了外面，此时的夜空绿得就像一块硬糖。

“我们去哪儿走走？”丽莎问道。伊波利特·马特维耶维奇看了看她白皙透亮的脸颊，本该坦率地表白：“我就在这里，伊内齐莉亚，就在你的窗下。”[1]可他却婆婆妈妈没完没了地说起他对莫斯科的印象来。他说他很久没来过莫斯科了，巴黎比起到处都是白石头墙的莫斯科来不知道要好到哪里去，不管从哪个方面说，莫斯科都是一个不成体统乱糟糟的大农村。

“我记忆里，伊丽莎白·彼德洛芙娜，莫斯科不是这样的。现在到处都流露出一种小家子气。而我们那个时代，是不在乎钱财的。有这么一首歌《人生在世只此一回》。”

他们走完了整条普列奇斯坚卡林荫路，来到滨江路，走向救世主大教堂。

莫斯科河桥的后面，拖着几根像狐狸尾巴一样黑褐色的东西。那是莫斯科市电站正在像一支舰队一样吞云吐雾。有轨电车一辆辆驶过桥头，河面上漂着几艘小船，还有一架手风琴在悲悲

---

① 引自普希金的爱情诗歌。

切切地诉说衷肠。

丽莎牢牢挽住伊波利特·马特维耶维奇的手臂，向他一股脑儿讲述了自己所有的伤心事。她和丈夫之间的争吵，时刻有人（她指原化学系的学生）窃听的日子实在难熬，还天天只能吃味道一成不变的素食。

伊波利特·马特维耶维奇一边听一边暗自盘算，他心底的恶魔接二连三地苏醒了。他脑子里浮现出一顿丰盛的晚餐，于是他得出一个结论——这样的女孩子应该采取措施，以迅雷不及掩耳之势征服。

“我们去剧院吧。”伊波利特·马特维耶维奇建议。

“还是去电影院吧。”丽莎说，“看电影便宜啊。”

“咳！钱算什么！这么美好的夜晚，怎么突然说起钱来了。”

完全摆脱束缚的恶魔不由分说就把两个人塞进了马车，甚至都没有讨价还价，一路驶向“阿尔斯”电影院。伊波利特·马特维耶维奇的表现堪称高雅。他买了最贵的票。不过，他们并没有耐着性子看完整场电影。丽莎习惯了离银幕近的便宜位子，而坐在最贵的三十四排倒反而看不清了。

伊波利特·马特维耶维奇的口袋里揣着一半两位合伙人从老城阴谋家们那里诈来的钱。这笔钱对于早已远离奢华的沃罗比亚尼诺夫来说，已经是不小的数目了。现在，这一桩极有可能成事的露水姻缘使他心潮澎湃，他决定使出自己出手大方的绝招让丽莎开开眼。他认为，自己有十二万分足够的把握搞定这件事。回想当年，他曾轻而易举地俘获了绝色佳人叶列娜·鲍尔的芳心，这便是自豪的资本。挥金如土和钟鸣鼎食是他的本性。他具备与任何一位女士寒暄的素养和特长，也因此而在老城名动一时。他甚至觉得，仅仅为了征服眼前这个头脑简单而又没有任何见识的小姑娘，就要把自己旧时代的所有绝招全都耍尽，那才是贻笑大方的事情。

伊波利特·马特维耶维奇没费多大劲就说服了丽莎，把她带到了“布拉格”饭店，这是一家莫斯科消费合作社理事会指定的模范餐厅。本德尔曾经告诉过他：“这是莫斯科最好的地方。”

“布拉格”饭店里数不清的镜子、照明灯和盆栽鲜花立刻让丽莎眼花缭乱。对丽莎来说，这是可以理解的：因为她还从没有光顾过这样大型的模范餐厅。不过这个镜子大堂也出乎意料地让伊波利特·马特维耶维奇大为吃惊。他真的落伍了，甚至已经忘了饭店用餐的规矩。而现在，自己脚上的男爵式方头靴子、战前量身定做的裤子和撒满银亮星星的月色西装背心，都让他真切地感到了自卑。

在各种不同身份的人们面前，两个人不由十分窘迫，手足无措。

“我们去那边的角落吧。”沃罗比亚尼诺夫赶紧建议，尽管小乐池旁边其实就有几张餐桌是空着的。乐队正拉扯锯子一样演奏着混合曲《印度舞女》，这也是每天的招牌曲目。

丽莎感觉到所有人都在看着她，所以立刻就同意了。贵族名流和情场老手沃罗比亚尼诺夫则一脸尴尬地跟在她身后。贵族名流破旧的裤子在他干瘪的屁股后面像个口袋一样垂下来。情场老手弓起了背，为了尽快摆脱窘态，他擦拭起夹鼻眼镜来。竟然没有人前来服务，这是伊波利特·马特维耶维奇没想到的。他原本应该趁这个空闲和女士进行一番优雅的交谈，但他却一句话不说，憋着，不自信地用烟灰缸敲打着桌面，还不停地清着嗓子。

丽莎表现得很好奇，她打量着四周，但这样的沉默却让人越来越尴尬。可是，伊波利特·马特维耶维奇连一句话都说不出来，早年在这种场合下他张口就来的那些话，现在早已忘得一干二净。

“劳驾！”他冲身边疾步如飞的公共餐饮工作人员打招呼。

“来啦！”侍应生应声叫道，脚步却一刻不停。

菜单终于递过来了。伊波利特·马特维耶维奇顿时觉得轻松了不少，便埋头钻研起菜单来。

“好贵啊。”他嘀咕道，“小牛肉丸子——两卢布二十五戈比，煎肉排——两卢布二十五戈比，伏特加——五卢布。”

“五卢布是一大瓶哦。”侍应生边说边不耐烦地四下张望。

“我这是怎么啦？”伊波利特·马特维耶维奇被自己吓了一跳，“我变得越来越可笑了。”

“嗯，您先请过目。”他亡羊补牢地捡起了礼节，对丽莎说，“您来点吧？您想吃什么？”

丽莎很不好意思。她发现侍应生傲慢地看着她的同伴，意识到同伴肯定有什么地方做得不得体。

“我一点儿都不想吃。”她的声音明显哆嗦了一下，“要不这样吧……同志，请问，你们这里有没有什么素餐？”

侍应生像一匹马一样跺起脚来。

“素餐我们可不做。火腿煎蛋算不算。”

“要不这样吧。”伊波利特·马特维耶维奇拿定了主意，“给我们来一份泥肠。您不是想吃泥肠吗，伊丽莎白·彼德洛芙娜？”

“好啊。”

“那好。要泥肠。就要这种，一卢布二十五戈比。再来一瓶伏特加。”

“是长颈瓶装的。”

“那就——来一大瓶。”

公共餐饮工作人员闪着清澈的眼眸看了看毫无戒心的丽莎。

“喝伏特加要什么下酒菜吗？新鲜鱼子酱？鲑鱼？敞口馅饼？”

伊波利特·马特维耶维奇内心深处那个民政局办事员还在大发脾气。

“不用了。”他粗鲁地拒绝了对方，“你们这里腌黄瓜多少钱？嗯，好的，来两根。”

侍应生马上跑开了，餐桌上又恢复了沉默。还是丽莎先开了口：

“我从没来过这儿。这里真漂亮。”

“是啊——啊。”伊波利特·马特维耶维奇拉长了声调，脑子里却盘算着酒菜的价格。

“是很不错，”他想，“我得先喝点伏特加，彻底放松开。不然，还真是感觉不自在。”

可是，喝过伏特加，嚼完一根腌黄瓜，他非但没有放开，反倒越发忧心忡忡起来。丽莎没有喝酒。尴尬的气氛没有得到缓解。这时走来一个人，讨好地看着丽莎，请她买一束鲜花。

伊波利特·马特维耶维奇故意装作没看见这个长了一脸大胡子的卖花人，但卖花人不知趣，就是不走开。看来想要客客气气跟这个人说话是不可能了。

就在这个关头，乐队的节目解了围。一个肥头大耳的男人走上了舞台，他身穿礼服脚踩漆皮鞋。

“哈，我们又见面啦。”他豪放地对观众们大叫，“下一个贼

（节）目，有请世界级俄罗斯民歌演唱家，在‘玛丽娜小树林’①享有盛名的瓦尔瓦拉·伊万诺芙娜·戈德列夫斯卡娅。瓦尔瓦拉·伊万诺芙娜！您请！”

伊波利特·马特维耶维奇一直闷头喝着伏特加。丽莎因为不喝酒，所以动不动就提出要回家。想要把这一大瓶伏特加全喝完，那就得抓紧时间了。

接着，一位身穿皱纹丝绒肥衬衫的滑稽歌手走上舞台，换下了在“玛丽娜小树林”享誉盛名的女歌手，开口唱道：

您走呀走，到处闲逛，
就好像走走逛逛，
就能填饱你的盲肠，
逛呀逛，塔——啦——啦——啦——

伊波利特·马特维耶维奇此时已经正儿八经地进入了酣醉状态。半个小时前，他还认为这家模范餐厅的顾客一个个都是没有教养的苏维埃强盗，是吝啬鬼，现在不但和他们一起随着节奏拍起了手，还附和唱了起来：

“走呀走，塔——啦——啦——啦……”

他已经好几次跳起来跑去上厕所，连个道歉都不说一声。几个邻座的顾客已经称他为“大叔”，还邀请他过去喝杯啤酒。但是他没去。他突然间变得傲慢而又多疑了。丽莎断然决然地从桌边站起身：

---

① 玛丽娜小树林位于莫斯科郊区，据说当时是盗贼聚集的地方。

“我要走了。您留下吧。我自己能走回家。”

“不行，这怎么可以？我可是贵族啊，绝不允许这种事情发生！先生！算账！这帮无耻——之徒！……”

伊波利特·马特维耶维奇坐在椅子上晃着身体，盯着账单看了好久。

“九卢布二十五戈比？”他嘟哝着说，“是不是，我干脆把藏着钱的房间钥匙也给您算了？”

最后，伊波利特·马特维耶维奇被人小心翼翼地拽着胳膊送到了楼下。丽莎还是没能逃走，因为衣帽间的号牌还在那位慷慨的贵族名流身上。

走到第一个胡同口时，伊波利特·马特维耶维奇的肩膀就瘫软在丽莎身上，两只手抓住了她。丽莎不出声地用力挣脱着。

“您干吗！”她说，“喂！不要！”

“我们去宾馆吧！”沃罗比亚尼诺夫开导她。丽莎使劲挣脱开，没顾得上看清楚，便一拳打在情场老手的鼻梁上。金丝弧架的夹鼻镜立刻掉到了地上，被男爵式方头皮鞋踩个正着，一声脆响粉碎了。

夜风拂面，和风熏人……①

丽莎哭哭啼啼地沿着银铃胡同跑回家了。

奔腾的瓜达尔基维尔河②在喧嚣。

瞎了眼的伊波利特·马特维耶维奇朝相反的方向迈开了小碎步，一边叫道：

---

① 普希金的诗歌。
② 西班牙的第五长河。

“抓贼啊！”

后来，他一个人哭了好久，一边哭着，还把一个老太婆手里所有的小面包圈连同篮子全都买了下来。他又来到空荡荡的斯摩棱斯克市场，那里已黑灯瞎火。他独自一人一会儿走到这头，一会儿又走到那头，边走边像播种者一样随意撒着面包圈。嘴巴也没歇着，鬼哭狼嚎般叫道：

“您走呀走，到处闲逛，塔——啦——啦——啦……”再后来，伊波利特·马特维耶维奇又和一个马车夫交上了朋友，他向车夫敞开了心扉，颠三倒四地讲述了钻石的事情。

“您这位老爷真有趣！”马车夫夸他。伊波利特·马特维耶维奇的确发自内心地快活起来了。不过，他的快活毕竟是有点不太体面的，因为直到第二天上午快十一点的时候，他才在警察局里苏醒过来。他手握两百卢布开启了这个没羞没臊而又纸醉金迷的狂欢之夜，然而现在口袋里仅剩下十二卢布。

他觉得自己快要死了。脊背疼痛，肝部酸痛，脑袋痛得就像被套了一顶铅帽。但最可怕的是，他根本想不起来，这么大一笔钱究竟是在什么地方花的，又是怎么花出去的。回家路上，他万般无奈地去了一趟眼镜店，在夹鼻镜架上安了一块新玻璃。奥斯塔普打量着伊波利特·马特维耶维奇疲惫不堪的形象，诧异了好久。不过他的态度非常冷漠，因为他已做好了战斗的准备。

第二十一章　体罚

拍卖会五点开始，四点就允许人们进场参观拍品了。而两个朋友三点就到了，在一旁的机械展览会上品头论足了一个小时。

“很可能，”奥斯塔普说，“要是明天我们心情不错，就可以把这台机车头给买下来。可惜，没有标明价格。有一台属于自己的机车也是一件很开心的事情呢。”

伊波利特·马特维耶维奇仍饱受着痛苦的煎熬。只有椅子才能平复他的心情。

一直到拍卖师走上交易台的那一刻，他才从椅子边上走开。拍卖师穿着一条“百年”格子长裤[①]，一把大胡子直直地垂到俄式风衣布做的肥衬衫胸口。

两位合伙人占据了第四排靠右边的座位。伊波利特·马特维耶维奇的心跳加速了。他觉得，椅子似乎马上就要开拍了。但是椅子的编号是四十三，开始拍的都是些稀松平常的小物件：零星印着徽章的餐具、调味汁碟、银质杯托、艺术家佩图宁的风景画、珍珠串女式手提包、全新的汽油炉喷嘴、拿破仑半身像、亚麻布胸罩、《射杀野鸭的猎人》双面挂毯，还有其他乱七八糟的东西。

只好耐心地等着了。等待的过程实在煎熬：所有的椅子都摆在眼前；目标近在咫尺，几乎唾手可得。

奥斯塔普环顾着竞拍者们，心里暗想：如果这些人知道今天会有什么宝贝藏在这些椅子里被卖掉，这里恐怕就要鸡飞狗跳了吧。

“法官雕塑！”拍卖师大声介绍，“青铜制品。完好无损。五卢布。谁出更多？六个半卢布，右边，最后一排——七。八卢布第一排对面，第二次，八卢布，对面。第三次，第一排，对面。”

一个女孩马上手拿发票飞一样跑到第一排那人跟前收钱去了。

拍卖师的小锤子又敲响了。接着又卖掉了几个宫廷用烟灰缸、巴卡拉水晶玻璃制品和瓷质香粉盒。

时间太难熬了。

“亚历山大三世青铜半身雕像。可以当镇纸用。好像，也没有什么其他的用处了。亚历山大半身像，竞标出价就卖。”底下的人群哄笑起来。

“首席贵族，您买下来吧。”奥斯塔普挖苦道，“您不是喜欢这些吗。”

伊波利特·马特维耶维奇的眼睛就没有离开过椅子，他顾不上说话。

“没人要吗？亚历山大三世半身像，流拍。法官雕塑。这个好像和刚才被买走的是一对。瓦西里，请展示一下‘法官’。五卢布。谁出更多？”

第一排听到有人呼哧呼哧喘气的声音。看来，那位先生想把“法官”配成一套。

---

① 用方格子呢料制作，该呢料为庆祝1895年敖德萨建市一百周年而生产，故此而名。

"五卢布——青铜'法官'!"

"六卢布!"响起了清晰的竞价声。

"六卢布对面。七。九卢布,最后一排右边。"

"九个半卢布。"那位"法官"爱好者抬起手,轻声报了价。

"九个半,对面。第二次,九个半,对面。第三次,九个半。"

小锤子应声落下。小姐又飞一样跑到第一排那里去了。

那位先生付了钱,步履蹒跚地走进另一个房间拿他的青铜制品去了。

"宫廷椅子,十把!"拍卖师突然宣布。

"怎么成了宫廷的了?"伊波利特·马特维耶维奇暗自诧异。

奥斯塔普不高兴了:

"您搞什么鬼!好好听着,别捣乱!"

"十把宫廷椅子。胡桃木。亚历山大二世年代。完好无损。汉布斯家具制作。瓦西里,请拿一把来,放到反光灯下展示一下。"

瓦西里野蛮地拖来一把椅子,这个动作让伊波利特·马特维耶维奇不由猛地欠身站了起来。

"给我坐好了,您这该死的白痴,别给我找麻烦!"奥斯塔普龇牙咧嘴地训斥,"快坐下,听到没有!"

伊波利特·马特维耶维奇的下巴都歪了。奥斯塔普挺直了身子,两只眼睛炯炯有神。

"十把胡桃木椅子。八十卢布。"

大厅的气氛活跃起来。终于看到日常实用的拍品了。大家一个接一个地举起手来。奥斯塔普则保持着沉着。

"您怎么还不出价啊?"沃罗比亚尼诺夫着急地质问。

"滚。"奥斯塔普咬紧了牙关。

“一百二十卢布，后面。一百三十五，也是后面。一百四十。”

奥斯塔普冷静地转过身，背对着交易台，一脸冷笑地审视着那些竞争对手。

拍卖进入了白热化，大厅里面座无虚席。恰好奥斯塔普身后坐着一位女士，正和丈夫商量着，一个劲儿地夸椅子好（短扶手多好看啊！样式真漂亮！萨尼亚！这还是宫廷的呢！），说着就举起了手。

“一百四十五，第五排，右边。第一次。”大厅里一下子安静下来。出价已经太高了。

“一百四十五。第二次。”

奥斯塔普用冷漠的眼光扫视着雕花的屋檐。伊波利特·马特维耶维奇坐在那里低着头，浑身哆嗦个不停。

“一百四十五。第三次。”

就在黑色漆面小锤眼看着就要砸上胶合板交易台时，奥斯塔普转回身，单手向上一扬，不慌不忙说道：

“两百。”

所有人的脑袋都转向了两位合伙人。制服帽、鸭舌帽、便帽和礼帽都涌动起来。拍卖师那张早就不耐烦的脸抬起来，看了看奥斯塔普。

“两百，第一次。”他说，“两百，第四排右边，第二次。没人再出价了吗？两百卢布，宫廷胡桃木家具，共十把。两百卢布——第三次，第四排右边。”

举着小锤子的手悬停在了交易台上方。

“妈妈！”伊波利特·马特维耶维奇竟然出声大叫起来。奥斯塔普脸泛红光，从容地微笑着。小锤子落下了，发出的是天籁之音。

“成交。”拍卖师宣布，“小姐！第四排右边。”

“喂，总裁，干得漂亮吧？”奥斯塔普很得意，“看看，没有我这个技术指导，您还能干什么？”

伊波利特·马特维耶维奇幸福地松了口气。小姐踩着小碎步向他们走来。

“两位买了椅子吗？”

“就是我们！”忍了好久的伊波利特·马特维耶维奇大声说，“我们，是我们。什么时候可以拿椅子？”

“看你们方便。现在就可以啊！”

“您走呀走，到处闲逛”的曲调在伊波利特·马特维耶维奇脑子里翻腾起来。“我们的椅子，是我们的，我们的，是我们的啦！”他整个身体都在欢呼歌唱——肝脏唱道：“是我们的！”——盲肠应和道：“就是我们的！”

他兴奋得无以复加，甚至连身体里最意想不到的部位都出现了脉动。前所未有的幸福感强烈地冲击着他，所有的一切都在震动、摇晃、甚至崩裂了。他眼前似乎出现了一列开往圣哥达的火车[①]。他，伊波利特·马特维耶维奇就站在最后一节车厢的平台上，穿一条白色的裤子，抽着雪茄。火绒草轻轻飘落在他的头上，而那时，他的头发也已经重新染得银亮夺目。他向着伊甸园飞驰而去。

---

① 瑞士南部勒蓬廷阿尔卑斯山脉山口，是中欧与意大利之间一条重要的公路和铁路通道。

“为什么是两百三十，不是两百吗？”伊波利特·马特维耶维奇听到一个声音。

“包括百分之十五的代理手续费呢。”小姐回答。

“哦，那是应该的！掏钱吧！”

奥斯塔普掏出皮夹子，数出两百卢布，然后转过身对公司总裁说：

“再拿三十卢布来，最最亲爱的，快点啊：没看到吗——小姐等着呢。嗯？”

伊波利特·马特维耶维奇压根没有一点要掏钱的意思。

“喂？您看着我干吗，秃子找虱子吗？是不是开心傻了？”

“我没钱。”伊波利特·马特维耶维奇忸怩半天，终于说话了。

“谁没钱？”奥斯塔普问的声音出奇小。

“我没钱。”

“那两百卢布呢？！”

“我……嗯——嗯——嗯……丢——丢了。”

奥斯塔普看了一眼沃罗比亚尼诺夫。那张皱巴巴的脸，两颊发绿，眼袋肿胀，奥斯塔普很快就看出了端倪。

“把钱拿出来！”他压低声音凶狠地说，“老混蛋！”

“你们到底付不付钱？”

“请稍等！”奥斯塔普用自己迷人的微笑应付道，“出了一点小意外。”

其实这时候还有那么一丝希望，或许可以说服拍卖行给点时间去筹钱。

但是伊波利特·马特维耶维奇却在这个当口插话了，只见他唾沫四溅地抗议：

“请问！”他的声音很响，“怎么还会有代理手续费？我们根本不知道有这项收费！事先应该告诉我们啊。我拒绝支付这三十卢布。”

“好的。”小姐倒是很温顺，“我这就去处理。”

她拿着发票飞快地跑到拍卖师那里，对他说了几句话。拍卖师立刻站了起来。在明晃晃的电灯光下，他的大胡子威严刺目。

“根据拍卖交易规则。”他用洪亮的声音宣布，“凡拒绝为所购拍品支付全额款项者，必须离开交易大厅。椅子交易取消。”两个朋友目瞪口呆，坐在那里一动不动。

“请——你们出去！”拍卖师说。这句话竟有了轰动的效果。在座的众人幸灾乐祸地笑起来。奥斯塔普还是没有动，毕竟他好久没有体验过这样的打击了。

“请——你——们，出去！”

拍卖师拖长了声音，语气中带着不容置疑的霸道。大家笑得更欢乐了。

两个人只好走了出去。一般来讲，很少有人会怀着这样悲苦的心情离开交易大厅的。沃罗比亚尼诺夫走在前面，弓着笔直而又瘦削的肩膀，身上的外套已经缩了水，脚上那双男爵皮靴也显得滑稽。他走路的姿态像极了一只仙鹤，而且真切地感受到了不起的幕僚正从背后向他投来温和而又友善的目光。

两位合伙人走进交易大厅隔壁的一间房间。现在他们只能隔着玻璃门观看闹哄哄的交易现场了。通向那里的路被阻断了。奥斯塔普依旧友善地沉默着。

“这样的规则简直令人愤慨。”伊波利特 · 马特维耶维奇心虚地嘟囔了一句，“不成体统的形式主义！应该去警察局告他们。”

奥斯塔普还是一言不发。

“真的，鬼才知道这是怎么回事！”沃罗比亚尼诺夫继续发泄不满，“这简直就是从劳动人民身上扒好几层皮。千真万确！……就这十把不起眼的破椅子，也要两百三十卢布。真是疯了……”

“没错。”奥斯塔普依然毫无表情。

“是吧？”沃罗比亚尼诺夫又问了一遍，“真的能把人气疯了！”

“当然能。”

奥斯塔普说着走近沃罗比亚尼诺夫，四下看了看没人，便结结实实朝腰部给了首席贵族一拳。这个动作短促、有力而又不易令旁人觉察。

“我让你去警察局！我让你看看全世界劳动人民买不起的椅子有多贵！让你大半夜的去勾搭女孩子！让你老来花心！让你宝刀不老！”

伊波利特·马特维耶维奇在接受体罚的整个过程中一声不吭。

这时候如果从旁边看去，就像是一个孝顺的儿子在和老子交谈，只不过老子的脑袋哆嗦得实在太激烈了。

“好了，现在可以滚了！”

奥斯塔普转过身，背对着公司总裁，开始关注起交易大厅的情况来。过了一分钟，他转过头来。

发现伊波利特·马特维耶维奇还站在他身后，两只手紧贴裤缝。

“哈，您这位交际场的万人迷还在这里啊？快滚！听见没有？”

“本德尔同——同志，”沃罗比亚尼诺夫哀求，“本德尔同志！”

“走开！走开！你可别去找伊万诺普罗哦！我会把你赶出去！”

“本德尔同——志！”

奥斯塔普再也没回头。此时大厅里出现的情况引起了本德尔的极大兴趣，他甚至悄悄把门打开一条缝，仔细倾听起来。

“这下彻底完蛋了！”他低声抱怨。

“什么完蛋了？”沃罗比亚尼诺夫讨好地问。

“椅子要被分开卖了，还能有什么。也许，您现在想买进？那您请便吧。我不会拦着您。不过我怀疑，他们会不会放您进去。况且您手里也没几个钱了吧。”

这时候，交易大厅里的确出现了新情况：拍卖师意识到，想要从在座的顾客手里一锤子敲出两百卢布是不可能了（对于这些小人物来说，这的确算是一笔巨款了），于是他决定把这两百卢布一锤子一锤子地敲出来。椅子就这样重新开始拍卖，但已经是分开卖了。

“宫廷椅子四把。胡桃木。软座。汉布斯制作。三十卢布。有人加价吗？”

此时，果断与沉着重又回到了奥斯塔普的身上。

“喂，您这位太太们的面首，就站在这里，哪儿也别去。我过五分钟就来。您在这里看好了，谁买了什么。一把椅子也别漏掉。”

一个计划很快就在本德尔的脑子里酝酿成熟，也许在目前这种走投无路的情况下，这是唯一可行的办法了。

他跑到彼得罗夫卡大街上，直奔最近的沥青大桶，和流浪儿们做起了交易。

正如他向伊波利特·马特维耶维奇承诺的那样，五分钟后他就回来了。而那帮流浪儿也已在拍卖场的入口待命了。

“在卖了，已经在卖了。”伊波利特·马特维耶维奇念咒一样汇报，“一次四把，一次两把，已经卖掉了。”

“这都是托您的福啊。”奥斯塔普说，“您就高兴去吧。本来是十拿九稳的买卖，十拿九稳——懂不懂。这您总能听得懂吧？”

大厅里响起一个刺耳的声音，这种类型的声音造物主只可能恩赐给三种人——拍卖师、赌局的庄家和玻璃工：

“加半个卢布，左边。三。还有一把宫廷椅子。胡桃木。没有任何损坏。加半个卢布，右边。一次——加半个卢布，对面。”

又有三把椅子就这样被单独卖了出去。拍卖师宣布拍卖最后一把椅子。奥斯塔普被愤怒勒得透不过气来。他再一次向沃罗比亚尼诺夫宣泄满腔的愤怒，尖酸刻薄的羞辱饱含着真诚的苦涩。要不是一个身穿罗兹呢[①]褐色西装的男人快步走来，天知道奥斯塔普会把自己的挖苦讽刺演练到什么样的境界。只见那个男人来回挥着两只肥嘟嘟的手，上蹿下跳，活像在打网球。

“请问，”他迫不及待地向奥斯塔普打听，“这里真的在拍卖吗？是吗？在拍卖吗？这里真的在卖东西吗？太棒啦！”

陌生人跳到一边去了，无数灿烂的笑容也在他的脸上蹦蹦跳跳。

“这里真的有东西卖？真的能买到便宜货？还是高级货啊？好

---

① 罗兹为波兰第二大城市，轻纺产业中心。罗兹呢西服是该市地下工厂用廉价面料仿制的英式同款同色的西服，这一类西服当时被大量走私到俄罗斯，受到追逐高贵身份却又囊中羞涩的平民热捧。

极了，好极了！啊！……”

陌生人甩着圆滚滚的腰胯，在两位受惊不小的合伙人身边一闪而过，他的速度是如此之快，沃罗比亚尼诺夫刚来得及干咳一声，他已经把最后那把椅子买到了手。陌生人手里攥着发票，直奔发货柜台而去。

“请问，现在可以拿椅子吗？太好了！啊！……哈！……”

陌生人嘴里羊一样不断叫着，手脚一刻不停地把椅子搬上了马车，转眼就离开了。一个流浪儿立刻如影随形跟了上去。

一把把椅子的新主人也渐渐各自散去，有的徒步离开，有的坐车远行。奥斯塔普那些未成年的虾兵蟹将也跟在他们身后赶了过去。他自己则是单独离开的。伊波利特·马特维耶维奇心惊胆战地跟在他身后。今天一整天对他来说就像一场梦，一切都发生得那么迅速，而且和他的预期完全南辕北辙。

西弗采夫谷地胡同里，钢琴、曼陀铃和手风琴都在齐声迎接春天的来临。一扇扇窗户敞开着，窗台上挤满了栽在陶土罐里的盆花。一个大胖子，敞着毛茸茸的胸脯，只穿了一条背带裤，激情四溢地在窗边放声高歌。一只猫顺着墙根悠哉游哉地晃了过去。食品小卖部里的煤油灯燃得正旺。

科利亚正在玫瑰色的小楼旁走来走去散心。看到奥斯塔普走来，科利亚先彬彬有礼地向他鞠了一躬，随后便向他身后的沃罗比亚尼诺夫走去。伊波利特·马特维耶维奇真心诚意地和他打了招呼。但是，科利亚却没有浪费时间。

“晚上好啊。”随着一声断然的问候，科利亚再也无法克制自己，抡圆了一记耳光打在伊波利特·马特维耶维奇脸上。

与此同时，科利亚还说了一句下流话，至少在目击了这一场景的奥斯塔普看来，这句话是极为下流的：

“所有人我都不会轻饶。”[①]科利亚用小孩子的语气赌气说，“看谁还敢存心不良……”

存心不良想干什么，科利亚没有明说。他踮起脚来，闭上眼睛，啪地又给了沃罗比亚尼诺夫一记脆响的耳光。

伊波利特·马特维耶维奇抬起了胳膊肘，却连哼哼一声都不敢。

“这就对了。”奥斯塔普搭腔，“现在该打脖子了。打两下。就这么打。一定要狠狠打。有时候就算鸡蛋也该教训一下自以为是的母鸡……再打一下……打得好。别客气。脑袋就不要打了。这本来就是他最脆弱的地方。”要是这位思想巨人和俄罗斯民主之父此刻所处的境遇被老城的阴谋家们看到，那么，不用说，剑犁之盟的密约立刻就泡汤了。

“嗯，也差不多了。”科利亚把手藏进了衣服口袋。

“再打一下吧。”奥斯塔普央求。

“让他见鬼去！看他下次再敢！”

科利亚走了。奥斯塔普上楼进了伊万诺普罗的房间，探出头来向下望了望。伊波利特·马特维耶维奇还在小楼的斜对面，倚着大使馆的围栏站在那里。

“米赫尔松先生！”奥斯塔普大声叫他，“康拉德·卡尔洛维奇！到屋子里来吧！我准许了！”

伊波利特·马特维耶维奇走进房间时已经振作一点了。

“闻所未闻的放肆！”他表示愤慨，“我差点就没克制住

① “所有人”让奥斯塔普觉得很下流……

自己。”

“啊——呀——呀。”奥斯塔普深表同情，“现在的年轻人真是变了！这些年轻人好可怕！勾引别人的老婆！花别人的钱……完全堕落了。您倒是说说看，脑袋被人打，真的很疼吗？”

“我要和他决斗！”

“太妙了！我还能给您介绍一个我的熟人呢。他不但对决斗的规则倒背如流，而且还得了两种性病，想要来一场死路一条的战斗，找他最合适不过了。伊万诺普罗和右边那位邻居可以当决斗见证人。他以前还是科洛格里沃①的荣誉市民，直到现在还逢人就吹呢。绞肉机也可以用来决斗啊——这办法更加文雅。每一个伤口都无疑会致命。对手如果失败了就自动变成肉丸子。您看这办法好不好，首席贵族？”

这个时候从外面传来一声口哨，奥斯塔普便出去收集流浪儿带回来的侦探情报了。

流浪儿们果真出色地完成了交付给他们的任务。四把椅子进了哥伦布剧院。流浪儿讲述得非常详尽，这几把椅子是怎么运上车的，又是怎么卸下来，再通过演员通道被拽到楼里去的。而奥斯塔普对剧院的地理位置是再熟悉不过了。

另一个年纪很小的追踪者说，两把椅子被一个“非常非常漂亮的霍（阔）太太”②用马车运走了。这个小男孩显然没有太大的本事。只知道椅子被运到了瓦尔索诺菲耶夫胡同，还记得房间号码是17，但是几号楼却无论如何想不起来了。

---

① 俄罗斯地名。
② 男孩子有乌克兰口音。

“跑得忒快了。”流浪儿辩解，“一下就给忘了。”

“那你就拿不到钱。”雇主不乐意了。

“叔——叔啊！……我可以带你去。”

“好的，那你留下。我们回头一起去。”

而那位说话像羊叫的先生，原来就住在花园-斯帕斯克路上。奥斯塔普把确切的地址记录在了记事本里。

第八把椅子去了民族宫。而跟踪这把椅子的小男孩竟然特别机灵。他不但突破了门房警卫的障碍，穿过了无数文书的人流，还钻进了楼里，清清楚楚地了解到，椅子是《机床》编辑部总务主任买走的。

两个男孩子没有及时赶回来。他俩后来几乎是同时跑回来的，气喘吁吁累得够呛。

“兵营胡同，在清水湖旁边。”

“门牌号码？”

“9号。房间号码也是9号。旁边住的是一些鞑靼人。就在大院里。我还帮他把椅子抬到家了。他是走路去的。”

最后一个信使打探到的是个让人伤心的消息。一开始都挺顺利，可到后来情况就不妙了。那位买家竟然带着椅子走进了十月火车站，这一来无论如何都跟不上他了——因为入口处有交通人民委员部武装警卫的指示牌。

“大概，是坐车走了。”流浪儿结束了自己的汇报。

这个消息让奥斯塔普感到不安。他向沙皇一样慷慨地奖励了流浪儿们——每人给了一卢布，不过没给那个忘记瓦尔索诺菲耶夫胡同几号楼的男孩子（他吩咐这个小孩子第二天早点过来）——就这样，技术经理回到了屋子里。他根本不理会出尽了洋相的公司总裁怎么问东问西，独自开始了筹划。

“还没彻底完蛋呢。地址都已经有了，要想拿回椅子，还可以使出好多行之有效的老办法：1）普通的结交，2）男女私情，3）结交加入室行窃，4）交换，5）花钱买，6）还是花钱买。最后一种办法是最靠谱的。但是现在手头钱少啊。”奥斯塔普不无挖苦地看了一眼伊波利特·马特维耶维奇。了不起的幕僚恢复了平日里清晰的思路和心理平衡。钱嘛，肯定可以想办法搞到。手头还有存货呢：一幅《布尔什维克写信给张伯伦》的画，一个茶滤，还有，一夫多妻的行当完全可以接着干下去。

只有第十把椅子让人担心。线索当然有了，但那根本没有用！既含糊又渺茫。

“嗯，也只好先这样了。”奥斯塔普大声说，“这样的概率还是值得一试的。我就玩一把九比一。庭审继续啦！喂？您听到没有！陪审员先生！”

第二十二章　吃人的艾洛齐卡

有研究人员大致统计过，威廉·莎士比亚使用过的词汇是12 000个单词左右。食人族“蛮勃——强勃”[①]的黑人使用的词汇大约300个单词左右。

而艾洛齐卡·舒金娜只需要三十个单词就能轻而易举应付一切了。

以下就是她从强大而又浩繁的俄语词汇中吹毛求疵遴选出的单词、短句和感叹词：

1. 您好粗鲁。

2. 呵——呵！（视具体情况，可用于表达：嘲讽、惊讶、兴奋、仇恨、愉悦、鄙视和满意。）

3. 非常好。

4. 郁闷。（哪儿都能用。比如：“郁闷的佩佳来了”，“郁闷的天气”，“郁闷的事情”，“郁闷的猫”，等等。）

5. 差劲。

6. 吓人。（或者吓人的。比如，和一位亲密的女友见面时，可以称之为：“吓人的会面”。）

7. 小子。（用于称呼所有男性熟人，无论对方年龄几何，社会地位高低。）

8. 过日子不用你教我。

9. 像个小屁孩。（打牌的时候会说：“我赢他就像赢一个小屁孩。”或者：“我摆平他，就像摆平一个小屁孩。”当然，这显然是和责任心很强的房客交谈时才会说的。）

10. 漂亮——漂亮极啦！

11. 又肥又帅。（用于评价所有有生命和没有生命的事物。）

12. 坐马车去吧。（对丈夫说话。）

13. 坐出租去吧。（对男性熟人说。）

14. 您的背全白啦。（开玩笑。）②

15. 算了吧。

16. 乌利亚（用于名字昵称的词尾。比如：米舒利亚，季奴利亚。）

17. 哦吼！（嘲讽、惊讶、兴奋、仇恨、愉悦、鄙视和满意。）

其余极少使用的单词，都是艾洛齐卡和百货商店店员之间交流时用来传达信息的。

艾洛齐卡·舒金娜的丈夫埃尔内斯特·巴甫洛维奇·舒金是一位工程师，如果仔细观察她挂在丈夫床头的照片（一张正面照，一张侧面照），不难发现，她的额头凹凸有致，不高不低刚刚好，水灵灵的大眼睛，小鼻梁恰是莫斯科省内最受欢迎的那种，还有一个小巧的下巴，用黑墨在上面点了一颗痣。

艾洛齐卡的个子是最让男人心动的。她长得乖巧玲珑，甚至最寒碜的男人站在她身边，都会显得像一个孔武有力的伟丈夫。

至于说别的标志性特征，倒也没什么了。艾洛齐卡也不需

---

① 英文为 mumbo jumbo，意为莫名其妙的话，迷惑人的神秘活动、巫术。

② 如果有人背靠刚刷了白色颜料的墙壁，背后的衣服就会染成白色，所以好心人会提醒他。而在艾洛齐卡的嘴里，这句话只不过是用来和对方开开玩笑。

要，因为她天生丽质。

在“电力吊灯”厂工作的丈夫每个月能赚两百卢布，这对艾洛齐卡来说简直就是侮辱。自从艾洛齐卡成了舒金的老婆，确立家庭主妇的社会地位后，艾洛齐卡便开始了一场长达四年的战斗，而这些钱无论如何都没法满足她的宏伟作战计划。但艾洛齐卡依然全力以赴投入了这场战斗，所有的资源都被她一一占有。埃尔内斯特·巴甫洛维奇只好把晚上的工作带回家做，辞退了女佣，亲自点汽油炉，亲自倒垃圾，甚至亲自炸肉丸子。

可是这一切努力都没能奏效。一个危险的敌人已经让两口子的小日子变得一年比一年窘迫。艾洛齐卡早在四年前就发现，远在大洋彼岸出现了一个竞争对手。就在那个快乐的夜晚，当她正在试穿一件中国绉绸短上衣的时候，不幸蓦然降临到她身上。当时，她穿上这件短上衣简直美若天仙。

“呵——呵！”她叫了起来，这近乎于食人族的叫声里包含着令人咋舌的复杂情感，掳获了她的全部身心。

这些情感可以简单地用文字描述如下：“男人见了我的样子，肯定会丢了魂。他们全身颤抖，心甘情愿地追随我到天涯海角，爱我爱得连说话都结结巴巴。可是我要表现得冷若冰霜。难道他们能配得上我？我——是最美的。世上谁都没有这么优雅的短上衣啦。”

可是她的词汇也就三十个单词，所以艾洛齐卡从中选择了最具表现力的——“呵——呵”。

就在这样一个伟大的时刻，菲姆卡·索巴克来做客了。她裹挟着一月冰凉的寒气，带来一本法国时尚杂志。杂志的封页立刻吸引了艾洛齐卡的目光。上面那张光彩照人的照片正是美国亿万富翁万德尔彼尔德的女儿，一袭晚礼服。她一身裘皮、羽翎、丝绸和珍珠，飘逸不俗的款式，充满想象力的发型。命运便在这一刻决定了。

“哦吼！”艾洛齐卡自言自语。这意思就是：“要么是我，要么是她。”第二天一大早，艾洛齐卡就去了理发店。她在理发店割舍了漂亮的黑辫子，把头发染成了褐红色。接着，她顺着天梯上了一个台阶，离光芒万丈的天堂又近了一步，而天堂里那些亿万富翁自在逍遥的千金们，甚至连给家庭主妇舒金娜当鞋垫都配不上。她用工作贷款买了一张制作成麝鼠样子的狗皮，用来装饰晚礼服。

早就怀揣梦想要买一块制图板的舒金先生，如今只有垂头丧气的份了。

镶了狗皮边的裙子给了万德尔彼尔德家傲慢的千金精准的当头一棒。后来，这位骄傲的美国小姐又接连遭到了三次打击。艾洛齐卡先是从菲姆卡 · 索巴克的家庭熟皮作坊里搞到一块绒鼠披肩（实际上是在图拉省被猎杀的俄罗斯兔子皮），接着给自己弄了一顶用阿根廷毛毡做的鸽子形礼帽，接着又把丈夫的新西装改裁成一件时髦的女式外套。亿万富翁家千金小姐的地位终于被动摇了，不过，很显然的，最终还是她爱心满满的有钱爸爸救了她。

新一期的时尚杂志居然刊登了那位可恶的竞争对手四张照片：1）一张穿着玄狐裘皮的，2）一张前额缀有钻石星星的，3）一张穿着航空服的（高筒靴，薄如蝉翼的绿色夹克衫，戴一副手套，手套的喇叭口上还镶着好几颗中型祖母绿宝石），4）一张穿着舞会礼服的（珠宝瀑布般垂挂在身上，还搭配着些许丝绸）。

艾洛齐卡一怒之下发起了总动员。舒金“爸爸”只好向互助会申请贷款。但是人家只肯给他不到三十卢布。这一轮气吞云霄的奋发图强从根本上破坏了家庭的经济。于是，不得不在生活的各个方面奋战到底。不久前，收到了几张那位小姐在她家位于佛罗里达新城堡里拍的照片。没辙，艾洛齐卡也只好去购置新家具了。于是她在拍卖会上买了两把软椅。(真是千载难逢的好机会啊！走过路过，绝对不能错过！)艾洛齐卡根本没和丈夫商量，就从伙食费里掏钱买了下来。离这个月十五号还有十天，钱只剩下了四卢布。

艾洛齐卡气派十足地运着椅子驶过整条瓦尔索诺菲耶夫胡同。而丈夫此时却不在家。不过，他很快便拖着大箱子一样的公文包回家来了。

“差劲的丈夫回来了。”这句话艾洛齐卡说得字字清晰。

不但吐字清晰，而且每个字都像一颗颗倒出的豌豆那样干脆利索。

“艾洛齐卡，你好啊，这是什么？椅子从哪儿来的。”

“呵——呵！”

“什么意思，到底怎么回事？”

“漂亮——漂亮极啦！”

“是啊，椅子是真的很好。”

“是非——常——好！”

“是人家送的吗？”

“哦吼！”

“什么？！难道是你买的？用什么钱买的？难道你把生活费花了？我跟你说了不止千万次啊……”

“埃尔内斯图利亚！你好粗鲁！”

“啊，你怎么能这么做？！我们都快揭不开锅啦！”

“算了吧！”

“这也太过分了！怎么能这么过日子，你简直在杀鸡取卵啊！”

“您开玩笑！”

“是的，是的。你就是杀鸡取卵……”

“您可别教我怎么过日子！”

“不行，我们得认真谈谈。我的工资才两百卢布……”

“差劲！”

“我又不受贿，不去偷，也印不来假钞……”

“吓人！”

埃尔内斯特·巴甫洛维奇不说话了。

“这样吧。”最后他开了口，“这日子真的过不下去了。”

“呵——呵。”艾洛齐卡说着坐到了新买的椅子上。

“我们还是离婚吧。”

“算了吧！”

“我们性格不合。我……”

“你真是个又肥又帅的小子。”

“我请求过无数次了，不要叫我小子！”

“开玩笑！”

“你这些傻乎乎的口头语都是从哪儿来的！”

“您可别教我怎么过日子！”

“啊，见鬼了！”工程师大叫起来。

“埃尔内斯图利亚，您好粗鲁。”

“我们还是好说好散吧。”

“哦吼！”

“反正你也证明不了什么！我们还总是为这事情吵架……”

“我赢你就像赢一个小屁孩。”

“唉，实在受不了。你的那些理由再也拦不住我，这次我走定了。我这就去叫运货马车。”

“开玩笑！”

“家具我们对半分。”

“吓人！”

“我每个月给你一百卢布，甚至给你一百二十卢布。房子留给你。你想怎么过就怎么过，我反正受不了……”

“非常好。”艾洛齐卡一脸鄙视。

“我搬到伊万·阿列克谢耶维奇家去。”

“哦吼！”

“他去了别墅，把房间留给我住一个夏天。我已经拿到钥匙了……只是那里没有家具。”

“漂亮——漂亮极啦！”

五分钟后，埃尔内斯特·巴甫洛维奇带着门卫一起回来了。

“嗯，衣柜我就不拿走了，你更需要它，不过写字台，你行行好，就给我吧……还有，门卫，你把这把椅子搬走。这两把椅子我要拿走一把。我想，我应该有这个权利吧？！”

埃尔内斯特·巴甫洛维奇把自己的东西捆成一大包，又用报纸把靴子包好，便转身向门外走去。

“你的背全白啦。”艾洛齐卡的声音就像是留声机里传出来的。

“再见了，叶列娜[①]。”

---

① 叶列娜是艾洛齐卡的大名。

他期待着，老婆也许会在这一刻放弃平时那些死气沉沉的字眼。艾洛齐卡自己也感到了这一刻的重要意义。她强打精神，在脑子里搜索一些适合分手道别的字眼。她确实找到了：

“你坐出租车去吗？漂亮——漂亮极啦！”

工程师以迅雷不及掩耳之势从楼梯上猛冲下去。这天晚上，艾洛齐卡和菲姆卡·索巴克在一起。两人讨论了一个极有可能对世界经济造成毁灭性打击的重大事件。

“好像，要流行又长又宽的款式了。”菲姆卡不无担心地把脑袋缩进了肩膀。

“差劲。”

艾洛齐卡满怀崇敬地看了看菲姆卡·索巴克。索巴克小姐是个出了名的有文化的女孩子：她的词汇量大约有一百八十个。此外，她还知道一个艾洛齐卡连做梦都想不到的绝妙单词。这个单词的含义相当丰富：同性恋[1]。毫无疑问，菲姆卡·索巴克就是一个有文化的女孩子。

两个人热烈的交谈一直持续到深夜。第二天早上十点，了不起的幕僚走进了瓦尔索诺菲耶夫胡同。先前的那个流浪儿跑在他前面，为他指出了那栋楼。

“你没撒谎？”

“怎么会啊，叔叔……就在这里，这扇大门。”

本德尔给了男孩子自力更生赚得的一卢布。

“再多给点吧。”男孩竟然像马车夫一样讨价还价起来。

“给你一对死驴耳朵要不要。去问普希金要吧。再见，脑子进

---

① 当时苏联律师界曾就“自愿追求男色”问题的合法性展开过大辩论。

水的家伙。”[①]

奥斯塔普敲了敲门，可进屋的借口他根本还没想好。与女士们打交道，他更愿意发挥灵感。

“哦吼？”门里有人问。

“有事相求。”奥斯塔普回答。

门开了，奥斯塔普走进房间。大概只有想象力像啄木鸟一样的人，才可能把房间里的摆设布置成这样。墙上挂着电影明星剧照、小布娃娃和几块坦波夫州生产的挂毯。这么青一块紫一块的背景让人看了眼花缭乱，以至于难以发现小巧玲珑的房间女主人。她披着一件小外套，正是用埃尔内斯特·巴甫洛维奇的肥衬衫改制后，镶了无名裘皮的那件。

奥斯塔普立刻意识到在这样一个上流社会里该如何表现自己。他闭上眼睛，向后退了一步。

“裘皮真漂亮！”他发出了一声赞美。

“开玩笑！”艾洛齐卡娇嗔道，“这是墨西哥跳鼠皮哦。”

“不可能吧。您一定被骗了。您的这身裘皮比跳鼠可要好得多啊。这是上海雪豹啊。没错！是雪豹皮！我一看色调就知道了。您看这裘皮在太阳光下多炫啊！……是祖母绿！祖母绿啊！”

其实，这真的是艾洛齐卡自己用水彩颜料染的墨西哥跳鼠皮，所以一大早就听到来客如此赞不绝口，她心里格外舒坦。

了不起的幕僚没有给女主人清醒的机会，便竹筒倒豆子般把自己听到的有关裘皮的事情都说了出来。接着又说起了丝绸，奥

---

① “脑子进水”或者“精神有问题”等近乎粗俗的“术语”当时专门用来称呼未成年犯罪嫌疑人。

斯塔普还答应馈赠迷人的女主人几百颗蚕茧，据说还是乌兹别克斯坦中央执行委员会主席亲自送来给他的。

"您小子可真不错。"才几分钟的初识，艾洛齐卡就已经有了判断。

"您当然会觉得奇怪，一个陌生男人一大早来找您有什么事情？"

"呵——呵！"

"不过我真的有一件相当难办的事情要您帮忙。"

"开玩笑！"

"您昨天在拍卖行给我留下了极为深刻的印象。"

"您好粗鲁！"

"您误会了！粗鲁对待这么迷人的女士太没有人性了。"

"吓人！"

其实，如果谈话一直顺着这个方向继续下去，说不定在某些场合还真就会产生绝妙的效果。可是奥斯塔普的甜言蜜语越来越空洞，也越来越无力了。他发现，第二把椅子并不在房间里。必须找出线索。终于，在旁敲侧击追根究底的询问和油嘴滑舌东方式谄媚的轮番进攻下，奥斯塔普套出了艾洛齐卡昨天经历的变故。

"有新情况啊——他暗想——椅子就像蟑螂一样到处流窜开了。"

"可爱的姑娘。"他突然话锋一转，"您把这椅子卖给我吧。我太喜欢它了。只有您这样品味独特的女性才能挑中这么出色的艺术品。卖给我吧，小姑娘，我给您七个卢布。"

"小子，您好粗鲁。"艾洛齐卡调皮地回应。

“呵——呵。”奥斯塔普继续套近乎。

“对付她得想别的法子——他决定了——以物换物吧。”

“您没听说吗，现在欧洲和费城的上等人家流行起复古的时尚了——用茶滤倒茶。效果好得出奇，而且还特别雅致。”艾洛齐卡的耳朵竖了起来。

“刚好有个做外交官的熟人从维也纳回来，送了我一个。非常棒的小玩意儿。”

“那应该——是非常好了。”艾洛齐卡有了兴趣。

“哦吼！呵——呵！我们交换一下吧。您给我椅子，我用茶滤换。行吗？”奥斯塔普说着，从口袋里掏出了金光闪闪的小茶滤。

太阳光鸡蛋似的在茶滤上滚来滚去。反射的光斑在天花板上蹦蹦跳跳。连昏暗的屋角都不经意地被照亮了。这小玩意儿一下子让艾洛齐卡为之倾倒，就像是蛮勃——强勃的食人族看到了旧罐头盒一样。一般在这种情况下，食人族会放声大叫，而艾洛齐卡则轻轻地呻吟：

“呵——呵！”

奥斯塔普再次没有给她清醒的机会，把茶滤放到桌子上，拿起椅子，向迷人的女士打听到她丈夫的地址，风度翩翩地鞠躬告辞了。

第二十三章

押沙龙[①]·弗拉基米罗维奇·伊兹努连科夫

两位合伙人忙碌的季节到了。奥斯塔普坚定不移地认为要趁热打铁寻找椅子。伊波利特·马特维耶维奇虽然已经被赦免，但仍免不了经常被奥斯塔普揭伤疤：

“是不是我见鬼了，跟您扯上关系？您倒说说看，要您有啥用？您不如回老家吧，回民政局多好。那里好歹有死人需要您，还有新生儿，不过您就别难为吃奶的孩子了。还是回去吧！”

不过在内心深处，了不起的幕僚对这位性格孤僻的首席贵族还是有所依赖的。“没了他，生活就没那么好玩了。”奥斯塔普觉得。于是他开心地瞅了瞅沃罗比亚尼诺夫，后者的头上已经长出了一畦银白色的草坪。

奥斯塔普在工作计划中，为伊波利特·马特维耶维奇的倡议权保留了足够的余地。每次等到安分守己的伊万诺普罗离开时，本德尔就把寻宝最有效的捷径灌输给这位伙伴。

“行动就要果断，不要来来回回问别人。脸皮要厚，厚脸皮才招人喜欢。做事不要通过第三者。大家都不是傻子，没人会帮您从别人口袋里把钻石取回来。但是也不要触犯刑法，法规条款还是要尊重的。”

尽管如此，寻宝的过程还是踯躅不前。刑法的条款和首都居民脑子里残存的无数资产阶级虚文浮礼的确让他们放不开手脚。

比如，他们做不到大半夜地钻进天窗进行拜访。所以只能进行合法活动。

大学生伊万诺普罗的房间里，从奥斯塔普拜访艾洛齐卡·舒金娜的那天起，开始有了家具。就是那把用茶滤换来的椅子——寻宝之旅的第三件战利品。不过，狩猎钻石的活动开展至今，当初两位合伙人那种见到椅子就用爪子撕扯用牙齿啃弹簧的强烈激情是没有了。

“就算这把椅子里什么都没有，”奥斯塔普说，“也可以认为我们至少已经挣到了一万卢布。每一把扯破的椅子都在增加我们的机会。这位女士的椅子里如果真的什么都没有，又有什么关系呢？那也没必要把椅子拆毁，就算给伊万诺普罗添置家具了。这样我们心里也踏实些。”

当天，两位合伙人迈着轻盈的步履走出玫瑰色小楼，分头朝不同的方向走去。伊波利特·马特维耶维奇的任务是去花园-斯帕斯克路找那个会羊叫的陌生人。奥斯塔普交给他二十五卢布作为开销，并且叮嘱他不得去酒馆，拿不到椅子不许回家。了不起的幕僚则亲自负责去找艾洛齐卡的丈夫。

伊波利特·马特维耶维奇乘坐 6 路公共汽车横穿了整个市区。坐在皮革座椅上，他一路饱受颠簸之苦，脑袋时不时地冲撞车厢的油漆天花板。但是他满脑子想的是，怎么打听到那位会羊

① 押沙龙是《圣经》中的人物，为古时以色列国王大卫的第三子，为大卫所宠爱。其事迹载于《撒母耳记下》第 13—19 章。他容貌俊美、不遵守法度、刚愎自用。他因为胞妹他玛被大卫长子（他的异母哥哥）暗嫩奸污，而设计杀死暗嫩，为此被放逐。后来，他发动反抗父亲的叛乱，占领耶路撒冷，但在以法莲（今约旦西部）树林中全军覆没。他的堂哥约押趁押沙龙的头发被橡树枝缠住时将他杀死。尽管押沙龙有叛乱之举，大卫对他的死仍十分伤痛。

叫的先生姓什么，找什么样的借口进入他的房间，见面后第一句话该说什么，怎么才能把谈话转入正题。

在红门站下车后，他很快就根据奥斯塔普记录下的地址找到了那栋楼，但却在楼的附近和周围徘徊起来。他没敢立刻就进楼。这是一栋既老式又肮脏的莫斯科公寓楼，现如今已经变成了住宅公司。从这栋楼正面破破烂烂的样子看，里面应该不缺少恶意不缴房租的房客。

伊波利特·马特维耶维奇在进门的楼道对面站立良久，几次走到大门前，门口贴着一张手写的告示，警告不付房租的老油条。直到他一字不差全背了下来，依然没能考虑清楚，但是他最终还是迈开脚步走向了二楼。有几间房间的房门正对着走廊。伊波利特·马特维耶维奇很慢很慢地朝前挪动脚步，活像要到黑板前去证明一条还没背熟的定理。总算走到了 41 号房间门口，门板上用一颗图钉倒挂着一张名片，上面写着：

押沙龙·弗拉基米罗维奇·伊兹努连科夫

脑子里稀里糊涂一锅粥的伊波利特·马特维耶维奇甚至忘记了敲门，直接就把门推开了，才梦游似的跨出三步，就已经置身于房间的正中了。

“抱歉。”他艰难地张开嘴，“我能见见伊兹努连科夫同志吗？”

没听见押沙龙·弗拉基米罗维奇搭理他。沃罗比亚尼诺夫抬起头，这才发现房间里什么人都没有。仅仅根据房间的外观来看，根本无法判断主人的兴趣爱好。不过一眼就能看出来，房间主人是个光棍，也没有用人。窗台上有一张纸，上面散落着几块香肠皮。靠墙的沙发床上堆满了报纸。小书架上站着几本蒙了一层灰的书籍。几面墙上都贴有公猫、母猫和小猫的彩色照片。房间正中，一双脏皮鞋歪斜着侧躺在地上，而鞋子的旁边赫然放着那把胡桃木椅子。所有家具上都悬挂着深红色的火漆印，其中也包括这把来自老城别墅里的椅子。但是伊波利特·马特维耶维奇才不会在意这一点，他瞬间把刑法条例和奥斯塔普的训斥抛到九霄云外，径直扑向了椅子。

就在这时，沙发床上的报纸动了一下。伊波利特·马特维耶维奇吓了一跳。报纸竟然爬动起来，还掉落到了地上。底下钻出一只悠闲的小猫咪。它满不在乎地看了看伊波利特·马特维耶维奇，便用小爪子扒拉着耳朵、小脸和胡须洗起脸来。

"呸！"伊波利特·马特维耶维奇放心了，拖着椅子朝门口走去。这时门却被打开了，房间主人出现在门口，正是那个会羊叫的陌生人。他披着一件大衣，能看到里面穿着的紫色衬裤，手里还提着一条长裤。

押沙龙·弗拉基米罗维奇·伊兹努连科夫这样的人，可以说在共和国境内找不到第二个了。共和国高度评价他的功勋，因为他为举国带来了巨大的裨益。可是在如此卓著的丰功伟绩背后，他依然是个默默无闻的人。虽然他在自己擅长的艺术领域堪称大师级人物，就像歌唱界的夏利亚宾，文学界的高尔基，国际象棋界的卡巴布兰卡[1]，速滑界的梅利尼科夫[2]，也完全可以和那个鼻

---

① 卡巴布兰卡（1888—1942），古巴国际象棋手，外交官。

② 梅利尼科夫（1896—1960），苏联功勋运动员，俄罗斯速滑全国冠军，1927年的欧洲速滑冠军。

子最大、肤色最深的亚述人[①]比肩。那个亚述人竟然有本事在特维尔路和卡梅尔格路的街口始终占据一个最佳的位置，每天用黄色的鞋油为路人擦拭皮靴。

夏利亚宾歌唱不辍，高尔基著作等身，卡巴布兰卡全力以赴备战阿廖欣[②]，梅利尼科夫屡屡打破纪录，亚述人每次都能把先生们的高筒皮靴擦得光可鉴人。而押沙龙·伊兹努连科夫最为擅长的，就是调侃。

不过他从不无的放矢，也从不为了炫耀辞藻而刻意调侃。他的调侃都只为了完成幽默杂志布置的任务。他自知重任在肩，不敢懈怠，他为莫斯科大部分幽默讽刺杂志的漫画和小品文匹配主题。

伟大的人物通常一生调侃不过两次。这些俏皮话不但会让他们的荣耀增色，本身也会流芳百世。虽然伊兹努连科夫每个月要写完至少六十则最出色的俏皮话，所有人都嘴角带笑把他的俏皮话口口相传，但他仍旧是寂寂无名的小民一个。要是伊兹努连科夫的俏皮话被加注在漫画下面，那么荣誉就归了漫画家。因为漫画家的名字就写在漫画上，而伊兹努连科夫的名字不会出现在上面。

“这也太不像话了！”他大声发泄不满，“没法署名。在哪里署名？就在两行字底下署名吗？”

可是他继续投身于与社会敌对分子如火如荼的斗争中：黑了心的合作社老板、盗用公款的贪污分子、张伯伦分子、官僚分

---

① 居住在伊朗、伊拉克、叙利亚和苏联的一个民族。

② 阿廖欣（1892—1946），俄罗斯国际象棋手，国际象棋世界冠军，1921 年移居法国。

子。他用自己的调侃刺痛阿谀奉承的小人、房管人员、私营业主、各种主任领导、流氓、不配合降低物价的先生们①，还有对节约政策采取消极怠慢态度的各种负责人。

杂志出版发行后，他的俏皮话从马戏舞台上开始传播，并被各类晚报竞相转载，但往往不会指明出处，而是被冠以“讽刺歌手兼作者”的名义介绍给公众。

有一些看上去根本没什么笑料的领域，伊兹努连科夫竟然也能脑洞大开地找到笑点。比如，就连哄抬成本价格这样近乎沙漠般枯燥的话题，伊兹努连科夫也能挤牙膏般挤出近百个幽默佳作。比如就低速货运不合理收费标准的问题，就算让海涅来写一点既能引人发笑又能引起正面社会反响的文字，恐怕他也会撒手不干了。即便是马克·吐温，看到这样的题目恐怕也会落荒而逃。但是伊兹努连科夫却能坚守阵地迎难而上。

他一间一间地跑遍了编辑部办公室，无数次撞到过丢烟头的垃圾桶，每撞一次就发出一阵羊叫。可只要过十分钟，他心中就已经设计好了主题，甚至想好了插图，还拟就了标题。

看到自己房间里有个人正要把封了火漆印的椅子拖走，押沙龙·弗拉基米罗维奇便把在裁缝铺里刚刚烫好的长裤猛地一抡，跳过去像老鹰般地长啸起来：

“您脑子有毛病吧！我抗议！您没有权利这么做！法律好歹要遵守吧！就算傻瓜可以目无法纪，但总该有人告诉过您，我的家具还能保留两个星期吧！……我要向检察官投诉！……欠的钱，

① 1927年4月，联共布尔什维克党中央通过了降低物价的决议，许多私营业主由此而遭受巨大损失，所以引发不满。

我总有一天会还清的！”

伊波利特·马特维耶维奇原地不动地站住了，伊兹努连科夫把大衣一扔，直接倚着门边就开始往腿上套长裤，他把两条胖乎乎可以和乞乞科夫[①]有一拼的腿伸进了裤筒。伊兹努连科夫长得很胖，但却有一张瘦瘦的脸。

沃罗比亚尼诺夫从一开始就没怀疑，对方会立刻抓住他，拉他去警察局。当看到房间主人还有心思穿裤子的时候，他的惊讶是可想而知的，所以反倒出乎意料地冷静下来。

“动动脑子吧，”房间主人的语气竟是好商好量的，“我怎么可能同意这么做。”

说的也是，要是换作伊波利特·马特维耶维奇自己，无论如何也不会同意的，谁能光天化日之下眼睁睁看着有人把自家椅子偷走。但他不知道该说些什么，所以只好一言不发。

“这又不是我的错。全怪国家乐器公司[②]。当然，我承认，我八个月没付钢琴的租金了，但我也没有把钢琴卖了呀，虽然我完全可以这么做。我做事向来讲诚信，可是他们却要耍滑头。不但拿走了乐器，还把我告上法院，查封了我的家具。我这里任何东西都绝不可以查封。这套家具就是生产工具啊，椅子当然也是生产工具啦！”

伊波利特·马特维耶维奇听到这里，终于回过味来了。

“把椅子放下！”押沙龙·弗拉基米罗维奇突然一声尖叫，“听见没有？您这个官僚主义分子！”

---

① 乞乞科夫，果戈理《死灵魂》中的主人公。

② 国家乐器公司主要从事乐器的生产、销售、维修和出租。按照当时的规定，长期拖欠租金者，除追回乐器外，还必须支付超期使用赔偿金。

伊波利特·马特维耶维奇顺从地放开了椅子，唯唯诺诺地说：

“抱歉，怕是个误会，工作嘛，没办法。”

听到这话，伊兹努连科夫一下子开心得撒起了欢。他满屋子跑来跑去，竟然还唱起了歌：“清晨的她，站在窗前，一如既往，绽放笑脸。”[①]他开心得都不知道该把手放到哪里，毫无方向地挥舞着。接着他开始打领带，但还没打好就扔掉了。然后又拿起一份报纸，一个字都没读，就丢在了地上。

“那您今天不把家具拿走了？……太好啦！……啊！哈！”

伊波利特·马特维耶维奇抓住这个难得的大好机会，向门口挪去。

“您等一下。”伊兹努连科夫忽然叫住他，“您以前见过这样的猫吗？您看，它的毛是不是真的好蓬松好柔软啊？”

小猫不由分说就被塞到伊波利特·马特维耶维奇抖个不停的手里。

“一流！……”押沙龙·弗拉基米罗维奇嘴里嘟嘟囔囔，自己都不知道该怎么处理过剩的精力，“啊！……哈！……”

他扑向窗口，拍了一下巴掌，又向对面楼里朝这边看过来的两个女孩子频频颔首致意。接着便在原地跺脚，一边饱含深情地发出咏叹：

“乡下来的女孩子！鲜嫩的果子啊！……一流的！……哈！……清晨的她，站在窗前，一如既往，绽放笑脸……”

“那我走了，先生。”公司总裁笨嘴拙舌地告辞。

“您等一下，等一下！”伊兹努连科夫突然情绪激动起来，“稍

---

① 引自一部轻歌剧。大致内容为，一位少女屡遭不测，但每次都能安然脱险。

等片刻！……哈！……小猫呢？它真的好蓬松好柔软，是吧？……稍等片刻！……我马上就好！……”

他难为情地翻遍了所有口袋，跑了开去，又转了回来，啊了一声，探头看了看窗外，再次跑了开去，再次转了回来。

就在他完成这一连串夸张动作的同时，沃罗比亚尼诺夫始终两手垂放，像个士兵一样站立着。“抱歉，亲爱的。”他终于开口说话了，边说边递给首席贵族五十戈比。

“不，不，请您不要推辞。一切劳动都应该有所回报。”

“十分感谢。”伊波利特·马特维耶维奇回答的时候，颇为自己随机应变的能力感到惊讶。

“谢谢，亲爱的，谢谢，我亲爱的！……”

来到走廊里，伊波利特·马特维耶维奇听到伊兹努连科夫的房间里传出了羊叫、尖叫和充满激情的大呼小叫。

可是一走到外面，沃罗比亚尼诺夫就想起了奥斯塔普，不由哆嗦起来。

朋友已经热心地把房子让给埃尔内斯特·巴甫洛维奇·舒金住一个夏天，而此刻的他正在空荡荡的房间里来回踱步，他在思索一个问题：洗个澡还是不洗澡。

这套三居室的房子位于九层楼的顶楼。里面除了一张写字台和沃罗比亚尼诺夫的椅子外，只有一面穿衣镜。镜面上太阳光的反射十分刺眼。工程师趴到写字台上，可是立刻就蹦了起来。房间里所有的东西都被晒得发烫了。

“我还是去洗个澡吧。”他下了决心。

于是他脱掉衣服，冷静了一会儿，照了照镜子，便走进了浴室。一阵清凉迎面扑来，他跨进浴缸，拿起一只浅蓝色搪瓷杯子，往身上淋了一杯水，然后便畅快地把肥皂抹遍全身，一直到全身都挂满了肥皂泡沫，看上去活像一个圣诞老人。

“好爽啊！”埃尔内斯特·巴甫洛维奇感叹。的确一切都很好，全身凉快了，老婆没了，前途一片光明的自由。工程师一屁股坐下来，拧开了水龙头，想把肥皂沫冲干净。可是水龙头却哽咽了一声，接着便口齿不清地说起胡话来。水没流出来。埃尔内斯特·巴甫洛维奇把滑溜溜的小手指捅进水龙头的孔眼里，却只勾引出一小股细细的水流，接着就再也流不出水了。埃尔内斯特·巴甫洛维奇皱起了眉头，走出浴室，两腿交替抬高地走进厨房。可是厨房里也没能挤出水来。

埃尔内斯特·巴甫洛维奇啪嗒啪嗒地走进房间，在镜子面前站住。泡沫蜇疼了眼睛，背上奇痒难忍，肥皂沫一团团地掉到镶木地板上。他又仔细听了听，浴室里的确没有水流，于是他决定叫门卫来。

“哪怕让他送点水来也好啊。”工程师觉得自己的火气一点点往上冒，他一边擦着眼睛，一边打定了主意。

他探头望了望窗外，院子天井里只有几个小孩子在嬉闹。

“门卫！”埃尔内斯特·巴甫洛维奇大叫，“门卫！”没人回应。

埃尔内斯特·巴甫洛维奇这才想起来，门卫是住在正厅里的，就在楼梯下面。他踩上了楼道里冰凉的地砖，一只手把着门，半个身体向下探出了楼梯。这层楼面只有一户人家，所以埃尔内斯特·巴甫洛维奇并不担心有人会看见他穿着这样一身用肥皂沫制成的皇帝新装。

“门卫啊！”他向下求救。他的声音闷雷般轰隆隆顺着楼梯向下滚去。

“呜——呜！”楼梯有了回应。

“门卫！门卫啊！”

“嗡——嗡！嗡——嗡！”

心烦意乱的工程师来回换着光脚板，不小心脚底一滑，为了保持身体平衡，他把着门的那只手松开了。只听美国进口门锁的铜舌吧嗒一声响，门便砰地关上了，墙壁也随之震了一下。埃尔内斯特·巴甫洛维奇还没意识到，至此情况已经到了无法挽回的地步，他拉了拉门把手。可是房门没有妥协。

惊慌失措的工程师又扯了几次，心里怦怦直跳，他竖起耳朵听了听，只有一片寂静。这场景犹如黄昏的教堂，透过穹顶彩色玻璃的只有一缕绝望的光线。“这下糟了。”埃尔内斯特·巴甫洛维奇傻了。

“混账东西！”他对着门发了脾气。这时楼下的声音却爆竹般响成一片，有人啊哟啊哟叫喊，有人怒气冲冲地说话。接着，谁家养的小狗又吠了起来。

听到有人推着童车走上楼来，埃尔内斯特·巴甫洛维奇手足无措地在楼道里转起圈来。

“真是要疯了！”

他觉得眼前的这一切实在太荒唐，但是却真真切切地发生了。他再次靠近房门仔细倾听。这一次，他听到了一些新的动静。起初他以为是有人在房间里走动。

“也许是有人从消防通道进了屋？”他想。虽然他心里很清楚，消防通道是关着的，不可能有人从那里进屋。

屋子里单调的声音在持续。工程师屏住呼吸，他终于听清楚了，原来是哗啦啦的水流声。显然，水已经从屋内所有的水龙头里流出来了。埃尔内斯特·巴甫洛维奇几乎要嚎啕起来。

这样的处境让人绝望。就在莫斯科市中心，九层楼的楼道里，一个嘴上长着密密麻麻小胡髭的成年男人，接受过高等教育，可现在却一丝不挂，身上还覆着一层飘忽不定的肥皂沫。他哪里也去不了，如果一定要以这种形象示人的话，他宁可立刻进监狱。现在只能坐以待毙了。泡沫不断地破裂，火烧火燎般刺激着他的背部。手臂和脸上的泡沫已经干了，看上去像长了一层皮癣，皮肤像在剃须磨刀石上磨过一样，紧绷干燥。

半个小时就这么过去了。工程师在石灰墙上蹭来蹭去，哀叹连连，几次企图破门而入均未得逞。身上已经脏得不成样子，看上去很吓人。

于是，舒金下定决心不惜任何代价去楼下找门卫求救。

“实在是没别的办法了，没办法了。只好先去门卫那里躲一躲了！”

埃尔内斯特·巴甫洛维奇屏住呼吸，像所有准备下水的男人那样，一只手遮住私处，慢慢地顺着楼梯护栏往下溜。不知不觉就已经站在了八楼和九楼之间的平台上。

窗格子在他身上投映出菱形和正方形的图案，让他看上去像个马戏团小丑，那神态好似正在窃听科伦宾娜和帕亚茨[①]的谈话。可就在他已经拐到下一个护栏时，楼下一户人家的门锁忽然响了一下，从屋子里走出一位小姐，手里提着一个装芭蕾舞演出服的小箱子。没等那位小姐转身迈出一步，埃尔内斯特·巴甫洛维奇就已经蹿回到自家的楼道。心跳可怕的撞击声几乎要把他震聋。

---

① 科伦宾娜，意大利假面喜剧中活泼愉快的农村姑娘，帕亚茨为剧中的丑角。

整整又过了半小时，工程师才稳定了情绪，得以再次绝地出击。这一次他铁了心，不管发生什么情况都要置之不理，一定要迅速直达楼下，跑到神圣的门卫室。

他真的就这么做了。这位工程技术局的成员无声地一步跳过四级台阶，嘴里发着狼一样的低嚎，直奔楼下而去。可就在六楼的楼道平台里，他稍微喘息了一秒钟。这个动作把他毁了。有人从下面走上来了。

“你这孩子怎么那么讨人厌！”是一个女人在说话，可是声音却被楼道像扩音器般放大了好多倍，“我对他说了多少遍了！”

埃尔内斯特·巴甫洛维奇此时已无法听从理智，而全然顺乎本能的驱使，像一只遭到群狗围剿的猫一样，噌地飞回了九楼。

回到自家门口的楼道上，地上已被湿乎乎的脚印踩得狼藉一片，他抓挠着头发，不出声地哭了起来，全身摇摇晃晃止不住地抽搐。滚烫的热泪冲破肥皂沫的板块，烙下两行扭曲的沟壑。

“老天啊！”工程师绝望了，“我的上帝！我的上帝啊！”

似乎人都死绝了。但与此同时，他又明明白白地听到了马路上有来往驶过的卡车。换句话说，在别的地方还是有生命的！

他又好几次鼓励自己跑下楼去，但他做不到——心态已经崩溃了。他跌入了墓穴。

“那么多脏脚印，跟猪一样！”一个老太太在下面的楼道里抱怨。

工程师跑到墙边，用脑袋撞了好几次墙。其实最为理智的办法，当然是大声呼叫，直到把人叫来，然后乖乖地被来人抓个现行。但是埃尔内斯特·巴甫洛维奇此时已经完全失去了思考的能力，只一味地喘着粗气在楼道里团团转。一点办法都没有了。

第二十四章　汽车俱乐部

《机床》日报的编辑部位于民族宫的二楼，工作人员正在忙忙碌碌地整理材料准备编排成册。

从备用稿件中（已经编排好，但未能在上一期刊出）筛选出简讯和文章，估算好占用的行数，便开始了争夺版面的讨价还价。

一份报纸总共四页（版块），能容下4 400行字。应该被纳入的内容有：电文、文章、时事新闻、工人通讯来信、各种告示、一篇诗歌小品文和两篇散文、几幅漫画、几张照片、几组专栏，内容包括：戏剧、体育、国际象棋、一篇社论及其附文、苏维埃党政工会等组织的各类通知、连载长篇小说、首都生活的艺术特写、名为"点滴"的小道消息、科普文章、广播节目和各种突发事件材料。所以，在分配各个版面的时候，戏剧性的冲突往往不断。

第一个跑来找编辑秘书的是国际象棋专栏负责人，国际象棋大师苏杰伊金。他提了一个问题，礼数周到却充满苦涩：

"怎么样？今天没有国际象棋了吗？"

"排不下了。"秘书说，"底部文章太大，有三百行呢。"

"可今天是周六呀。读者等着看周日栏目呢。我已经想出了破局方案，我有了破解涅乌内瓦科阵的绝妙布局，我还有……"

"好吧。您要几行？"

"不少于一百五十行。"

“好吧。看在您已经破了局的分上，那就给您六十行吧。”

国际象棋大师不死心，还想央求再给三十行，哪怕只刊登涅乌内瓦科布局（塔尔塔科威尔和博戈柳博夫之间进行的一场出色的印度式对弈棋局，在他手里已经保存一个月了。）也行啊，但他却被后来的人挤到一边去了。来的人是采访记者佩尔西茨基。

“参加全会①后的心得要不要发布？”他问的声音很低。

“当然要啦！”秘书抬高了嗓门，“这我们昨天就谈好了的。”

“全会已经有了。”佩尔西茨基把声音压得更低了，“还有两篇速写，但他们不给我版面。”

“怎么不给？您是和谁商量的？他们想干吗，疯了不成？”

秘书跑出去骂人了。佩尔西茨基紧紧跟在他身后，心里面打着小算盘，广告部的工作人员也跟着跑了过来。

“我们这儿还有谢卡尔药水②呢！”他一肚子不高兴地提醒。

总务主任费劲地拖着从拍卖行给总编买的那把软椅，亦步亦趋地跟了过来。

“药水周二再说。今天我们要发副刊！”

“您的那些免费广告能赚什么钱，药水的广告费可是已经拿到手了的。”

“好吧，那我们在夜班编辑部那里再想办法。把广告交给帕莎吧。她刚好要去夜班编辑部。”

秘书刚要坐下读社论，就有人进来打断了他继续从事这项酷

---

① 这里指 1927 年 5 月召开的共产国际执行委员会全会。会上讨论了上海四月事件，托洛茨基及其支持者就该事件对联共布尔什维克党和共产国际领导进行了猛烈抨击。

② 谢卡尔药水，由法国生理学家和神经学家布朗·谢卡尔发明，并以他的名字命名。是用动物睾丸提取物合成的药剂，据传有延缓衰老的作用。

爱的事业。这次是画家。

“啊哈。”秘书打招呼，“来得正是时候。有个漫画主题，和德国发来的最新电讯有关。”

“我是这么想的。”画家打开了话匣子，“‘钢盔’①与德国现状……”

“好的。您好好组织一下，然后再给我看看。”

画家回到了美术部。他拿出一张四四方方的绘图纸，用铅笔三下两下描出一条体形消瘦的走狗，又在狗头上画了一顶有长矛徽章的钢盔，接下来就在各处题词。先在狗的躯干上用印刷体写了“德国”，又在卷尾巴上写了“但泽走廊”②，接着又在下颌上写“复仇的梦想”，脖子上的项圈写了“道威斯计划”③，伸出的舌头上是“斯特来斯曼”④。接着，画家又在狗的面前画上了彭加勒⑤，手里还举着一块肉。画家本来想在肉上写几个字，无奈肉块太小，写不下。如果是个一般人，脑子没有报刊漫画家那么灵活，此刻肯定要犯愁了，但画家显然不是一般人，只见他不假思索地在肉块上画了一个类似于挂在药瓶口的小标签，然后就在标签上用细小的字体写下：“安全保障的法国提案”。最后，为了让

---

① 指“钢盔协会”，由参加过第一次世界大战的德国老兵创办，具有明显的民族主义性质。成立于1918年，至1927年成员已超过20万。

② 但泽，即波兰的格但斯克，但泽走廊指波兰波维斯瓦河下游与波密拉尼亚之间一个狭长地带，原来由德国统治。根据1919年凡尔赛和约，这块地带划归波兰，为波兰提供了波罗的海出海口。德国民族主义者一直坚持要求将其划归德国，这也是当时屡见报端的国际冲突焦点。

③ 道威斯（1865—1951），银行家，曾任美国副总统。1924年曾主持制定一项对德贷款，用以帮助德国经济复苏。

④ 当时的德国总理兼外交部长。

⑤ 彭加勒，1913至1920年间任法国总统，奉行军国主义政策，是反苏武装干涉组织者之一。

读者不至于把彭加勒和其他国家政要搞错，画家特意在他的肚子上标注了“彭加勒”。画稿就这么搞定了。

美术部的桌子上放着几本国外杂志、一把大剪刀、几罐黑白颜料。地上随意散落着被剪得七零八落的照片：人的肩膀，人的大腿，还有抠下来的景物。

四五个画家用“吉列”剃须刀片把照片刮得薄薄的，使照片更容易透光。又描上黑白颜料，加强照片的清晰度。然后按照锌板印制的要求，在照片的背面写上备注和尺寸大小：3 3/4 正方形，2 栏等其他说明。

总编的办公室里来了一个外国代表团。编辑部翻译先是看着发言的外国人的脸，然后又转头对总编说：“阿尔诺同志想了解……”

谈话内容涉及苏维埃报刊的结构。翻译向总编解释阿尔诺同志想要了解什么的时候，穿着一条丝绒骑行长裤的阿尔诺本人和其他所有外国人却都好奇地把目光转向了一支钢笔。这支红颜色钢笔的笔尖足有 86 号那么大，整支笔就斜靠在房间的角落里。笔尖几乎要顶到天花板，笔杆最宽的部分差不多赶得上一个普通人的腰围。而且这支笔居然还真的能用来写字：虽然笔尖的尺寸比一条狗鱼还大，但却是货真价实的。

“噢吼——吼！”外国人都笑了，“好大啊！”这支笔是工人通讯代表大会赠送的。

总编坐在沃罗比亚尼诺夫家的椅子上，面带笑容，一会儿冲着钢笔，一会儿冲着客人，快速地点着头，开心地为大家讲解来龙去脉。

而秘书办公室的争吵仍在继续。佩尔西茨基拿来了谢马什科的文稿，秘书不由分说就把第三版清样中的国际象棋专栏删除了。国际象棋大师苏杰伊金只好不再对涅乌内瓦科的最新妙招抱什么希望。但他仍挖空心思要保住破局方案。经过一番缠斗，其激烈程度绝不亚于他同拉斯克尔[①]在圣塞巴斯蒂安的一场生死对弈，国际象棋大师终于把《法制与生活》踢下擂台，为自己争取到了版面。

谢马什科的文章拿去排版了。秘书再次一头埋进了社论。即便是纯粹出于没有任何回报的上进心，他也要不惜一切读完社论。

就在他读到"……但是最新条约竟包含了这样的内容，如果国际联盟将其注册在案，那就必须承认……"的时候，一头茂密浓发的《法制与生活》来找他了。秘书继续阅读，故意不看一眼《法制与生活》，一边还在社论上做着根本没有用处的标记。

《法制与生活》从侧面靠近过来，一脸委屈：

"我想不明白。"

"嗯——嗯。"秘书含含糊糊地应付，想要尽量拖延时间，"什么事儿？"

"是这样的，星期三没有《法制与生活》，星期五也没有《法制与生活》，只有星期四才从备选稿件里刊登了一桩赡养费的案子，但是星期六又把案子撤下了，所有报纸早就在报道了，只有我们……"

"哪一家在报道？"秘书叫起来，"我没看到啊。"

① 拉斯克尔（1868—1941），著名德国国际象棋手，1894—1921 年间的世界冠军。

“明天到处都会发表了，可我们又要拖后腿。”

“我倒是要问您了，让您写楚巴罗夫案件[1]的时候，您写什么了吗？一个字也没见您写过啊。我知道的。您把楚巴罗夫案子的稿件交给晚报了。”

“您是怎么知道的？”

“我当然知道。有人告诉我了。”

“您要这么说，我就知道是谁说的了。是佩尔西茨基告诉您的吧。这个佩尔西茨基利用我们编辑部的渠道给列宁格勒传递材料呢，整个莫斯科都知道。”

“帕莎！”秘书小声吩咐，“去把佩尔西茨基叫来。”《法制与生活》一脸事不关己的样子坐在窗台上。

他的身后可以看到窗外的小花园，那里有叽叽喳喳的小鸟，还有人在玩棒球游戏。这场官司打了好久。秘书最终四两拨千斤地解决了问题：国际象棋被剔除了，《法制与生活》取代了国际象棋的版面。佩尔西茨基则被警告一次。

五点钟。编辑部迎来了忙碌的高峰。

几台热得发烫的打字机上方，云雾蒸腾。工作人员因为赶时间，口授文稿内容时的嗓音难听得让人犯恶心。老是有混蛋不排队就把文稿偷偷塞进来，就听见打字组的女负责人时不时大声

---

① 1926 年 8 月，列宁格勒市楚巴罗夫巷发生了一起骇人听闻的抢劫案，涉案人员还丧心病狂地轮奸了一位工厂女工。列宁格勒省级法院于 1927 年 12 月开庭审理了该案。22 名嫌疑人被指控犯有强奸罪，4 人犯有伪证罪。嫌疑人中年龄最大的 55 岁，其余皆在 17 到 25 岁。而引起媒体乃至全民广泛关注的，是这些嫌疑人的社会背景。因为这些人并非所谓“资产阶级心理变态”，他们都是工人，各人都有家庭。其中大部分人不仅不嗜酒，也没有犯罪前科，而且还都是共青团员。该案件后来引发全国性的游行示威。最终 7 人被枪决，其余分别被判处徒刑。

呵斥。

编辑部的诗人在走廊里逛来逛去。他在追求一个女打字员，她那弱不禁风的大腿能让他诗兴大发。他把她远远地带到走廊尽头，就在窗边向她表白了爱意，但女孩子回答他：

“今天我要加班，我很忙。”

这话的意思其实是说，她已经有了心上人。这位诗人实在不是个知趣的人，他一看到熟人就上前拦住，而且提出的要求也惊人地千篇一律：

“给我十戈比吧，我要坐有轨电车！”为了讨到这笔钱，他误打误撞走进了工人通讯部。处理读者来信的工作人员都坐在桌子后面忙着，只有他在桌子间挤过来挤过去，还时不时用手摸摸一捆捆信件。诗人再次企图一个个讨要过去。可是，处理来信的工作人员是编辑部里最冷血的一群人（这是因为他们历经工作中的千锤百炼，每人每天必须读完上百封来信。而涂鸦这些信件的手平时都是用惯了斧头、油漆刷和手推车的，全然不懂写作），所以没人搭理他。

于是诗人只好移步发行部，最后又迁移到了办公室。不过他在那里非但没讨到十戈比，反而遭遇了共青团员阿弗多齐耶夫的袭击：诗人被他强行拉着加入汽车俱乐部。闻听此言，诗人正沐浴爱河的心灵立刻被汽油的蒸汽熏得吓破了胆。他两步跨到一边，挂上三挡就闪身不见了。

阿弗多齐耶夫却一点都不以为意，因为他对汽车俱乐部的点子信心十足。他来到秘书办公室，偷偷摸摸地发起了迂回战。正是这场战斗迫使秘书最终没能把社论文章读完。

“你听我说，亚历山大·约西佛维奇。你先搁一下，我有要紧事情呢。”阿弗多齐耶夫一屁股坐到秘书的写字台上，“我们成立了一个汽车俱乐部。编辑部不会不借给我们五百卢布吧，八个月还清。”

“想都别想。”

“什么？你觉得——这事没戏？”

“不是我觉得，而是我知道没戏。你们现在招了几个人？”

“已经很多啦。”

其实俱乐部里现在只有组织者本人，不过阿弗多齐耶夫对此没有大肆张扬。

“花五百卢布我们就能在废旧汽车场买到一辆。叶果洛夫已经看中了一辆。他说，修理费用不会超过五百卢布。一共一千。所以我想找二十个人，每人出五十卢布。这样就齐了。不但我们都可以学开车，叶果洛夫平时还可以当司机。不出三个月——八月前——我们都能学会开车，有了这辆车，每个人就可以轮流开，自己想去哪儿就去哪儿。”

“买车的五百卢布从哪里出？”

“互助会肯定能给吧，可以收利息。我们还得起。怎么样啊，我把你写上？”

但是秘书已经到了开始谢顶的年纪，他工作太忙，平时被家里人管得严严实实，他喜欢饭后在沙发上躺一会儿，喜欢临睡前读一会儿《真理报》。他想了想，还是拒绝了。

“你呀！”阿弗多齐耶夫感叹，“已经是个老头子了啊！”

接着，阿弗多齐耶夫光顾了每一张桌子，煽动性极强的言论重复了一遍又一遍。一圈下来，所有二十岁以上的工作人员在他嘴里转眼全都变成了老头子，因为在这些老头子们看来，他的鼓动是非常可疑的。他们没好气地顶撞说，他们已经是儿童之友了，每年都要定期交付二十戈比救助贫困的小孩子呢。其实，他们原本是很愿意加入新俱乐部的，但是……

“但是什么？”阿弗多齐耶夫生气了，“要是汽车今天就有了呢？你们说啊？要是你们面前放一辆蓝色六缸的‘派克’，每年只收十五戈比，汽油和润滑剂都由政府买单，你们是不是就同意了？”

“走开，快走开！”年轻的老头子们不客气了，“现在要发最后一批稿子了，你别耽误我们干活！”

汽车的畅想眼看就要被扑灭，就剩下冒青烟了。紧要关头之际，这项创新事业的先锋人物终于现身了。只见佩尔西茨基哗啦一声响从电话机旁跳开，他听完了阿弗多齐耶夫的话，告诉对方：

“你的方法不对，给我一张纸。我们重新来。”

于是，佩尔西茨基带着阿弗多齐耶夫又从头兜了一遍。

“喂，旧垫子。”佩尔西茨基跟一个浅蓝色眼睛的小伙子[①]打招呼，“这件事甚至都不用你付钱。你有一九二七年的国债[②]吗？你买了多少？五十卢布吗？那刚好。你把这些债券交给我们俱乐部。我们的本金用债券就能筹集齐了。到八月份我们就能把所有国债都卖掉，再买上一辆汽车。”

“那要是我的债券中奖了呢？”小伙子负隅顽抗。

---

① 浅蓝色眼睛，暗示小伙子是格鲁吉亚人。

② 文中提到的国债是指 1927 年左右在苏联国内发行的国有债券。每份债券价值 25 卢布，年利率为 10%。当时国有单位都强制每一位员工按照一定工资比例购买国债。所以佩尔西茨基深信每个人都持有国债。

“你想中多少？”

“五万。”

“那就用这五万去买几辆新车。要是我中奖，也拿去买车。要是阿弗多齐耶夫中奖，也用来买车。一句话，不管谁的债券中奖，钱都用来买车。你听懂了吗？笨蛋！你以后就能开着自己的车去跑格鲁吉亚军用公路啦！一路山地，风光无限！傻瓜！……后面还有《法制与生活》、时事新闻、事故专栏，他们都开着私家车跟着你，还有那位小美女，你认识的，就是那个发电影票的……嗯，怎么样？你就有机会追求她啦！……”

事实上，任何一个持有国家债券的人打心眼里都不相信自己会中奖。但他却十分眼红邻居和熟人手中持有的债券。他比遭到火灾更惧怕别人会中奖，因为如此一来，他这个从来就没什么出息的倒霉蛋只好继续一贫如洗了。最后，得益于每个人对编辑部其他同事能够中奖的期待，所有持有国债的人都义无反顾地投入到了新俱乐部的怀抱。唯独有一点是让人担心的，万一一张国债都没能中奖呢？不过这似乎又是个小概率事件，另外，即便真没能中奖，俱乐部也没什么损失：因为有了国债本金作为基础，一辆废旧汽车至少有了保障。

才五分钟的时间，二十个人就招满了。这件事情即将圆满画上句号的时候，秘书走了过来，他显然已经嗅到了汽车俱乐部诱人的前景。

“怎么样，小朋友们，”他问，“是不是把我也登记了？”

“登记吧，老头子，没问题啊。”阿弗多齐耶夫回答，“不过别到我们这里来登记。很遗憾啊，我们这里已经招满了，1929 年之前不再接纳新成员。你还是去儿童之友登记吧。既便宜又省事。

每年才二十戈比，还哪儿都不用去。”

秘书迟疑了一下，总算想起来，他的确已经上了年纪，于是叹一口气，转身打算回去把引人入胜的社论读完。

“同志，请问。”走廊里一个长着切尔克斯克[1]人脸型的英俊男人拦住了他。

此人正是了不起的幕僚。

① 切尔克斯克，俄罗斯城市，自治州首府。

第二十五章　与裸体工程师的谈话

奥斯塔普·本德尔在编辑部现身之前，还经历了几件相当重要的事情。

埃尔内斯特·巴甫洛维奇白天没在家（房间门是锁着的，主人也许这个时候正在上班），了不起的幕僚决定晚一些再来找他，而现在趁有时间，就在市区里闲逛一会儿。克制着内心办正事儿的冲动，他穿过一条马路，在广场上停留片刻，冲警察挤眉弄眼，帮女士挤上公交车，全然一副当家做主的神态，仿佛整个莫斯科的名胜古迹、有轨电车、市工农产品商铺、小教堂、火车站和张贴海报的石柱都已经在他盛大的招待宴会上欢聚一堂了。他穿梭于宾客之间，笑容可掬地和客人们交谈，对每个人都能说几句暖心的话。不过这么大规模的迎宾招待活动让了不起的幕僚多少有了点倦意，况且已经五点多了，也该去拜访工程师舒金了。

但是命运偏巧安排了一个小插曲，在与埃尔内斯特·巴甫洛维奇正式会晤前，奥斯塔普迫不得已耽搁了两个小时，在这段时间里，他签了一份内容并不复杂的笔录。就在剧院广场上，了不起的幕僚被一匹马撞倒了。这头胆小的白毛畜生毫无征兆地向他冲过来，前胸粗大的骨骼撞到了他。本德尔跌倒了，出了一身大汗。天气本来就够热的，白马大声嘶叫着向他道歉，但奥斯塔普一个鲤鱼打挺就站了起来。他健壮的身躯一点都没有受伤，这就越发为他找茬提供了理由和机会。

这位热情好客而又礼貌周到的莫斯科主人翁瞬间就像变了个人。他一摇一晃地走向惊慌的老马车夫，照着老头穿着棉衣的背上就是一拳。老头子一声不吭地承受了惩罚，警察也跑了过来。

“我要做笔录！”奥斯塔普慷慨激昂地大声嚷嚷。他的声音铿锵有力，就像自己最神圣的感情遭到了亵渎。于是，在小剧院的墙边，也就是后来竖立起俄罗斯大剧作家奥斯特洛夫斯基雕像的这块地方，奥斯塔普在笔录上签了字，顺便还接受了凑巧赶来的佩尔西茨基的简短采访。佩尔西茨基从不嫌弃粗活累活，他认认真真地在笔记本上记录下受害人的姓名，然后便急急忙忙离开了。

奥斯塔普则自豪地上路了。只是在心里，他仍然对白马的冲撞心存芥蒂，甚至有一种迟来的后悔，后悔没能给那个马车夫一记耳光。奥斯塔普来到了舒金住的楼，三步并作两步登上七楼。一大滴水打在了他的头上。他才一抬头，一股肮脏的水流便从楼道上像瀑布一样径直滴落到他的眼睛里。

“这是谁干的，找揍啊。”奥斯塔普心头火起。

他快步走上楼去。舒金家的门旁，有个浑身赤裸的人坐在地上，背对着他，全身上下斑斑点点像长了皮癣。他坐在地砖上，两手抓着脑袋，身体晃来晃去。

裸体男人的周围全是从门缝里淌出来的水。

“哦——哦——哦。”裸男在呻吟，“——哦——哦——哦……”

“喂，是您在这里浇水吗？”奥斯塔普火冒三丈地质问，“这里是洗澡的地方吗？您脑子有问题啊！”

一丝不挂的男人看了看奥斯塔普，哽咽了一声。

“先生，您坐在这里哭哭啼啼，不如，还是去澡堂吧？您看看自己像什么样子！活像斗牛士一样！”

“钥匙啊。”工程师牛一样哭出了声。

“什么钥匙？”奥斯塔普问。

“房——房——房间——钥匙。”

“房间里有钱？”

因为打嗝的速度快得惊人，光着身子的男人说不出话来。但是没什么能够难倒奥斯塔普。他渐渐开始猜到怎么回事了。最终，当他彻底想明白事情的原委，哈哈大笑着几乎要摔到护栏外面去，那一刻，任何想要阻止他大笑的努力恐怕都是徒劳。

“那么，您现在进不了屋子了？这事情太简单啦！”

为了尽量避免被裸体蹭脏，奥斯塔普闪躲着来到门前，用又长又黄的大拇指指甲捅进了美国进口锁的锁孔，小心翼翼地上下左右转动起来。

门无声无息地就被打开了，身披皇帝新衣的男人兴高采烈地欢呼着跑进了水漫金山的房间。

水龙头还在哗哗地流水。厨房里的水已经转起了漩涡，卧室里倒是一汪宁静的湖水，两只拖鞋宛如自在的天鹅安详地漂浮着。几颗烟头像一群半死不活的鱼，被冲到了墙角里。

沃罗比亚尼诺夫的椅子就放在厨房里，那里的水流最是波澜壮阔。椅子的四条腿被白色的细浪环绕，被冲得站立不稳的椅子似乎想要尽快逃离水流的虐待。但奥斯塔普却坐了上去，盘起腿来。终于恢复神智的埃尔内斯特·巴甫洛维奇一边大叫“帕尔东！帕尔东！[1]”一边关掉了水龙头，随即冲干净了身子。再次出

① 法语，抱歉的意思。

现在本德尔眼前时，他只是光着上身，已经穿上了一条卷到膝盖的湿漉漉的长裤。

“您真是救了我的命啊！”他衷心表示感谢，“对不起啊，我不能和您握手，全身都还是湿的。您也看见了，我差不多要疯掉了。”

“是啊，是有那么一点。”

“我刚才的处境太可怕了。”

于是，埃尔内斯特·巴甫洛维奇开始向了不起的幕僚倾诉祸从天降时的细节。他显然仍沉浸在方才可怕的一幕里，时而脸上愁云惨淡，时而又神经兮兮地笑笑。

“要不是您，我怕是要没命了。”工程师的故事讲完了。

“是啊，”奥斯塔普说，“我也有过类似的经历，甚至还更糟糕呢。”

听到有类似的经历，工程师的好奇心一下子被提了起来，他甚至扔掉了舀水的桶，聚精会神地听起来。

“就跟您刚才的情况完全一样。”轮到本德尔开始讲述，“不过那是在冬天，而且不是在莫斯科，是在米尔哥罗德①。那是1919年，刚好是马赫诺②之后，丘丘尼克③之前，那段日子过得还算开心。我当时住在一个大户人家里。这些一撮毛④们全都是些亡命之徒！都是典型的私产者：有一栋一层的平房，还有各种乱七八糟的破家具。不过和您不一样的是，米尔哥罗德当时还没有下水道和其他设施，只有家家户户自己刨的大坑。有一回，我大

---

① 乌克兰城市。

② 马赫诺（1889—1934），无政府主义者。国内战争时期，曾任乌克兰富农匪帮的首领。

③ 丘丘尼克（1891—1929），乌克兰民族主义首领。

④ 俄罗斯人对乌克兰人的蔑称。

半夜只穿了内衣就跑到外面的雪地里：我当然不担心会感冒，因为这是一分钟就能解决的事情。可是我跑出去的时候顺手把门带上了。天寒地冻啊——零下二十度。我敲门，没人开。又不能站着不动，会冻死的！我敲敲门，就跑几步，敲敲门，就跑几步——还是没人开门。关键是，屋子里那些恶棍其实都没睡着。那个夜里真是可怕。狗不停地叫，远处还有枪声。可我只穿着一条薄薄的睡裤在雪堆上跑。门敲了整整一个小时。差点就没命了。您猜，他们为什么不肯开门？他们正在藏钱呢，把一张张克连卡[①]缝到枕头里去。他们听到我敲门，还以为有人来搜查了。我后来差点没把他们一个个打死。”

这个故事对工程师来说太亲切了。

“是啊，”奥斯塔普抓住了机会，“那么您就是舒金工程师了？”

“是啊。不过请您不要告诉任何人，这事情说出去毕竟难为情，真的。”

“啊，那是当然！拿法国人的话来说，天知地知，你知我知。不过，我来找您有件事情，舒金同志。”

“我十二万分乐意为您效劳。”

“太感谢了。其实是一件小事情。您的太太让我来拿走您的这把椅子。她说，她要把椅子凑成一对。回头她另外再给您送一把扶手椅来。”

“行啊，您请便！”埃尔内斯特·巴甫洛维奇爽快地答应了，“我很乐意。您干吗还要亲自跑一趟？我自己可以送过去，今天

① 克连卡是1917年俄国克伦斯基临时政府发行的二十卢布和四十卢布的纸币。

就送。”

“不用了，何必呢！对我来说这是小菜一碟。我住得不远，送过去不费事儿。”

工程师手忙脚乱起来，他把了不起的幕僚送到门口，自己却害怕跨过门槛，尽管他已经把钥匙放进了湿漉漉的裤子口袋。

前大学生伊万诺普罗又获赠一把椅子。虽然覆面有点损坏，但椅子本身还是很不错的，更何况还和第一把椅子一模一样。

这已经是第四把椅子了。虽然再次一无所获，奥斯塔普却并没有焦虑，他深谙好事多磨的道理。

在他严谨完美的推理逻辑中，像一块巨大阴影一样挥之不去的，唯有那把随着人群消失在十月火车站钢架候车廊深处的椅子。那把椅子让他止不住地思来想去，心头的疑云也越发沉重。

了不起的幕僚现在的心态犹如轮盘赌的玩家，有好几个号码供他押注，而他的本性却渴望马上赢得三十六倍于赌本的回报。可现实的情况甚至更糟糕：两位合伙人玩的这种轮盘赌，十二个号码中有十一个肯定是零蛋。况且，第十二个号码已经不知所踪，鬼才知道现在可能落在哪里，或许，正是这个号码里藏匿着妙不可言的头彩。

正想得愁眉不展的时候，总裁来了。单单是他的那副模样，就让奥斯塔普心生不快。

“哦吼！”技术指导挖苦道，“我看出来了，交给您的事情一定是办成了。那您就别和我开玩笑了啊。您干吗要把椅子放在门外？想和我玩什么游戏吗？”

“本德尔同志。”首席贵族不知道说什么好了。

“啊，您就不要吊我的胃口了！快把椅子拿过来，快拿过来啊！您看到没有，我现在坐着的这把新椅子，让您带来的这把身价上涨了好几倍呢。”

奥斯塔普把头一歪，眯缝起了眼睛。

“不要把我当孩子耍。”他的声音一下子低沉起来，“椅子在哪儿？为什么您没把椅子拿回来？”

伊波利特·马特维耶维奇的汇报本来就前言不搭后语，还时不时被恰到好处的倒彩声、嘲弄挖苦的掌声和恶作剧式的提问打断。沃罗比亚尼诺夫就在唯一听众整齐划一的笑声中结束了自己的汇报。

“我是怎么教您的？”奥斯塔普怒了，“都跟您说过多少遍了，偷窃是要造孽的！还在老城的时候，您就想在我老婆戈里匝祖耶娃女士家里行窃。那时候我就看出来了，您就是这种小偷小摸的禀性。您尽管放心，您不会吃枪子儿。您的这些小伎俩，最多能判您六个月的非监禁刑。作为思想巨人，作为俄罗斯民主之父，您的格局也太小了点吧，所以您才这么没用。本来已经到手的椅子，偏偏又让您给弄丢了。这么容易办到的事情，都让您给搞砸了！您倒是再去试一次，那个押沙龙肯定把您的脑袋拧下来：您算是走运了，幸亏当时荒唐的情形救了您。要不然您现在就只能坐在牢房里，眼巴巴等着我给您送牢饭去了。您可不要想得美，我是不会给您送牢饭去的。您把自己当成赫卡柏[①]了吗？说到底，您既不是我的母亲，也不是我的姐妹，更不是我的情人[②]。”

---

① 赫卡柏，希腊神话人物，荷马史诗《伊里亚特》中佛律癸亚王底玛斯的女儿，后为特洛伊王普里阿摩斯的妻子，她是赫克托耳和帕里斯的母亲，其形象是极端悲痛和绝望的象征。

② 引用塔涅耶夫《女囚徒》中的诗句。

伊波利特·马特维耶维奇耷拉着脑袋站在那里，越听越觉得自己真的已经不中用到了极点。

“这样吧，亲爱的，我觉得和您一起共事已经没有任何意义。无论如何，和您这样缺乏修养的合伙人一起干活，我觉得拿百分之四十太荒谬了。不管您愿意不愿意，我必须提出新的条件。”

伊波利特·马特维耶维奇觉得喘不过气来了，在此之前他是拼命憋着一肚子气的。

“是的，我的老朋友，您的毛病就是缺乏头绪、气血不足。就冲这点，您的股份必须减少。说实在的，您拿百分之二十怎么样？”

伊波利特·马特维耶维奇斩钉截铁地摇了摇头。

“您为什么不愿意？少了吗？”

“太——太少。”

“这可是三万卢布啊！那您想拿多少？”

“我同意百分之四十。”

“大白天的，这是要抢劫啊！”奥斯塔普模仿着首席贵族先前在门房和他做交易时的语气，调侃说，“三万您还嫌少？要不要把房间钥匙也给您？”

“房间钥匙给您才是呢。”伊波利特·马特维耶维奇嗫嚅地顶嘴。

“您就拿百分之二十吧，现在还不算晚，要不我可会改主意哦。抓住机会吧，趁我现在心情不错。”

事到如今，沃罗比亚尼诺夫早就没了当初刚开始寻宝时趾高气扬的神态。

其实，那块从在门房交易时起就开始融裂的坚冰，一路漂来，气势如雷，迸裂之声不绝于耳，一次次撞击着滩涂上的花岗岩，早已碎为齑粉，早已化作无形。坚冰虽然没有了，但是融化的冰水却泛滥成一股洪流，波涛随心所欲地裹挟着伊波利特·马特维耶维奇，把他从这里甩到那里，一会儿撞到木桩，一会儿又撞到椅子，可转眼又把椅子从他身边卷走。伊波利特·马特维耶维奇有了一种说不出来的恐惧感。一切都让他害怕。河面上漂浮着垃圾、泄漏的石油、破损的鸡笼、死鱼，还漂着一顶瘆人的帽子，不知道是谁的。说不定，就是费奥多尔神父的帽子？他那顶鸭舌帽在罗斯托夫的时候就被风吹跑了。谁知道呢！就这样一路漂流看不到尽头，波浪也没有把他拍到岸上。这位前首席贵族既没有气力，也没有愿望逆流而上。他只好被湍流带着，卷进遍布奇遇的汪洋。

第二十六章　两次拜访

就像一个被解开了襁褓的小婴儿，蜡烛般光洁的小拳头一刻也停不下来，一会儿握紧，一会儿又张开，两只小脚蹬来蹬去，小脑袋就跟安东苹果[①]差不多大，转来转去，头上搭着一顶小软帽，嘴里还往外吐着泡泡。押沙龙·伊兹努连科夫就长期处于这种烦躁不安的状态。他总是大踏步走路，刮得光溜溜的下巴颏转来转去，嘴里不断地啊啊啊，毛茸茸的手臂夸张地做着各种手势，身体就像被箍上了橡胶皮带，正在完成体操拉伸动作。

他的生活是极其忙碌的，到处跑，逢人就提建议，在马路上走起来速度飞快，活像一只受了惊的母鸡，说话的速度也飞快，就像在为一幢扣着金属顶棚的石砌建筑计算保险价格。他做一件事情、摆弄一样东西、思考一个问题，向来不会超过一分钟，因为他根本安静不下来，这就是他生活和行为的本能。

要是讽刺小品没能让人满意，也没能让人立刻发笑，伊兹努连科夫不会像其他人一样想办法说服编辑，强调讽刺小品本身还是很不错的，只要稍稍动一下脑筋就能完全认可它的真正含义。他会马上推荐一则新的小品。

"不好就不好吧。"他一般都轻松认命，"您说得一点没错。"在商店里，押沙龙·弗拉基米罗维奇也会经常制造混乱。他往往在店员们吃惊不已的目光里，飞快地现身，又瞬间离去。即便买一盒巧克力，也是一脸亢奋的夸张表情，以至于收银员以为从他那里至少能有三十卢布左右的进账。但是伊兹努连科夫每次都在收银台旁边，一边手舞足蹈，一边牢牢拽着领带，就像有人要勒死他，把一张皱巴巴的三卢布纸钞扔到玻璃小盒子里，然后咩咩叫着以示感激，转身便走了。

要是像他这样一个人能让自己安静下来哪怕两个小时，那么一定会有最让人意想不到的事情发生了。

也许，伊兹努连科夫能坐到写字台后写出一篇优秀的中篇小说，也或许，他能向互助会提交一份不用偿还的贷款申请，或者编纂关于居住面积使用法规的新条款，又或者写一本名为《公众场合得体穿着与举止》的书籍。

但他做不到。两条工作狂一样的腿总是拖着他到处跑，铅笔总是从躁动不止的手里箭一样离弦而去，思维总是跳跃式地变化。

伊兹努连科夫在房间里快速走来走去，家具上的火漆印被震得晃来晃去，就像吉卜赛女人跳舞时戴的耳环。椅子上坐着一位笑容可掬的乡下女孩子。

“啊，啊。”押沙龙·弗拉基米罗维奇，“美极了！‘女皇的声音和眼神，让她的盛宴激动人心……’②啊，啊！太棒了！……您就是玛戈王后③。”

这位被吹捧为女王的乡下女孩子哪里听得懂这些，只好堆起一脸崇拜的微笑。

“嗯，吃巧克力啊，嗯，您别客气！……啊，啊！……太迷

---

① 产自俄罗斯的一种晚熟苹果。
② 引自普希金的《埃及之夜》组诗。
③ 法国作家亚历山大·仲马的文学著作《玛戈王后》中的主人公。

人了！”

他几乎每分钟就吻一次女王的手，赞美她质朴的穿着打扮，还把猫塞给她，巴结地问道：

“看，它很像一只鹦鹉吧？狮子！应该是狮子！一头真正的狮子！您看，它的毛是不是真的好蓬松好柔软啊？……还有尾巴！尾巴！您看，这尾巴是不是特别大？啊！”

猫很快就窜到角落里去了，押沙龙·弗拉基米罗维奇却把两手压在胖乎乎肥嘟嘟的胸口，摆出一副向窗外什么人作揖道别的姿态。突然，他那天不怕地不怕的脑子里仿佛打开了一个阀门，又故作深情地调侃起女客人的形体条件与精神品位来：

“您说，这枚胸针真的是玻璃做的？啊！啊！真耀眼啊！……您简直让我眼花缭乱，真的！……您说，巴黎真的是大城市吗？那里真的有埃菲尔铁塔？……啊！啊！您的手真美！……您的鼻梁真漂亮！……啊！”

不过他没有拥抱女孩子。他只要能说几句甜言蜜语就很满足了。而且他说起来滔滔不绝地停不下来。然而，滔滔不绝的波涛被突然现身的奥斯塔普打断了。

了不起的幕僚手里把玩着一块小纸片，正义凛然地拷问：

“伊兹努连科夫住在这里吗？您就是吗？”押沙龙·弗拉基米罗维奇惊慌地注视着这张冰冷无情的脸。他拼命想从不速之客的眼神里读出对方的来意，莫不是又有什么投诉了：是在有轨电车里同别人交谈时砸碎了玻璃窗，现在送罚单来了；是因为拖欠房租，人民法院送传票来了；还是盲人杂志送订阅单来了。

“这算怎么回事，这位同志，”本德尔的语气严厉，“太不像话了——居然赶走公务人员。”

“什么公务员？”伊兹努连科夫吓坏了。

“自己心里还没数吗？我这就把家具带走。女士，请您把椅子腾出来。”奥斯塔普一点面子都不给。

刚才还被最为抒情的诗歌包围着的女士马上站了起来。

“不行！您坐着别动！”伊兹努连科夫大声抗议，用身躯挡住了椅子，“他们没有权利这么做。”

“说到权利嘛，先生，您最好闭嘴吧！做人要知趣。快把家具腾出来！法律岂是儿戏！”

奥斯塔普说着，一把举起椅子，用力晃了晃。

“我要拿走家具！”本德尔说得斩钉截铁。

“不行，不能拿走！”

“怎么不能。”奥斯塔普一声冷笑，拿着椅子走到走廊里，“我这不正在拿走吗。”

押沙龙吻了吻女王的手，鞠了一躬，便慌忙跟着严厉的法官跑了出去。而法官已经在下楼梯了。

“您听我说，您没有权利这么做。我的家具依法还有两个星期才到期，可现在才过了三天啊！说不定，我能把钱还清！”

伊兹努连科夫围着奥斯塔普小蜜蜂似的绕来绕去。两个人一直保持着这种状态来到了楼外。押沙龙·弗拉基米罗维奇跟着椅子一直追到马路拐角。就在这里，他看到了几只围着一堆粪便蹦蹦跳跳的小麻雀，两眼顿时放了光。他看了看小麻雀，嘴里嘟囔了几句，两手一拍，兴奋地哈哈大笑，说：

“太棒了！啊！啊！……多好的起承转合主题啊？”

伊兹努连科夫一边脑子里想着主题的构思，一边开开心心地转过身，三步并作两步跑回了家。直到走进房间，看到那个乡下女孩子还站在屋子里，他这才又想起了那把椅子。而奥斯塔普已经雇了马车把椅子运走了。

“学着点吧。”他对伊波利特·马特维耶维奇说，“我用两只手凭本事把椅子拿来的。没花一分钱。您懂了吧？”

拆开椅子后，伊波利特·马特维耶维奇又发起愁来。

“概率倒是越来越大。”奥斯塔普倒是乐观，“可还是一分钱没到手。您倒是说说，您的丈母娘生前喜欢开玩笑吗？”

“这算什么话？”

“说不定，根本就没有钻石呢？”

伊波利特·马特维耶维奇用尽全力摆手，连上衣都被拉上去一大截。

“这么说来就太好了。但愿，伊万诺普罗的家产只是多了一把椅子而已。”

“今天报纸上有您的新闻呢。”伊波利特·马特维耶维奇趁机讨好地说。奥斯塔普闻言却警惕起来。

他不喜欢媒体报纸大张旗鼓地宣传他的大名。

“您开什么玩笑？什么报纸？”

伊波利特·马特维耶维奇欢欣鼓舞地打开一张《机床》报。

“看，就在这里。《今日实事》专栏。”

奥斯塔普稍稍放心了，因为他害怕的只有揭露阴暗面一类专栏的简讯，比如：《当代芒刺》和《法网恢恢》。

果然，《今日实事》专栏有一行六磅铅字的标题：被马撞翻

昨日，一位名叫奥·本德尔的先生在斯维尔德洛夫广场被牌号为№8974的马车撞倒。受害人仅受到轻微惊吓。

“受到轻微惊吓的是马车夫才对，而不是我。”奥·本德尔忿

忿地埋怨，“白痴一群！只知道写啊，写啊——到底写了什么连自己都不知道。哈！这就是《机床》报啊。妙啊，太妙了。沃罗比亚尼诺夫，您知道吗，这则简讯说不定就是坐在你家椅子上写的呢？真是无巧不成书啊！”了不起的幕僚开动起了脑筋。拜访编辑部的理由马上就有了。他从秘书那里打探清楚了，原来整个走廊里左右两边的房间全都是编辑部的。于是奥斯塔普转眼就换了一副憨厚朴实的神态，开始巡视编辑部的所有房间：他必须摸清楚，椅子到底在哪个房间。

他先悄悄潜入了工会基层委员会，年轻的汽车俱乐部成员们刚好在那里开会。他一眼就确定，椅子不在那里，于是便迁移到隔壁的房间。在办公室里，他装模作样等待批示；在工人通讯部，他打听了这儿哪里有卖广告上宣传的再生纸；在秘书办公室，他询问了订阅报纸的条件；在小品创作部，他声称自己想找刊登遗失证件告示的部门。

就这样，他最终走进了编辑的房间。总编正坐在本应属于两位合伙人的椅子上，对着电话听筒大呼小叫。

奥斯塔普需要时间先对地形进行详尽摸底。

“编辑同志，你们报纸对我进行了十足的诽谤。”本德尔说。

什么诽谤？总编不解。奥斯塔普手里拿着一份《机床》报，翻来覆去找了好久。他扭头注意到了门，门上是一把美国进口的锁。如果能削掉一小块玻璃，就能轻松地伸进手来从里面把门打开。

总编读了一遍奥斯塔普指给他看的那篇事实报导。

“同志，您哪儿看到诽谤了？”

“当然是诽谤啊！就是这句：受害人仅受到轻微惊吓。”

“不明白。”

奥斯塔普和蔼可亲地看了看总编，同时也没忘了瞄一眼椅子。

“我怎么可能被一个什么马车夫吓到！你们这是在全世界面前羞辱我——我要求辟谣。”

“原来是这样，先生。”总编不慌不忙，“没有人羞辱您，而且这种鸡毛蒜皮的小事情，我们也不会辟谣。”

“哼，反正我是不会就这样罢休的。”奥斯塔普边说，边站起身离开办公室。他已经看到了所有想看到的。

第二十七章　精巧的坐牢专用箱笼

老城。短命组织“剑犁之盟”的成员们，混杂在“快速包装”公司的汉子们中间，在“谷物粮食”公司的米面铺子前排起了一条长而又长的队伍。不少路人不由得停下脚步围观。

“在排队买什么？”人们很好奇。商店门外无聊的长龙队伍中，往往都会有那么一个人，离店门越远，他越是有说不完的千言万语。而站得离店门最远的，正是波列索夫。

“这日子过不下去了。”消防队长抱怨，“用不了多久，我们就该吃豆渣饼了。1919 年那会儿的日子都比现在好过。现在城里的面粉只够吃四天了。”

人们将信将疑地捻着胡髭，同波列索夫展开了一场争论，而且还有板有眼地引用了《老城真理报》的消息。

他们就像证明二二得四一样，干脆而又严谨地证明了城里的面粉要多少有多少，没什么好惊慌的。但转眼便赶回家里，取出所有现金，加入到了购买面粉的队伍里。

“快速包装”的汉子们把店铺里的面粉一扫而空后，又转移到杂货铺门口，组建起了购买茶叶和白糖的队伍。

整整三天，老城一直笼罩在粮食与商品的危机之中。合作社和国营商店的领导层建议，粮食处于途中尚未运抵前，规定每个人限购一磅白糖和五磅面粉。可是第二天，新出台的政策就遇到了对策。阿尔亨排在了购买白糖队伍中的第一位，身后紧跟着他的老婆萨什亨、帕沙·艾米利耶维奇、四位雅科夫列维奇，还有养老院所有十五位身穿灰色平纹布衣服的老太太。从隶属老城执行委员会的商店里榨取了八千克多的白糖后，阿尔亨领着自家的队伍赶往另一家合作社，一路上不住咒骂帕沙·艾米利耶维奇。因为帕沙已经把分给他的那一磅白糖全都塞进了肚子里——他先把白糖在掌心里堆成一座小山，再一巴掌拍进自己的血盆大口。阿尔亨忙了整整一天。为了避免损耗和挥霍，他剥夺了帕沙·艾米利耶维奇排队的权利，并差使他把买来的东西运到外来货市场。而阿尔亨自己则一脸腼腆地把买到的白糖、面粉、茶叶和平纹细布再转手卖给私人商贩。

波列索夫去排队，很大程度上是基于他的处事原则。因为他没有钱，本来就什么都买不了。他从一支队伍迁移到另一支队伍，竖起耳朵听别人交谈，时不时说几句刻薄的意见，故作神秘地挑起眉毛散布一些预言。正因为他说话吞吞吐吐，老是说一半藏一半，所以城里很快就谣言四起，说从梅洽和乌拉尔[①]来了一个什么地下组织。

仅一天工夫，省长贾季耶夫就赚进一万卢布。而交易委员会主席季斯利亚尔斯基赚了多少，甚至连他老婆也蒙在鼓里。

只要一想到他隶属于一个地下秘密组织，季斯利亚尔斯基就惶惶不可终日。他再也无法忍受城里四处散布的谣言，度过了一个不眠之夜后，交易委员会主席终于想通了，只有彻底坦白交代才有可能争取为自己减刑。

① 梅洽和乌拉尔是俄罗斯两个地名，在俄语中发音和“剑与犁”很像，这里暗指波列索夫的谣言造成的后果。

“亨利椰塔，你听我说，”他对老婆说，“该把我们家的作坊搬到小舅子家去了。”

“出什么事了吗，有人来找麻烦？”亨利椰塔·季斯利亚尔斯基问。

“也许真的会有麻烦。既然国内不允许自由贸易，那么我迟早都会坐牢的。”

“你的意思，该准备换洗衣服了？我的命好苦啊！一辈子都在送牢饭！你为什么不去做苏维埃公务员呢？你看，你小舅子就是工会成员啊，现在不是挺好的嘛！就你脑子一根筋，要做什么红色商人！”

亨利椰塔其实不知道，她的丈夫早就时来运转当上了交易委员会主席。所以她一直都很心安理得。

“可能，今晚我就不能回家过夜了。”季斯利亚尔斯基说，“你明天就送牢饭来吧。不过，求你，千万别送甜馅儿饺子。冷冰冰的甜馅儿饺子要多难吃有多难吃！”

“要不，你把汽油炉带上吧？”

“牢里还允许你带汽油炉啊！去把我的箱笼拿出来。”

季斯利亚尔斯基有一个坐牢用的特制箱笼。这是他找人专门定做的，可谓功能齐全面面俱到。把它展开，就是一张床，展开一半——是一张桌子，此外，箱笼还能充当柜子：里面安装了搁板、挂钩和抽屉。老婆把已经凉了的晚饭和洗好的衣服放进了这个万能的箱笼。

“你不要送我了。”丈夫果然经验老到，“要是鲁卞斯来要钱，告诉他，现在没钱。再见！鲁卞斯可以缓一缓。”

季斯利亚尔斯基不慌不忙地走到外面，一只手提着坐牢专用箱笼。“您要去哪儿，季斯利亚尔斯基先生？”波列索夫叫住了他。

他正站在电线杆旁，哇啦哇啦地叫着给一名通信工人加油鼓劲，通信工人脚上套着铁爪，正朝绝缘子爬过去。

“我去自首。”季斯利亚尔斯基回答。

“自什么首？”

“交代剑犁的问题。”

维克多·米哈伊洛维奇闻言，顿时惊得话都说不出来。而季斯利亚尔斯基把自己鸡蛋形状的大肚子高高挺起，露出一根缝有表兜的宽腰带，从容不迫地向省检察院走去。

维克多·米哈伊洛维奇连忙扑棱棱展开双翅，飞去找贾季耶夫了。

“季斯利亚尔斯基是奸细！”消防队长十万火急地通报，“他刚刚去告密了，还看得见他。”

“真的？他随身带着箱笼吗？”老城省长吓坏了。

“带着呢。”

贾季耶夫亲了亲老婆，大声关照她，如果鲁卞斯来了，不要把钱给他，然后便一个箭步冲出门去。维克多·米哈伊洛维奇像一只刚下了蛋的母鸡，团团转了好几圈，咕咕呻吟着，最后跑去找弗拉加和尼克沙了。

与此同时，季斯利亚尔斯基先生正慢悠悠地一路走去，离省检察院越来越近。半路上，他还遇到了鲁卞斯，和他聊了好长时间。

“怎么还不还钱？”鲁卞斯问他。

“钱去找我老婆要吧。”

“您怎么还带着个箱笼？”鲁卞斯大惑不解，想要一探究竟。

“去澡堂。”

“这样啊，那您就好好洗个痛快。”接着，季斯利亚尔斯基又顺路去了一趟老城消费者联盟糖果店，就是原先的“华沙糖果”店，喝了一杯咖啡，吞下一块酥皮馅饼。这下，他觉得已经准备好，可以去自首了。交易委员会主席走进了检察院的接待室。那里一个人都没有。于是季斯利亚尔斯基走到一扇写着“省检察长”的门前，彬彬有礼地敲了敲门。

“请进！”里面传出的声音季斯利亚尔斯基非常熟悉。

季斯利亚尔斯基一进门，便被眼前的情景惊呆了。他鸡蛋形状的大肚子立刻垂了下去，变成了一颗皱巴巴的干枣子。眼前的这一情景，是他无论如何都没有想到的。

检察长就坐在写字台后面，而势力强大的“剑犁之盟”组织成员们正围着他。从他们的手势和哭腔判断，这些人已经把所有的事情都交待清楚了。

“就是他！”贾季耶夫大叫，“他就是最主要的十月党人！”

“首先，”季斯利亚尔斯基把箱笼放到地上，凑到桌子前说，“首先，我不是十月党人，其次，我一直是苏维埃政权的支持者，第三，我不是主谋，主谋是查鲁什尼科夫同志，他的地址是……”

“红军路！”贾季耶夫又叫起来。

“3 号楼！”弗拉加和尼克沙异口同声补充。

“进院子向左。”维克多·米哈伊洛维奇说得更具体，“我可以带路。”

二十分钟后，查鲁什尼科夫被带了进来。他一进门就宣称，这个办公室里所有人都是这辈子头一回见到。紧接着，几乎没做任何停顿，他就供出了叶列娜·斯塔尼斯拉沃芙娜。

一直到进了牢房，换了衣服，打开了坐牢专用的箱笼，四肢舒展地躺在了上面，交易委员会主席这才有了舒坦和踏实的感觉。

城里粮食危机的几天里，戈里匝祖耶娃——本德尔女士为自家的小店铺囤积了至少够用四个月的粮食和商品。这边安下心来后，她又开始担忧起在小人民委员会日理万机的年轻丈夫来。于是她去拜访了算命婆，可这次拜访也没能让她安下心来。

内定的整个老城领导班子集体失踪了，这让叶列娜·斯塔尼斯拉沃芙娜不免心惊肉跳，就连发几张扑克牌都心不在焉，怎么也静不下来。扑克牌预测的，不是世界末日就是要涨工资了，要么就是在一个心怀恶意的人监视下，在牢房里和丈夫会面——因为牌面显示有黑桃K。

而且这副牌的结局似乎也非常奇怪，因为真的来了几个探员——黑桃K显灵了——把这位女预言家带到监狱去见检察长了。

屋子里只留下了寡妇一个人和那只鹦鹉，正当她惊慌失措地打算逃离是非之地时，鹦鹉却啄了一下笼子，出人意料地头一回开口说起了人话。

“活该啊！”鹦鹉居然会幸灾乐祸。它把头埋进翅膀，从腋下拔下一根羽毛。

戈里匝祖耶娃——本德尔女士吓得慌不迭扑向门口。

鹦鹉喋喋不休颠三倒四的疯话在她身后紧追不舍。这只已经年迈的鸟儿，目睹了女主人被抓进了监狱，吓得把所有听到过的单词都喊了出来。听得出来，它的这次单词现场表演中，维克多·米哈伊洛维奇·波列索夫作出的贡献是最大的。

“这下人都不在了。”鸟儿发了脾气。

鹦鹉抓住小杆子，头朝下翻过身来，冲僵立在门口的寡妇眨了眨眼睛，似乎在说：“喂，小寡妇，喜欢我这样子吗？”

“我的妈呀！”戈里匝祖耶娃一声惨叫。

“在哪个部队服役过？”鹦鹉模仿着本德尔的语气问道，“垮——了——了——啦——啦……欧洲会支持我们的。”

寡妇一溜烟逃走后，这只鹦鹉整理了一下胸前的衣服，又说了一句话：

“小鹦鹉是傻瓜！”整整三十年来，曾经有很多人想要强迫它说出这句话，结果都是无功而返。

寡妇沿着马路边跑边哇哇大哭。到家时，发现有个走路都不太稳当的小老头已经在等她了。此人正是瓦尔福洛梅奇。

“我看到告示了。”瓦尔福洛梅奇表明来意，“太太，我已经等您两个小时了。”

心就像被马踹了一蹄子，戈里匝祖耶娃有了一种不祥的预感。

“噢！”寡妇拖长了声音，“我的小心肝受苦了！”

“好像，是本德尔先生离开了您？您还登了告示？”

寡妇栽倒在面粉口袋上。

“您的身体太虚弱了。”瓦尔福洛梅奇顺势拍马屁，“不过，我还是想先把酬金问清楚……”

“噢！……都拿去吧！我现在什么都不在乎了！”多愁善感的寡妇边说边放声痛哭。

“是这么回事。我知道您儿子奥·本德尔的下落。这有奖励吗？”

“都拿去吧！”寡妇又强调了一遍。

“二十卢布吧。”瓦尔福洛梅奇冷冰冰地报了一个价格。寡妇从面粉袋子上站了起来，浑身上下沾满了面粉。盖了厚厚一层面粉的睫毛格外费力地眨巴着。

“多少？”她反问道。

“十五卢布。”瓦尔福洛梅奇毫不犹豫地降价了。

他预感到，想要从这个倒霉的女人手里拿到哪怕三卢布，都会是一件很艰难的事情。

寡妇一边两只脚来回践踏着面粉袋，一边对小老头发起了反击。她指天央求神明下凡作见证，并在神明的帮助下，最终拼得一个无法再继续争执的价位。

“那好吧，就按您的意思吧，五卢布就五卢布。不过请您先交钱，这是我的规矩。”

瓦尔福洛梅奇从笔记本里拿出两份剪下来的报纸片，牢牢抓在手里没有放开，念道：

“那我就按先后次序给您看了。您的告示是这么写的：‘恳请……本德尔同志……现离家出走。身穿绿色西装，黄色皮鞋，天蓝色马甲……’没错吧？这是《老城真理报》。而这一份首都的报纸是写您儿子的。您看……‘被马撞翻’，您可千万不要这么激动，太太，您接着听啊……‘被马撞翻……’还活着呢，活着！您听见没有，他还活着。要是人都死了，我怎么还忍心问您要钱呢？您听：‘被马撞翻。昨日，一位名叫奥·本德尔的先生在斯维尔德洛夫广场被牌号为№8974 的马车撞倒。受害人仅受到轻微惊吓……’您看，我现在把这些小文件交给您，但您得先给我钱。

这就是我的规矩。”

寡妇流着眼泪付了钱。丈夫，她心爱的丈夫，穿着黄皮鞋，躺在千里之外的莫斯科。一匹拉车的马，口喷烈焰般喘着大气，铁蹄踩踏着他胸口蓝色的毛布马甲。

丰厚的酬金彻底慰藉了瓦尔福洛梅奇那颗敏感的同情心。临走前，他告诉寡妇，去《机床》报编辑部肯定能找到她丈夫下落的线索，普天下还有什么事情能瞒得了编辑部呢。

费奥多尔神父的家书

致 N 县城的爱妻，写于罗斯托夫“天河”开水房。

我心爱的卡佳！我遇到了新麻烦，不过这事情先不提。钱来得很及时，我已经收到了，真心感谢你。我一到罗斯托夫就马不停蹄按地址找到了地方。“新罗斯托夫水泥厂”是一家很大很大的企业，大到没有人认识工程师布伦斯。我差不多要绝望了，好在有人点醒了我，说可以去人事处打听一下。我就去了。“是啊——那里的人说——是有过这么个人，干起活来很认真负责，只不过，听说，他去年就被调走了。有人出高薪把他挖到巴库[①]去了，现在他在阿塞拜疆石油公司负责技术安全工作吧。”

唉，我的宝贝儿，我的这趟行程可比我们原先预料的要久。你写信说，家里快没钱了。卡捷琳娜·亚历山德罗芙娜，这也是没办法啊。不过不会等太久了。再忍耐一段时间吧，求上帝保佑，你把我那件斜纹学生制服也卖了吧。

---

① 阿塞拜疆首都。

将来要花钱的地方还不少呢。你要作好充分准备。

罗斯托夫的物价太贵了。光宾馆的房间就花掉两卢布二十五戈比。不过去巴库的钱够用了。如果一切顺利，到了那里我再给你拍电报。

这里的天气太热了，可是大衣还得一直拿在手里，留在宾馆房间我不放心——一不留神就会被偷走。这里的人都太刁蛮了。

我真的不喜欢罗斯托夫这座城市。不管是人口数量还是地理位置，都远远不如哈尔科夫。不过没关系啦，老婆，上帝会保佑我们，到时候我们一起去莫斯科玩，你就可以看到完全西欧化的城市了。然后我们再回萨马拉发家致富，住的地方附近就是我们自己开的厂。

沃罗比亚尼诺夫回来了吗？他现在又在哪里东奔西窜？耶夫斯基戈涅耶夫还一起搭伙吃饭吗？我的法衣洗得怎么样了？你千万要让所有熟人都相信，我确实在阿姨的病床边。给古连卡写信也要这么说。

对了！差点忘记告诉你一件可怕的事情，是今天才发生的。

我在欣赏顿河风景的时候，满脑子想的都是我们俩今后有钱的好日子。突然刮来一阵风，把你开面包房的兄弟的鸭舌帽吹到了河里。一转眼就没了。这就不得不多了一笔开销：我花了两卢布五十戈比买了一顶英式小檐帽。这件事不要对你开面包房的兄弟说哦。一定要告诉他，我在沃罗涅日。

这里就是洗内衣太不方便了。晚上洗完，如果干不了，早上就只能湿乎乎地穿上。现在天气这么热，穿湿衣服倒是挺舒服的。亲吻你，拥抱你。你永不变心的丈夫，费佳。

第二十八章　小母鸡和太平洋小公鸡

采访记者佩尔西茨基埋头准备着伟大的数学家伊萨克·牛顿二百周年纪念材料。

正忙得不可开交的时候，《科学与生活》的斯捷奥帕走了进来。身后尾巴一样紧紧跟着一位臃肿肥胖的女士。

“佩尔西茨基，有时间吗。”斯捷奥帕说，“有位女士找您有事儿。过来吧，女士，这位同志会向您解释的。”斯捷奥帕说完哈哈一笑，就跑开了。

“嗯？”佩尔西茨基问，“您有事吗？”

戈里匝祖耶娃太太（正是她）冲着采访记者抬起一双忧伤的大眼睛，一言不发地递过一张纸。

“哦。”佩尔西茨基不解，“……被马撞翻……仅受到轻微惊吓……这是怎么回事？”

“我只要地址。”寡妇苦苦央求，“能不能告诉我地址？”

“谁的地址？”

“奥·本德尔。”

“我上哪儿知道去？”

“刚才那位同志说，您知道。”

“我什么都不知道。您还是去住址查询处问一下吧。”

“同志，也许，您还能记得起来？他穿一双黄色的皮鞋。”

“我自己还穿黄皮鞋呢。莫斯科还有二十多万穿黄皮鞋的人。

您是不是，这些人的地址都想知道？好啊，没问题啊。我这就丢下所有工作，帮您处理这件事情。大概再过个半年，您就全都知道了。女士，我很忙啊。”

但由于对佩尔西茨基油然而生的尊重，寡妇一直在走廊里紧紧跟着他，浆洗过的内衣不停地沙沙响，嘴里依旧重复着自己的请求。

“斯捷奥帕这个混账东西。”佩尔西茨基心里直冒火，“好吧，走着瞧，我什么时候也给他塞一个一天到晚找麻烦的人，让他尝尝屁股冒烟的滋味。”

“喂，我能做什么啊？”佩尔西茨基忍不住发火了，他停下脚步冲着寡妇嚷嚷：“我上哪儿知道奥斯塔普·本德尔先生的地址去？难道我是——那匹撞了他的马？还是那个当着我的面，被他背后打了一拳的马车夫？……”

寡妇面对连珠炮式的发问，忙不迭含含糊糊地辩解，咕噜噜说出的一串话里，大概只能听清“同志”和“求您”两个词。民族宫的工作此时都已经结束。办公室和走廊里也都空空荡荡，只有一两个地方还有打字机在噼噼啪啪赶着最后几行稿件。

“帕尔东啊，太太，您没看见吗，我很忙啊！”佩尔西茨基一边说，一边急忙躲进了洗手间。在里面待了大概足有十分钟，他才愉快地走出来。戈里匝祖耶娃却耐心十足地在两条走廊的交界处晃着裙子等他。看到佩尔西茨基走近，她再次上前诉求。这下记者崩溃了：

“这样吧，大娘。”他说，“只能这么办了，我告诉您，您的奥斯塔普·本德尔在哪儿。您就沿着走廊一直走，然后右转，再笔直朝前走。那里有扇门。您去那里问一下切了一片泥科夫①。他肯定知道。”

佩尔西茨基对自己的急中生智十分得意，说完就逃得没了人影。穿着一身浆洗过衣服的寡妇根本就没来得及获得任何其他信息。

于是寡妇整理了一下短裙，便顺着走廊走了过去。

民族宫的走廊又长又窄，让人走着走着就会不由自主加快脚步。根据任何一个人的脚步声，就可以判断他走了有多远。如果这个人的脚步稍有加快，那说明他才刚刚开始走。要是这个人踩着中等速度的碎步子，那说明他已经穿过了两三条走廊。要是看到有人在走廊里玩命地奔跑，说明他已经上升到跑过第五条走廊的阶段。要是有人能穿过第八条走廊，那他的速度和飞鸟、千里马或者世界冠军努尔米②已经不相上下了。

果然，刚一右转，戈里匝祖耶娃太太就开始跑了起来，镶木地板被她踩得嘎巴响。

这时，迎面快步走来一个黑发男子，他身穿一件浅蓝色马甲，脚踩一双深红色低帮皮鞋。从奥斯塔普的脸上可以看出，他那么晚了还来造访民族宫，必然是因为合作事业出现了迫切需要解决的问题。显然，在各项技术指导计划中，与爱人的不期而遇并没有包括在内。

看到小寡妇，本德尔一个急转身，头也不回地顺着墙根逃了回去。

---

① 切了一片泥科夫的意思是卖荞麦糕的人，其实根本没有这个人。
② 努尔米（1897—1973），芬兰长跑运动员。

“本德尔同志。”寡妇喜出望外地大叫，“您这是去哪儿？”

了不起的幕僚加快了速度。寡妇也加速撵了上去。

“您等一下啊，我有话要说。”她哀求。

但是她的话并没能传到奥斯塔普的耳朵里，因为他的耳朵里此刻灌满了呼啸的风声。他飞奔过第四条走廊，穿过一条条大楼里的铁梯廊桥，只给自己的爱人留下一阵阵噪声，在楼道里不绝于耳地回响了一遍又一遍。

“呵，真是谢谢她了。”奥斯塔普坐在五楼喘着粗气抱怨，“怎么那么会找幽会时间。谁把这个火辣的小女人派来的？看来莫斯科部分的合作计划要赶紧收尾了，不然，搞不好就会有骠骑兵骑着单人摩托[①]找上门来呢。”

这时候，戈里匝祖耶娃太太离着奥斯塔普有三层楼的距离，两人之间隔着一千扇门，横亘着十二条走廊。她撩起裙子衬里，用下摆擦干了燥热的脸，展开了搜寻工作。起初她想找到丈夫，跟他解释清楚原委。但是走廊里的灯光并不明亮，而且每一盏灯、每一扇门和每一条走廊都长得一模一样，这就让寡妇渐渐感到了害怕，她想要离开这里了。

由于遵循了走廊加速定律，寡妇跑得越来越快。这么跑了半个小时，她已经停不下来了。主席团办公室、书记处办公室、工会基层委员会办公室、组织处办公室和编辑部办公室的各扇房门滚雷般从她硕大的身躯两侧向后掠去。一路之上，她那钢铁般僵硬的裙子不知道碰翻了多少个装香烟头的垃圾筒。宛如一口口倒地的汤锅，垃圾筒一个个脆生生地撞向地板，追随着她的足迹滚

① 指刑警或者内务部警察。

动起来。走廊拐角处的空气被她搅成了龙卷风，一时间旋风阵阵。敞开的气窗被她带起的风刮得噼噼啪啪响。墙上一根根垫着模板描画出来的手指，本来指的是道路方向，而此刻似乎全都指向了这个狂奔中的可怜女人。

终于，戈里匝祖耶娃来到一个内部楼梯拐弯处的平台上。虽然那里比较暗，但寡妇还是克服了恐惧感，直奔楼下，拽了一下玻璃大门的把手。可门是锁着的。于是寡妇又冲了回去。但是，似乎是有人及时地献了殷勤，她刚才还经过的那扇门也被上了锁。

在莫斯科，人们都喜欢锁门。成千上万院落的大门都用木板从里面卡住，几十万居民只能从消防通道潜入自己的家。1918 年早就过去，“打家劫舍”的场景早就成了人们印象中模糊的画面，每家每户轮流值班联防的年代[①]也成为了历史，道路交通问题正在逐渐改善，一座座大型电站正造得热火朝天，顶级的科学成就接二连三地被发布，可就是没有人愿意立志献身于解决锁门的问题。

有什么人愿意去解决电影院、剧院和马戏场里的咄咄怪事呢？

三千个人要在十分钟内通过唯一一扇只敞开一半的门走进马戏场。其余十扇原本用来供大批观众通行的门却一律关得死死的。有谁知道，这些门为什么会关着？也许，有人二十年前从马戏场的马厩里偷走了一头识文断字的驴，所以理事会从此一朝被

① 1917 到 1919 年间，居民楼的住户曾自发组织武装值勤，轮到的居民手拿武器整夜守卫居民楼的大门。

蛇咬，十年怕井绳，干脆把便于通行的进出口全都用砖头砌死了。再不然，就是一场穿堂风把著名的飞人之王吹感冒了，于是飞人之王成了吵架大王，最后大家实在受不了他的无理取闹，只好把门都给锁上了。

为了避免拥堵，剧院和电影院也是把观众一小部分一小部分地往外放。可其实，想避免拥堵很简单——只要开放大量的出口就可以。但行政管理部门却偏偏死心眼，宁可采取强力措施。引座人员一个个手拉手围起人墙，可以把观众围困超过半小时之久。可那些门，那些让人心心念念的大门，从保罗一世[①]起就被锁上，直到现在还关得好好的。

一万五千名足球迷，个个被赛场上莫斯科联队生龙活虎的表现撩拨得如痴如狂。可是赛后却不得不一个接一个挤过一条窄窄的缝隙才能去坐有轨电车。要是有一个手持轻型武器的士兵把守在这里，足以拦截有两个炮塔增援的四万蛮夷。

体育场没有屋顶，但大门有好几处，不过开着的就只有一扇便门，只有挤破了门框才能走得出去。每一次大型体育比赛结束后，这些便门都会被挤坏。不过，为了恪守神圣的传统，这些被挤垮的便门每次都会精心修复，然后再严严实实锁起来。

要是没有任何安装门的条件（这种情况也是有的，比如根本就没有墙），那么在能够通行的地方就会设置五花八门的隐形式大门：

---

① 保罗一世 · 彼得罗维奇（1754—1801），俄罗斯皇帝，在位时间为 1796—1801 年。叶卡捷琳娜二世之子。保罗一世即位后全面维持专制权力，推行军事警察制度，限制贵族特权。他希望重新统一天主教和东正教，并为此在圣彼得堡建设了与罗马圣伯多禄大教堂相似的喀山大教堂。他被认为有精神疾病。他反对法国革命，但于 1800 年与波拿巴结盟，后死于宫廷谋杀。

1. 隔栏。

2. 可移动障碍物。

3. 四脚朝天的长条凳。

4. 拦阻标识。

5. 绳索。

机关里一般都使用隔栏。隔栏通常用来阻止大家靠近要找的工作人员。

来访者就像一只老虎，在隔栏旁来回逡巡，千方百计吸引工作人员的注意力。然而这样的努力并非每一次都会奏效。也许，来访者带来了一项有益的发明呢！也或许，只不过想要缴纳所得税呢！但是隔栏成了拦路虎——于是发明就这么被埋没了，所得税也没能缴成。

可移动障碍物一般用在大街上。春天的时候，喧闹的主干道上就会设置可移动障碍物，看上去像是要把正在施工修建的人行道隔开。于是一眨眼的工夫，喧闹的大街变成了空无人烟的荒漠。行人们也只好四散潜入其他小路，另寻捷径。虽然每天可能为此多走个把公里，但烂漫无邪的希望一直在支撑他们。可是转眼夏天过去了，又到了落叶的季节，移动障碍物仍然杵在那里，施工修建还没完成，大街上依旧不见人影。

花园里的长条凳被四脚朝天地翻过来，是为了把守莫斯科一座座街心花园的入口。建设者丢三落四的工作态度，简直到了令人愤慨的地步。他们竟然能够忘记给花园装一扇结结实实的大门。

拦阻标识则是一个过于庞大的话题，足够写一本厚厚的书了，不过这不在本书作者的计划之列。

标识一般分为两种：直接的和间接的。直接的标识有诸如：

禁止入内！闲杂人员不得入内！此路不通！

这样的标识有时候会在机关大门上挂着，尤其是那些公众光顾率极高的机关单位。

间接标识最具杀伤力。这些标识不会直截了当禁止入内，但很少会有哪个狗胆包天的家伙会冒险使用他进入的权利。这么不要脸的标识，下面就列举几个：

不经通报不得入内！不接待！正在忙碌请勿打扰！

有些地方无法设置隔栏或者可移动障碍物，也没有长条凳可以翻，或者没地方悬挂拦阻标识，那就剩最后一招了——拉几根绳子。绳子往往会在根本想象不到的地方拉起来，依据的完全是灵机一动。如果绳子的高度刚好达到人的胸前，那顶多会让人吓一跳，引来几声神经质的似笑非笑。但高度仅仅到达脚踝处的绳子肯定是要致残的。

让那些门都见鬼去吧！让剧院门口长长的队伍也都见鬼去吧！请允许人们未经通报就能进入！请允许大家从足球场出来的时候，保持脊椎完整！成天只知道吃闲饭的房管处啊，求求你们了，敞开的电缆箱里本来就够乱的了，就把旁边的可移动障碍物撤了吧！还有那些四脚朝天的长条凳！把它们都放归原位吧，深夜坐在街心花园里才会怡然自得，呼吸着清新的空气，脑子里才会灵光闪现思如泉涌！

戈里匝祖耶娃女士靠着上了锁的玻璃门，坐在楼梯上，她所处的位置是民族宫的正中。此刻她脑子里想的，是自己守活寡的命运，一边想一边等着天亮，偶尔也打个盹。

天花板上顶灯黄色的灯光从走廊里射出来，透过玻璃门洒在寡妇身上。楼梯上的小窗外，已经能看到雾蒙蒙的晨曦。

周围静悄悄的，此时的清晨最有朝气，也最为纯洁。可就在这静谧的一刻，戈里匝祖耶娃听到了走廊里的脚步声。寡妇一个激灵站了起来，贴到了玻璃门上。浅蓝色马甲在走廊的尽头一闪，深红色的皮鞋也蹭得满是泥灰。土耳其臣民的儿子迈着轻佻的步伐，顺手掸去衣服上的尘土，朝玻璃门走来。

“小宝贝儿！”寡妇喜出望外，“小——小——宝贝儿啊！”

她把喷涌而出的柔情全都哈在玻璃门上，玻璃立刻就蒙上了雾气，连哈出的斑斑污渍都显得喜气洋洋。雾气和喜气中，出现了那个美好的浅蓝色光影。

奥斯塔普似乎没听见寡妇孤苦无依的呼唤。他挠了挠背，缓缓地转了转脖子。再过一秒钟，他就要消失在拐角处了。

可怜的太太近乎绝望地哭出声来：“本德尔同志！”她啪啪地拍打起玻璃来。了不起的幕僚这才转过身来。

“啊。”他看见寡妇被挡在紧锁的玻璃门另一边，“您也在这里啊？”

“在这里啊，在这里。”寡妇开心地回答了一遍又一遍。

“来抱抱我吧，我的甜心，我们分别得太久太久了。”技术经理发出了邀请。

寡妇立刻手忙脚乱起来。她像一只笼子里的黄雀，在门后蹦蹦跳跳。安静了整整一夜的衣裙再次稀里哗啦响起来。奥斯塔普在那一边张开了双臂。

“你怎么不过来呀，我的小母鸡？你的太平洋小公鸡[①]在小人

---

① 了不起的幕僚口中的“太平洋小公鸡”，是在吹嘘他参加了著名的权威机构——太平洋委员会。该委员会于 1927 年 5 月 4 日由苏联科学院主持成立，后来加入了国际太平洋协会。

民委员会开会开得累坏了啊。”

寡妇立刻从梦幻世界坠到了凡间。

“小宝贝儿。”她第五次叫对方，“快帮我把门打开，本德尔同志。”

“姑娘，小声点！矜持会让女人更美呢。干吗要这样蹦蹦跳跳的？”

寡妇越发手忙脚乱。

“呵，您干吗这么心烦意乱的？”奥斯塔普问，“谁给您添乱了吗？”

“你自己一走了之，还来问我！”

寡妇哭了起来。

“您还是把眼泪擦了吧，女士。您的每一滴眼泪，只不过是宇宙的一个分子而已。”

“我一直等啊，等啊，连生意都不做了。我是来找您的啊，本德尔同志……”

“那么，您现在对楼梯上的生活还满意吗？不怕被风吹了着凉吗？”

寡妇宛如一口修道院的大茶炊，开始慢慢沸腾起来。

“忘恩负义！”她浑身一哆嗦，破口大骂。奥斯塔普似乎还有一些闲暇时间，只见他打着响指，踩着节拍晃起了腰身，轻轻哼唱起一首歌：

“有时在我们的心里，会有些魔鬼的习气！可谁让女人的美丽，轻易燃爆柔情蜜意……”①

① 出自卡尔曼轻歌剧《希尔瓦》中的咏叹调。

“炸死你！”眼看舞蹈接近尾声，寡妇忿忿地许下心愿。“你偷了我的手镯，那是我丈夫送的。干吗连椅子都带走？”

“看来，您这是要撕破脸皮了？”奥斯塔普一脸不在乎的样子。

“就是偷了，偷了！”寡妇又重复了好几遍。

“听好了，姑娘：您千万要好生记住，奥斯塔普·本德尔从来没偷过任何东西。”

“那谁拿走了茶滤？”

“噢，茶滤啊！就是您那一堆滞销资产里的吗？连这都算偷啊？那么看来，我们俩的人生观的确是南辕北辙了。”

“就是你拿走的。”寡妇不依不饶地咕咕叫。

“这么说吧，有个年轻健壮的小伙子，从一个体弱多病的乡下老太那里，借走一些她根本就用不着的东西，比如炊具，您觉得这也算偷？我说得对不对？”

“就是小偷，就是小偷！”

“那样的话，我们就只好分手了。我同意离婚。”

寡妇一头撞向了玻璃，玻璃门颤动起来。奥斯塔普意识到，自己该走了。

“没时间拥抱了。”他说，“永别了，爱人！就像汪洋中的两叶孤舟，我们各奔航程啦。”①

“救命啊！”寡妇大声尖叫起来。可奥斯塔普已经走到了走廊的尽头。只见他跳上窗台，闷声跳到被夜雨打湿的地面上。那

---

① 出自流行情歌《船》，作者普罗佐罗夫。但似乎引用不准确。原文是：“我俩其实从没彼此相爱……所以只好分离，一如黑夜里的两叶孤舟。”

里刚好是一片果园，里面的果子倒是要颇费周折才能摘到，而奥斯塔普转眼便消失在到处挂着晶莹水珠的果园里。

被寡妇尖叫吵醒的门卫循声赶来。虽然吓唬说要罚款，但他还是释放了这位女囚徒。

第二十九章　《加百利颂》[①]的作者

戈里匝祖耶娃太太刚一离开办公室成串的民族宫，这个不好客的地方就迎来了行色匆匆的最基层工作人员：文书、文件收发小姐、轮值的话务员、会计师的年轻助理们，还有未成年社保人员[②]。

人群中有一个叫作尼基佛尔·利亚皮斯的人，非常年轻，绵羊发型，眼神傲慢。

无知的人、冥顽不化的死脑筋和初次造访的人一般都会从正门进民族宫。可尼基佛尔·利亚皮斯走的却是必须穿过诊所的后门。到了民族宫，他就像到了自己家里一样，知道有哪些最短的路径可以直达目的。而他要去的，是受到阔叶绿荫庇护的一片片绿洲，那是一家家主管杂志，那里的稿酬如一股股沁人心脾的清泉正喷涌而出。

尼基佛尔·利亚皮斯先去了小卖部。一段玛特奇什舞曲结束后，镀了镍的售货机扔出三张发票。尼基佛尔撕开密封的纸盖，喝下一杯酸奶，接着又就着一杯茶水，吃完一块制成小花坛形状的奶油馅饼。吃饱喝足后，利亚皮斯才开始笃悠悠地巡视自家的领地。

第一个被他拜访的，是狩猎月刊杂志《格拉希姆与木木》[③]的编辑部。看到纳佩尔尼科夫同志还没来上班，尼基佛尔·利亚皮斯便逛到《吸湿通报》周刊编辑部，这是一份药学工作者与外界沟通交流的喉舌刊物。

“早上好。”尼基佛尔打招呼，“我写了几首很棒的诗歌。”

“什么内容？”文学版面负责人问，“什么主题？特鲁别茨柯伊[④]，您可是知道的，我们这份杂志……”

负责人为了更加精确定义《吸湿通报》的实质，特意晃了晃几根手指。

特鲁别茨柯伊-利亚皮斯先低头看了看自己的白色席纹布裤子，接着便一仰头，吟出了主题：

“《坏疽抒情叙事诗》。”

“有点意思。”吸湿专家表示认可，“早该采用通俗体裁宣传预防理念了。”

利亚皮斯不假思索地朗诵起来：

坏疽病击垮了加百利，
加百利从此卧床不起……

接着，这首杰出的四音步抑扬格诗歌便细述了加百利不幸的

① “加百利”是作者开玩笑故意杜撰的名字，正确的写法是“加百列”。加百列是《圣经》中一位天使的名字，传说他有千面形象。普希金写过长诗《加百列颂》。

② 1920年代，苏联政府要求各机关单位设置固定名额的工作岗位，以保障15—17岁未成年人的就业机会，故称之为未成年社保人员。

③ 《木木》是著名俄国作家屠格涅夫创作于1852年的短篇小说，曾遭官方查禁。小说中的主人公格拉希姆是一名哑巴农奴，却身材魁梧、温厚敦良、天生神力。他被喜怒无常、性格乖张冷酷的地主婆从乡下农村带到莫斯科，恋爱失败后，又被迫亲手溺毙了自己心爱的宠物狗“木木”。最终心灰意冷，毅然决然地独身离开莫斯科返回家乡。

④ 此人是复姓，全称是特鲁别茨柯伊-利亚皮斯，特鲁别茨柯伊是吹嘘的意思，利亚皮斯是信口胡说的意思。

命运。因为自己的愚昧无知，他没有及时去药店买来碘酒涂抹伤口，所以最终一命归西。

"你很有出息啊，特鲁别茨柯伊。"编辑表示很满意，"不过，最好能再……您明白吗？"

他又晃了晃手指，但他竟然录用了这首可怕的叙事诗，还答应下周二支付稿酬。

《报务员日常生活》杂志对利亚皮斯的态度比较温和。

"您来得正好啊，特鲁别茨柯伊。我们刚好需要诗歌呢。不过，我们只要描写生活的，只要生活，生活。不要任何抒情。明白吗，特鲁别茨柯伊？除此之外，最好还能写一点和邮政工作人员生活相关的，您明白吗？"

"我昨天刚好构思了邮政工作的主题。洋洋洒洒写了一篇长诗，题目叫做《最后一封信》。你们听听……"

他是邮政工作者加百利，
每天奔波送信的加百利……

加百利的故事长达七十二行。虽然在诗歌里，信差加百利最终被法西斯的子弹击中阵亡，但他还是把最后一封信送达目的地。

"这是哪里发生的事情？"有人听了将信将疑。不过质疑得也确实合情合理。因为那时候苏联早就没了法西斯，而国外又不会有叫加百利的通信工会成员。

"想知道怎么回事吗？"利亚皮斯赶紧圆谎，"这事情，当然是发生在我们国内的，而法西斯是乔装打扮了的。"

“我觉得，特鲁别茨柯伊，您还是写一点关于我们广播电台的吧。”

“您怎么又不想要邮递员了呢？”

“再说吧。稿子我们暂时先收下。”

闷闷不乐的尼基佛尔·特鲁别茨柯伊-利亚皮斯又回到了《格拉希姆与木木》编辑部。纳佩尔尼科夫已经端坐在斜面办公桌后。墙上挂着一幅放大了不知道多少倍的屠格涅夫肖像，戴着一副夹鼻镜，脚踩沼地靴，前倾身体端着一杆双筒猎枪。而纳佩尔尼科夫的身边，正站着利亚皮斯的竞争对手——一位来自郊县地区的诗歌创作者。

换汤不换加百利的戏再度开演，不过这次的主题是狩猎。诗歌的题目是《偷猎者的祷告》。

加百利埋伏着守株待兔，
加百利一枪射伤了野兔。

“非常好！”老好人纳佩尔尼科夫喝了一声彩，“特鲁别茨柯伊，您的这首诗歌已经超越恩吉赫[1]啦。不过，有些地方还是要修改一下。首先，要把祷告的元素连根拔掉。”

“兔子也要删掉。”竞争对手也趁机鸡蛋里挑骨头。

“兔子为什么要删掉？”纳佩尔尼科夫不解。

“因为现在不是打兔子的季节。”

“您听到了，特鲁别茨柯伊？把兔子一起改了吧。”于是，这

---

① 恩吉赫是当时颇负盛名的诗人尼古拉·吉洪诺夫名字的缩写。

首脱胎换骨的长诗就有了新名字《偷猎者的教训》，兔子也被改成了田鹬。不过后来又发现，夏天也不是猎田鹬的季节。所以诗歌最后念出来是这个味道：

加百利埋伏着要打小鸟，
加百利一枪射伤了小鸟。

等等，诸如此类。

在食堂吃过早餐后，利亚皮斯又开始跑起业务来。他的白色裤子在幽暗的走廊里忽隐忽现，同时向各个编辑部推销各种形象和身份的加百利。

《合作社之笛》编辑部也收到了加百利，题目是《埃奥洛斯之笛》①。

柜台后曾站着加百利。
加百利以前卖过长笛。

大型期刊《森林的真实面目》编辑部里，竟然有几个傻头傻脑的家伙买下了利亚皮斯一首不长的叙事诗《在林边》。诗歌开头是这样的：

密林中出现了加百利，
加百利砍倒一棵竹子。

---

① 埃奥洛斯是希腊神话中的风神。

这一天里，加百利最后一位的攻关目标是面包烘焙行业。他在《面包师》编辑部谋得了一席之地。这首长诗的名字不但冗长，而且读了就让人心烦：《关于面包，关于食品质量，关于爱人》[①]。诗人打算献给一位叫作希娜·齐列克的神秘女士[②]。开头同样是史诗般的平铺直叙：

> 加百利曾是一位面包师，
> 烤小面包的就是加百利……

经过一番温文尔雅的讨价还价，诗歌的献词被删除了。最让人扫兴的是，没有哪一家编辑部把稿酬当场付给利亚皮斯。有的信誓旦旦保证周二支付，有的说要到周四或者周五，更有甚者索性推到了两个星期以后。没办法了，他只好去从未出版过他作品的敌对阵营去借钱。

利亚皮斯从五楼跑到二楼，走进了《机床》报书记办公室。谁知屋漏偏逢连夜雨，他刚好就撞上了工作狂佩尔西茨基。

“啊！”佩尔西茨基大声招呼他，“利亚普苏斯[③]！”

“帮个忙吧。”尼基佛尔·利亚皮斯却赶忙压低了声音，“借我三卢布。《格拉希姆与木木》欠我一大笔钱呢。”

“我这就可以给您五十戈比。您等一下，我去去就来。”

---

① 这是讽刺诗人马雅科夫斯基喜爱的诗歌风格，比如马雅科夫斯基写过一首著名的《关于“垮台”，关于“顶峰”，关于其他玄之又玄》。

② 通过相似的发音影射马雅科夫斯基的情人莉莉娅·布里克——一位有夫之妇，马雅科夫斯基曾为她写作过多首诗歌。当时，两人之间轰轰烈烈的爱情也只是在文人中间口口相传。

③ 利亚皮斯的谑称。

佩尔西茨基很快回来了，还带来十个《机床》报的同事。大家彼此一通寒暄。

“那么，生意还好吗？”佩尔西茨基问起了正事。

“我创作了几首好诗！”

“是写加百利的吧？是不是乡村题材？《加百利日出就耕地，加百利钟爱他的犁》？”

“加百利就不要提了嘛！全都是我马马虎虎随便写的！”利亚皮斯赶紧辩解，“我创作的是高加索题材的。”

“您还去过高加索啊？”

“两星期后就去。”

“利亚普苏斯啊，您就不害怕吗？那里可有豺狼哦！”

“这有什么好害怕的！高加索的豺狼又没有毒！”

他这么一说，大家心里立刻犯起了嘀咕。

“那您倒是说说看，利亚普苏斯。”佩尔西茨基追问，“您觉得豺狼长什么样？”

“我当然知道，别刁难我！”

“那，既然知道，您就说说啊！”

“嗯，样子嘛……就跟蛇差不多。”

“是啊，是啊，您说得太对了，您一向都对。照您的说法，野山羊身上的鞍套可以吃，还可以和马镫一起吃。”

“我从来没这么说过！”特鲁别茨柯伊激动起来。

“您确实没说过，可是您这样写了。纳佩尔尼科夫告诉我，说您千方百计想把狗屁不通的诗歌塞进《格拉希姆与木木》，还胡说什么取材于猎户的日常生活。您说句良心话。利亚普苏斯，为什么您总是写自己这辈子根本没见过的事情？为什么要写您根本一窍不通的东西？您的那首《坎顿[①]》——明明是女士穿的浴袍啊，在您笔下居然成了舞裙？为什么啊？！”

“是您太市侩了。”利亚皮斯虚张声势地硬撑着。

“还有您的那首《向布琼尼奖[②]疾驰》，骑师都给马套上结绳了，然后自己还坐到赶车人的座位上去？您到底见没见过结绳啊？”

“见过。”

“好啊，那您说说，结绳长什么样！”

“别烦我。您简直是疯了！”

“那您见过赶车人的座位吗？到底看过赛马没有啊？”

“不一定哪儿都要去啊！”利亚皮斯终于忍不住大叫起来，“普希金写过土耳其的诗歌，可他从来没去过土耳其啊。”

“噢，是啊，埃尔泽鲁姆本来就是在图拉省的嘛。”

利亚皮斯没听出这句话是在嘲笑他。他依然强词夺理地为自己辩护：

“普希金也会根据材料写啊。他还读过普加乔夫暴动的材料，后来就写成了文章。而赛马的事情，都是恩吉赫亲口告诉我的。”[③]

这场艺高人胆大的答辩结束后，依然厚着脸皮负隅顽抗的利

① 美国东北部城市。

② 布琼尼（1883—1973），苏联元帅。布琼尼奖指的是赛马锦标赛。

③ 1828—1829年间，普希金随俄罗斯军队到过土耳其城市埃尔泽鲁姆，而且还即兴写过几首关于这场战争的诗歌。可是利亚皮斯却不知道这个典故，所以有人说“埃尔泽鲁姆本来就是在图拉省”，他没听出有什么错。另外，他以为“普加乔夫暴动史”是一些相关参考材料的称谓，殊不知普希金的第一部历史著作就叫作《普加乔夫史》。恩吉赫即诗人尼古拉·吉洪诺夫，曾在骑兵部队服役，是一位优秀的骑手。他曾在自己的作品中多次介绍过骑兵部队的生活，1927年还出版过故事集《战马》。利亚皮斯对此可能仅仅有所耳闻，或者粗略读过。

亚皮斯被佩尔西茨基拖进了隔壁的房间。围观的人们也都跟了进去。房间里的墙上挂着一张大大的剪报，上面的内容像讣告一样用黑边框了起来。[1]

“《船长驾驶台》的这篇随笔是您写的吧？”

“是我写的。”

“这好像是您初次尝试写散文吧？恭喜您了！‘海浪翻越过堤坝，犹如千斤顶般滚滚倾泻而下……’呵呵，你真是帮了《驾驶台》一个大忙！人家这下一辈子都忘不掉你了，利亚皮斯！”

“怎么啦？”

“还怎么啦……您知不知道，什么是千斤顶？”

“哼，当然，知道，别惹我……”

“您想象千斤顶应该是什么样的？您用自己的话来描述一下吧。”

“是那样的……会往下掉的，这样吧。”

“千斤顶往下掉。大家都听到了吧！千斤顶滚滚倾泻而下！您等一下，利亚普苏斯，我现在就把五十戈比拿来给你。你们别让他跑了！”

再次回来的时候，佩尔西茨基还是没有把五十戈比拿来，却把布罗克豪斯百科词典[2]第二十一卷抱了回来。按字母序列，是从多米齐到叶夫列依诺夫的词条。在梅克伦堡-什未林大公国的多米齐要塞与流经比利时荷兰的多梅尔河之间，找到了那个待求证的单词。

---

① 当时很多编辑部都用黑框标注有严重错误的文章，并以剪报的形式贴在墙上。作者本人曾在《汽笛》报供职，编辑部里就设置了一个陈列架，专门展示利亚皮斯之流的稿子，取名为“鼻涕与干嚎”。

② 即《布罗克豪斯-艾弗伦百科词典》，俄罗斯最大的百科全书之一，1890—1907 年间在彼得堡出版。

“大家听一听！‘千斤顶（德语，Daumkraft）——一种能举起大型重物的器械。一般普通的千斤顶可用于托举马车等。千斤顶主要部件是锯齿状传送带，由手柄带动旋转的齿轮卡住传送带……’等等，等等。还有，‘1879年，约翰·迪克逊在四名工人的协助下，用四台液压式千斤顶把著名的克列奥帕特拉方尖碑固定到了预定的位置’[①]。就是这种器械，您觉得，具有滚滚倾泻而下的属性？难道说，布罗克豪斯和艾弗伦欺骗了人类整整五十年？为什么您就不学好，非要这么敷衍塞责呢？您说啊！”

“我需要钱。”

“可是您从来就没有什么钱。您一天到晚就为了五十戈比折腾来折腾去。”

“我刚买了一些家具，超支了。”

“您买的家具多吗？就凭您这种吊儿郎当的态度，给您一个铜板就了不起了！”

“才不止一个铜板呢！我在拍卖会上买了一把非常棒的椅子……”

“形状和蛇差不多？”

“不是。是宫廷御用的。不过我也够倒霉的。昨天我回家很晚了……”

“从希娜·齐列克那里回来的？”大家异口同声大喊。

“希娜！……我早就不和她住一起了。我去参加了马雅科夫斯基辩论会。回到家，看见窗子开着。我立刻就意识到出了事情。”[②]

---

① 克列奥帕特拉即埃及艳后，方尖碑坐落于伦敦市中心。

② 有研究者认为，这是影射马雅科夫斯基与莉莉娅·布里克于1925—1926年间分手的那段时期。

“啊——呀——呀！”佩尔西茨基两手捂住了脸，“同志们哪，我猜，是利亚普苏斯最杰出的作品失窃了——《加百利也曾当过门卫，加百利受雇当了门卫》。”

“别打岔，让我说完啊。这简直太流氓啦！有几个混蛋爬进我的房间，把椅子的覆面全给割开了。你们谁先借我五个卢布修一下椅子吧？”

“您刚好能以修椅子为题再写一篇加百利。我连开头都替您想好了。等一下，等一下……马上……就这么写：《加百利去市场买了把椅子，加百利买的竟是把破椅子》。快记下来啊。这首诗卖给《橱柜之声》肯定会狠赚一笔……唉，特鲁别茨柯伊啊，特鲁别茨柯伊！……对了，话说回来，利亚普苏斯，您为什么要叫特鲁别茨柯伊？干吗不给自己取一个更好的笔名？比如，多尔戈鲁基[①]！尼基佛尔·多尔戈鲁基！要不，也可以叫尼基佛尔·瓦里亚[②]？或者，还有更好的：尼基佛尔·苏马罗珂夫-艾利斯通先生？要是您再遇到一个伯乐，三首诗歌同时投给《格拉希姆与木木》，那您就绝处逢生，咸鱼翻身啦。胡言乱语的一篇署名苏马罗珂夫，信口开河的一篇署名艾利斯通，第三篇署名尤苏波夫[③]……唉，您哪，就是个投机取巧的家伙！……”

---

① 多尔戈鲁基是长手的意思，也被引申为小偷的意思，莫斯科大公长手尤里的姓氏就是多尔戈鲁基。

② 瓦里亚是指法国瓦里亚王朝，1328—1589 年。

③ 苏马罗珂夫-艾利斯通是俄罗斯伯爵，他娶了尤苏波娃公爵小姐，育有一子。他们的儿子由此同时世袭两个爵位，既是苏马罗珂夫-艾利斯通伯爵，又是尤苏波夫公爵。这位尤苏波夫公爵（1887—1967）后来参与谋杀了传奇僧侣拉斯普京。1927 年，他在巴黎出版了《拉斯普京的末日：往事回忆》，在苏联国内引发广泛议论。

第三十章　哥伦布剧院内

渐渐的，伊波利特·马特维耶维奇变得越来越低三下四。他看着奥斯塔普的时候，眼里竟然有了宪兵那样浅蓝色的色调[①]。

伊万诺普罗的房间里热得难以忍受，沃罗比亚尼诺夫家的几把椅子被热浪烤得噼啪作响，就像是壁炉里烧着的柴火。了不起的幕僚头枕着浅蓝色马甲，正在休息。

伊波利特·马特维耶维奇两眼看着窗外。一辆挂着国徽的轿式马车正沿着曲折的胡同飞驰而过，把一座座小巧玲珑的莫斯科花园抛到后面。漆黑油亮的车身上，时不时倒映出鞠躬行礼的往来行人：有头戴铜盔的近卫骑兵，有城市妇女，也有一朵朵白白胖胖的云彩。马匹把路面踩得嘚嘚响，拖着马车从伊波利特·马特维耶维奇眼前掠过。他伤心地转过身来。

其实，那辆马车上挂的是莫斯科公用事业的徽章，是一辆用来运送垃圾的马车，用木板围起来的车身根本什么都映照不出来。

赶车人的座位上，坐着一个气度不凡的老头，长着一脸浓密而又灰白的络腮胡子。而这个老车夫其实不是别人，正是那位赫赫有名的骠骑兵、苦行僧——阿列克谢·布拉诺夫伯爵。伊波利特·马特维耶维奇要是知道的话，恐怕会立刻叫住他，和他好好聊一聊美好的往昔时光。

不过阿列克谢·布拉诺夫伯爵此刻的心情却糟透了。他一边抽打着马匹，一边忧心忡忡。害死人的官僚主义严重侵蚀着卫生清扫科，已经有半年多时间没有按照总合同的规定给伯爵发放专用围裙了。

“喂。”了不起的幕僚突然叫他，“您小时候有小名吗？”

“您问这个干吗？”

“没什么啦！只是不知道该怎么称呼您比较好。沃罗比亚尼诺夫我叫腻了，伊波利特·马特维耶维奇叫着又觉得酸溜溜。您以前有小名吗？依帕[2]吗？”

“基萨[3]。”伊波利特·马特维耶维奇回答，不好意思地笑了笑。

“这个名字挺合适。嗯，基萨，您过来，帮忙看一下，我背上是怎么了，肩胛骨中间好痛啊。”

奥斯塔普掀起“牛仔”衬衫，越过头顶扒了下来。呈现在基萨·沃罗比亚尼诺夫眼前的，是一个乡野安提诺乌斯[4]宽厚的脊背，背部的线条十分优美，只不过看上去有点脏兮兮。

“哦呵。”伊波利特·马特维耶维奇汇报，“有乌青块啊。”

了不起的幕僚两块肩胛骨之间，洇着一大块乌青，黑黑紫紫地绘出一个很奇怪的形状。

“是个数字 8 吧！”沃罗比亚尼诺夫惊得叫起来，“说真的，我还是头一回看到这样的乌青。”

---

① 沙皇俄国宪兵队的制服是浅蓝色的。
② 依帕是伊波利特的爱称。
③ 基萨是小猫咪的意思。
④ 安提诺乌斯是希腊少年，古罗马皇帝哈德良的男宠。130 年在陪伴皇帝巡游尼罗河时意外落水身亡，年仅 20 岁。哈德良为此极度悲痛，将他封神，在各地建庙塑像纪念。安提诺乌斯也成为西方艺术家常用的美男子素材。

“没别的数字了吗？”奥斯塔普倒是心平气和。

“看上去，好像还有字母P。”

“没别的问题啦。我明白了，全是那支可恶的钢笔！基萨，您看看，为了您的那些椅子，我要冒多大的危险，受多大的罪。这些算术符号全都是那支大钢笔给砸出来的，它还是自己倒下来的，笔尖足有86号大呢。您想想，我刚把手伸进主编大人的椅子里，那支该死的钢笔就倒下来砸到我背上。可您倒好，干脆什么事情都不会做。伊兹努连科夫的椅子是谁给搞砸的，到头来还不是我去替您擦屁股？拍卖行的事情就更别说了，您这条公狗发情还真是会找时间。都这把年纪了，做事情还不知道轻重！还是保重健康吧！……我就跟您不在一个层次！寡妇的椅子是我搞到手的。舒金家的两把椅子也都是我弄来的。伊兹努连科夫的椅子最后也是我出面才搞定的！我还去了编辑部，还去了利亚皮斯家里！只有唯一的一把椅子，算是您亲自办成的，那也多亏了我们的敌人——虔诚的大主教出手相助哦。”

技术经理光着脚在房间里无声地踱着步，对着驯服的基萨循循善诱。

那把在眼皮底下被人从十月火车站货场上带走的椅子，依然是完美合作计划中的瑕疵。虽然哥伦布剧院的四把椅子已经是嘴边的鸭子，但剧团马上就要搭乘“斯克里亚宾[①]”号邮轮沿着伏尔加河为宣传国债展开巡演了。作为本季度的压轴戏，剧院今天将首演《婚事》[②]。眼下必须做个决策了，到底是留在莫斯科，继续

① 斯克里亚宾（1871—1915），俄国作曲家和钢琴家。

② 俄国作家果戈理于1835年写的剧本《婚事》，揭示了婚姻问题上的等级观念和金钱关系。

大海捞针一样搜寻在卡兰切夫广场失落的椅子呢，还是跟着剧团去巡演。奥斯塔普倾向于后者。

“要不，我们分头行动，好不好？”奥斯塔普问，“我跟着剧院走，您就留下来，随时去货场监视那把椅子的行踪。”

但基萨可怜巴巴地眨了眨灰白的睫毛，于是奥斯塔普没再忍心难为他。

“如果有两只兔子，”他说，“我们就挑那只肥的。我们一起去吧。不过开销可不小哦。得先去弄些钱。我这里还剩六十卢布。您还有多少？咳，我怎么就忘了呢！到了您这把年纪，想赢得女孩子的芳心，可是要花大价钱的！还是我来做个决定吧：今天我们去剧院看《婚事》首演。别忘了穿燕尾服。如果椅子还在那里，还没被卖了去还社会保险，那我们明天就出发。沃罗比亚尼诺夫，您可记住了，喜剧《我丈母娘的财富》最后一幕就要上演了。这场大戏的结局[1]快要来临啦，沃罗比亚尼诺夫！您要屏住呼吸，我的老朋友！向舞台看齐！噢，我的青春！噢，幕后的气息！多少回忆！多少私情！当年扮演哈姆雷特的时候，我是多么才华横溢啊！总而言之，庭审还要继续！”

为了省钱，两个人步行去了剧院。虽然天还大亮，路灯却已经发出了柠檬色的光。大家眼睁睁看着春天渐行渐远，尘土把她卷离了广场，燥热的风把她挤进了胡同。老太太们舍不得美丽的春天就这么离去，在庭院里围着圆桌，挽留她一起品茶。但春天的气数已尽，无法继续滞留人间。可她多想再去普希金纪念碑看一眼啊，因为那里有年轻人在嬉戏，他们头戴形

---

① 原文为意大利语。

形色色的鸭舌帽，穿着木笛裤[1]，打着“开心狗”领结[2]，脚上踩着“吉米”皮鞋[3]。

几个脸上扑了浅紫色粉底的女孩子，在莫斯科消费合作联合社大厦和“公社社员”合作社之间（就是以前的菲利波夫面包糖果店和耶利谢耶夫食品店之间[4]）走过来走过去，相互照面时铿锵有力地骂着对方。这一刻，行人们也都放缓了脚步，这显然不仅是因为特维尔大街开始变得拥挤起来。莫斯科的马不比老城的马好多少：它们同样炫耀似的用蹄子把路砖敲得脆响。自行车运动员们刚参加完第一届国际大赛，一个个悄无声息地从“青年少先队员”体育场[5]飞驰而出。卖冰淇淋的小贩推着一辆绿色箱车，装着满满一箱五月春雷般提神醒脑的冰淇淋，时不时心惊胆战地用眼角瞟着路边的警察。可是警察此刻似乎被一闪一闪的信号灯拴住了，正打着僵硬的手势指挥交通，根本顾不上小贩。

两个朋友行走在拥挤的人潮中，几乎每一步都充满了各种诱惑。一个个小吃摊沿着道路铺开，当着行人的面烘烤各色肉串，有卡拉的，高加索的，还有里脊肉的。热腾腾的烟雾一边刺激着嗅觉，一边袅袅地飘向灰亮的天空。啤酒馆、小饭店和“了不起

---

① 长度到脚踝的窄裤。

② 因形状酷似同名的煮香肠而得名。

③ 仿照美国电影里制作的尖头皮鞋，低帮高跟。“吉米”是当时苏联针对美国的异域风情起的绰号。

④ 菲利波夫面包糖果店和耶利谢耶夫食品店都是莫斯科著名的品牌连锁店，两家店都以创办人命名，总店彼此相邻，都位于市中心特维尔大街。

⑤ 原先的版本里为“托姆斯基”体育场。托姆斯基是政治局委员，全苏工会中央理事会主席，体育场也隶属于食品工业工会。他“失宠”后，名字被禁止见之于公开出版物，所以后来本书的版本中改为“青年少先队员”体育场。

的哑巴”电影院里[1]，传来阵阵弦乐演奏。有轨电车站上的扩音器慷慨激昂地嚷嚷着。

该抓紧时间了。两个朋友迈步走进了哥伦布剧院嘈杂的前厅。沃罗比亚尼诺夫立刻冲向了售票处，从头到尾看了一遍座位价目表。

“还是太贵啊。”他有点沮丧，“连十六排的位子都要三卢布呢。”

“我真是瞧不起你们这些，”奥斯塔普一脸鄙夷，“小市民，傻乎乎的乡巴佬！您这是往哪里钻？您没看到那是售票处啊？”

“那还能去哪里？不买票又不让进！”

“基萨，您实在太俗了。每一家设施完善的剧院都有两个窗口。在售票窗口排队的，只有热恋中的情人和继承了遗产的暴发户。其他人（您再看看，其实是绝大多数人）都直接去管理员窗口排队。”

确实，正如奥斯塔普所说，售票窗口旁只有寥寥五六个人，穿着也十分朴素。也许，他们真的是继承了遗产的暴发户或者热恋的情人。可是在管理员窗口旁就是一派人声鼎沸的情形，那边的队伍看上去也是花花绿绿。年轻人身着时尚的外套和裤子，那一个个十足的派头，乡下人大概只有在做梦的时候才能看到。他们手里都拿着一张熟人给的小纸条，神气活现地挥来挥去，这些熟人可能是导演、演员、编辑部、剧院道具服装、区片警察局负责人等等，还有其他与剧院有密切联系的人。比如：戏剧电影评论

---

① “了不起的哑巴”电影院就在特维尔林荫路上，后改名为“每日新闻”电影院。

协会、“慈母泪”协会、“马戏实验工作室”校理事会，还有什么隶属于“乌姆斯洛波加斯”的“福廷布拉斯”的成员，等等[①]。还有七八个人手里拿的条子都是一个叫埃斯佩尔·艾克列洛维奇写的。

奥斯塔普一头扎进队伍里，把几个福廷布拉斯推开，一边叫道：“我只是打听一件事，你们没看到吗，我连套靴都没有脱。”[②]说着就凑到窗口前，朝里面张望。

管理员正忙得像个搬运工，豆大的汗珠钻石般亮晶晶地挂满了他胖胖的脸。电话每分钟都会冷不丁响起，铃声就像横穿斯摩棱斯克市场的有轨电车一样持久顽固。

“请您快点。”他对奥斯塔普大声说，“您的纸条呢？”

“两张票。”奥斯塔普轻轻地回答，“池座。”

“给谁？”

“给我啊！”

“您是谁，凭什么我就要给您票？”

“我还以为，您认识我呢。”

“没认出来。”

但是这个陌生人的眼神是如此清澈，如此透亮，管理员的手竟不由自主地给奥斯塔普扯了两张十一排的票。

“真是什么人都有。”管理员无奈地耸了耸肩，“谁知道这都

---

① 这些机构实际并不存在，都是作者虚构的。“马戏实验工作室”是混杂了“马戏艺术工作室”和“国家实验剧院”，意在表现当时的现代派导演都非常钟情于马戏艺术。福廷布拉斯是莎士比亚作品《哈姆雷特》中挪威王子的名字，而乌姆斯洛波加斯则是英国作家哈格德小说《阿兰·夸特曼》中祖鲁酋长的名字。作者把两个戏剧人物的名字连在一起当作两个单位名称的缩写，是想避讳当时不便指名道姓的机关单位。另外，乌姆斯洛波加斯在俄语发音中会让人产生“使人智障”的搞笑效果。

② 当时的剧院里铺有地毯，所以观众在进剧院之前要在衣帽间脱下套靴。

是些什么人！也许，他是教育人民委员会的？好像，我在教育人民委员会见过他。我在哪儿见过他呢？”

缓过神来的雅科夫·梅涅拉耶维奇一边机械地把入场券派发给幸运的戏剧电影评论家们，一边努力回忆着，到底在哪儿见过这双纯真的眼睛。

当所有入场券都发完后，剧院休息室里的灯光变暗了，雅科夫·梅涅拉耶维奇才回忆起来：这双纯真的眼睛，还有眼神中的自信，他曾于1922年在塔甘监狱见到过，那时候自己因为犯了一些鸡毛蒜皮的小事情在那里坐牢。①

两位合伙人坐在十一排。奥斯塔普开心地笑了起来，他很喜欢开场的音乐。只见乐队用来演奏的乐器是几个酒瓶、艾斯玛尔赫灌肠器②、萨克斯风和几面大军鼓。响过一声长笛后，大幕掀起一股凉风，向两边拉开了。

只是沃罗比亚尼诺夫觉得很奇怪。他早就看惯了经典诠释的《婚事》，而现在舞台上却没有出现波德克廖辛③。伊波利特·马特维耶维奇眼珠子滴溜溜找了个遍，只看见天花板上悬着的几块长方形胶合板，被涂成太阳七彩光谱的颜色。没看见门，也没找到蓝色的纱窗。有几位女士在彩色的长方形胶合板下面跳着舞，头上还都顶着黑色硬纸板裁成的礼帽。随着一阵酒瓶子叮当响过，波德克廖辛出现在了舞台上，他骑在斯捷潘的身上冲进了人群。波德克廖辛身穿宫廷侍从的制服，一上台就说了几句原著剧本

---

① 作者似乎是不经意地提到，奥斯塔普坐牢不止一次。

② 德国医学家艾斯玛尔赫（1823—1908）发明的灌肠器，用玻璃、陶瓷或者金属制成的柱状容器，容积约为1—3升，接有一根长为2米的导管。用于灌肠或注洗。

③ 《婚事》的男主人公，七等文官。

里并没有的台词，把舞台上的女士们赶跑了。接着，就听他大喊：

“斯捷——潘！[①]”

紧接着便纵跳到一边，保持一个高难度姿势一动不动。艾斯玛尔赫灌肠器一阵蜂鸣。

“斯捷——潘！！”波德克廖辛又叫了一次，再次纵身一跃。

可是，身穿雪豹皮的斯捷潘站在那里一动不动，也没有任何回应，于是波德克廖辛只好悲悲切切地问他：

“你怎么就像国际联盟一样，站在那里一声不吭？”

“这还看不出来，我被张伯伦吓坏了。”斯捷潘说着，挠了挠豹皮。

看这副架势，斯捷潘怕是要鸠占鹊巢取代波德克廖辛，成为这出现代剧的主角了。

“那么，裁缝在做我的常礼服吗？”

又是一跳。艾斯玛尔赫灌肠器一阵蜂鸣。斯捷潘努力做了一个两手倒立的动作，然后保持这个姿势说：

“在做！”

乐队演奏了一段《乔乔桑》[②]的集成曲。在这个时间里，斯捷潘一直这么两手倒立，脸上因为充血憋得通红。

“那么，”波德克廖辛接着问，“裁缝问没问，老爷我，用这么好的呢子做什么？”

这时候斯捷潘已经坐进了乐池，抱着乐队指挥。他说：

“没有，他没问这个。难道他还是英国议会的议员？”

---

① 斯捷潘是剧中主人公的仆人。
② 即《蝴蝶夫人》。

“那裁缝问没问，老爷我，是不是要结婚？”

“裁缝问了，老爷您，是不是要付赡养费。”

这句话刚说完，照明灯灭了，观众恼得纷纷跺脚。一直跺到舞台上传来波德克廖辛的声音：

“先生们！不要慌张！灯光是根据剧情需要故意熄灭的，也是实景布置的要求。”

观众被降伏了。可是直到这一幕结束，灯光也没亮起来。漆黑一片的舞台上，战鼓擂得震天响。有一队身穿酒店门卫制服的军人，手拿电筒迈着正步走了过去。然后，科齐卡廖夫[①]骑着骆驼上场了。但是只有下面这段对白可以证明，他真的是骑着骆驼来的：

“呸，你可把我吓坏了！怎么还是骑着骆驼来的呢！”

“哈，这么黑咕隆咚的，居然被你发现啦？！我还想给你一个惊喜，让你相信是一道美味的菜呢！[②]”

幕间休息的时候，两位合伙人一同看了海报[③]：

婚事

剧本文本——N.V. 果戈理

配诗——M. 舍尔舍里雅法莫夫[④]

---

① 剧中主人公的好朋友。

② 俄语中骆驼可以拆成“相信”和“一道菜”两个单词。

③ 上面这一段描写舞台演出的文字，是作者在讽刺 1920 年代积极的先锋派导演们。他们大胆改编经典戏剧，在社会上风行一时的同时，也颇遭争议和诟病。其中最为激进的就是文学艺术改革派领袖人物梅耶尔霍利德。上述台词的设计就是模仿了梅耶尔霍利德的口吻，甚至连下面海报的格式和风格也效仿了梅耶尔霍利德。

④ 来自法语音译，意为“寻找女人吧”，同时也影射了著名印象派诗人舍尔舍涅维奇，他也是梅耶尔霍利德的好朋友。

文学剪辑——I. 安提奥希斯基[①]

音乐伴奏——X. 伊万诺夫[②]

剧本——尼克·谢斯特林[③]

实景布置——辛比耶维奇-辛迪耶维奇[④]

灯光照明——柏拉图·普拉休克[⑤]

音响效果——加尔金，帕尔金，马尔金，察尔金和扎尔金德

化妆——克鲁尔特工作室[⑥]

假发——福姆·柯楚尔[⑦]

道具——“乌姆斯洛波加斯”所属“福廷布拉斯”麾下伯沙撒木器工作室。

动作指导——若尔热塔·蒂拉斯波尔斯基赫[⑧]

液压机——由装配工梅契尼科夫[⑨]操作。

海报由“克鲁尔特工厂技工学校”打字、排版和印刷。

“您喜欢这出戏吗？”伊波利特·马特维耶维奇试探着问。

---

① 影射安条克，即现在的安塔基亚，是土耳其南部城市，哈塔伊省省会。一般认为那里是历史上神迹发生的地方。

② 这个名字代表了下流或不体面的人，与上面的神迹之地形成反差。

③ 全名应该是尼古拉·谢斯特林。作者有意效仿梅耶尔霍利德的宣传海报风格，名字只写一半。

④ 此人没有标注名字，只有姓氏。姓氏的意思为“垄断共存”。

⑤ 此人名字的意思为“柏拉图的斗篷”。

⑥ 工作室影射梅耶尔霍利德创办的国立高等导演实验学校。

⑦ 曾有一个同名的木工，于1902年刺杀过哈尔科夫省长。

⑧ 这个姓氏来自于城市蒂拉斯波尔。这里出现了一个很有趣的现象，似乎作者又一次暗示主人公本德尔的身份。在摩尔多瓦有一条叫作德涅斯特的河流，而本德尔（也译作宾杰里）与蒂拉斯波尔就是两座隔河相望的城市。本德尔在历史上与土耳其有千丝万缕的联系。本书续集《金牛犊》的结尾，本德尔就是途经蒂拉斯波尔回到了本德尔。

⑨ 著名生物学家梅契尼科夫于1908年获诺贝尔奖。

“您呢？”

“挺有意思的，只不过斯捷潘的形象看上去有点奇怪。”

“可我不喜欢。”奥斯塔普说，“尤其是他们的道具，一看就是‘沃格帕斯’[①]作坊的劣质品。他们不会把我们的椅子也改成新样式了吧？”

这种担心看来是多余的。第二幕一开场，四把椅子就被几个头戴礼帽的黑人齐刷刷地摆到舞台上。

婚礼这一场戏可谓让观众大开眼界。阿加菲娅·吉洪诺芙娜[②]竟然踩着一根横贯剧院大厅的钢丝粉墨登场，与此同时，X. 伊万诺夫乐队奏响的音符如此惊天动地，足以把阿加菲娅·吉洪诺芙娜吓得从钢丝上摔下来，跌入观众席。但阿加菲娅的表现异常出色。她身穿一条肉色的紧身裤，头戴一顶男士的圆礼帽，手里还撑着一把用来保持平衡的绿色雨伞，上面写着：“我要波德克廖辛”。只见她踩着钢丝一步步走来，从底下可以清晰地看到她脏兮兮的鞋底。从钢丝直接蹦到椅子上时，身穿芭蕾舞裙的几个黑人、波德克廖辛、科齐卡廖夫，还有身穿列车乘务员制服的媒婆同时向后做了一个空翻。接着是五分钟休息，也许是为了隐蔽场景布置，舞台照明又一次熄灭了。

几个求婚者的形象十分可笑，尤其是那个亚伊其尼扎[③]。大家干脆用平底锅端上来一个大大的煎鸡蛋替他出场。水兵的头上

---

① “沃格帕斯”是文学典故。俄罗斯白银时代作家阿维尔琴科写过一则讽刺短篇，名为《市警萨波戈夫》。主人公萨波戈夫去定做名片，看到排印模板上自己的名字是倒过来的——萨波戈夫（САПОГОВ）变成了沃格帕斯（ВОГОПАС），因而大发雷霆……后来“沃格帕斯”就被经常用来讽刺无知无能的行为。

② 《婚事》剧中女主人公。

③ 有煎鸡蛋的意思。

则插了一根绑着船帆的桅杆。

商人斯塔里科夫[1]大声抱怨自己是蚊子追飞机——无能为力，光营业执照和平均税就把他逼死了。阿加菲娅·吉洪诺芙娜不喜欢这个人。她最终选择嫁给斯捷潘。于是波德克廖辛转眼变成了仆人，而新娘新郎开始津津有味地吃他端过来的大煎蛋。科齐卡廖夫和菲克拉一起唱了几首讽刺歌，唱的是张伯伦，也唱了英国大臣向德国征收赡养费。最后，艾斯玛尔赫灌肠器吹起了送终的祈祷乐曲。大幕卷起一阵风，拉上了。

"我对这出戏很满意。"奥斯塔普说，"椅子都完好无损。不过我们还是得抓紧了。要是阿加菲娅·吉洪诺芙娜每天都嘎吱嘎吱往上跳，要不了多久椅子就会散架。"

几个穿着时尚的年轻人，一边嘻嘻哈哈推推搡搡，一边头头是道地议论着实景和音响效果的细节。

"好啦。"奥斯塔普吩咐，"基萨奇卡[2]，您啊，该说拜拜啦。明天一大早您还要去排队买票。剧团晚上七点搭乘快车去下新城。所以您得买两张到下新城的硬座票，库尔斯克方向。硬座就硬座，没什么大不了。反正也就一晚上。"

次日清晨，哥伦布剧团已经在库尔斯克火车站的小卖部里全体就座了。辛比耶维奇-辛迪耶维奇想方设法让实景道具终于搭上了同一列车次，然后便在桌子旁吃了起来。啤酒泡湿了胡髭后，他担心地问安装工：

"这一路上液压机不会有事吧？"

---

① 姓氏，意思是老头子。
② 基萨的爱称。

"液压机确实是个麻烦。"梅契尼科夫说，"虽然每次只开五分钟，可我们整个夏天都得带着它。"

"记得上演《思想粉末》的时候，那台'时光射灯'是不是好对付些？"

"当然，容易多了。射灯虽然个头大，可毕竟没那么容易坏。"

阿加菲娅·吉洪诺芙娜就坐在邻桌，她还是个相当年轻的女孩子，健美的双腿就像保龄球瓶一样惹眼。音响效果加尔金、帕尔金、马尔金、察尔金和扎尔金德正围着她团团转。

"你们几个昨天没跟上我的节奏，"阿加菲娅·吉洪诺芙娜嗔怪说，"我会被你们摔死的。"

音响效果七嘴八舌地为自己辩护：

"这可不怪我们！灌肠器爆了两个！"

"现在还上哪儿去买进口的艾斯玛尔赫灌肠器？"加尔金大声抱怨。

"要不您自己去国营医疗器械贸易局看看。别说艾斯玛尔赫灌肠器了，就连温度计都买不到！"帕尔金表示支持加尔金。

"难道你们连温度计也要拿来当乐器？"女孩子吃惊不小。①

"温度计是不能当乐器的。"扎尔金德觉得有必要说明一下，"不过，要是这些该死的灌肠器把人都气病了，那么温度计也就真的派上用场了。"

编剧兼总导演尼古拉·谢斯特林正陪着妻子沿着月台散心。波德克廖辛和科齐卡廖夫一连干掉三杯酒，紧接着便争先恐后地

① 1927年《30日》杂志于七月刊登了一则敖德萨医师堂的趣味海报。海报上写着："医师"艺术团将在艾斯玛尔赫灌肠器、听诊器、手术刀以及镊钳等医用器材上表演狐步舞。

向若尔热塔·蒂拉斯波尔斯基赫献殷勤。

两位合伙人在火车离站前两个小时就来了，而且已经围着火车站前破败的街心花园转了整整五圈。

伊波利特·马特维耶维奇已经转得晕晕乎乎。追踪椅子的行动已经进入决定性阶段。一条条长长的黑影在烤得发烫的路面上晃来晃去，灰尘落到行人汗湿的脸上，一辆辆轻便马车驶近眼前，又绝尘而去，处处都飘散着汽油味，出租车卸下一批又一批的乘客。看到他们，一群群耶尔马克·蒂莫菲耶维奇[①]立刻迎上前去，不由分说强行就把箱子拖走。他们胸前的椭圆形金属号牌在阳光下一闪一闪。远足的缪斯总是让人既紧张又兴奋。

“好啦，我们也该出发了。”奥斯塔普觉得是时候了，伊波利特·马特维耶维奇服服帖帖地跟在后面。而这时却迎面撞上了一个人，定睛一看，竟是棺材匠别津丘克。

“别津丘克！”他惊讶异常，“你怎么跑这儿来了？”

别津丘克立刻脱下帽子，开心得一脸傻笑。

“沃罗比亚尼诺夫先生！”他大叫，“贵客呀，给您行礼了！”

“哈，最近还好吗？”

“生意不太好。”棺材匠说。

“怎么会这样？”

“我找客户呢。没有客户啊。”

“‘仙女’抢你生意了？”

“‘仙女’算什么东西！他们还能抢得过我？现在没人办丧

---

① 耶尔马克·蒂莫菲耶维奇是哥萨克领袖，曾征服西伯利亚。古代树皮画上，他的形象总是身披铠甲，胸前配有闪闪发光的护心镜。这里指火车站搬运工的形象与之相像。

事。自从您岳母过世，翘辫子的只有一个皮埃尔-康斯坦丁。”

“真的吗？他死啦？”

“翘辫子了，伊波利特·马特维耶维奇。而且是因公殉职。他给我们那儿的药剂师列奥波里德刮胡子，刮着刮着就死了。大家说，他是死于内脏破裂。可我觉得，他是受不了药剂师身上的药味，给熏死的。”

“啊——呀——呀。”伊波利特·马特维耶维奇不禁觉得惋惜，“啊——呀——呀！那么，后来，是你帮他办的丧事？”

“丧事当然是我办。还能有谁？难道指望‘仙女’吗，去他妈的，他们能给你穗子？”

“这么说，你抢了他们的生意？”

“是啊。不过后来他们把我打了一顿。差点没把我的魂打飞了。后来还是警察把我救下来。躺了两天，全靠酒精治伤了。”

“搓身子吗？”

“搓身子哪用得着酒精。”

“什么风把你吹到这里来了？”

“我来送货。”

“什么货？”

“我自己的货啊。我认识一个列车员，他帮忙让我搭乘邮政列车，免费把货运来了。我们交情不错。”

伊波利特·马特维耶维奇这才注意到，别津丘克身后稍远处整整齐齐叠放着几口棺材。有几口是描了彩绘的，有几口是普通的。伊波利特·马特维耶维奇一眼就认出，其中有一口布满灰尘的橡木大棺材，就是当作招牌摆在别津丘克橱窗里的。

“八口棺材呢。”别津丘克不无自豪地说，“就像小黄瓜，一口比一口漂亮。”

“这里有谁需要你的货啊？这里能工巧匠那么多。”

“不是说闹蘑菇[①]了吗？”

“什么蘑菇？”

“传染病啊。普鲁西斯告诉我，说莫斯科蘑菇闹得成了灾，办丧事棺材都不够用。所有材料都运到这里来了。所以我想在这里把生意做大呢。”

奥斯塔普在旁边听得好笑，这时他插话了：

“大爷，还是我来告诉你吧，闹流感的是巴黎。”

“巴黎？”

“当然啦。你赶紧去巴黎吧。肯定能发一笔横财！只不过，签证会比较难办，但是大爷你别发愁。万一白瑞安相中了你，你就有好日子过啦：说不定能去巴黎市政厅当个御用棺材匠。这里的棺材匠本来就已经够多的了。”

别津丘克如梦初醒般环顾四周，确实，虽然普鲁西斯说得那么信誓旦旦，可这里的广场上并没有横陈的尸体。人们不但走起路来个个精神焕发，有些人甚至还欢声笑语。

火车早就把两位合伙人带走了，也一起带走了哥伦布剧团和其他旅客。只有别津丘克独自站在幽暗的夜色里，呆呆地望着那几口棺材，眼里燃烧着根本无法扑灭的熊熊怒火。

---

① 俄语里“蘑菇”和“流感”发音很像，别津丘克误以为这种病就叫作蘑菇。

第三部分

佩图霍娃太太的宝藏

第三十一章　伏尔加河迷幻之夜

伏尔加国营内河航运公司的客运站台左侧，挂着一条标语："系牢缆绳，保护隔栏，请勿靠墙"。标语牌的下方站着了不起的幕僚和他最亲密的助理基萨·沃罗比亚尼诺夫。

码头上空的旗帜被风吹得呼啦啦响。烟雾菜花般卷成一团，从邮轮的烟囱里升腾而起。那是停靠在2号站台上的"安东·鲁宾斯坦[①]"号正在装货。搬运工把铁钩的爪子扎进一包包棉花里[②]。生铁罐子在码头上列成一队队方阵，还有一摞摞生皮革、一卷卷导线、一箱箱玻璃板材、一团团粗麻绳、一堆堆磨石、一台台框架突兀的双色农机、一根根木叉、一筐筐用粗布包裹的新鲜樱桃和一桶桶鲱鱼纷纷在码头上排开。

"斯克里亚宾"号还没来，这倒让伊波利特·马特维耶维奇着实担心起来。

"您有什么好担心的？"奥斯塔普一脸不屑，"想想看，就算现在'斯克里亚宾'号就在这里，那，您又怎么上得去？就算我们有钱买船票，也是白搭，这艘船本来就不载旅客。"

其实，奥斯塔普在火车上就已经和负责液压机的安装工梅契尼科夫搭上了话，而且还从他那里掌握了所有信息。"斯克里亚宾"号已被人民财政委员会租用，将从下新城出发开往察里津[③]，沿途会停靠每一个码头，并举行债券抽奖活动。为此，莫斯科派出了一整套工作班子：抽奖委员会、办公室人员、管乐队、电影摄影师、中央各大报纸的记者和哥伦布剧团。剧团的任务是沿途上演宣传国债的主题话剧。到察里津前，剧团的伙食都由抽奖委员会包了。宣传之后，剧团还要赴高加索和克里姆进行《婚事》大型巡演，那时候就得自给自足自担风险了。

“斯克里亚宾”号晚点了。虽然可以保证最后的准备工作一结束，船会马上驶离船坞，但到达也要到傍晚了。所以从莫斯科来的全体人马在等待上船的同时，就在码头上临时安营扎寨了。

娇俏的女孩子们守着自己的小皮箱和旅行袋，坐在导线圈上，看护着安德乌[4]手提式打字机，眼角还时不时紧张地觑着“钩爪”们。一位留着紫色西班牙山羊胡子的先生浑身不自在地坐在磨石堆上，膝盖上垒了几张镀釉的牌子。要是有好奇的人经过，一眼就能看到最上面那张写着：

往来结算处

一张张写字桌被摞在矮柜子上，其他比较普通的桌子则被一张张地叠到一起。有个哨兵在防火的密封保险柜旁走来走去。《机床》报的代表佩尔西茨基正举着蔡司牌八倍双筒望远镜，观察着远处的集市。

这时，“斯克里亚宾”号逆流调了个头，缓缓靠上了岸。船舷上已经挂满了胶合板，画着五颜六色的巨幅国债。只听邮轮发出

---

① 安东·鲁宾斯坦（1829—1894），俄罗斯钢琴家、作曲家、指挥家、音乐社会活动家。

② 因为铁钩有镰刀状的爪子，所以码头搬运工有下文“钩爪”的绰号。

③ 二战后更名为斯大林格勒，现更名为伏尔加格勒。

④ 安德乌是打字机的品牌。

一声猛犸象般的巨吼，或许不是猛犸象，而是能充当邮轮汽笛的其他史前动物的叫声。

财政委员会和剧团的临时大本营立刻变得热火朝天起来。抽奖工作人员从市区的坡道上一路小跑赶了过来。肥胖的柏拉图·普拉休克搅起一团尘雾朝邮轮奔去。加尔金、帕尔金、马尔金、察尔金和扎尔金德从“筏子”小酒馆里冲了出来。几个“钩爪”围着防火保险柜手忙脚乱。动作指导若尔热塔·蒂拉斯波尔斯基赫踩着韵律操的步点跑上了舷梯。辛比耶维奇-辛迪耶维奇心里始终放不下实景道具，他站在小桥上，一会儿朝着克里姆林高地，一会儿又冲着船长连比划带解释。摄影师把摄像机高高举过人群的头顶，边走边要求分给他一个四人客舱作为洗印间。

眼看大家忙乱成一团，伊波利特·马特维耶维奇趁机挤到椅子那里，狗胆包天地拖出一把椅子就要闪人。

“快放下！”本德尔厉声喝道，“您想干吗，犯什么傻？您现在拿走一把椅子，其他的这辈子都别想再见到了。还是好好想一想怎么才能上船吧。”

几个腰间挂着铜号的乐手沿着码头走过，对浑身上下挂满萨克斯风、弗列克萨顿[1]、啤酒瓶和艾斯玛尔赫灌肠器的音响效果师投来鄙视的目光。

一辆福特大篷车运来了抽奖机。抽奖机的结构相当复杂，由六个转筒组成，黄铜和玻璃片表面亮得晃眼。花了很长时间才把它固定在了底层甲板上。

跺地板和拌嘴吵架的声音一直持续到晚间。

---

① 一种打击簧乐器。

人们在抽奖大厅里忙着搭建一个小舞台，把横幅和口号钉到墙上，用来招待访客的木头长椅被一张张排列开来，一根根电线也被连接到了抽奖机上。虽然几张写字桌在船尾一字摆开，可是噼噼啪啪的打字声却是从客舱里传出来的，其间还夹杂着打字小姐们欢快的笑声。那个留着紫色西班牙山羊胡子的人上上下下跑遍了整条船，累得面无血色，把一块块镀釉的牌子挂到相应的房间门口：

"往来结算处""人事处""公共办公室""机械操作间"……

然后，西班牙山羊胡子又把一些小牌子固定到大牌子上：

"无事不得入内""恕不接待""闲杂人等不得入内""问询请至登记处"……

一等舱的大厅被打造成了货币与债券[①]的陈列室。这让加尔金、帕尔金、马尔金、察尔金还有扎尔金德找到了泄愤的机会。

"这让我们上哪儿吃饭去？！"几个人情绪激动，"要是下雨可怎么办？"

"唉，"尼克·谢斯特林听得头大，他对助理说，"真受不了！……谢廖沙，我们能不能不要这些音响效果，你觉得呢？"

"这怎么行啊，尼古拉·康斯坦丁诺维奇！演员都已经习惯节奏了。"

就在这时，又是一阵吵吵嚷嚷。原来，五人小集团打探到，四把椅子全被导演拖进了自己的客舱。

---

① 货币是指1922年由苏联国家银行发行的硬币。最小面值等同于战前十卢布金币（含金量为7.742 34克），面值包括1、2、3、5、10、25、50卢布不等。债券是指当时的国家短期信用凭证或收据，与现金等值，可以用来购物和消费。

“好啊，真不错啊。”五个人冷嘲热讽，“我们只能坐在床铺上排练，尼古拉·康斯坦丁诺维奇和他老婆古斯塔娅倒是可以坐四把椅子。而且他老婆和我们剧团一点关系都没有。我们也要带老婆一起外出！”①

了不起的幕僚此刻正恶狠狠地盯着抽奖邮轮。

又是一通大呼小叫的声音钻进了两位合伙人的耳朵。

“您为什么不早点告诉我？！”一个委员会成员气呼呼地喊。

“我怎么知道他会生病。”

“这真是见了鬼！那您现在就去跑一趟艺术工作协会，要求他们紧急给我们派一个画家来。”②

“我上哪儿去找？现在都已经六点了。艺术工作协会早就关门下班了。再说邮轮过半小时就开了。”

“那您就只好自己画了。既然是您负责邮轮的装饰，那就劳驾您替他背锅，爱怎么样怎么样吧。”

奥斯塔普这时已经冲上了舷梯，只见他抡着胳膊肘左右开弓拨开几个“钩爪”、女士和看热闹的人，可是在入口处却被人拦下了：

“通行证！”

“同志！”本德尔扯开了嗓门大叫，“您！就是您！胖胖的那位！是您找画家吧！”

五分钟后，了不起的幕僚已经坐在白色的客舱里，和胖胖的

---

① 古斯塔娅是德国人的姓氏，影射的是梅耶尔霍利德的妻子莱赫（1894—1939），也是剧院的台柱演员。当时很多导演都拒绝与她合作，认为她之所以能在戏剧演艺生涯中取得那么高的成就，唯一的原因就是嫁对了人。

② 根据当时的规定，艺术工作协会的地方分支机构有权根据提前收到的申请，委派当地画家参与临时的相关工作。

邮轮抽奖总务主任谈起了工作待遇。

“这样吧，同志，”胖子开口说，“我们要求您做到以下几点：完成几幅招牌画、题词，把横幅写完。我们的画家才刚开始画就病倒了，只好把他送去医院了。嗯，当然啦，还需要您总体关照一下美术部分的工作。您能保证完成吗？我得事先声明，工作量还是很大的。”

“当然，我一定保证完成。我以前做过这样的工作。”

“那您现在就能和我们一起动身出发？”

“这有点困难，不过我尽量吧。”

就像从肩头卸下一座沉重的大山，总务主任的心情立刻变得像小孩子一样轻松愉快。胖子两眼放光看着新任命的画家。

“那待遇呢？”奥斯塔普毫不客气地单刀直入，“您可别以为，我是专门承办丧事的。”

“计件薪酬。按照艺术工作协会的价格标准。”

奥斯塔普皱起了眉头，为了把这个表情做到位，他憋足了力气。

“当然，除此之外，用餐是免费的。”胖子赶忙补充，“还单独分配一个客舱。”

“那么，好吧。”奥斯塔普叹了口气，“我同意。不过，我还有一个小男孩，是我的助理。”

“还有个男孩子啊，那我就不知道了。没有给小孩子的拨款。不过您要是自掏腰包，那就请随意了。他可以住在您的客舱里。”

“哦，那就按您说的办。我那个孩子很机灵，特别能吃苦耐劳。”

就这样，奥斯塔普自己拿到了通行证，也替机灵的小男孩要到了通行证。他把客舱的钥匙揣进了口袋，来到热辣辣的甲板上。手指触摸钥匙的时候，他心里涌起了一阵莫大的满足感。这是他颠沛流离的人生中，第一次真正有了钥匙，也有了房子，只不过还是没有钱。但是钱就在眼前，就藏在身边的椅子里。了不起的幕僚两手插在口袋里，沿着船舷散起步来，似乎根本没有注意到，沃罗比亚尼诺夫还留在岸上。

伊波利特·马特维耶维奇一开始还只是不出声地打几个手势，后来忍不住大着胆子吱哇叫了几句。但是本德尔就像是聋了一样，竟然转过身去，背对着合伙总裁，出神地望着液压机被如何一步步吊装到底舱。

启航前的最后准备工作开始了。饰演阿加菲娅·吉洪诺芙娜的女演员名叫穆拉[1]，只见她两条小腿咚咚地踩着地板从自己的客舱跑到船尾，又是欣赏河面，又是大声和技艺超群的巴拉莱卡琴[2]手分享自己无法平复的激动心情，夸张的举动把几个颇有身份的抽奖活动举办人搞得很不自在。

邮轮第二次拉响了汽笛，就连天边的云彩也被吓了一大跳。太阳涨红了脸，在地平线后隐去了身影。城市里地势高的地方已经万家灯火，路灯亮了起来。波恰耶夫市场上还有留声机在咿咿呀呀地招徕最后一批顾客。孤苦无依的伊波利特·马特维耶维奇也被汽笛声震得头晕，他大声喊叫，但谁也没听到他在叫什么。绞车哗啦啦地震天响，盖过了所有其他声音。

奥斯塔普·本德尔喜欢这样的效果。眼看着第三声汽笛就要

① 玛丽亚的爱称。
② 巴拉莱卡琴即三弦琴。

响起，伊波利特·马特维耶维奇几乎已经不再怀疑自己被无情抛弃，只等着任由命运宰割，奥斯塔普才恍然想起了他：

“您还站在那里干吗，像个订了婚的傻小子？[①]我还以为您已经上船了呢。舷梯就要撤掉啦！快跑啊！请放这位先生上船！我有通行证。”

伊波利特·马特维耶维奇跑上邮轮时，几乎泪流满面。

“这就是您的那个男孩子？”总务主任不敢相信自己的眼睛。

“当然是男孩子。”奥斯塔普说，“难道他长得难看吗？谁要说这是个女孩子，让他第一个朝我砸石头！”[②]

大胖子讨个没趣，阴沉着脸走开了。

“喂，基萨，”奥斯塔普直奔主题，“明早就要开始干活了。我想，调配颜料您应该会吧。还有，我现在，是毕业于国立高等美工实习学校的画家哦，[③]您呢，就是我的助理。要是您觉得这么做不合适，那么您现在就快跑，跑回岸上去。”

墨绿色的浪花从船尾汩汩冒出。邮轮一个震动，演奏起一段奇妙的进行曲，犹如铜钹一拍，长笛、短号、长号、低音号便一同凑热闹般吹了起来。城市一边掉头，一边摇摇晃晃地朝左岸驶去。船身保持着抖动，顺着水流的方向，很快就驶入了一片漆黑中。身后是摇摆不定的星辰、万家灯火和港口五颜六色的信号灯。才一会儿工夫，邮轮就已经驶出很远了，城市的灯光也像飞

---

① 俄罗斯古代的地方习俗，由父母媒妁做主订了婚的女孩或男孩在婚礼前必须足不出户，不能参与青年聚会和娱乐活动。

② 引用《圣经·约翰福音》第 8 章第 7 节耶稣就直起腰来，对他们说：“你们中间谁是没有罪的，谁就可以先拿石头打她。”

③ 国立高等美工实习学校于 1926 年就已经改建为国立高等美工学院，而 1927 年还在冒充其毕业生的本德尔却不知道。

散的焰火般就地熄灭了。

虽然噼啪作响的安德乌打字机似乎还在悄声发着牢骚，但伏尔加河和大自然却显示出了诱人的魅力。“斯克里亚宾”号上的游客们个个怡然自得，抽奖委员会的成员们懒洋洋地品着茶，首次基层委员会讨论会正在船头召开，可温馨怡人的气氛却让人身不由己。呼啦啦的暖风拂面，河水柔和地抚摸着船舷，岸边幽暗的轮廓飞快地从邮轮两侧掠过。基层委员会主席是个正人君子，本打算就特殊情况下的劳动待遇问题发表一通演讲，可让大家也让他自己大为吃惊的是，他张开嘴巴竟然唱起歌来：

邮轮行驶在伏尔加河上，
伏尔加河啊，母亲河……

其他与会者只好一个个板着脸洪钟般哼起了副歌：丁香——花儿——开……[1]

基层委员会主席本打算在报告结束后签署决议，这一下算是泡了汤。悠扬的钢琴声响起，负责配乐的 X. 伊万诺夫在钢琴上倾注着最抒情的乐符。技艺超群的巴拉莱卡琴手在穆拉身后踩着慢悠悠的步子，他实在找不到合适的语言表白自己的爱意，所以只好哼起了一首情歌来：

“请不要离去！你的热吻点燃了我，沉醉于你激情的爱抚无法自拔。山谷中的浓云酣睡不醒，珍珠般的孤星照亮天际……”[2]

---

① 抒情歌曲《伏尔加》，但是歌词引用不准确。
② 茹科夫斯基作词的情歌《你炽热的吻》。

辛比耶维奇-辛迪耶维奇两手抓着栏杆，望着高深莫测的夜空出神。跟美妙的夜空相比，他觉得《婚事》的实物布景卑微得简直令人发指。他不禁厌恶地看了看自己的双手，正是这双手曾热情饱满地参与了经典喜剧的实景布置。

就在这个人人心醉神迷的时刻，坐在船尾的加尔金、帕尔金、马尔金、察尔金和扎尔金德偏偏取出了药店和啤酒馆的配件开始敲打起来。这是他们在排练。眼前的镜花水月顿时烟消云散。阿加菲娅·吉洪诺芙娜打了个哈欠，丢下了技艺超群的爱慕者，自顾睡觉去了。基层委员会的成员们终于想起来，还有一份总合同，于是便着手签署决议。辛比耶维奇-辛迪耶维奇经过一番深思熟虑后，最终认定，《婚事》的布景其实也没那么糟糕。有人在暗处气呼呼地叫着若尔热塔·蒂拉斯波尔斯基赫的名字，让她去导演那里开会。乡野间犬吠声声。有了一丝凉意。

一等舱里，奥斯塔普正躺在皮沙发上，一边若有所思地看着包着绿色帆布的软木救生圈，一边详详细细地盘问伊波利特·马特维耶维奇：

“您会作画吗？太可惜了。我，很遗憾，也不会。”他想了想，又说：

“那么美术字体会不会？也不会啊？那就惨啦！我们可都是画家啊！嗯，浑水摸鱼可以撑个两天，最后还是会被扔出去的。两天里我们必须把正经事儿都做完。现在的处境已经不容乐观了。我打听了，椅子就在导演的客舱里。不过，这倒是也没什么可怕的。好在我们也在船上。趁着还没被人家扔出去，我们一定要把所有的椅子都检查一遍。今天太晚了。导演应该已经在客舱里睡着了。”

第三十二章　不洁净的一对[①]

虽然人们尚在睡梦中，可河水一如白天奔流不息。圆木一根根排成一大片，看着像广袤的田野，载着一座座简易木房，浩浩荡荡漂过。只见一艘小巧的拖船，明轮罩上用弧形字体整整齐齐写着它的名字“风暴君王”，正气势汹汹地拽着身后连成一队的三条石油驳船。一艘名叫“红色拉脱维亚”的快速游艇从下游疾驰而来，顷刻间驶远了。“斯克里亚宾”号赶超了一队清淤驳船，一边用条纹杆测着水深，一边划起了弧形，开始逆流行驶。

邮轮上的人们纷纷醒来。一个拴着细绳的小壶铃被扔上了“巴尔米诺”码头。码头工人接过细绳，把粗大的缆绳末端拉向岸边。螺旋桨开始逆向旋转，起起伏伏的泡沫覆盖了半条河。螺旋桨剧烈拍打水面，“斯克里亚宾”号也随之震动起来，接着整个侧面便靠上了站台。因为时间还早，所以决定十点开始正式抽奖。

就像在陆地上一样，不早不晚刚好九点，“斯克里亚宾”号上的工作人员开始办公了。谁也没有改变自己的作息习惯。在陆地上上班迟到的人，在这里也一如既往地迟到，尽管他们就睡在办公地点。人民财政委员会的外派工作人员迅速适应了这里的新节奏。文书们清扫客舱时的表情，就如同在莫斯科办公室里一样冷若冰霜。清洁工到各处端茶递水，捧着文件从登记处跑到人事处。人事处设在船尾，而登记处则在船头，这也没引起她们一丝一毫的诧异。往来结算处的客舱里，算盘珠子敲得如同响板，计算器也噼噼啪啪伴奏。船长室的门前，正有人被大声斥责。

了不起的幕僚光着脚丫，脚底被上层甲板烤得发烫。他围着窄窄的大红布长条打转，时不时对照底稿上的文字在布条上描着口号：

“大家都来抽奖！每一位劳动者都应持有国债债券。”

尽管了不起的幕僚铆足了干劲，但最后占了上风还是他的志大才疏。他的题词一路歪斜，越写越靠下，眼看着一块红布就这么无可救药地被糟蹋了。于是，奥斯塔普只好在小男孩基萨的协助下，把长条红布翻了一个身，重新在背面描了起来。不过这一次他小心多了，在涂鸦字母之前，他先用涂了白粉的细绳打了两条平行线，然后一边压低了嗓门对着没做错任何事情的沃罗比亚尼诺夫骂骂咧咧，一边动手描起了字母。

伊波利特·马特维耶维奇兢兢业业地履行着自己小男孩的职责。他跑到下层取来热水，化开胶水，打着喷嚏把颜料倒进桶里，还不住地觑着画家吹毛求疵的眼神，满脸讨好的样子。口号描好晒干后，合伙人把它送到下层，贴在了船舷上。

雇了奥斯塔普的大胖子跑到岸上，从远处审视新来画家的作品。口号的字母不但粗细不匀，而且还歪歪扭扭。可是，实在也没有其他办法，只好这么将就了。

管乐队上了岸，吹奏起热血沸腾的进行曲。听到乐声，巴尔米诺小村②所有的孩子都跑出来看热闹，汉子和婆娘们也都从苹果

---

① 引用《圣经·创世记》第7章第2节凡洁净的畜类，你要带七公七母；不洁净的畜类，你要带一公一母……

② 俄罗斯居民点。

园里追了出来。乐队不停地吹吹打打，直到岸上集齐了抽奖委员会的成员。动员大会开始了。科罗布科夫茶馆①的台阶上，关于国际形势报告的开场演讲犹如开了闸的洪水奔泻而出。

哥伦布剧院成员们从船上好奇地看着岸上聚集的人们。人群中能看见婆娘们的白色头巾，她们一个个心惊胆战地站在离台阶比较远的地方，汉子们倒是都聚在一起一动不动聆听着演讲，演讲者本人则时不时振臂疾呼。接着，音乐再次响起，乐队调了个头，一边吹奏一边走上舷梯。人群紧跟着他们蜂拥而上。

抽奖机慢条斯理地扔出一组又一组数列，圆筒翻来覆去地转，报着数码，巴尔米诺村民们一边看一边听。

奥斯塔普跑来看了一会儿，确认邮轮上所有的人都已经在抽奖大厅里坐定，于是又跑回了甲板。

“沃罗比亚尼诺夫，”他小声叫道，“给您布置一个紧急文艺节目。快去一等舱走廊出口那里站着。要是看到有人过来，就大声唱歌。”老头子慌了神。

“我唱什么啊？”

“无所谓啦，只要不是《上帝，保佑吾皇！》②就行。唱一些激情奔放的：像《小苹果》啦，或者《丽人心》啦。不过我要警告您，要是您不及时把咏叹调唱出来！……我这里可不是什么实验剧院！小心我揪掉您的脑袋。”

了不起的幕僚啪嗒啪嗒踩着光脚板跑进了走廊，一等舱走廊里的墙包着深红色的护板。只见走廊尽头的大穿衣镜里，出现了

① 科罗布科夫革命前曾在下新城开过糖果和茶馆连锁店。
② 1833—1917 年间为沙皇俄国国歌。

奥斯塔普的身影。他找到了一块门牌：

尼克·谢斯特林，“哥伦布”剧院导演

镜子里的身影随即不见了。过了一会儿，了不起的幕僚又一次出现在了镜子里。他手里多了一把曲腿椅子。只见他飞快地穿过走廊，来到甲板上，和伊波利特·马特维耶维奇交换了一下眼色，便把椅子搬到了上层的驾驶舱旁。四面围着玻璃窗的驾驶舱里没什么人。奥斯塔普又把椅子拖到船尾，回头训诫道：

“我们就把椅子放在这里，等到天黑。我已经全都想好了。这里除了我们两个，没有人会来。先把椅子用画布遮起来吧，等到天黑，我们再不慌不忙来查看里面的东西。”

不消一会儿，椅子便被几块胶合板和一块大红布埋了起来，看不见了。

可是伊波利特·马特维耶维奇偏偏在这个时候又一次被发财的欲望冲昏了头脑。

“为什么不把椅子搬到我们的客舱里去？”他一脸急不可耐，“我们马上就能拆了看啊，要是找到了钻石，现在就能上岸了……”

“要是没找到呢？那又怎么办？把它扔哪儿去？要不，我们再去送还给谢斯特林先生，客客气气告诉他：对不起哦，是这样的，我们偷了您的椅子，可遗憾的是，椅子里什么东西都没有，所以，那么，虽然椅子有点破了，您还是能把它拿回去的！您是不是觉得这么做才合适？”

了不起的幕僚一如既往地胸有成竹，伊波利特·马特维耶维奇又一次满心羞愧，直到甲板上传来艾斯玛尔赫灌肠器和啤酒瓶组架吹吹打打的序曲，他才回过神来。

这一天的抽奖活动结束了。观众们随意分散坐在岸边的斜坡上高声欢呼，对药铺-黑人乐队赞不绝口，这实在太让人意外了。加尔金、帕尔金、马尔金、察尔金和扎尔金德得意洋洋，一个劲地四下张望，那眼神似乎在说："看看！你们还说大多数人理解不了呢。真正的艺术，永远都是直击心灵的！"随后，由哥伦布剧团成员们搭建起的临时小舞台上上演了一幕轻喜剧，演员们又是唱又是跳地表演了一个故事。主要情节讲的是，一个名叫瓦维拉的人中了五万卢布大奖，以及中奖后发生的故事。由于演员们摆脱了尼克·谢斯特林风格的条条框框，所以表演得无拘无束，舞跳得酣畅淋漓，歌声也优美动人，整个岸上的人们十分尽兴。

技艺超群的巴拉莱卡琴手表演了第二个节目，琴声飘到岸上，把微笑洒在每个人脸上。

"太太，太太，"琴师跟着节拍随意哼唱，"小姐——太太。"

紧接着，巴拉莱卡琴被舞动起来。只见琴飞到了琴手背后，从背后演奏了一段："别看老爷挂表链，其实老爷没手表！"[①]转眼间琴又飞到空中，上下翻飞的刹那间，又演奏出好几段高难度变奏。

接下来表演的是若尔热塔·蒂拉斯波尔斯基赫。由她领队，牵出一群身穿无袖长衫的女孩子，音乐会就伴随着俄罗斯民族舞

---

① 出自一首俄罗斯民谣，讽刺一对吝啬、虚荣和愚蠢的贵族夫妇，他们平时穿着讲究，却十分败家。

蹈落了幕。

“斯克里亚宾”号正在准备启程远航，船长拿着对讲机和机舱通话。邮轮的炉膛里，熊熊烈火把水烧得越来越热。为了满足大家热情的愿望，管乐队再次来到岸上奏起了舞曲。于是人人翩翩起舞，一时间笙歌鼎沸。夕阳西斜，柔和的余晖泛出杏黄色的光芒。摄影的最佳时间到了。果然，摄影师波尔坎打着哈欠走出了船舱。沃罗比亚尼诺夫作为早已适应被所有人召之即来挥之即去的小男孩，小心备至地扛着摄影机跟在波尔坎身后。波尔坎走到船舷边，专注地查看了一会儿岸上。草地上的人们正在跳着士兵波尔卡。小伙子们光着脚，使足了劲儿跺着地，似乎想要把我们这个星球给劈开。而女孩子们的舞姿则轻柔如行云流水一般。人群聚在岸边的阶梯和斜坡上围观。要是法国《先锋》摄制组[①]的摄影师在这里，恐怕会拍上个三天三夜。但是波尔坎只不过用两只老鼠般的小眼睛瞟了一眼岸上，就扭头走开了。他一溜小跑找来委员会主席，让他在白色墙壁前站定，往他手里塞了一本书，请他站着别动，然后把着摄影机的手柄不慌不忙转了好久。最后，又把一脸难为情的主席领到了船尾，以夕阳为背景拍了几个镜头。

拍摄一结束，波尔坎就大摇大摆地回到了客舱，把门锁了起来。汽笛声又一次响起，太阳被吓了一大跳，赶紧落了山。这已经是第二个夜晚。邮轮准备出发了。

奥斯塔普一想到明天早上就心里发虚。他的任务是在硬板纸上剪裁出一个散发债券的人形。具备这样的艺术功底对于了不起的幕僚来说，实在是勉为其难。要说字母，奥斯塔普勉勉强强还

---

① 由一群志在拒绝商业拍摄的摄影师组成，追求新型的拍摄艺术技巧。

能应付得过去，但要制作散发者的艺术形象，他真的就脚板钉钉——寸步难行了。

“这次您可要多用心了。”大胖子特意警告，“从瓦休基[①]开始，抽奖都安排在晚上，没有影像画是绝对不行的。”

“放心吧，您就放宽心吧。”奥斯塔普嘴里说得似乎已经稳操胜券，但他心里期盼的可不是明天早上，而是今天夜里：“影像画会做好的。”

深夜，繁星满天，起了风。抽奖方舟[②]上的人们都已入睡。

抽奖委员会的狮子们睡了。人事处的羔羊、会计处的山羊、往来结算处的兔子、负责音响效果的鬣狗和豺狼以及打字间的小鸽子们也都睡了。

唯独这不洁净的一对没有睡觉。十二点刚过，了不起的幕僚走出了船舱，基萨忠实的身影悄无声息地拖在他的身后。他们爬上顶层甲板，蹑手蹑脚地接近被胶合板遮盖住的椅子。奥斯塔普一块块轻轻地揭开胶合板，把椅子立起来，然后紧咬牙关，用平口钳撕开覆面，把手伸进了坐垫。

顶层甲板上，风呼啦啦地吹。群星在夜空中轻轻摇曳。脚下是深不可测的河水，漆黑的波涛拍打着邮轮。两岸浸没在黑暗里，无法看见。伊波利特·马特维耶维奇浑身发抖。

“有啦！”奥斯塔普压低了声音叫道。

---

① 瓦休基是作者杜撰的地名，但从后文的描写来看，指的应该是位于伏尔加河上游的韦特卢加。

② 引用《圣经》中的诺亚方舟。诺亚带着家人和用以繁衍后代的动物们躲进方舟，避开了洪水而得救。所以下文中用动物来比喻邮轮上不同身份的人们。

费奥多尔神父的来信

写于巴库“价值”旅馆一个家具齐全的房间，致N县城的老婆。

我亲爱的，卡佳你是我的无价之宝！每个小时，我们都离幸福更近一步。这里该办的事情我都办完了，所以现在坐在“价值”旅馆家具齐全的房间里给你写信。巴库市太大了。据说，那里是开采煤油的。但是去那里要坐电气火车，可是我现在没钱了。城市的美景与里海相映成辉。里海实在太宽广了。这里的气候也热得可怕。可我还一只手拿着大衣，另一只手拿着外套——真的太热了。两手热得发烫。时不时要喝口茶解解热。身边几乎一分钱都不剩了。不过这没什么大不了，宝贝儿，卡捷琳娜·亚历山德罗芙娜，我们很快就会腰缠万贯啦。我们先到处周游一番，然后在萨马拉自家的小工厂附近好好安顿下来，果子露酒喝它个够。不过，还是言归正传吧。

巴库市的地理位置和人口数量都要比罗斯托夫强好多。但是比起哈尔科夫来，交通情况不太理想。这里的外来人口真多：特别是亚美尼亚人和波斯人。我的好太太，这里离土耳其好近啊。我去过一趟集市，看到好多土耳其的东西，还有卖披巾的。本来想给你买一条穆斯林床罩当礼物，但就是没钱啊。不过我想，等到我们有钱的那一天（这一天指日可待啦），就能把穆斯林床罩买下来。

噢，好太太，我差点忘了告诉你两件非常倒霉的事情，就发生在巴库：1）你面包师兄弟的外套被我掉进了里海，还有，2）一头单峰骆驼在集市上朝我吐了唾沫。这两件事情让我感到十分意外。对待过往游客这么蛮横无理的态度，政府怎么也不管一管，再说了，我也没碰那匹骆驼啊，甚至还用实际行动对它表示了善意——我用小树枝挠了它的鼻孔呢！好多人帮忙打捞那件外套，捞是捞上来了，可转眼又掉进了煤油里。我真的不知道该怎么向你的面包师兄弟交代了。宝贝儿，这件事情你得先保密。耶夫斯基戈涅耶夫还在我们家搭伙吃饭？

我又把这封信重新读了一遍，这才发现还没来得及说到正事呢。工程师布伦斯确实在阿塞拜疆石油公司工作。不过眼下他不在巴库市。他已经到巴统市[①]度假去了。他家在巴统有一套常住的宅子。我向这里的人打听了，他们说，布伦斯的整套家具的确都在巴统。他就住在位于绿角[②]的一幢别墅里，那里是一个避暑的别墅区（据说，房价很高）。从这里去巴统的路费需要十五卢布多。你给我电汇二十卢布吧，我到了巴统再发电报告诉你全部情况。你要接着放出风声，说我还在沃罗涅日守着卧病不起的阿姨。你生生世世的丈夫费佳。

又及：我去投递这封信的时候，有人进了我在“价值”旅馆的房间，偷走了你面包师兄弟的大衣。我的心都要碎啦！幸亏啊，现在是夏天！这事情别告诉你兄弟。

---

① 格鲁吉亚地名。

② 绿角为苏联阿扎尔自治共和国的海滨疗养胜地，位于巴统市的东北地区，有苏联最大的植物园之一——巴统植物园。

第三十三章　逐出天堂

虽然小说里的主人公们观点各自不同，有些人坚信日后还有大把时间，有的则认为时间已经紧迫到了刻不容缓，但这些观点都丝毫不影响时间兀自夕去朝来[①]。莫斯科送走了尘土飞扬的五月，紧接着便迎来了尘土飞扬的六月。而N县城里，国字1号汽车被道路的坑洼颠坏了以后，在老东家广场和古别伦斯基同志马路的拐角处停了已有两个星期，还时不时心有不甘地喷着浓烟，遮云蔽日地把周边笼罩起来。在不出境的保证书上签了字后，“剑犁之盟”阴谋计划的参与者一个个如丧家之犬离开了劳教所。戈里匝祖耶娃（热情似火的女人，诗人的梦想）重又做起了杂货铺子的小生意，因为忘记在显眼的地方挂上诸如肥皂、胡椒、涂料等各种小商品的价目表，她还被罚了十五卢布——毕竟是个心宽体胖的女人啊，不长记性是完全可以理解的。

“有啦！”奥斯塔普再次忍不住叫道，“拿着！”

伊波利特·马特维耶维奇两手发抖地接过一个扁平的木匣子。奥斯塔普继续摸黑在椅子里掏着。岸边的灯塔强光一闪，在水面上投下一道金色的光柱，随即被邮轮抛到身后。

“真是见了鬼！”奥斯塔普说，“再没别的了！”

“嗯——嗯——不可能啊。”伊波利特·马特维耶维奇嘀咕着不相信。

“那，您自己来看看！”

沃罗比亚尼诺夫屏住呼吸，双膝跪地，一只手深深探进坐垫，直到没过手肘。可是手指间碰到的都是弹簧底座，真没有其他硬的东西。椅子里被惊扰的粉尘散发出一股干燥刺鼻的气味。

“没有吧？”奥斯塔普问。

“没有。”

于是奥斯塔普举起椅子，把它从船舷上远远地扔了出去。传来重重的落水声。两位合伙人在阴冷的深夜里打着哆嗦，带着一肚子的问号回到了船舱。

“好歹，”本德尔说，“这次我们总算是找到了点东西。”

伊波利特·马特维耶维奇从口袋里掏出小匣子，无精打采地看了看。

“打开啊，快打开啊！别干瞪眼啊！”

木匣子打开了。里面是一块发绿的铜牌，上面写着：

汉布斯匠心出品

这把扶手椅为本套新家具第一件产品。1865 年。彼得堡。

奥斯塔普出声地念完了题字。

“那钻石在哪儿呢？”伊波利特·马特维耶维奇问。

“您的悟性简直无与伦比，亲爱的，您不是一直都在找板凳嘛！现在您自己也看见了，没有钻石。”

沃罗比亚尼诺夫一脸凄楚可怜。刚长出来的胡髭一动一动，夹鼻镜蒙上了一层雾气。陷入绝望的他，似乎在用耳朵扇着自己

---

① 出自英国作家杰克·伦敦的长篇小说《时不我待》。

的嘴巴。

了不起的幕僚说话了，他那冷静而又理智的声音总有那么一种魔力。沃罗比亚尼诺夫立刻两手贴紧了磨破的裤缝，不再出声。

“别伤心，别伤心啦。基萨！这第八把椅子里竟然还藏着一个小破匣子，要是以后再提起这把破椅子，还真是个笑话呢。坚持就是胜利啊。船上还有三把椅子——百分之九十九的概率呢！”一夜间，灰心到了极点的伊波利特·马特维耶维奇脸上鼓起了一个喷薄欲出的脓包。一路寻找钻石以来，所有伤心，所有倒霉，所有折磨，一切的一切似乎都凝聚到了这个脓包里，像一粒珍珠，像一颗烂樱桃，又像一小块乌青。

“您这是故意长了个包？”奥斯塔普问。伊波利特·马特维耶维奇脸上一阵痉挛，叹了口气。只见他钓鱼竿般高高的身子，微微驼着背，走去拿颜料了。影像画的制作开始了。两位合伙人在顶层甲板上卖力地忙活。航程进入了第三天。可是这一天刚开始，管乐队和音响效果之间就为了争夺彩排场地发生了一些小摩擦。

早餐后，几个手持铜号的大块头和拎着艾斯玛尔赫灌肠圆球的瘦弱勇士们，不约而同从两个方向来到了船尾。加尔金一个箭步抢先坐到了船尾的长椅上。第二个跑来的是单簧管，稍稍迟了一步。

“座位占了。”加尔金没好气地告诉对方。

“被谁占了？”单簧管脸色也不好看。

“我占了，加尔金。”

“还有谁吗？”

“帕尔金、马尔金、察尔金和扎尔金德。”

“你们还有个叫妖尔金[①]的吧？这是我们的位子。”

这时，双方的增援部队陆续靠拢过来。被蛇妖般的铜管缠了三圈的黑里康大号是乐队里最健壮的大汉。活像个屁股一样的圆号晃着大耳朵跟了过来。几根长号看上去已经处于全副武装的战备状态。骄阳下，明晃晃的金盔金甲照得人眼花缭乱。音响效果相比之下就显得阴暗而又渺小。酒瓶子的玻璃倒是也能发些光，灌肠器圆球也会凑热闹似的闪一闪，最扫兴的是萨克斯风，明摆着就是管乐器的拙劣仿制品，就像一根被拉长了的铜号，可怜巴巴地被拽成了烟斗的形状。

“你们这几个灌肠卫生大队的，”单簧管挑衅，“看上这个位子了吧。”

“你们，”扎尔金搜肠刮肚寻找最恶毒的字眼予以回击，“你们——就是音乐界的保守分子！”

“别妨碍我们排练！”

“是你们在妨碍我们！”

“算了吧，你们也配！就你们手里这些尿盆，排练得越少看上去还越像样些呢。”

“你们这帮茶炊能好到哪里去，排不排练都一样丢人现眼。”

这样争执下去显然是不可能和解的，于是双方留在原地，固执地吹奏起各自的乐器。乐声就这样顺着河水往下游飘去，大概也就缓慢爬过碎玻璃的有轨电车才会发出那样的声音了。管乐队演奏的是《克克斯戈利姆御林军团进行曲》，音响效果则吹起了黑人舞曲《赞比西源头的羚羊》。直到抽奖委员会主席亲自出面，这

① 妖尔金是骂人的话，意思是糟糕、见鬼。

场纠纷才算收了场。

晚上十点多，伟大的创作终于画上了句号。奥斯塔普和沃罗比亚尼诺夫倒退着，把影像画拖到了舰桥。大胖子总务主任举起两手直指星空，跑在两个人的前面。大家齐心协力把影像画绑在栏杆上，整块画板像大屏幕一样居高临下俯视着客舱甲板。不到半小时，电工就已经把导线接到了影像画的背后，还在影格里安装了三个灯泡，就等一声令下拧开开关了。

此时，就在邮轮的前方，船头偏右的方向，已经能看见瓦休基阑珊的灯火。

为了见证影像画被点亮的隆重时刻，总务主任把船上的人都叫了过来。影像画还没被点亮，伊波利特·马特维耶维奇和了不起的幕僚分别站在这块将被载入史册的丰碑两侧，高高在上地看着底下聚拢来的人们。

随船漂流的机构对这艘游轮上发生的任何事情都会十分在意。打字员们、文书、各部门负责人、哥伦布剧团成员和邮轮乘务人员，都站在客舱甲板上把脑袋仰了起来。

“亮灯吧！”大胖子下了命令。影像画被点亮了。

奥斯塔普瞄了一眼底下的人群，灯光把一张张脸映成了粉红色。

观众们开始哈哈大笑，但立刻就变得鸦雀无声。下面响起一个凶悍的声音：

“总务主任在哪儿？”

问责的语气是如此严厉，总务主任都来不及细数有多少级台阶，飞也似的冲了下去。

“您自己来看。”还是这个声音，“来欣赏一下您的杰作！”

“这下真要被撵走了！”奥斯塔普小声对伊波利特·马特维耶维奇说。

果不其然，胖子像一只大鹞子，转眼又飞回了顶层甲板。

“影像画效果怎么样？”奥斯塔普还是那么死皮赖脸，“能看懂吗？”

“收拾东西！”总务主任怒吼。

“干吗那么着急？”

“收——拾——东——西！滚！你们就等着吃官司吧！我们领导可不喜欢这种玩笑！”

“把他轰走！”底下再度传来问责人的声音。

“别这样啊，说认真的呢，您不喜欢这幅影像画吗？难道，我们的影像画就这么差劲？”

再这么继续耍无赖显然没有意义。“斯克里亚宾”号已经在瓦休基靠了岸，码头上已经聚集起人群，从船上就能看见当地的人们一张张错愕不已的脸。

想要索讨工钱是门儿都没有了。只给了五分钟让两人收拾东西。

“狗崽子。”眼看着两位合伙人上了岸，辛比耶维奇-辛迪耶维奇嘀咕道，“早知道这样，不如把影像画交给我做呢。我肯定做得比任何一个什么梅耶尔霍利德要好得多。”①

两位合伙人在码头上停下脚步，回头看了看邮轮的上方。伸手不见五指的夜空里，影像画显得特别耀眼。

“嗯，是啊。”奥斯塔普说，“影像画确实不堪入目。低级的垃

① 又一次嘲弄了梅耶尔霍利德。

圾作品。”

和奥斯塔普的这幅影像画作品比起来，就算是一头不听话的毛驴用尾巴随便甩几笔，也足以送进博物馆当作珍藏品了。本来应该是散发国债的人形，一经奥斯塔普调皮的手处理，变成了一根木桩，头部活像一块方糖，两根手臂细得跟鞭子一样。

两位合伙人的身后是灯火通明的邮轮，船上音乐声震天响。前方高高的河岸上，则是县城漆黑的深夜，传来几声犬吠，还有隐约不知何处的手风琴声。

“我来总结一下现在的处境。”奥斯塔普乐观而又豁达地说，“糟糕的情况是：现在一分钱都没有了，三把椅子顺流而下离我们而去，我们没有地方过夜，连一枚儿童生活改善委员会的徽章①都没有。不过也有好的情况：我拿了一份 1926 年的伏尔加河导游图（不得已啊，只好在辛比耶维奇先生的客舱里借了一份。）。要做到收支平衡就是这么难。现在只好先在码头过夜了。”两位合伙人于是就在码头的长凳上安顿下来。

借着破旧的煤油灯，奥斯塔普读了一下导游解说词：

瓦休基坐落于右侧高岸之上。木材、树脂、韧皮和蒲席等物品均由此地发往各处。供应距铁路沿线 50 公里边区的日常用品也都运输至此。市区居民约 8 000 人，有一家 320 名员工的国营硬纸材加工厂，一家小型生铁铸造厂，一家啤酒酿造厂和一家皮革加工厂。除几所普通学校外，还有一所林业技术学校。

“情况比我预计的要严峻得多啊。”奥斯塔普说，“我还真是想不出什么好办法，能从瓦休基人口袋里骗到一点钱。但是现在

① 儿童生活改善委员会曾出售徽章，用于救济相关儿童事业的机构。

我们至少需要三十卢布。首先，我们要吃饱饭，其次，得赶上这帮抽奖的婊子，等到哥伦布剧院那些人在斯大林格勒上了岸，还得去会会他们。”

伊波利特·马特维耶维奇蜷起了身子，就像一只衰老而又瘦弱的公猫，刚刚在与年轻公猫的遭遇战中吃足了苦头——而那只年轻公猫则嚣张地占据了房顶、阁楼和天窗。

奥斯塔普在长凳旁走来走去，思考着计划，策划着方案。差不多深夜一点，一项绝妙的计划终于有了眉目。本德尔这才挨着合伙人躺下，睡着了。

第三十四章　星际国际象棋代表大会

一大清早，瓦休基的马路上便走来一个瘦高个的老头，戴着金丝边夹鼻眼镜，脚踩一双脏得不像话的短靴，靴子上沾满了各种颜料。只见他在墙壁上张贴着手写的海报：

1927 年 6 月 22 日。“硬纸材加工俱乐部”内举办讲座：

“成功创新理念”暨国际象棋车轮对弈比赛

160 人同时对弈

特级国际象棋大师奥 · 本德尔

所有参赛者自带棋盘。每局费用 50 戈比。入场费 20 戈比。晚 6 时整开始。

主管人：康 · 米赫尔松。

而此时，特级国际象棋大师本人也没有浪费时间。他花三卢布租下了俱乐部的场地，随后便赶去了国际象棋协会。这个协会不知道是怎么回事，居然设在育马场管理处的走廊里。

国际象棋协会里，坐着一个只有一只眼睛的人，正在阅读潘捷列夫版的施皮尔哈根的长篇小说。①

“本人特级国际象棋大师奥 · 本德尔！”奥斯塔普面无愧色地坐到桌子上，“我打算在你们这里举办一场车轮对弈。”

这位瓦休基本地棋手把唯一的眼睛撑大到了自然规律所能允

许的极限。

“请您稍等，特级国际象棋大师同志！”独眼龙叫道，“您先坐下吧。我去去就来。”

话音刚落，独眼龙就跑没了影。奥斯塔普仔细看了看国际象棋协会的屋子。墙上挂有几张赛马的照片，桌子上躺着一本积了灰尘的账簿，封面上写着：“瓦休基国际象棋协会1925年度成就。”

独眼龙回来了，带来十二个不同年龄的人。大家排着队走到大师跟前自我介绍，报自家姓名，毕恭毕敬地和特级大师握手。

“我这次是去喀山，路过这里。”奥斯塔普含含糊糊地应付，“对，对，比赛就安排在今晚，大家都来吧。不过很抱歉，我现在不在状态，刚打完卡尔斯巴德循环赛②，累了。”

看到瓦休基的棋手们个个儿子崇拜老子的神情，奥斯塔普飘飘然了。他一时间觉得精力充沛，脑子里充满了关于国际象棋的创意，不由开始口若悬河。

“说来你们不信，”他说，“国际象棋的思想已经取得了多么超前的发展。你们知道吧，拉斯克尔现在有多下流，根本没法和他下棋。他居然用雪茄烟熏对手。而且故意抽便宜货，那烟味直让人恶心。国际象棋界对此深感不安。”接下来，特级大师转移到了地方话题。

“为什么省里的意识就那么老古板？比如，就拿你们国际象棋协会来说。名字就叫作国际象棋协会。这也太没意思啦，姑娘

---

① 施皮尔哈根（1829—1911），德国作家。他的社会政治小说在俄罗斯很受欢迎。彼得堡出版家潘捷列夫于1896—1899年间出版了施皮尔哈根的作品全集。

② 卡尔斯巴德是捷克城市。卡尔斯巴德国际象棋循环赛是颇具影响力的传统比赛，但恰好在小说主人公们寻宝的1927年没有举办过。

们！真的，你们就该取一个漂亮的名号，听上去真正符合国际象棋运动。这样就能吸引群众的支持啊。比如说，可以把你们的国际象棋协会叫作‘四马国际象棋俱乐部’，或者‘红色残局’，再不然，叫‘欲速则不达’也行啊。这样多好！多有气势！”

这个想法获得了一致赞赏。

“有道理啊。”本地人觉得主意不错，“为什么不把我们协会改名为‘四马俱乐部’呢？”

由于国际象棋协会的办公室就在这里，所以奥斯塔普便以名誉主席的身份召开了一个简短的座谈会，成员们一致决议通过，把协会更名为“四马俱乐部”。因为有了“斯克里亚宾”号邮轮上的经验，特级大师现学现卖地在硬板纸招牌上亲手绘制了四匹马的艺术形象，并题了词。

这一重要举措标志着国际象棋创意将在瓦休基得以发扬光大。

“国际象棋！”奥斯塔普说，“你们知道吧，什么叫做国际象棋？国际象棋不仅能推动文化发展，还能振兴经济！你们明白吧，如果把握住‘四马国际象棋俱乐部’事业的正确发展方向，就能让整个瓦休基发生天翻地覆的变化？”

从昨天白天起，奥斯塔普就没吃过任何东西，所以他的口才具有出乎意料的说服力。

“是的！”他抬高了嗓门，“国际象棋能富国兴邦！如果你们按照我的方案去做，保证将来能踩着大理石台阶从市区走到码头！瓦休基也准能成为十个省的中心城市！你们以前听说过塞梅宁①吗？根本没有！现在这个小城市既有钱又出名，完全是因为人

① 奥地利城市，1926 年举办了国际象棋循环赛。

家组织了一次国际象棋大赛。所以我说：瓦休基也应该举办一场国际象棋大赛。”

“怎么举办？”所有人异口同声问。

“这是完全可行的啊。”特级大师胸有成竹，“凭我自己的各种关系，还有你们自己的努力——这就是举办一场瓦休基国际象棋大赛的充分及必要条件。各位想一想，‘1927 年度瓦休基国际象棋循环赛’，听着多气派。何赛-劳尔·卡帕布兰卡、埃马努伊尔·拉斯克尔、阿廖欣、尼姆佐维奇①、列蒂②、鲁宾斯坦③、马洛斯④、塔拉什⑤、维德马尔⑥、格利高里耶夫博士⑦肯定都会来。另外，我本人也会亲自参与！”

“但是钱呢！”瓦休基人沮丧地哀叹，“这些人都得花钱才能请得动啊！得花好几万吧！上哪儿找这些钱去？”

“这是不可阻挡的大趋势。”奥·本德尔说，“自然会有人捐钱的。”

“我们这里有谁付得起这么大一笔钱？我们瓦休基人……”

---

① 阿龙·尼姆佐维奇（1886—1935），一位伟大的棋手。他的超现实主义国际象棋理论使国际象棋得到了革新，他的思想使最高水平的棋艺也发生了永久变革。著有阐述其思想的《我的体系》，该书以诗化生动的语言写成，即使不下国际象棋的人阅读也会欣赏它。

② 列蒂（1889—1929），著名的捷克国际象棋棋手。

③ 阿奇巴·鲁宾斯坦，1882 年出生于波兰与俄罗斯交界的一个小镇上，1905 年在 Hauptturnier 比赛中获得并列第一，从而得到大师的头衔。1912 年在圣·塞巴斯蒂安等 4 个重要赛事上取得胜利而震惊了世界。

④ 盖萨·马洛斯（1870—1951），匈牙利棋手，特级大师，二十世纪初最著名的棋手之一。

⑤ 席格贝尔特·塔拉什（1862—1934），著名德国棋手，国际象棋理论家。

⑥ 米兰·维德马尔（1885—1962），斯洛文尼亚著名棋手、哲学家和作家，曾当过电工。

⑦ 格利高里耶夫，苏联棋手，国际象棋理论研究者、记者。曾六度参加苏联国际象棋冠军赛，四次获得莫斯科国际象棋冠军称号。首位苏联国际象棋广播解说员。

“怎么能让瓦休基人出钱呢！瓦休基人当然不用掏钱。他们应该收——钱才对！其实这非常非常简单啊。有那样的世界级大师参加大赛，全世界的国际象棋爱好者都会蜂拥而来。几十万爱好者，全是腰缠万贯的大佬呢，都会云集到瓦休基来。首先，内河航运肯定承受不了这么多数量的旅客，所以，交通人民委员部一定会修建一条从莫斯科到瓦休基的铁路干线。这只是其一。另外，为了安置游客，还会建造一批酒店和摩天大楼。第三，方圆半径一千公里内的农业生产将得到提升：客人们总是要吃饭的嘛——蔬菜、水果、鱼子酱、巧克力糖。为提供举办大赛的场所，必须建一座宫殿——这是四。第五——配套修建供游客交通工具使用的停车库。为保障比赛轰动性结果的全球转播，还必须建造一座超大功率的无线电发射塔，这是六。再说说莫斯科到瓦休基的铁路干线。毫无疑问，单单这么一条铁路线是没有能力把所有想观摩比赛的人都运来瓦休基的。因此，修建一座‘大瓦休基’机场也就顺理成章了——这样就可以保证有定期的邮政航班和飞艇能直达包括洛杉矶和墨尔本在内的世界各个角落。”

瓦休基国际象棋爱好者的眼前铺开了令人目眩神迷的前途美景。办公室的房间瞬间变得宽敞起来。弹丸之地的育马场，还有那几堵破破烂烂的围墙轰然倒塌，取而代之的，是三十三层直指蓝天的国际象棋创意宫殿的玻璃大厦。楼里每一个大厅，每一间房间，甚至在子弹一样上下飞驰的电梯里，都有人坐在镶着绿色孔雀石的棋盘前苦思冥想。①

---

① 作者模仿当时包括A. 托尔斯泰在内很多苏联作家笔下对全国范围内大规模城镇化改革建设的畅想。

大理石台阶顺坡而下一直铺到蓝蓝的伏尔加河。河面上停着远洋邮轮。肥头大耳的外国人、棋手们的夫人们、印度防守布局的澳大利亚崇拜者、裹着白头巾的印度人、西班牙布局的拥护者、德国人、法国人、新西兰人、亚马孙河湿地的居民，还有对瓦休基人万分眼热的莫斯科人、列宁格勒人、基辅人、西伯利亚人和敖德萨人都坐着爬升的缆车来到市区。

小汽车在大理石建造的一家家酒店之间传送机般往来穿梭。但突然，一切都停了下来。只见世界冠军何赛-劳尔·卡帕布兰卡-格劳佩尔从奢华时尚的“沉底卒”大酒店里走了出来。女士们立刻将他团团围住。一个穿着特制国际象棋制服的警察（国际象棋格子马裤，领章上画着大象）向他恭恭敬敬地敬了个举手礼。瓦休基“四马俱乐部”的独眼龙主席昂然挺胸朝冠军走来。

正当两位权威人士用英语交流时，对话却因为格利高里耶夫博士和未来的世界冠军阿廖欣的飞抵而中断。

热烈的欢呼声响彻全城。何赛-劳尔·卡帕布兰卡-格劳佩尔皱起了眉头。独眼龙大手一挥，一架大理石舷梯被推到了飞机舱门前。格利高里耶夫博士顺着阶梯快步走下，手里舞着新帽子向大家致意，边走边解说卡帕布兰卡在对阵阿廖欣的这场比赛中可能出现的失误。

从地平线那头冷不丁冒出了一个黑点。只见黑点快速地靠近，变得越来越大，最后变成了一个巨大的祖母绿色降落伞。降落伞的吊环上挂着一个手提小箱子的人，看上去就像一根大胡萝卜。

“是他啊！”独眼龙兴奋地大叫，“乌拉！乌拉！乌拉！我一眼就认出来啦，他就是伟大的哲学家棋手，拉斯克尔博士啊！全世界也就他一个人喜欢穿这种绿颜色的袜子。”

何赛-劳尔·卡帕布兰卡-格劳佩尔又一次皱起了眉头。

立刻有人把大理石舷梯推到拉斯克尔脚下。这位前冠军精神焕发，只见他吹掉途经西里西亚上空时落在左手衣袖上的一粒灰尘，便一头扎进了独眼龙的怀抱。独眼龙搂着拉斯克尔的腰，把他领到现任世界冠军跟前，说：

“讲和吧！我以瓦休基广大人民群众的名义请求你们两位！讲和了吧！”

何赛-劳尔一声长叹，晃着眼前这位棋坛老将的手说：

“我向来对您在西班牙布局中把象从b5移到c4的绝招钦佩不已。”

“乌拉！”独眼龙欢呼，“既简洁又恳切，冠军风度啊！”于是人山人海便跟着一起欢呼：

“万岁[①]！万岁[②]！万岁[③]！既简洁又恳切，冠军风度啊！！！”

特快列车一列又一列不断驶近瓦休基的十二座火车站，送来一批又一批国际象棋爱好者。

当一匹白马被牵到马路上时，城市的夜空已经被绚烂的霓虹点燃。自从瓦休基道路交通实现了全面机械化后，这匹白马成了同类中唯一的幸存者。在通过一项特殊法令之后，大家便改口称这匹马为公马，虽然它这辈子从来被认为是一匹母马。国际象棋迷们手里挥舞着芭蕉叶和棋盘向白马致意。

---

① 俄语。
② 原文为德语。
③ 原文为日语。

“别担心。”奥斯塔普接着说，“我的方案保证能让你们城市的生产力得到前所未有的长足发展。各位想想，大赛结束后，客人们全都离开，那会是什么样？在莫斯科被住房危机折磨得苦不堪言的市民们会一窝蜂地赶来，住进你们这座富丽堂皇的城市。首都自然而然也就迁到了瓦休基。政府也随之搬过来。瓦休基将更名为新莫斯科，而现在的莫斯科则将改名为老瓦休基。列宁格勒人和哈尔科夫人会恨得牙根痒，但也只能眼巴巴看着。新莫斯科将逐渐成为欧洲最文明的中心，不久之后甚至成为全世界的中心。”

“全世界啊！！！”瓦休基人不由得心驰神往。

“是的！将来更会成为宇宙中心呢。国际象棋的创意，将把小县城变成整个地球的首府，之后还会成为一门应用科学，并发明星际间交流的通讯方式。瓦休基将发射到火星、木星和冥王星的信号。与金星的沟通将会变得就像从雷宾斯克到亚罗斯拉夫那样易如反掌。到那时候，各位，也许再过个八年，瓦休基还会举办宇宙历史上头一次星际间的国际象棋大赛呢！”

奥斯塔普擦了擦天庭饱满的额头。他已经饿得几乎要失态了，要是现在能把棋盘上的马炸了吃，他也会如获至宝地吞下去。

“是——啊。”独眼龙好不容易让自己从憧憬中挤出来，失魂落魄地打量着到处是灰尘的办公室，“不过，这措施怎么落实呢，换句话说，从哪里入手呢？”

在场的所有人立刻牢牢地盯住了特级大师。

“我再说一遍，事实上，这件事情完全要靠你们各位自力更生。再说一遍，组织工作，包在我身上。不需要任何物质上的花费，当然，电报费是要给的。”独眼龙听罢轻轻推搡了一下身边的棋友。

“喂！”他问，“你们觉得怎么样？”

“办啊！当然要办！”瓦休基人七嘴八舌表示支持。

“那……要花多少钱呢……拍电报？”

“说出来简直好笑。”奥斯塔普，“也就一百卢布吧。”

“可我们钱柜里只有二十一卢布十六戈比。当然，我们明白，这些钱肯定远远不够……”

可特级大师竟然还是个宽宏大量的组织者。

“好吧。”他说，“那就给我二十卢布吧。”

“够吗？”独眼龙问。

“一开始发几封电报是够了。过不了多久捐款就会源源不断，钱会多得没地方放的。”

特级大师把钱妥帖地藏进绿色行军外套，接着又提醒在座各位，晚上他要举办讲座，而且还有一场160人的车轮对弈。之后他便和大家道了别，径自来到“硬纸材加工俱乐部”找伊波利特·马特维耶维奇。

“我饿。”沃罗比亚尼诺夫急切而又响亮地打招呼。

虽然他人坐在售票窗口后面，但却一戈比也没进账，连一磅面包都买不起。他面前放着一个绿色的编筐小篮子，用来收集募捐款。在一般中等收入家庭里，这种小篮子是被用来放餐刀和餐叉的。

“喂，沃罗比亚尼诺夫。”奥斯塔普大声打招呼，“把收钱的事情暂停一个半小时！我们先去公共食堂吃饭。路上再详细说明情况。不过，您也该去刮胡子了，好好收拾干净。看您现在一副无业游民的样子，特级国际象棋大师哪能有这么形迹可疑的熟人。”

“一张票都没卖出去啊。”伊波利特·马特维耶维奇汇报。

“别发愁。晚上来的人就多了。这个小城已经募捐了二十卢布，打算组织一场国际象棋大赛。”

“那我们干吗还要打一场车轮赛？”行政主管小声地质疑，“这不是找揍嘛。既然有了二十卢布，我们现在就能坐上邮轮——‘卡尔·李卜内赫’号马上就从上游开来，我们可以稳稳当当坐到斯大林格勒，然后在那里等着剧团上岸，说不定能找个机会把椅子拆了。那样我们就会有钱啦，想要什么就有什么啦。”

“现在连肚子都填不饱，竟然还要说这样的大话，您这么下去，会越来越笨的。有了这二十卢布，斯大林格勒没准真能到得了……可是吃饭的钱呢？亲爱的首席贵族同志，维他命可不是从天上白白掉下来的。好在瓦休基人性格冲动，一堂讲座加上一场比赛，就可以在他们身上捞到三十卢布。”

“要挨揍的啊！”沃罗比亚尼诺夫越发悲观了。

“风险当然是有的。也许还会被揍得鼻青脸肿。不过我会略施小计，包管您在任何情况下都能全身而退。这个我们晚一点再说。现在我们先去好好品尝一下地方美食。”

晚上近六点，吃饱喝足的特级国际象棋大师刮干净了脸，喷了一身花露水，走进了“硬纸材加工俱乐部”的售票处。

同样吃饱喝足刮干净脸的沃罗比亚尼诺夫正在生龙活虎地卖着票。

“嗯，情况如何？”特级大师小声问。

“入场券卖了三十张，下棋的二十张。”行政主管回答。

“十六卢布。不行啊，还不够！”

“您还嫌不够多啊，本德尔，这么长的队伍呢！挨揍肯定躲不掉了。”

“您先不要想这些。要真有人打您，您再哭也来得及，先别耽误了正事！好好学会做生意吧！”[①]

一小时后，售票处已经入账三十五卢布。众人在大厅里兴奋地等待着。

“把小窗关了！钱给我！”奥斯塔普说，“现在您听好了。这五卢布您先拿着，赶紧去码头租一条小船，租两个小时，然后在岸边等着我，就在仓库下面一点。我们俩今天来一次夜游。不用担心我。我今天状态很好。”

说完，特级大师走进了大厅。他感觉自己斗志昂扬，并且坚信，如果第一步走 e2——e4，肯定不会惹来任何麻烦。但是接着该怎么下，说实话，他脑子里完全是糨糊一团，不过这也没有让了不起的幕僚觉得有丝毫为难。哪怕就是最没有希望的死局，他也早已想好了力挽狂澜的妙策。

迎接特级大师的是一片热烈的掌声。本来就不大的俱乐部大厅里，已经挂满了彩色的小旗。

这是因为一星期前，“水上救生”协会曾在这里举办过晚会，墙上的一句口号也证实了这一点：

想要救助溺水者，先得教会他自救。

奥斯塔普鞠了一躬，先向前伸出两只手，似乎想要谢绝这过誉的掌声，接着便登上了舞台。

“同志们！”他的嗓音悦耳动听，“棋友同志们和弟兄们，今天

---

① “学会做生意！”是列宁主导新经济政策时期，最为普及的口号之一。

我讲座的主题，其实，一星期前在下新城已经宣讲过，应该说，还是相当成功的。我的讲座主题，就是成功的开局思想。那么，同志们，什么是开局，什么又是，同志们，思想呢？原创，同志们，开局就是‘Quasi una fantasia’①。那么什么又是，同志们，思想？思想，同志们，就是人的思路在国际象棋逻辑形式中的体现。四两拨千斤就足以掌控全局。这一切完全取决于每一位棋手自己。比如，就比如第三排那位黄头发的。假设，他的棋艺高超……”②

第三排的黄头发腾地脸红了。

“再比如，那位黑头发的，假设，他的棋艺相对较弱。”

大家齐刷刷转过头去上下打量了一下黑头发的。

“我们看见了什么，同志们？我们看见，黄头发下得比较好，黑头发下得比较差。假如一位棋手不能坚持长时间地独立训练下跳棋……我的意思是——下国际象棋……那么，不管什么样的讲座都改变不了这种实力对比……现在，同志们，我跟大家讲几个有教育意义的故事，是德高望重的超现代派代表人物卡帕布兰卡、拉斯克尔和格利高里耶夫博士的亲身经历。”③

面对听众，奥斯塔普讲述了几个陈芝麻烂谷子的笑话，都是他从童年时期就读过的《蓝色杂志》里抠出来的。一场小型滑稽

---

① 法语，意为一种幻想。原文有误，正确应该是：Quoi si une fantasia。

② 演讲的桥段取材于本小说倡议人卡塔耶夫的作品。作为当时已经非常出名的作家，他于 1926 年在幽默漫画杂志《恶作剧》上发表了系列作品《尼阿加洛夫的讲座》，甚至连主人公因为用劣质的讲座敷衍听众而最终被打的故事结局都一样。

③ 1910—1920 年，国际象棋产生了颇具争议的新发展方向，并深刻影响了开局理论。该理论的奠基人后来被称为“超现代派”，但是奥斯塔普提到的三个人都不属于所谓的“超现代派”。

戏就这么结束了。

讲座竟然那么简短，这让大家有点吃惊。独眼龙那只唯一的圆眼珠子一直盯着特级大师的鞋子看。[①]

但是紧接着开始的车轮棋赛暂时遏制了独眼龙越来越旺盛的疑虑。他和众人一起把桌子按U字形排开。一共有三十位国际象棋爱好者入座与特级大师对阵。其中很多人都紧张得不知所措，时不时翻阅着国际象棋教程，临时抱佛脚地更新脑子里关于复杂布局的记忆，力争在和特级大师的对局中撑到二十二招以后才败下阵来。

奥斯塔普扫了一眼，几排人群已经“黑压压棋子”般把他团团围住，他又瞄了瞄关上的门，便胸有成竹地开始实施他的计划。只见他走到坐在第一张棋盘后的独眼龙跟前，抬手把王后前面的小卒从e2拱到了e4。

独眼龙立刻双手捂住了耳朵，全神贯注地思考起来。成排的棋手们便窸窸窣窣地把消息传了开去：

“大师走了e2e4。”奥斯塔普并没有用多变的开局来调戏对手们。其余的二十九张棋盘上，他使出的是一模一样的招数：把王后前面的小卒从e2挪到了e4。业余棋手们一个个抓耳挠腮，陷入了兴奋而又焦虑的演算。围观人们的目光跟着特级大师从这里扫到那里。城里唯一一位摄影爱好者已经在椅子上费力地摆好架势，正打算点亮镁光灯，但奥斯塔普却非常生气地摆了摆手，中断了在棋盘间的游弋，大声斥责：

---

① 又一次取材于卡塔耶夫的作品《尼阿加洛夫的讲座》，该作品中主人公穿着和奥斯塔普一样的深红色尖头皮鞋。

“把摄影师撤走！他干扰我下棋的思路！”

“有必要在这种鸟不拉屎的地方留下自己的照片嘛，我可不想把警察招惹来。”他暗自嘀咕。

棋手们异口同声发出愤怒的嘘声，摄影师吓得连忙打消了拍照的企图。这还不算，一浪高过一浪的民愤最终竟然把摄影师关到了大门外。走到第三步的时候，大家看明白了，原来特级大师在十八张棋盘上下的是西班牙开局。而其余十二张棋盘上，黑棋采用了虽早已过时，但依然颇为可靠的费利道尔[1]防御布局。要是奥斯塔普能意识到，他在无意间下出了如此深奥的开局，而且还摆出了如此长盛不衰的防御阵势，那么他本人一定会无比震惊。因为，这是了不起的幕僚这辈子第二次下国际象棋。

一开始，业余棋手们都被吓得不轻，第一个惊骇不已的就是独眼龙。特级大师显然已经设下了奸诈的圈套。

特级大师无疑在内心深处极其鄙视瓦休基这些业余棋手的棋艺，他不但毫不在乎地舍弃了几个卒子，竟然还接二连三牺牲了车马相。面对在讲座时被自己挖苦的黑头发，他甚至弃掉了王后。黑头发一脸骇然，几乎想要立刻投子认输，然而不可思议的顽强毅力最终迫使他继续对弈。

五分钟后，晴空响起一声霹雳。

“将！”那是吓得快要昏死过去的黑头发犹豫不决的声音，“把您将死了，大师同志。”

奥斯塔普分析了一下局势，当众丢人现眼地把“王后”说成

---

① 费利道尔（1726—1795），于1749年以简明扼要的语言撰写出版了著名的《棋术分析》。

了“女皇”，接着夸张而又豁达地祝贺了黑头发取胜。一排排业余棋手们立刻沸腾了起来。

“是时候金蝉脱壳了。”奥斯塔普暗自盘算，可身体依然徘徊在棋桌之间，随随便便挪动着棋子。

“您的马走错了，大师同志。”独眼龙讨好地纠正，“马不是这么走的。”

“帕尔东，帕尔东，对不起。”大师说，“刚做完讲座，我有点累了。”

接下来的十分钟里，大师又接连输了十局。

“硬纸材加工俱乐部”一片惊呼。一场冲突眼看在所难免。奥斯塔普接着输掉十五局，紧接着又输了三局。最后只剩和独眼龙的一局。独眼龙开局的时候因为紧张走错了好几步，现在正苦苦强撑着迈向最后的胜利。奥斯塔普趁着围观的人没注意，从棋盘上偷走一个黑车，藏进了口袋里。

人群把对弈者围得水泄不通。

“我的车刚才还在这里啊！”独眼龙四下看了看，叫了起来，“现在怎么没啦！”

“现在没有，说明刚才也没有！”奥斯塔普的态度变得粗鲁起来。

“怎么会没有？我记得很清楚！”

“当然没有！”

“它跑哪儿去了？您把它吃了吗？”

“吃了。”

“什么时候吃的？哪一步？”

“难道您还想用您的车糊弄我？想认输就干脆点！”

“等一下，同志们啊，我每一步都是有记录的！”

“事情在办，记录在案。”[1]奥斯塔普嘲笑道。

“这太气人了！”独眼龙吵嚷起来，“快把车还给我。

“快认输吧，认输吧，别那么小孩子气！”

“把车还给我！”

“把车给您？是不是，还要把藏着钱的房间钥匙也一起给您？”

说这些话的时候，特级大师已经清醒地意识到，再迟一步命就没了。于是他抓起一把棋子，猛地朝对手独眼龙的脑袋砸了过去。

“同志们哪！”独眼龙痛得嚎丧起来，“你们看哪！打棋迷啦！”

瓦休基的业余国际象棋手们惊呆了。可奥斯塔普并没有浪费宝贵的分分秒秒，他抄起一张棋盘扔向了灯泡，在紧随而来伸手不见五指的黑暗中，他又击中了不知道是谁的下巴和额头，随即便冲到了外面。你踩疼了我我推倒了你的瓦休基业余棋手们追了出来。

这是一个圆月之夜。奥斯塔普轻快地飞奔在银白色的路上，就像一个正要逃离罪恶红尘的天使。此时此刻，由于瓦休基还没能变成宇宙的中心，所以没法在殿堂楼宇之间奔跑，而只好穿梭于围着栅栏门的木头小屋子之间。业余棋手们在奥斯塔普身后穷追不舍。

“抓住特级大师！”独眼龙喊破了嗓子。

---

① “事情在办，记录在案”是一首流行歌曲里的歌词，作者不详。

“骗子！”大家应声大喊。

“一群草包！”特级大师一边加快速度，一边骂了回去。

“抓住他！”憋了一肚子委屈的棋手们大叫。奥斯塔普跳上了通往码头的台阶。他必须跨过四百级台阶才能到达码头。可就在第六个阶梯平台上，已经有两个从一旁斜坡小路绕道而来的业余棋手在等着他了。奥斯塔普回头看了看。斜坡上方，黑压压一群费利道尔防御布局的崇拜者正如疯狗般气势汹汹地冲下来。眼看着没有退路，奥斯塔普干脆向前冲了过去。

“看我怎么收拾你们，混蛋！”只听他冲着两位侦察兵勇士[①]一声怒吼，就猛虎扑食般从第五个阶梯平台跳了下去。

两个吓坏了的哥萨克步兵哎哟一声，便从防护栏翻了出去，顺着高低不平的斜坡滚进了黑咕隆咚里。前路已然无阻。

“抓住特级大师！”上面喊声一片。紧追不舍的人们把木头阶梯踩得咚咚响，犹如无数保龄球坠地。

终于赶到了岸边，奥斯塔普向右调整了方向，两眼搜寻着小船，和他那位忠诚的行政主管。

伊波利特·马特维耶维奇此时正悠闲地坐在小船里。奥斯塔普轰隆一声跳上小船的条凳，龇牙咧嘴地把小船划离岸边。可转眼间，几块石头就向小船飞了过来。其中一块砸中了伊波利特·马特维耶维奇。于是就在他喷薄欲出的脓包偏上的位置，又多出了一块乌青包。伊波利特·马特维耶维奇把头深深埋进肩膀里，呜呜咽咽地哭了起来。

---

① 侦察兵勇士和后文中的哥萨克步兵，都是指俄罗斯军队中的库班哥萨克特种步兵，以战术高超、英勇善战闻名，尤以侦察技巧见长。

"瞧瞧这个窝囊废啊！我的脑袋差点被人拧掉，可我不还好好的吗：生龙活虎开开心心。要是真算一笔账，我们净赚了五十卢布的纯利润呢，拿您头上的鸽子蛋作交换，算是很客观的报酬啦。"

直到此刻，尾随的人群算是彻底明白了，不光瓦休基变成新莫斯科的建设计划泡了汤，特级国际象棋大师还从瓦休基市民身上卷走了五十卢布血汗钱。于是众人登上一艘大船，齐声呐喊着向河中央划去。船被挤得满满的，坐了大约有三十个人，所有人都想亲自参与对特级大师的严刑拷问。这支远征舰队的指挥官就是独眼龙。他唯一的那只圆眼睛在深夜里像灯塔一样，一亮一亮。

"抓住特级大师！"超载的平底船上，怒吼声一浪接一浪。

"加速啊，基萨！"奥斯塔普叫道，"要是被他们追上，我可没法保证您的夹鼻眼镜不被打碎哦。"

两条船顺流而下，距离也越来越接近，奥斯塔普已经再也没有力气了。

"你们跑不掉啦，混蛋！"平底船上的人大叫。奥斯塔普没有搭理，因为已经顾不上搭理了。船桨在河面疯狂地飞上飞下，大片大片的水花溅到船上。

"快啊！"奥斯塔普低吼。伊波利特·马特维耶维奇已经累得不想动弹了。平底船眼看占了上风。高高的船身绕到了两位合伙人的左侧，企图把特级大师挤向岸边。可悲可泣的命运正等待着两位合伙人。平底船上一片欢呼雀跃，所有的业余棋手都涌向了右侧船舷，期待着和小船并肩时，以绝对的优势兵力猛揍这个恶棍大师。

“保护好夹鼻镜，基萨！”奥斯塔普绝望了，他抛掉船桨大叫，“开打啦！”

“先生们啊！”伊波利特·马特维耶维奇这时突然扯着公鸡嗓子喊起来，“你们难道真的要打我们吗？”

“废话！”瓦休基的业余棋手们雷鸣般怒吼着，准备跳上小船来。

可就在这时，却发生了一桩对于全世界诚实的国际象棋手们来说都极为不幸的事故。平底船出乎意料地发生了倾斜，河水蓦地从右侧船舷灌进了船舱。

“当心啊！”独眼龙一声尖叫。可是为时已晚。瓦休基无畏战舰的右侧船舷聚集了实在太多的业余棋手。平底船的重心偏移了，整条船没有丝毫犹豫，完完全全遵循着物理法则，底朝天翻了过来。

一片哀嚎瞬间打破了河面的平静。

“哇哦！”业余棋手们连连呼号。所有三十名业余棋手刹那间都泡进了水里。只见他们迅速浮出水面，一个接一个抓住了倾覆的船身。独眼龙最后一个靠了过来。

“草包们！”奥斯塔普兴奋得不能自已，“怎么不来揍你们的大师啦？要是我没猜错，你们本来是想揍我的吧？”

奥斯塔普驾着船绕着遇难人群游了一圈。

“各位可都是瓦休基有头有脸的人啊，告诉你们，我本来可以把你们一个个淹死，不过我还是赐予你们生命。活下去吧，先生们！不过，看在万能上帝的分上，不要再下国际象棋啦！你们根本就不懂棋啊！唉，你们真是些草包，草包啊……我们走吧，伊波利特·马特维耶维奇，继续赶路。别啦，独眼龙业余棋手！依我看，瓦休基是成不了宇宙中心的。我也不认为国际象棋大师们会来找你们这样的傻瓜下棋，就算我去请，他们也不会来。别啦，空有一腔热爱的业余棋手们！‘四马俱乐部’万岁！”

第三十五章　及其他

切博克萨雷[1]黎明时分的美景把两位合伙人逮个正着。奥斯塔普倚着船舵打盹，伊波利特·马特维耶维奇迷迷糊糊地在水面上划拉着船桨。夜里的寒意把两个人冻得浑身发抖。绽放的花蕾把东方染成一抹粉红。伊波利特·马特维耶维奇的夹鼻镜也越来越亮，椭圆形镜片一闪一闪，镜片里也交替闪现着两岸的风景。左岸的信号旗在双凹镜片里面被折弯了腰。切博克萨雷的蓝色教堂穹顶像一艘艘船只顺流漂过。东方的花园在眼前一点点展开，一簇簇花蕾渐渐变成了一座座火山，熔岩般摧枯拉朽地向周围漫开，糖果最美妙的色泽也不过如此吧。左岸的小鸟闹哄哄起了纷争，正吵得难解难分。夹鼻镜的金制弧梁突然间一闪，反光刺得特级大师睁不开眼睛。太阳出来了。

奥斯塔普睁开双眼，伸了一个懒腰，浑身骨骼作响，小船也被惊醒似的晃了起来。

“早上好啊，基萨。”他被哈欠噎住，招呼打得含糊不清，“我带着问候来找你，想要告诉你，太阳已然升起，散发着灼热的光芒，不知道照到了哪里，便在那里瑟瑟发抖……”[2]

“前面就到码头了。”伊波利特·马特维耶维奇汇报。奥斯塔普掏出了导游图确定方位。

“看样子——这里是切博克萨雷。嗯，来看一下……”

“请关注切博克萨雷妙不可言的城市格局……”

“基萨，这座城市的格局，真的妙不可言吗？……”

“切博克萨雷目前共有居民 7 702 人。”

“基萨！我们还是别去找钻石了吧，干脆把切博克萨雷的居民人数增加到 7 704 人。好不好？这事情倒是很有诱惑力……我们可以开一家十字游戏厅[3]，这样一辈子都不用为面包发愁了……嗯，我们还是看下去吧。”

“该城建于 1555 年，迄今仍保留着几座非常别致的教堂。除了楚瓦什共和国政府机构外，这里还有：一所工人速成培训学校，一所党校，一所中等师范技校，两所中学，一家博物馆，一家科学协会和一座图书馆。切博克萨雷的码头和集市上，随处可见外貌和打扮都与众不同的楚瓦什人和车累米斯人[4]……”

可是，就在两个朋友离码头越来越近，眼看就要见到楚瓦什人和车累米斯人的时候，小船前方随波飘来的一样东西吸引了他们的注意力。

“是椅子！”奥斯塔普叫了起来，“行政主管！这是我们的椅子啊。”

两位合伙人划近了椅子。椅子在水面上摇摆不定，转着圈，一会儿没入水面，一会儿又浮上来，渐渐远离了合伙人的小船。河水一次又一次肆无忌惮地灌进椅子破开的肚膛。

---

① 苏联城市，伏尔加港口，楚瓦什自治共和国首府。

② 奥斯塔普朗诵的是俄国著名诗人费特的诗歌《我带着问候来找你》。原文应该是：我带着问候来找你，想要告诉你，太阳已然升起，散发着灼热的光芒，在树叶子上战栗。

③ 十字游戏起源于印度，是一种赌博性质的桌游。玩家双方各执一个马形棋子，从起点走向终点，先抵达终点者胜出。棋子行走的步数取决于玩家掷骰子得到的点数。

④ 车累米斯人是马里人的旧称。

这就是那把在“斯克里亚宾”号邮轮上被拆开的椅子，而现在，它正缓缓地飘向里海。

“你好，朋友！”奥斯塔普大声招呼，“好久不见啊！您看，沃罗比亚尼诺夫，这把椅子让我想起了我们的经历。我们一样也在随波逐流。河水把我们拖下去，我们自己又浮上来。虽然，看上去我们不招任何人喜欢，人人都讨厌我们，除了刑事侦查局，不过他们其实也不喜欢我们。谁也不会在乎我们。要是昨晚那帮业余国际象棋手把我们淹死了，那我们就只剩下一张尸检报告了：‘横尸两具，脚部均朝向东南，头部朝向西北。身上有裂开的伤口，显然为某种钝器所伤’。业余国际象棋手肯定会用棋盘打我们。这样的武器，都不用说，肯定有点钝了……‘第一具尸体属于五十岁左右男性，身穿光呢西服，旧裤子，旧靴子。死者西服口袋里有身份证，姓名为康拉德·卡尔洛维奇·米赫尔松……’基萨，关于您肯定会这么写了。”

“那关于您又会怎么写呢？”沃罗比亚尼诺夫不高兴了。

“噢！关于我嘛，肯定就是另外一种写法了。他们会这么写我：‘第二具尸体属于一位二十七岁的男子。他爱过也伤心过。他爱钱，也因拮据而伤神。他天庭饱满，一头茂密而又年轻的黑色卷发，头部朝向太阳。他的两腿线条优雅，皮鞋四十二码，朝向北极光。他身上白色的衣服圣洁而又一尘不染，胸口有一把镶着珍珠贝的金制竖琴，还有一本抒情诗的乐谱：《与你道别啦，新村……》。去世的年轻人曾经从事火烙画生意，在他的燕尾服口袋里找到一张 1924 年 8 月 23 日由“珀伽索斯与帕尔纳索斯”手工业行业协会颁发的执照，编号为 86/1562’。后来，基萨，他们就把我安葬了，葬礼相当奢华，有乐队伴奏，有致辞。我的墓碑上会刻着：‘著名热力工程专家和战斗机奥斯塔普-苏列伊曼-贝尔塔-玛丽亚·本德尔-贝伊长眠于此。其父为土耳其臣民，死后没有给儿子奥斯塔普-苏列伊曼留下任何遗产。其母出身伯爵小姐，靠非劳动收入为生。’”①

两位合伙人就这样有一搭没一搭地聊着，在切博克萨雷靠了岸。

傍晚，两个朋友把瓦休基的小船卖了，为自己的资本总额又增加了五卢布。接着，他们便搭乘“乌里茨基”号邮轮赶赴斯大林格勒，以便中途赶超拖拖拉拉的抽奖邮轮，并在斯大林格勒截

---

① 奥斯塔普的这段戏谑式陈述信息量很大。了不起的幕僚说自己死后身上放着竖琴、抒情诗和乐谱，而当时小偷的“专业术语”就是“熟悉音乐”、“混迹乐坛”。这也再次表明奥斯塔普曾做过小偷，“金制的竖琴”暗示他还是一名成就斐然的惯偷。但他又不认为偷窃的行为不高尚，所以说自己死后身上白色的衣服圣洁而又一尘不染。《与你道别啦，新村……》原本是一首民歌，歌词大意是：“与你道别啦，新村。别了，我所有的家人！别了，我的心上人，你可知，这一别也许再见无期？……”但是在 1920 年代，“新”字代表了苏维埃或社会主义，而“村”则经常用来指代监狱。奥斯塔普隐晦地提到苏联刑事执法机构，意在表明只有死亡才能让他永远摆脱监狱的阴影。火烙画技艺的确被正式纳入手工业行业，因通过描摹、雕刻、火烙等工序在木材表面形成栩栩如生的人物与景观而受到广泛欢迎。但火烙画制作的关键工具是梁上君子同样经常使用的钢丝锯，所以当时的讽刺作家们经常将这种职业讥讽为世俗而又不入流的伎俩。另外，“火烙画”一词在当时也经常被用来指代“伪造证件”、“制作假币”或者“使用非法证件”等犯罪行为，而这也是小说中了不起的幕僚经常干的事情。珀伽索斯为希腊神话中的飞马，能激发诗人的灵感，是诗兴的象征。帕尔纳索斯是诗界、诗坛的意思。手工业行业协会被奥斯塔普取名为“珀伽索斯与帕尔纳索斯”，体现了奥斯塔普人文激情的一面。“热力工程专家”一词，既呼应了“火烙画”的职业，也代表奥斯塔普具有出众的“专业技巧”。“战斗机”一词取自于民间关于小偷的俏皮话：“贼就是个飞行员，只要不降落，他就飞呀飞……”奥斯塔普说父亲是“土耳其臣民”，而母亲是“伯爵小姐”，不仅凸显了自己的“贵族出身”，还暗示了他正是因为走投无路才走上了犯罪的道路。因为即便他得到了双亲的遗产或者地产，苏维埃政权也会毫不留情地予以充公没收。在十月革命以前，他的遭遇或许能博得同情，但革命以后，他就只能聊以自嘲了。

住哥伦布剧团。

“斯克里亚宾”号终于在七月初抵达了斯大林格勒。两个朋友躲在码头的箱子后面迎接了这艘邮轮。邮轮在卸货前又举办了一次抽奖活动，奖金数额巨大。

还得四个小时才能等到椅子。先从邮轮上下来的是哥伦布剧团和抽奖工作人员。人群中，佩尔西茨基容光焕发的脸尤其引人注目。

埋伏起来的合伙人听到他洪亮的声音：

“对！我们马上就回莫斯科！我已经发了电报！猜猜我写了什么？你我同庆！让他们猜去吧！”

只见佩尔西茨基坐上一辆租来的小汽车，上车前还前前后后仔细检查了一下，摸了摸散热器。随后便在一片莫名其妙的欢呼“乌拉”声中离去了。

直到邮轮上的液压机被卸下，才看见哥伦布剧团的实景道具一件件搬下来。等到椅子被抬下邮轮，天已经黑了。哥伦布剧团的成员纷纷坐上五辆双套大篷马车，开心地大喊大叫，向火车站方向驶去。

“看样子，他们不准备在斯大林格勒演出了。”伊波利特·马特维耶维奇说。

这下让奥斯塔普为了难。

“只好跟着他们走了。”他随即决定，“可是钱怎么办？不过，我们先跟着他们去火车站吧，到时候再想办法。”

两人到了火车站才知道，剧团打算途中取道静河—矿泉城前往皮亚季戈尔斯克[①]。可是合伙人此时所剩的钱只够买一个人的

① 皮亚季戈尔斯克意为五座山，有译者译作五山市。盛产矿泉水。

车票。

“您会不会逃票？”奥斯塔普问沃罗比亚尼诺夫。

“我试试看吧。”伊波利特·马特维耶维奇夙了。

“见鬼！您最好别试！我再一次原谅您。只好这样了，我来逃票。”

他给伊波利特·马特维耶维奇买了一张没有卧铺的硬座票。于是，前首席贵族便坐着火车来到了北高加索铁路沿线的矿泉城站，站台上陈列着一只只绿色的木桶，里面种着夹竹桃。哥伦布剧团成员们走出车厢时，他千方百计地躲开他们的视线，在人群中搜索奥斯塔普的身影。

剧团成员们早就坐上了崭新的别墅式小火车，前往皮亚季戈尔斯克市里，可奥斯塔普却迟迟没有出现。一直到傍晚，奥斯塔普才见到了已经彻底崩溃的沃罗比亚尼诺夫。

“您跑哪儿去了？”首席贵族几乎虚脱了，“我都害怕死了啊！”

“您口袋里揣着车票到处跑呢，有什么可害怕的？照您这么说，我倒反而不用害怕？想想吧，我在静河站就被人从车厢接缝上轰下来了！我在那里像傻瓜一样坐了足有三个小时呢，就为了等那辆装着纳尔赞矿泉水空瓶子的货车①！您就是头猪，首席贵族先生！剧团呢？”

“在皮亚季戈尔斯克市里。”

“那就快去啊！我这一路上还乱七八糟写了点东西，干净利落挣了三个卢布呢。当然了，这不算多，但是买些纳尔赞矿泉水解

---

① 纳尔赞是高加索地区矿泉水的品牌，皮亚季戈尔斯克市就是矿泉水产地。

渴是够了，还够我们买两张火车票去市里。”

别墅式小火车叮铃咣啷像四轮货车一样晃荡了五十分钟，把两位远道而来的游客拖到了皮亚季戈尔斯克。两位合伙人一路经过兹梅伊卡山和别什套山，最后来到了马舒克山脚下。

第三十六章　翠石洼风光

那是一个星期日的傍晚。一切都是那么清新如洗。就连那座长满了灌木和小树丛的马舒克山，也像是被精心梳理过，漫山遍野润发膏般幽香四溢。

各种布料做成的白色裤子在巴掌大的火车站月台上往来行走，看得人眼花缭乱：有席纹布的、田鼠皮的、厚亚麻布、帆布的，还有柔软的法兰绒。这里的人们都脚踩凉鞋，身穿敞领衬衫[①]。可两位合伙人的脚上却是笨重而又肮脏的长筒靴子、沾满尘土的厚裤子，还有冬季保暖背心和晒得发烫的西服。出现在这样的场合，两个人自己都觉得格格不入。在这里疗养的女孩子们个个争奇斗艳般，穿上了各种赏心悦目的印花服饰，其中最闪亮也最雅致的莫过于女站长的制服了。

车站站长居然是一位女士，这让所有来访者都倍感惊喜。红色大檐帽底下露出一绺棕褐色的卷发，两条银色的饰带箍住帽圈。白色的制服，白色的短裙。

两位游客品咂够了女站长，在皮亚季戈尔斯克剧院读了哥伦布剧团刚贴出的巡演海报，又喝干两杯五戈比的矿泉水，便坐上“火车站—花圃”线有轨电车，潜入了市区。进入“花圃”的时候，又花十戈比买了门票。

“花圃”里处处歌舞升平，如织的游人个个喜笑颜开，但是鲜花却没看到几朵。交响乐团在白色的贝壳形乐池里演奏着《群蚊狂舞》。莱蒙托夫长廊里有人出售纳尔赞矿泉水。不过，纳尔赞矿泉水在各个售货亭里也有卖，还有人沿街叫卖的。

谁都没有正眼看一下两位浑身肮脏的钻石寻宝人。

“唉，基萨，”奥斯塔普说，“生活的节日里，我们完全就是局外人啊。②”

在疗养胜地的第一夜，两位合伙人是挨着矿泉水源地度过的。

正是在这里，在皮亚季戈尔斯克，当哥伦布剧团第三次为市民们上演让人叹为观止的《婚事》，两位合伙人才深刻体悟到追踪宝藏的所有艰辛困苦。想要像事先计划好的那样混进剧院，那是门儿都没有的。甚至连加尔金、帕尔金、马尔金、察尔金和扎尔金德，也因为付不起昂贵的食宿费而没能住进酒店，只好在舞台的大幕背后过夜。

日子就这么一天天过去，两个朋友每晚都在莱蒙托夫当年决斗的地方过夜，白天靠着帮手头宽裕的游客搬运行李赚面包钱，日子过得苦不堪言。

到了第六天，奥斯塔普终于有了机会和掌管液压机的安装工梅契尼科夫正式认识。在此之前，梅契尼科夫因为缺钱，每天都来矿泉水源地以水代酒，痛饮浇愁。他的情绪糟糕透了，据奥斯

---

① 敞领衬衫是当时非常流行的服饰，源自巴黎强盗或劫匪的穿着风格。“敞领”一般用来指代被逮捕的印度人，他们从不打领带，只在领口系一条色泽鲜艳的头巾。

② 奥斯塔普的这句话套用了流行的浪漫诗歌格式，比如著名诗人莱蒙托夫就曾在诗歌《思索》中写道：“连生活都让我们疲敝，一路坦途却没有目的，又如异乡节日的宴席。”在文人眼里，皮亚季戈尔斯克（乃至整个高加索地区）与诗人莱蒙托夫有着千丝万缕的联系，所以当地随处可见与诗人相关的名胜古迹。

塔普观察，他还在市场上偷偷贱卖一些剧团的道具用品。黎明时分的水源地旁，两个人一番推杯换盏达成了最终协议。安装工梅契尼科夫不但答应了条件，还套近乎地称奥斯塔普为“小可爱”。

“没问题。”他说，“这种事情小菜一碟啦，小可爱。我们非常乐意效劳，小可爱。”

奥斯塔普一听，立刻明白眼前的安装工是个行家里手。谈判双方注视着对方的眼睛，拥抱在一起，还拍着对方的背，彼此敦厚地笑笑。

“那就说定了。”奥斯塔普说，“事成之后，给您十卢布。”

“小可爱啊！”安装工一脸的不可置信，“您这是故意惹我发火吧。纳尔赞矿泉水已经让我难受够了。”

“那您想要多少？”

“一口价，五十卢布。虽然东西都是公家的，但我可是个苦命人啊。”

“好。那就二十卢布！同意吗？嗯，看您的眼神，我就知道您答应了。”

“只有双方排除所有反对意见后，才能说同意哦。”

“这话说得漂亮，狗杂种。”奥斯塔普悄悄在伊波利特·马特维耶维奇耳边说，“您学着点。”①

“您什么时候把椅子拿来？”

“一手交钱，一手交椅子。”

“这没问题。”奥斯塔普想都不想就脱口而出。

---

① 奥斯塔普引用了著名诗人涅克拉索夫的诗句：这牛吹得好，狗杂种/吹得那么自信！

“钱要先付。”安装工态度明朗，“早晨付钱，晚上就给椅子，要么晚上付钱，那就第二天早晨给椅子。”

“能不能，今天先给椅子，明天再付钱？”奥斯塔普还不死心。

“小可爱，我可是个苦命人啊。这种条件，您还是死了心吧。”

“可是，”奥斯塔普说，“我要明天才能拿到电汇的钱。”

“那就只好明天再说了。”安装工冥顽不化，“现在嘛，小可爱，您就开开心心留在水源地吧，我走了：液压机还有一大堆事情要做呢。辛比耶维奇简直催命一样。我已经累坏了。总不能一直靠着纳尔赞矿泉水活下去吧？”说完，梅契尼科夫便走进了霞光万道的晨曦里。

奥斯塔普冷峻地看了看伊波利特·马特维耶维奇。

“时间，”他说，“我们现在能掌握的时间，就是我们至今还无法拥有的金钱。基萨，是时候该干一番事业了。十五万卢布零零戈比就躺在我们眼皮底下。只要能拿到二十卢布，珍宝就是我们的了。我们必须不惜一切手段。要么腰缠万贯，要么彻底完蛋。我选择腰缠万贯，虽然只有波兰人才会那么有钱。”奥斯塔普一边说，一边若有所思地围着沃罗比亚尼诺夫转了一圈。

“把西服脱下来，首席贵族先生，动作快一点。”他出其不意地命令道。

奥斯塔普从不胜诧异的伊波利特·马特维耶维奇手里一把抓过西服，扔到了地上，然后又踏上两只脏皮鞋踩了起来。

“您这是干什么？”沃罗比亚尼诺夫心疼地叫起来，“这套西服我已经穿了十五年，可还跟新的一样啊！”

“别担心！西服马上就不会新了！把帽子给我！现在往裤子上

蹭些灰，再浇上纳尔赞矿泉水。快啊！”

不消一会儿，伊波利特·马特维耶维奇就变得浑身上下脏得让人恶心。

“您现在这副样子已经成熟了，完全有条件自力更生勤劳致富了。”

“那我该做什么呢？”沃罗比亚尼诺夫热泪盈眶。

“我想，您应该会说法语吧？”

“说得很差。也就在中学里学了一点。”

“嗯……那就只好凑合着学以致用了。您会不会用法语说一句话：‘先生们，我已经六天没吃东西了。’？”

“莫薜，”伊波利特·马特维耶维奇结结巴巴说了起来，“莫薜，嗯，嗯……热内，没错吧，热内，曼什，帕……六，怎么说来了：恩，德，特鲁阿，卡特尔，森克……西斯……西斯……如尔。应该是这样，热内曼什帕西斯如尔。”[1]

“您的发音也太难听了，基萨！不过，对乞丐要求也不能太高了！俄罗斯欧洲地区的乞丐，法语当然不会比米勒兰[2]说得好。嗯，小基萨，您的德语水平怎么样？”

“这是想让我干吗？”伊波利特·马特维耶维奇有了不祥的预感，叫出了声。

“正经事。”奥斯塔普振振有词，“您现在马上就去‘花圃’，找个阴凉的地方，用法语、德语和俄语去要饭，而且要立场坚定地表明自己是国家杜马民主立宪党派的前党员。所有收入都拿去

① 沃罗比亚尼诺夫临时想起来的这句法语有语法错误。

② 米勒兰（1859—1943），法国社会党人，改良主义者。1920—1924 年任职法国总统，后被选为国会议员。是苏维埃时期的热门政治人物。

给安装工梅契尼科夫。听明白了？”

伊波利特·马特维耶维奇凤凰涅槃一样立刻变了个人。他的胸脯犹如列宁格勒宫廷大桥般高高地鼓了起来，两只眼睛里喷出了烈焰，在奥斯塔普看来，他的两只鼻孔里似乎还冒出了浓浓的黑烟，胡髭也慢慢地倒竖起来。

“啊——呀——呀。”了不起的幕僚一点都没被吓到，“看看他的这副模样哦。哪里还像个人，简直就是一匹驼背的小马驹！”①

“绝不。”伊波利特·马特维耶维奇突然从胸腔憋出一句话，“我沃罗比亚尼诺夫永远不会伸手乞讨。”

“那您就只好蹬腿了，老傻瓜！”奥斯塔普一声怒吼，“您以前没伸手要过饭？”

“从来没有。”

“您是不是喜欢上吃软饭了？这家伙三个月来全靠我养活。都三个月了，我供他吃喝，还教育他，可这家伙倒好，居然挺着第三站姿②，理直气壮地说他不愿意……喂！同志，我受够了！给您两条路选择：要么您现在立刻就去‘花圃’，傍晚前带十卢布回来，要么我从合作股东名单里把您名正言顺地剔除。我数到五。去，还是不去？一……”

“去。”首席贵族低头屈服了。

“那好，您把讨饭经重新念一遍。”

“莫薛，热内曼什帕西斯如尔。格本，席，米尔，比特，艾特

---

① “鼻子里冒出了浓浓的黑烟”取自于耶尔绍夫的童话诗歌《驼背的小马驹》。

② 第三站姿是指芭蕾舞起舞前的一种传统正步姿势。双腿绷直，两脚掌彼此垂直，右脚跟紧贴左脚中心。

瓦斯，科贝克，奥夫，登，施究克，布罗德[1]。可怜可怜我这个前国家杜马议员吧。”

“再来一遍。要再可怜一点！”

伊波利特·马特维耶维奇又说了一遍。

“嗯，很好。您显然从小就有要饭的天赋。去吧。我们半夜在水源地见面。您千万别误会了，可不是什么追求浪漫情调，只是因为晚上那里的施舍会多一点。”

“那您，”伊波利特·马特维耶维奇问，“您去哪儿呢？”

“我就不用您操心了。我向来都战斗在困难最前线。”

说完，两个朋友便分头开始行动。

奥斯塔普先跑到一家小文具店，花光最后十戈比买了一本发票簿，接着坐在小石凳上，花了差不多一小时把发票全都重新编号，并在每一张发票上都签了字。

“制度才是最重要的。”他自言自语地说，“每一分社会闲散资金都应该记录在案。”[2]

处理完毕，了不起的幕僚便沿着马舒克山间盘旋的山路箭步[3]如飞，直奔莱蒙托夫和马尔蒂诺夫当年决斗的地方[4]，把一座座疗养院和休养所甩在身后。

---

① 这是德语，同样有语法错误。

② 奥斯塔普引用了列宁在1920年代关于“核算与管理在社会主义阶段原则性意义”的演说词。

③ 箭步在沙皇俄国时期指正规军步兵行走的大踏步正步。但是在小偷的“行话”中，箭步被用来指代欺诈、乞讨等行骗行为。奥斯塔普“箭步”飞奔的同时，他的伙伴正在行乞骗钱。

④ 在皮亚季戈尔斯克，一次在韦尔济林的家庭晚会上，诗人莱蒙托夫的玩笑激怒了士官生学校的同学马尔蒂诺夫。争吵过后，马尔蒂诺夫发出决斗的挑战。莱蒙托夫对这个小争执并未在意，便接受了挑战。他没打算向同学开枪，结果自己被一枪打死。莱蒙托夫被安葬在塔尔罕内的家族墓穴中。

奥斯塔普一路上不断被一辆辆公共汽车和双套马车赶超，最后来到了名叫塌坑的地方。

山岩峭壁上被凿出一条窄窄的廊道，通往形似尖锥的塌坑。廊道的尽头是一个小小的平台，站在上面能看见塌坑里是一潭碧绿的死水，散发着恶臭。这一处塌坑也被认为是皮亚季戈尔斯克的名胜，所以每天有不少旅游团和往来游客来此地观光。

以奥斯塔普敏锐的嗅觉，他立刻意识到，对于不抱有偏见的人来说，塌坑也是一个有利可图的地方。

"真奇怪，"奥斯塔普心里盘算着，"城里人怎么就一直没想到，进塌坑也可以收费呢。这里好像是皮亚季戈尔斯克唯一一个任由游客免费参观的地方。现在就由我来消灭这个有损城市形象的可耻污点，我来纠正这个令人遗憾的缺点。"

于是在理智、健全的本能和客观条件的唆使下，奥斯塔普便行动起来。

他站在塌坑入口旁，一边拍打着手里的发票簿，一边时不时吆喝：

"买票啦，先生们！十戈比一张！儿童和红军战士免费！大学生半价五戈比！非工会成员——三十戈比！"奥斯塔普果然神机妙算。皮亚季戈尔斯克当地人很少来塌坑游玩，而其他苏联游客只要看到有入口的地方就会掏钱，从他们身上榨取十戈比简直不费吹灰之力。还不到五点，他已经挣了六个卢布。虽然皮亚季戈尔斯克当地人数众多的非工会成员并没有帮太多忙，但是其他游客都一个个乖乖地交了十戈比。有一个满面红光的游客大老远看到奥斯塔普，便得意洋洋地对老婆说：

"看见了吗，塔纽莎，我昨天就说了吧？你还不相信，硬说参观塌坑是免费的，不用付钱。这怎么可能嘛，是不是，同志？”

“您说得完全正确。”奥斯塔普急忙顺竿爬，“参观不要钱，怎么可能有这种事嘛。工会成员——十戈比，非工会成员——三十。”

快到傍晚时，一队哈尔科夫警察旅游团坐着两辆敞篷马车来到了塌坑。奥斯塔普吓了一大跳，刚想要伪装成天真无辜的游客，但已经晚了。了不起的幕僚已经被羞答答的警察们团团围住，没有了退路。奥斯塔普索性亮开嗓门，厚着脸皮大声说：

“工会成员——十戈比，不过既然警察可以视为等同于大学生和儿童，每人只要五戈比。”

警察们付了钱，却也委婉地提了个问题，收取这可怜的五戈比打算用来干吗？

“收钱是为了维修塌坑。”奥斯塔普眼都不眨地回答，“这样塌坑就不会再往下塌了。”

就在了不起的幕僚游刃有余地贩卖翠石洼风光时，伊波利特·马特维耶维奇正驼着背，强忍着奇耻大辱，站在一棵槐树下，眼睛极力回避游人，嘴里念念有词地来回重复那几句意义重大的话：

“莫薛，热内曼什帕……格本席米尔比特……施舍一点吧，前国家杜马议员……”

其实给钱的人不算少，但似乎都给得不爽快。不过，凭借“曼什”这个单词纯正的巴黎口音，还有前国家杜马议员令人唏嘘的落魄惨状的确逼真，所以差不多也有三卢布的铜板入账。

游客们脚下的鹅卵石被踩得嘎嘎响。乐队一首接一首地演奏着施特劳斯、勃拉姆斯和格里戈的作品。衣冠楚楚的人们低声闲聊着，先从年迈的首席贵族身边走过，随即又好奇地倒退回来。人们在小卖部的露天凉台上品咂着酸奶，而莱蒙托夫的幽灵就在他们的头顶悄无声息地飘荡。到处弥漫着香水和纳尔赞矿泉水的气味。

“可怜可怜我吧，前国家杜马议员。”首席贵族机械地喃喃祈求。

“请问，您真的当过国家杜马议员？”伊波利特·马特维耶维奇耳畔传来一个声音，“您当真参加过议会会议？啊！啊！太棒啦！”

伊波利特·马特维耶维奇抬头一看，惊呆了。在他眼前像一只小麻雀一样蹦蹦跳跳的，竟然是圆滚滚的押沙龙·弗拉基米罗维奇·伊兹努连科夫。只不过原先褐色的罗兹西服换成了白色的正装，灰色的紧身中筒裤上，一颗颗小星星顽皮地眨着眼睛。他看上去心情好得出奇，蹦着蹦着就能一蹿离地五寸[①]多高。可实际上，伊兹努连科夫并没有认出伊波利特·马特维耶维奇，他继续劈头盖脸地提问：

“请问，您真的见过罗江科本人[②]？普里什科维奇[③]真的是秃子吗？啊！啊！这话题太有趣了！太棒啦！”

伊兹努连科夫在失魂落魄的首席贵族身边跳过来跳过去，往他手里塞了三卢布，便跑开了。但是他敦实的大腿还在“花圃”

---

① 俄寸，1 俄寸约为 4.4 厘米。

② 罗江科（1859—1924），十月党首领之一，大财主。1911—1917 年间担任国家杜马主席，因其身材魁梧高大而成为当时杜马的象征。

③ 普里什科维奇（1870—1920），右翼政论家、诗人，激进组织“俄罗斯人民联盟”的创始人之一，1907 年任国家杜马议员，是参与谋杀“妖僧”拉斯普京的策划人之一。因为他的政治观点极其不受欢迎，所以经常遭到自由派媒体的攻击，而他显眼的秃顶也成为漫画家们嘲弄的目标。

里蹦跶了好久，兴奋的叫声似乎从树枝里飘洒下来：

“啊哈！啊哈！‘美人，请别在我面前唱这些忧伤的格鲁吉亚歌曲！’啊哈！啊哈！‘这些歌曲让我想起别样的生活，还有远在天边的彼岸！……’啊哈！啊哈！‘清晨的她，再次笑靥如花！’太棒啦！……”[①]

伊波利特·马特维耶维奇依然站在那里，低头弯腰看着地面。保持这样的姿势让他吃了大亏，因为他错过了许多东西。

皮亚季戈尔斯克的夜色昏沉而又美妙。花园里，艾洛齐卡·舒金娜正拽着埃尔内斯特·巴甫洛维奇漫步在林荫路上，她和百依百顺的丈夫又重修旧好了。在与万德尔彼尔德女儿艰苦卓绝的战役中，酸性矿泉水城之旅是她给予对手的最后一轮沉重打击。那个不知天高地厚的美国女孩，前不久竟然乘坐自家的游艇去桑威奇群岛[②]寻欢作乐去了。

“呵——呵！”她的娇嗔划破了寂静的夜，“非常好，小埃尔内斯特！真——美——啊！”

小卖部里的灯全都亮着。心慈手软的小偷阿尔亨和他的太太萨什亨就坐在里面，两绺尼古拉式的半连鬓头发依旧贴在她的两颊。阿尔亨就着卡赫齐亚2号红酒，扭扭捏捏地嚼着卡拉烤肉，而萨什亨则捋着连鬓卷发等候着鲟鱼被端上来。

社会养老院二分院被撤销后（东西都被卖得一干二净，灰色平纹布厨帽也卖了，甚至连“细细嚼来慢慢咽，是对社会做贡

---

① 根据普希金诗歌《美人，请别当着我的面歌唱……》改编的情歌。

② 桑威奇群岛也叫三明治群岛，英语：Sandwich Islands。是英国航海家詹姆斯·库克在1778年1月18日发现夏威夷时，对当地所起的名称，以纪念时任第一海军大臣、他的上司兼他的赞助者，第四代三明治伯爵。在19世纪晚期开始，这个名称开始不再被广泛使用。

献”的标语也卖了。)，阿尔亨决定休息一段时间，放松放松。这个中饱私囊的小偷可谓深受命运的眷顾，今天他原本是打算去塌坑参观的，却因为时间关系没赶上①。这个变故拯救了他：等候在那里的奥斯塔普肯定会从腼腆的总务主任身上挤牛奶一样，少说挤出三十卢布来。

等到乐手们收起了乐谱架，尽兴的观众也都纷纷散去，稀疏的林荫里情侣们的呼吸越来越急促时，伊波利特·马特维耶维奇才步履蹒跚地走向水源地。

“要到多少？”首席贵族佝偻的身影一出现在水源地，奥斯塔普劈头便问。

“七卢布二十九戈比。有三卢布是纸币。其余都是铜板，还有几个银币。”

“您初次巡演就那么成功！都能赶上领导干部的日工资啦！您太让我感动了，基萨！不过我很好奇啊，哪个傻瓜一下给了您三卢布？您是不是，还找给他零钱了？”

“伊兹努连科夫给的。”

“不会吧！真的是押沙龙？真没想到，居然是这个混球！他怎么滚到这里来了！你们说话了吗？啊，他没有认出您来！”

“一个劲地问国家杜马！还哈哈大笑！”

“您看，首席贵族先生，做个乞丐也不见得有多坏嘛，尤其还接受过一定的教育，说话声音还那么柔柔弱弱！您起初还死活不

① 作者套用了普希金《叶甫根尼·奥涅金》第一章里的诗句：命运对叶甫根尼可谓眷顾……

愿意，还真把自己当成掌玺大臣了[1]！小基萨，您看，我也没有白白浪费时间。我轻轻松松就到手了十五卢布。加在一起，应该够了。”

第二天早上，安装工拿到了钱，晚上果然拖来两把椅子。可是第三把椅子，用他的话来说，实在是无计可施。因为音响效果那伙人一直在上面打牌。

为了确保万无一失的安全，两个朋友几乎爬上了马舒克的最高峰。

皮亚季戈尔斯克的灯火夜景纹丝不动地定格在山脚下，不远的低洼处灯光幽暗了许多，那里是温泉镇。地平线上有两条平行的虚线，指向大山后犹抱琵琶半遮面的酸水城。

奥斯塔普望了望星空，从口袋里掏出了那把人尽皆知的平口钳。

---

① 掌玺大臣原本是英国宫廷里保管玉玺的大臣，随着玉玺退出历史舞台，这个职位后来只是一个象征。

第三十七章　绿角

绿角的一栋别墅里，工程师布伦斯坐在石砌的凉台上，躲在高大的芭蕉树下。笔挺的芭蕉叶把细长而又尖锐的阴影投到工程师光溜溜的后脑勺，投在他的白衬衫上，也投射在那把汉布斯公司生产的椅子上，这把椅子就是波波娃将军夫人成套家具中的一件。工程师懒洋洋地陷在椅子里等着吃午饭。

布伦斯鼓起肥嘟嘟的厚嘴唇，噘成一个小喇叭，像个任性的胖娃娃一样，拖长了声音叫道：

“小——木——啊！”

别墅里没人理他。

热带植物不断地向工程师示好。仙人掌向他伸出了带刺的衣袖。龙血树沙沙地抖动着叶子。香蕉树和西谷椰子驱赶着工程师光脑门上的苍蝇。爬满凉台的蔷薇藤低低地垂下来，轻挠他的凉鞋。

但这一切都是枉费心机，布伦斯要的是午饭。他不耐烦地抬眼看了看珍贝湾，看了看远处的巴统角，唱戏一样发出了请求：

“小——木——木——木！小——木——木——木！”

他的叫喊声很快就消融在亚热带潮湿的空气里，还是没人理他。布伦斯脑子里浮现出一只浑身被烤成棕褐色的鹅，油汪汪的鹅皮还在吱吱作响。他实在忍不住了，于是干脆大叫起来：

“小木啊！！！鹅做好了没有？！”

“安德烈·米哈伊洛维奇！”一个女人的声音从房间里飘出来，“不准捣乱！”

已经习惯性把嘴唇卷成喇叭筒的工程师立刻抓住了反击的机会：

“小木！你就真的不心疼自家的小男子汉！”

“滚远点，就知道吃！”房间里一口拒绝。但是工程师没有屈服。虽然刚才整整两个小时的呼唤并没有带来任何成效，但他依然打算锲而不舍地继续呼唤鹅肉。可就在这时，一阵窸窸窣窣的声音让他吃惊地回过头去。

从幽暗的竹丛里钻出了一个人，千疮百孔的蓝色偏领衬衣，腰里绑着一根破破烂烂的麻花腰带，两边还吊着沉甸甸的大穗子，条纹裤几乎找不到没破洞的地方。不过这个陌生人倒是很面善，蓬蓬勃勃的络腮胡子几乎根根倒竖起来，手里还提着一件西服。这个人凑上前来，用很柔和的声音问道

“工程师布伦斯住在哪里？”

“我就是布伦斯。”刚才嘴里还鹅肉长鹅肉短的工程师突然换成了低音贝斯的声调，“能帮您什么忙？”

只见那人二话不说，双膝着地跪在了地上。此人就是费奥多尔神父。

“您疯了吗！”工程师大吃一惊，跳了起来，“您快起来，快快请起！”

“我不起来。”费奥多尔神父断然拒绝，脑袋却抬起来，两眼放光地盯着走来走去的工程师。

“快站起来！”

“我不起来！”

说完，费奥多尔为了避免真的吃痛，小心翼翼地用脑袋撞起地上的鹅卵石来。

“小木啊！你快过来！”工程师真的被吓坏了，“你来看啊，这是怎么回事。您快起来，我求您了。求求您啦！”

“我不起来。”费奥多尔神父还是那句话。这时，向来对丈夫语气敏感的小木察觉到了异样，赶紧跑来凉台。

虽然看到有女士出现，费奥多尔神父依然没有站起身，他反而双膝跪地，一鼓作气爬了过去，磕头如捣蒜。

“给您磕头了，太太，给您磕头了，您行行好，我就指望您啦。”

这下工程师布伦斯发了脾气，他涨红了脸，使劲抱住磕头人的腋窝，想把他抬起来，让他站着好好说话。但是费奥多尔神父却使了坏，他把两条腿盘了起来。于是怒气冲冲的布伦斯便把这个不速之客拖到了凉台的角落，用力把他按到扶手椅里（这张椅子同样是汉布斯公司出品，只不过根本不是沃罗比亚尼诺夫家别墅里的，而是波波娃将军夫人家客厅里的。）

“我可不敢。”费奥多尔神父自卑起来，他把面包师那件闻起来已经有了煤油味的正装搭在膝盖上，“两位身份高贵，我不敢在你们面前入座。”

费奥多尔神父说着就要再次跪倒。

工程师一声哀嚎，赶忙扶住了费奥多尔神父的肩膀。

“小木，”他大口喘着粗气，“你和这位先生聊聊吧。大概发生了什么误会。”

小木立即摆出了一副干练的架势。

“在我家里，”她颐指气使地训斥，“请您，千万不要使用下跪的方式！”

“您太好了！”费奥多尔神父大受感动，“太太！”

“我可不是什么太太。您有什么事？”

神父开始东一句西一句地语无伦次起来，看样子，他的确感动得不轻……盘问了好久，才好不容易听明白，原来他在祈求工程师大发慈悲，把整套十二把椅子的家具卖给他，说来有缘，他此时正端坐在其中一把之上。

工程师吃惊不小，两手放开了费奥多尔神父的肩膀。神父刚摆脱控制，便咕咚一声跪下了，乌龟一样匍匐着跟在工程师背后爬来爬去。

“凭什么！”工程师一边躲闪着费奥多尔神父伸长的手臂，一边大叫，“凭什么我要卖掉自己的椅子？不管您磕多少头，我反正不明白您在说什么！”

“可这些椅子是我的啊。”费奥多尔神父如泣如诉。

“这是什么话，怎么变成您的了？怎么可能是您的？您是不是疯了？小木，这下我算是明白了！这人就是个神经病！”

“真是我的啊。”费奥多尔神父低三下四地坚持己见。

“那么说，我是从您那里偷来的？”工程师发火了，“是我偷来的？听见没有，小木！这是明目张胆的敲诈啊！”

“上帝啊，当然不是这个意思。”费奥多尔神父赶紧低声辩解。

“您要是认为椅子是我偷来的，那就去打官司啊，不准把我家搞得像阴曹地府一样！小木，你看看！这家伙脸皮有多厚。还让不让我好好吃饭了！”

可是，费奥多尔神父并不想通过法律途径索要“自己”的椅子。也绝没这个可能。他心里也清楚，工程师布伦斯没有偷他的椅子。当然没有！他连想都没有想过。但是，这些椅子在革命以前的的确确曾属于他，属于费奥多尔神父，而且这些椅子对于他如今在沃罗涅日命在旦夕的老婆来说，是极其珍贵的。完全是为了实现她的遗愿，绝非出于自己的鲁莽，他才鼓起勇气打听到椅子的下落，找到布伦斯先生。费奥多尔神父并不是来祈求施舍的，噢，绝不是！他的生活本来就很富裕（在萨马拉有一家小蜡烛工厂呢。），完全有条件买下这些旧椅子，使弥留之际的老婆灵魂得到宽慰。所以为了买下整套椅子，他打算大手笔出资二十卢布。

"什么？"工程师听罢脸都变紫了，"二十卢布？想买这么精致的一套客厅椅子？小木啊！你听到了吗？这人真的是神经病！一点没错，就是个神经病！"

"我不是神经病。是老婆让俺（一着急带出了口音）来，我只想完成她的心愿……"

"哦，见——鬼。"工程师受不了了，"他又开始爬了！小木！他又在爬了！"

"您就开个价吧。"费奥多尔神父拿腔作势地苦苦哀求，一边谨慎地用脑袋撞击南洋杉的树干。

"别把树撞坏了，您真是病得不轻！小木啊，这个人，好像，不是神经病。看上去，只是老婆的病把他拖垮了。要不就把椅子卖给他吧，啊？把他打发走算了，啊？不然，他的脑袋就该撞破了！"

"那我们坐在哪里？"小木不甘心。

"我们再买别的。"

"那你二十卢布就贱卖啦？"

"二十卢布，我肯定，不卖。要说，两百我也不会卖……出两百五，我就卖。”

话音刚落，就听见脑袋碰到龙血树发出一声吓人的撞击声。

“好吧，小木，我受够这些把戏了。”

工程师主意已定，走到费奥多尔神父跟前，发出最后通牒：

“首先，请您远离芭蕉树不少于三步的距离；其次，请您立刻站起来。第三嘛，家具我卖给您，出价两百五十卢布，一分不能少。”

“我没有什么私心。”费奥多尔神父念起台词来，“独独（说起了家乡话）为了完成病妻的遗愿。”

“喂，亲爱的，我老婆身体也不好。真的，小木，你的肺部是不是不舒服？不过，我可不会利用这个理由向您提什么要求，比如……嗯……强求您把正装按三十戈比的价格卖给我。”

“您拿去吧，送给您了！”费奥多尔神父开心地叫起来。工程师忿忿地摆了摆手，冷冰冰地说道：

“您就别再开这种玩笑了。我不会再跟您讨价还价。我的椅子定价两百五十卢布，一分钱也不能少。”

“五十卢布。”费奥多尔神父开价。

“小木！”工程师不搭理他，“叫巴格拉季昂[①]过来。让它送送这位先生。”

“我没有什么私心啊……”

“巴格拉季昂！”

吓破了胆的费奥多尔神父赶紧一溜烟跑了。工程师走进餐厅，坐下准备吃鹅。心爱的鹅肉立刻让布伦斯心情大好，他的火气渐渐消了。

---

① 狗的名字。

可就当工程师用卷烟纸裹住鹅腿骨，刚把鹅腿送到粉嫩的嘴边时，窗外却出现了费奥多尔神父摇尾乞怜的脸。

“我没有什么私心啊。”他低声下气地说，“五十五卢布。”

工程师头也不回，一声怒喝。费奥多尔神父不见了。

此后整整一天里，费奥多尔神父的身影频频出现在别墅的各个角落。一会儿从柳杉的阴影里蹿出来，一会儿在橘子树丛里现身，一会儿又迅速地掠过后院，提心吊胆地朝植物园飞奔而去。

这一天，工程师一直都在呼唤小木，不停地咒骂这个神经病，抱怨自己脑袋疼。天色已经暗了，可夜幕中却时不时回荡着费奥多尔神父的讨价还价。

“一百三十八！”好像是从天上传来的。

才过了一分钟，他的声音又在隔壁的顿巴索夫别墅响起。

“一百四十一。”费奥多尔神父继续报价，“我没什么私心啊，布伦斯先生，独独为了……”

终于，工程师受不了了，他来到凉台中央，瞪着漆黑的夜色，掷地有声地大喊：

“见你的鬼去！两百卢布！别再来烦我。”

竹丛里响过一阵窸窸窣窣，似乎是松了口气的一声叹息，接着便是飞速奔远的脚步声。一切终于消停了。点点繁星在海湾里沉浮挣扎，萤火虫追赶着费奥多尔神父的脚步，围着他的脑袋转来转去地飞，手术灯般照了他一脸惨绿。

“总算可以太太平平吃鹅肉了。”工程师自言自语，安心地走进了房间。

而此时，费奥多尔神父坐上了末班公共汽车，沿着海岸飞也似的赶往巴统。车厢的一侧，轻柔的细浪不知疲倦地拍着海岸，哗啦哗啦，就像翻着一本书。海风阵阵拍打着脸，汽车的鸣笛像极了胡狼的嗥叫。

当晚，费奥多尔神父就给N县城的老婆卡捷琳娜·亚历山德罗芙娜发去一封电报，电文如下：

货已找到电汇两百三十卢布能卖就卖费佳

整整两天，他激情饱满地在布伦斯家的别墅附近来回游荡，大老远地见到小木就弯腰鞠躬，甚至时不时在热带旷野里喊几嗓子：

“我没有什么私心啊，太太让我来的，独独为了实现她的遗愿！”

到了第三天，钱汇来了，还附了一份绝望到极点的电报：

能卖都卖了一分不剩吻你等你耶夫斯基戈涅耶夫仍在搭伙卡佳

费奥多尔神父数完钱，庄严地画了个十字，便租了一辆大篷车，朝绿角驶去。

天气阴沉沉的。风在土耳其边境聚拢了乌云，黑压压地赶了过来。乔罗赫河[1]雾气蒸腾，天空中的蔚蓝被挤压得越来越小。随着暴风雨渐渐增强到六级，游泳和乘船出海都已经被禁止了。巴统笼罩在滚滚的雷鸣中，海岸在暴风雨中瑟瑟发抖。

---

① 俄罗斯与土耳其边境的河流。

赶到工程师布伦斯的别墅后，费奥多尔神父对头戴围巾帽的阿扎尔[1]车夫吩咐了几句，让他稍等片刻，自己便去搬家具了。

“钱我带来了。”费奥多尔神父进门就说，“您就再便宜点吧。”

“小木啊。”工程师拖长了声音，“我再也受不了啦！”

“好吧好吧，钱我带来了。”费奥多尔神父慌忙改口，“照您说的，就两百卢布。”

“小木！你来收钱吧！把椅子给他。让他赶紧搬完，越快越好。我的偏头痛犯了。”

人生的目标终于实现了。萨马拉的蜡烛加工厂已是掌中之物，一颗颗钻石像瓜子一样撒入囊中。

十二把椅子一把接一把地被搬到大篷车上。它们的款式和沃罗比亚尼诺夫家的如出一辙，只不过覆面不是印花布的，而是蓝底粉色条纹的凸纹布。

费奥多尔神父早就急不可耐。他在系着麻花腰绳的前襟下面塞了一把小斧头。费奥多尔神父坐到马车夫身边驶向了巴统，一路之上频频回头看顾椅子。精力旺盛的马载着费奥多尔神父和他的宝藏顺着坡道疾驰而下，奔向公路。马车与一家名叫“终场”的小饭店擦肩而过，撇下海风兀自在竹制餐桌和凉亭之间徘徊；掠过一条隧道，眼看着它吞噬了几辆罐装石油班车；又把一个摄影师抛到身后，他一定是因为在这个阴雨天里失去了老主顾而倍感失落；一块《巴统植物园》的招牌接着从身边闪过，马车开始紧挨着海浪不紧不慢地行进。就在道路和礁岩相连的地方，费奥

---

① 阿扎尔自治共和国位于格鲁吉亚，是穆斯林国家。

多尔神父冷不丁被咸咸的海水泼了一身。礁岩挡住了汹涌而来的海水，受阻的海浪变成了井喷的泉水，冲向天空，随即又四散缓缓地跌落。

马车的颠簸和拍岸的海浪让本来就心烦意乱的费奥多尔神父愈加焦躁不安。马车顶着海风，慢慢地靠近了马欣贾乌里[①]。极目远眺，浑浊的碧浪翻腾咆哮。浪花扑打着巴统海岸卷起了层层白沫，活像一个邋遢的小女人，一不小心露出了连衣裙下短裤的下摆。

“停下！”费奥多尔神父突然对车夫叫道，“停下，穆斯林！”

他激动地哆嗦个不停，磕磕绊绊地把椅子卸到空旷的海岸上。阿扎尔人神情漠然地收下应得的五卢布，抽了马一鞭子，疾驰而去。费奥多尔神父确认四下无人，便把椅子从陡峭的礁岩拖到了一小块还比较干燥的沙滩上，掏出了小斧头。

他迟疑了足有一分钟，不知道从哪一把椅子开始下手。接着，他像个梦游患者一样，走近第三把椅子，抡起斧头拼命砸向了椅背。椅子应声倒地，却没有损坏。

“啊哈！”费奥多尔神父大吼，“我让——让你知道我的厉害！”

他扑向椅子，就像扑向一头活蹦乱跳的畜生。眨眼间，椅子就被砍成了烂白菜。费奥多尔神父的耳朵根本听不见斧头劈砍木头、凸纹布和弹簧的声音。暴风雨猛烈的咆哮声，就像一块毛毡，严严实实地捂住了其他所有声音。

“啊哈！啊哈！啊哈！”费奥多尔神父一边举手猛砍，嘴里一边鼓劲。

---

① 格鲁吉亚地名。

椅子一把接一把被砍得七零八落，费奥多尔神父的愤怒随之逐渐高涨，暴风雨也越来越猛烈。有几波海浪已经冲到了费奥多尔神父的脚下。

从巴统到锡诺普[①]雷鸣响彻天际。大海涌起滔天的怒浪，对每一条无助的船只宣泄着自己的愤怒。“列宁”号邮轮竖着两根浓烟滚滚的烟囱，拖着吃重的船尾，朝新罗西斯克[②]驶去。暴风雨在黑海上兴风作浪，擎起千万吨巨浪砸向特拉布宗[③]、雅尔塔、敖德萨和康斯坦察[④]的海岸。而在沉寂的博斯普鲁斯海峡[⑤]和达达尼尔海峡[⑥]背后，是地中海翻滚的巨浪。隔着直布罗陀海峡，此刻的大西洋正冲刷着欧洲。恼羞成怒的大水裹挟了整个地球。

然而在巴统的海岸边，站着一个贪得无厌的小人，那是汗流浃背的费奥多尔神父正在劈砍最后一把椅子。一分钟后，一切都结束了。费奥多尔神父彻底绝望了。他呆若木鸡的目光最后扫了一眼堆成一座小山的椅子腿、椅子背和弹簧，向后退去。海水漫过了他的脚。他猛地冲了出去，落汤鸡一样向公路跑去。一个巨浪打来，刚好打在费奥多尔神父刚才站的地方，随即又退缩回去，也一股脑卷走了波波娃将军夫人已经粉身碎骨的椅子。费奥多尔神父没有看见这一幕。此时的他正驼着背，步履蹒跚地走在公路上，湿漉漉的拳头贴在他的胸口。

他就这样步行走到了巴统，两眼一抹黑，对周围的一切都视

---

① 黑海港口城市，位于土耳其北部。
② 乌克兰地名。
③ 1204—1461 年间为小亚细亚东北部的国家。
④ 罗马尼亚地名。
⑤ 位于土耳其。
⑥ 位于乌兹别克斯坦。

若无睹。现在的他几乎濒临绝境。离家还有五千多公里，可口袋里只剩下二十卢布，搭车返乡只能是云端里拍巴掌——空想（响）了。

费奥多尔神父走过一个土耳其市场。有人在他耳边说着悦耳动人的悄悄话，向他兜售科特香粉、丝绸裤袜和没贴过标签的苏呼米烟叶[①]。但他没有理会，径自慢腾腾地走向火车站，很快便淹没在一群搬运工之中。

① 苏呼米为格鲁吉亚地名。烟叶出售前必须交税，并贴上完税标签，没贴过标签即逃了税。

第三十八章　在云端[1]

两位合伙人和安装工梅契尼科夫达成交易后的第四天，哥伦布剧团就乘坐火车途经马哈奇卡拉和巴库前往梯弗里斯[2]了。由于在马舒克山上剖开的两把椅子让两位合伙人大失所望，所以两人整整三天眼巴巴盼着梅契尼科夫从哥伦布剧团送来第三把椅子。但是安装工因为前段时间被纳尔赞矿泉水折磨得生不如死，所以一拿到二十卢布就全用来买了散装的烈性伏特加，结果一发不可收拾，索性把自己反锁在道具室里以酒度日了。

“酸性矿泉水真不是个好东西！”得知剧团即将启程，奥斯塔普一肚子火气，“这个安装工简直就是狗崽子！以后绝不能和剧院工作人员打交道！”

眼看找到宝藏的机会无限增加了，奥斯塔普变得比先前忙碌多了。

“我们得找些钱去符拉迪高加索。”奥斯塔普说，“从那里转乘汽车，沿格鲁吉亚军用公路去梯弗里斯。一路风光秀丽！美景如画！山里空气清新怡人！最终的结局是十五万卢布零零戈比。继续庭审意义重大啊。”

但是想要离开矿泉城，却不是说走就能走的。沃罗比亚尼诺夫生来就不具备逃票坐火车的天赋，尝试了好几次都无功而返。没办法，他只好在“花圃”附近扮演起原学区督学的角色来。不过这次收获甚微，十二个小时饱受屈辱的辛勤劳作才换来两个卢布。但是也能凑够一张去符拉迪高加索的车票钱了。

到了别斯兰[③]，逃票的奥斯塔普被轰下了车。了不起的幕僚使出吃奶的力气追着火车跑了三俄里，一边跑一边还挥舞拳头威胁根本没犯任何错误的伊波利特·马特维耶维奇。

后来，奥斯塔普终于趁着火车减速爬上高加索山脊的时候，跳上了末节车厢的踏板。站在那里，奥斯塔普饶有兴趣地欣赏着高加索连绵的山脉画卷般在眼前展开。

此时已是凌晨三点多。殷红的朝霞舔舐着百嶂千峰。可奥斯塔普却不喜欢眼前的崇山峻岭。

“太过壮丽。”他觉得，“蛮荒之美。倒是符合白痴的幻想，可就是一点用处都没有。”[④]

符拉迪高加索的火车站上，有一辆外高加索工商运输公司的大型敞篷公共汽车正在等候远道而来的客人们。几个人和颜悦色地介绍说：

“走格鲁吉亚军用公路的，我们可以免费送到市区。”

“基萨，您这是要去哪儿？”奥斯塔普说，“我们就上这辆车，只要免费拉我们就行。”

---

① 小说最初在杂志连载时，本章的回目名为《忧伤的恶魔》，引用诗人莱蒙托夫的诗作《恶魔》的第一句。

② 马哈奇卡拉是俄罗斯城市，自治共和国首府。梯弗里斯是第比利斯的旧称，格鲁吉亚首都。

③ 俄罗斯地名。

④ 作者套用了诗人马雅科夫斯基发表于1925年的诗歌《塔玛拉与恶魔》，其中有这样的诗句：“这座捷列克山/让诗人们/疯疯癫癫。我没见过捷列克山。/算是白活。/我摇摇晃晃/走下/马车，/在岸边啐了它几口……它好在哪里？/赫然一堆废石！……”这首诗歌里，马雅科夫斯基不仅对莱蒙托夫的两首诗《塔玛拉》和《恶魔》做了重新解读，还嘲讽了几位同时期著名的文学家。后文也有体现。

汽车把他们送到了外高加索工商运输公司，可是奥斯塔普并没有着急订购车票。他一边和伊波利特·马特维耶维奇热烈地高谈阔论，一边欣赏着云雾缭绕的餐桌山，发现这座山的确酷似一张餐桌。趁别人一个没注意，他飞快地溜走了。

两个人后来不得不在符拉迪高加索多逗留了几天。因为一切赚取格鲁吉亚军用公路车费的企图，要么颗粒无收地宣告失败，要么只能换来仅够每天充饥的伙食费。有一次想从游人身上骗一些零花钱，也没得逞。高加索的山岭是那么雄伟，那么一目了然，要想靠介绍胜景来挣钱，简直是痴心妄想。大山几乎从各个方向都看得一清二楚。然而符拉迪高加索又没有别的美景。至于那条捷列克河，它的确流经“特列克公园”①，可是公园门票由政府包办出售，奥斯塔普一点忙都帮不上。而沿街乞讨的伊波利特·马特维耶维奇，连着两天也才要来三十戈比。

“不能再这么下去了，”奥斯塔普说，“出路只有一条：步行去梯弗里斯。五天里我们要走完两百俄里。不过没关系，大叔，好在一路风景如画，还有清新的空气！……现在得有钱买面包和粗制香肠。您可以在讨饭经里加几句意大利话，这就您看着办吧，不过傍晚前您必须要到至少两卢布！今天我们就不吃饭了，亲爱的同志。唉！运气不好啊……”

第二天一大清早，两位合伙人越过了捷列克河上的小桥，绕过了几座军营，沿着格鲁吉亚军用公路向一处翠绿的山谷中走去。

“我们的运气不错，”奥斯塔普说，“夜里刚下过雨，我们这一

---

① 外高加索城市公园，以大量暖棚花卉著称，是当地著名景点。

路不会灰头土脸了。尽情呼吸新鲜空气吧，首席贵族。唱支歌吧，要不来几首高加索诗歌。您就不能配合一点！……”

但是伊波利特·马特维耶维奇既没唱歌，也没朗诵诗歌。一路都在上坡。连着好几天风餐露宿，想起来就觉得腰间隐隐作痛，脚下也格外沉重，而脑子里那根挥之不去的粗制香肠更是让他肚子里火烧火燎地难受。他歪着肩，左脚一瘸一瘸地走着，手里还捧着一块用符拉迪高加索当地报纸包起来的重达五磅的面包。

没完没了地走！这次的目的地是梯弗里斯，这次行走的是世界上最美的一条路。但是伊波利特·马特维耶维奇却提不起一点兴致。他不像奥斯塔普那样，一边走一边东张西望。就连捷列克河已经在谷底隆隆作响，他都没注意到。不过，阳光下熠熠生辉的雪峰倒是让他迷迷糊糊想到些什么：似乎是钻石的光芒，又似乎是别津丘克家织锦描金的招牌棺材。

过了巴尔塔[①]，道路隐进了峡谷，变成了一条窄窄的飞檐，盘绕在晦暗的悬崖峭壁上。两位合伙人沿着蜿蜒的小道盘旋而上，傍晚时分，来到了海拔一千多米的拉雷驿站。

在一家不起眼的小酒店里，两个人要了一通扑克牌戏法，逗得店家和客人笑逐颜开，因此得以免费过了一夜，甚至每人还得到一杯牛奶。

那个清晨太美妙了。就连吸足了山间空气的伊波利特·马特维耶维奇迈起步子来也比昨天精神多了。刚过拉雷站，便看见峭壁的侧面犹如一堵墙矗立在眼前。捷列克河谷被挤成几条狭长的

---

① 俄罗斯地名。

沟壑，景色也开始变得压抑起来，但峭壁上的题词却多得看不过来。在捷列克河流受到最大挤压的地方，小桥的跨度只有十俄丈左右，两位合伙人在峡谷的峭壁上看到无数的题词。奥斯塔普全然不顾达利亚尔峡谷的雄伟壮观，忘情大叫起来，铆足了劲儿想盖过捷列克河水的嘈杂和轰鸣：

“了不起的人们呐！首席贵族，您快看。看见了吗？就在云彩上面一点，比老鹰低一点的地方！有一行题词：‘科里亚与米卡，1914 年 7 月’。印象深刻的奇迹啊！您看看，多么杰出的书法艺术！每个字母足有一米见方呢，还涂上了油彩！科里亚和米卡，你们现在在哪里？”

“基萨，”奥斯塔普接着便提议，“我们也在这里留名青史吧。把米卡比下去。我身边刚好有支粉笔呢！真的，我这就爬上去写：‘基萨与奥西亚到此一游’。①”

于是，奥斯塔普想了想，便把作为口粮储备的粗制香肠搁到护栏墙上，攀着悬崖向上爬去。护栏刚好隔开深不见底的捷列克河和公路，挡住了澎湃汹涌的激流。

伊波利特·马特维耶维奇一开始还目不转睛地盯着了不起的幕僚往上攀，可一会就没了心思，他转过头，开始欣赏起塔玛拉城堡②的地基来。这座残留至今的地基像一颗马的牙齿，矗立在悬

① 奥西亚是奥斯塔普的昵称。奥斯塔普这段独白套用了马雅科夫斯基于 1926 年夏天发表的诗歌《办公室习俗》。诗歌中，马雅科夫斯基讽刺了游客在高加索山上随意涂鸦的不良行为。据说，游客们的涂鸦已经达到了“鹰飞”的高度。这段话里的“基萨与奥西亚”是出乎意料的巧合：马雅科夫斯基曾公开称呼布里克为基萨，把她的丈夫称作奥西亚。更巧的是，“基萨”和“奥西亚”在 1927 年的确去过高加索。

② 位于达利亚尔峡谷中的中世纪城堡遗迹。据传原属于十二世纪格鲁吉亚女王塔玛拉。莱蒙托夫的抒情叙事诗《塔玛拉》中对该城堡有所描述。

崖峭壁上。

与此同时，离两位合伙人也就不到两俄里的地方，费奥多尔神父正从梯弗里斯方向走进了达利亚尔峡谷。他迈着士兵的正步，跨步均匀，两眼正视前方，眼神炯炯，像钻石般发着光。手里拄着一根弯头拐杖，像极了高僧的法杖。

费奥多尔神父花光了所有的钱，也只能坐火车到梯弗里斯。眼下的他只能步行返乡，一路之上全靠善心人的施舍才得以糊口。穿越十字山口时（海拔 2 345 米），一只老鹰啄了他一口。费奥多尔神父抡起弯头拐杖吓唬了一下这只放肆的鸟，便又继续赶路了。

虽然在山间云雾中迷了路，他仍一路前行，嘴里还不停地嘀咕：

“我可没什么私心，是她让我来的，独独为了她的遗愿！”

敌我双方的距离越来越近。转过一处尖角的山石时，费奥多尔神父出其不意地撞上了戴金边夹鼻镜的老头子。

峡谷在费奥多尔神父的眼里崩塌了，捷列克河也终止了千年不息的喧嚣之旅。

费奥多尔神父认出了沃罗比亚尼诺夫。在巴统遭遇的惨烈挫折后，一切希望已然破碎，可眼前蓦地出现了重又获取宝藏的一线新希望，这对费奥多尔神父的影响是不可思议的。

他牢牢掐住伊波利特·马特维耶维奇干瘪的喉咙，手指越来越用力，声嘶力竭地大喊：

“是你杀了丈母娘，财宝哪儿去啦？”伊波利特·马特维耶维奇对这样的袭击没有丝毫防备，话都说不出来，两只眼睛瞪出了眼眶，几乎要碰到夹鼻镜的镜片。

“快说！”费奥多尔神父发号施令，“忏悔吧，你这个罪人！”

沃罗比亚尼诺夫觉得，自己已经透不过气来。费奥多尔神父眼看就要取得战斗胜利，却一眼瞄见了在悬崖上蹦蹦跳跳的本德尔。技术经理正一边大吼，一边飞向地面。

“顽礁森森迎头击，巨浪隆隆浅滩戏……”①

直透脚底的恐惧感立刻扼住了费奥多尔神父的心脏。虽然他仍机械地抓住首席贵族的脖子不放手，但膝盖却不听话地哆嗦起来。

“啊，我还以为是谁呢？！”奥斯塔普友善地打招呼，“这不是我们的竞争对手嘛！”

费奥多尔神父丝毫没有犹豫，在“人之初，性本善”的本能驱使下，一把抢过两位合伙人的香肠和面包，拔腿就跑。

“打他，本德尔同志！”好不容易喘过气来的伊波利特·马特维耶维奇跌坐在地上叫道。

“拦住他！抓住他！”

奥斯塔普吹起了口哨，摆出了一副追狗的架势。

“嗨——嗨——嗨！”他大叫着，追了上去，“这次要么打一场金字塔战役②，要么看我本德尔怎么打猎！您能跑哪儿去，老客户？我可以给您一把掏得一干二净的椅子！”

对手的紧追不舍让费奥多尔神父狗急跳了墙，只见他一溜烟就爬上了笔直陡峭的岩壁。几乎要跳到嗓子眼的心脏，还有胆小鬼们所特有的脚底瘙痒的感觉，都是他不顾一切奋力攀爬的动

---

① 出自普希金诗歌《山崩》。

② 指拿破仑远征埃及的战役，当时法国军队对战俘进行了大屠杀。

力。神父的两只脚不由自主地在花岗岩上一跳一蹦，迅速地把它们的主人送去了悬崖顶部。

“呜——呜——呜！”奥斯塔普在底下大喊，“抓住他！”

“他抢走了我们的口粮！”伊波利特·马特维耶维奇干嚎着，追上了奥斯塔普。

“站住！”奥斯塔普生气了，“站住，听见没有！”

但这一切只能让精疲力竭的费奥多尔神父愈加蛮力倍增。只见他鹞子般几个跳跃，就已经停在了比最高题词还高出十俄丈的崖顶。

“把香肠还回来！”奥斯塔普急了，“把香肠还回来，蠢货！我饶了你！”

费奥多尔神父已经什么都听不到了。他停在一小块平地上，那个地方至今为止还从未有人爬上去过。费奥多尔神父害怕得不知所措。他心里很清楚，他自己是无论如何都爬不下去了。崖壁近乎笔直地垂落到公路上，这种回头路是决不能走的。他看了看底下，奥斯塔普正疯了一样大发脾气，首席贵族的金边夹鼻镜在谷底一闪一闪。

“我还你们香肠！”费奥多尔神父大喊，“把我弄下去！”

回答神父的，是捷列克河的涛声。不过从塔玛拉城堡里，却传出了激烈的叫声，那里住着几只猫头鹰。

“把我弄——弄下去呀！”费奥多尔凄苦地哀叫。他能看见两位合伙人所有的一举一动。只见两个人在石崖下跑过来跑过去，根据他们的手势判断，一定是在用极为下流的语言破口大骂。

一个小时后，费奥多尔神父趴在地上，探头向下张望，看到本德尔和沃罗比亚尼诺夫已经走向了十字山口。

夜幕很快就落下了。伸手不见五指的黑暗中，在云端里地狱般的轰鸣声中，费奥多尔神父浑身战栗，泪如雨下。此时此刻，他已经不再需要人间的宝藏。他唯一的愿望就是：降落凡尘，回到人间。

半夜里，他的哭声竟然有时能盖过捷列克河的喧嚣。到了早上，他靠着粗制香肠和面包养足了精神，便冲着底下往来的车辆发出魔鬼般疯癫的狂笑。接下来的时间里，他出神地盯着山峦和天空中硕大的星星——也就是太阳。第二天夜里，他竟然亲眼看到了塔玛拉女王。只见女王从自己的城堡里径直飞到他跟前，娇滴滴地对他说：[①]

“我们要做邻居啦。”

“太太啊！”费奥多尔神父顿时百感交集，“我可没什么私心……”

“我知道，知道。”女王接着他的话说，“‘是老婆让来的，独独为了她的遗愿。’”

“您是怎么知道的？”费奥多尔神父觉得奇怪。

“我当然知道啊。邻居，您一定要来做客哦。我们可以一起打六十六点[②]！啊？”

说完，她咯咯笑着便飞走了，在夜空中留下了一串又一串烟火。

---

① 套用了马雅科夫斯基诗歌《塔玛拉与恶魔》。诗中有描写诗人和塔玛拉女王在捷列克河畔相遇的场景。塔玛拉女王听见，诗人“狂怒的吼叫”甚至淹没了山洪的咆哮：“女王鼓起勇气，/虽然紧张不已，/仍高傲地伸出手指……”

② 六十六点是一种两人对打的扑克牌游戏，先集齐牌张总点数为六十六者胜出，八局为一盘。

第三天，费奥多尔神父开始向鸟儿布道。不过，他竟然莫名其妙地希望鸟儿皈依路德教[①]。

“鸟儿们呐。”他嗓音洪亮，“要当众忏悔你们的罪孽！”

第四天，他已经被作为景点向石崖下过路的游客们介绍了。

“右边，就是塔玛拉城堡。”经验老到的导游如是说，“左边，可以看到有个大活人，他靠什么生存，又是怎么到了上面，没人能知道。”[②]

“当地人真是强悍！”游客们纷纷称奇，“不愧是大山的儿子啊！”

云彩悠悠飘过。几只老鹰在费奥多尔神父头顶盘旋。其中一只最胆大妄为，居然偷走了神父吃剩的粗制香肠，还顺手一拍翅膀，把仅剩的一磅半面包扇落到了白沫翻涌的捷列克河里。

费奥多尔神父先举起一根手指威胁那只老鹰，随即却笑容满面地哼哼起来：

神的鸟儿没烦恼，
无忧无虑不操劳，
不愿口衔纤纤枝，
编织千年万年巢。[③]

老鹰斜眼看了看费奥多尔神父，“咕——咕列——咕”啼了几

① 俄罗斯民间一般信奉东正教。
② 这句话后来经常被用来讽刺苏联官场任人唯亲的裙带关系：明明是个大活人，却不知道他是靠什么活到现在，又是怎么爬上了高位。
③ 套用了普希金的诗歌《茨冈人》。

声，便飞远了。

“唉，小老鹰啊，小老鹰，你就是个大畜生！”十天后，符拉迪高加索派来了一支消防队，执行了每一步救生程序，使用了适当的工具，终于把费奥多尔神父解救下来。

得救时，神父拍着巴掌，扯开不再悦耳的嗓子唱起了歌：

你将是和——和——和——平——平的女王，
将是我永——永——永——远——远的恋人。①

冷酷无情的高加索也跟着一而再再而三地重复着莱蒙托夫的诗句和鲁宾斯坦的曲调。

“我可没有私心。”费奥多尔神父对领头的消防队长说，“独独……”

就这样，哈哈大笑的神职人员被消防梯子带走，送进了精神病院。

① 歌剧《恶魔》中的歌曲。莱蒙托夫作词，鲁宾斯坦作曲。

第三十九章　地震

“首席贵族，您有什么想法，”两位合伙人快走到锡安村的时候，奥斯塔普问，“这么个海拔两俄里的穷乡僻壤，怎么才能挣到钱？”伊波利特·马特维耶维奇不说话。这些日子以来，他唯一安身立命的方式就是沿街乞讨，但是在这里，在这条蜿蜒崎岖的盘山小道上，连人都看不到，还哪里去要饭。

不过，这里也有从事乞讨业务的，而且采用了高山地区特有的乞讨方式：只要有过路的公共汽车或小型汽车在山村停靠，就会有一群小孩子跑上前来，为流动的观众表演几段纳乌尔快步舞[①]，然后便追着车子叫：“给钱！给钱！”

乘客们就甩下几个五戈比的硬币，然后朝着十字山口绝尘而去。

“这可是雪中送炭的好生意，”奥斯塔普似有所悟，“不需要大手笔投资，收入虽然不高，但就我们目前的困境而言很有价值。”

两人徒步到了第二天，下午两点不到，伊波利特·马特维耶维奇在了不起的幕僚监督下，面对往来的乘客们举办了自己的首场舞蹈表演。他的舞姿看着像玛祖尔卡[②]，但是已经看腻了高加索原始美景的乘客们，还是把它当作了列兹金卡舞，顺手赏了他三枚五戈比的硬币。下一辆来的是从梯弗里斯方向发往符拉迪高加索的公共汽车。这一次，技术经理亲自出马，在车前又蹦又跳手舞足蹈。

“给钱！把钱拿来！”他恼羞成怒地大喊。

嘻嘻哈哈的乘客们十分慷慨地赏赐了连蹦带跳的奥斯塔普。接着，他又在路面的尘土里刨到了三十戈比。可就在这时，锡安村的孩子们捡起了石块，雹子般一齐朝两个竞争对手扔了过来。为了躲避这通扫射，两个人急忙快步撤退，朝邻近的村落跑去。[3]到了那里，两人花光所有挣来的钱，买了奶酪和高加索大饼。

靠着这种生存手段，两位合伙人度过了一天又一天。晚上就在山间的石屋里过夜。第四天，他们终于沿着之字盘山公路走到了山下的凯沙乌尔山谷。这里骄阳似火，两位合伙人先前在十字山口被冻到骨头痛，这会儿很快就暖和过来了。

达利亚尔峡谷的山岩，山口的阴森和寒冷都被抛在脑后，眼前已是幽谷中的一片翠绿和田园农家风光。两个人徒步沿着阿拉格瓦河[4]的陡岸一直向下，进入了山谷。这里有人居住，放眼望去，遍地家畜和菜蔬。在这里乞讨或许有所收获，挣点钱也应该没问题，或者干脆偷点什么。他们已经到了外高加索。

两位合伙人心情开朗了很多，走路也更快了。两人来到炎热

---

① 高加索地区民族舞蹈，也称之为列兹金卡舞。

② 玛祖尔卡是波兰民族舞蹈。

③ 奥斯塔普跳舞这一段，套用了《圣经 · 撒母耳记下》第 6 章第 16 节：耶和华的约柜进大卫城的时候，扫罗的女儿米甲从窗口观望，看见大卫王在耶和华面前踊跃跳舞，心里就轻视他。其实从本章一开始，作者就通过“锡安村”的名字烘托出宗教的气氛。“锡安”一词在《圣经》中出现 150 多次，它的本质含义是“防御工事”，后逐渐演变为富有更多属灵意义。在神学意义上，锡安比喻以色列是神的选民。所以，向两位合伙人扔石头的就是“锡安的孩子”。而在《约翰福音》第 8 章第 7 节中，耶稣也曾说：“你们中间谁是没有罪的，谁就可以先拿石头打她。”

④ 位于格鲁吉亚东部。

而又富裕的帕萨纳乌尔小镇[①]，那里有两家旅店和几家小酒馆。两个朋友问当地人讨到一张大饼，浑身瘫软地躺倒在“法兰西”旅店对面的灌木丛里。这家旅店有个小花园，门口还有两头用铁链子拴着的幼熊。两人享受着暖意，享受着可口的面饼和艰辛换来的小憩。

不过很快就响起汽车的鸣笛，新轮胎摩擦燧石公路的沙沙声，人群兴高采烈的笑闹声。休息的气氛就这么被破坏了。两个朋友探头望去，只见三辆同款的新汽车排成一列，朝“法兰西”驶来。汽车无声地刹住，从第一辆车上跳下来的正是佩尔西茨基。跟着下车的是《法制与生活》，一边用手梳理满是尘土的头发。接着，所有《机床》报汽车俱乐部的成员们都跳下了车。

“中途休息！”佩尔西茨基大叫，“店家！来十五串烤肉！”

几个打着瞌睡的身影晃进了“法兰西”，接着就有一头羊哀叫着，被人提着腿拖进了厨房。

“您没有认出这个年轻人吗？”奥斯塔普问，“他就是‘斯克里亚宾’号上的采访记者，那天批判我们宣传作品的就有他。好大的排场啊！他们来这儿干吗？”

奥斯塔普凑近这群对着烤肉大快朵颐的人，风度翩翩地朝佩尔西茨基鞠了一躬。

“崩如尔！”采访记者打招呼，“我好像在哪儿见过您，亲爱的同志？啊——啊——啊！想起来了。您就是那位‘斯克里亚宾’号上的画家！没说错吧？”

---

① 格鲁吉亚地名。

奥斯塔普一手按住胸口，谦恭地弯了弯腰。

“等一下，等一下。”佩尔西茨基凭借着记者过目不忘的记忆链继续说，“在莫斯科斯维尔德洛夫广场那里，有辆马车撞倒的就是您吧？”

“正是，正是！不过，按照您的精确表述，我似乎仅仅受到了轻微惊吓。”

“您在这里有何贵干，安排艺术创作吗？”

“不，我是来观光采风的。”

“徒步吗？”

“徒步。专家们断定，坐车沿格鲁吉亚军用公路旅行，是一种得不偿失的愚蠢的行为。”

“倒也不见得愚蠢，我亲爱的，不见得哦！您看看我们，自己开车来的，就不那么愚蠢吧。而且，这几辆车都是我们自己买的，真金白银——自己买的，集体共有。从莫斯科一路直达梯弗里斯。汽油费没花几个钱。而且又方便又快捷。减震效果特别好。欧洲质量啊！”

“你们这都是从哪儿弄来的？”奥斯塔普一脸羡慕，“赢了十万吗？”

“十万倒没有，也就赢了五万。”

“赌九点[①]吗？”

“是用汽车俱乐部的公共债券买的。”

“是吗？”奥斯塔普说，“这几辆汽车都是用债券买的？”

---

① 九点是纸牌游戏。玩家三到六人，有方块 9 的玩家先出牌，将手中的纸牌打完为止，最后手中还留有纸牌的即为输家。

“说得没错！”

“好——吧。那你们需不需要一个领队？我认识一个年轻人。他滴酒不沾。”

“什么领队？”

“嗯，就是领队啊……比如一般的指南啊，业务建议啊，按综合方式进行直观培训啊……嗯？”

“我明白您的意思了。不，不需要。”

“真的不需要吗？”

“不需要。很遗憾。画家同样不需要。”

“既然如此，您就给我十卢布吧。”

“阿夫多京。”佩尔西茨基叫来一个人，“帮个忙，给这位先生三卢布，算在我账上。不用写收条。他不是我们的预算人员。”

“这也太少了吧。”奥斯塔普不太满意，“不过我收下。我完全理解，您现在处境困难。当然啦，要是您赢了十万，那也许会借我整整五卢布。可是您总共只不过赢了五万卢布零零戈比。不管怎么说，我都谢谢您！”

本德尔彬彬有礼地脱下帽子。佩尔西茨基也彬彬有礼地脱下帽子。本德尔客客气气地鞠了一躬。佩尔西茨基也回应了一个极为客气的鞠躬。本德尔挥手致敬。坐在方向盘后面的佩尔西茨基也摆了摆小手。但是，佩尔西茨基是驾着豪华汽车离去的，与欢乐的朋友们为伍驶向了灿烂的远大前程。而了不起的幕僚只能留在尘烟障目的大路上，身边只有一个傻乎乎的合伙人。

“看到他们是怎么耀武扬威的了吧？”奥斯塔普问伊波利特·马特维耶维奇。

“他们是外高加索工商运输公司的，还是私人‘发动机’协会[①]的？”沃罗比亚尼诺夫问得很在行，徒步走了这些天，他对路上机动车的各种类型已经相当了解，“我差点就想过去为他们跳舞了。”

“您过不了多久就彻底变成傻子了，我可怜的朋友。怎么可能是外高加索工商运输公司呢？您没听见吗，小基萨，这些人，赢——赢——赢——了五万卢布呢！您也看到了，小基萨，他们有多开心，还买了那一堆废铜烂铁！等我们拿到钱，一定会消费得更合理。是不是？”

于是，两个朋友一边幻想着腰缠万贯后要买些什么，一边步行离开了帕萨纳乌尔。伊波利特·马特维耶维奇兴奋不已地想着要给自己买一双新袜子，然后去国外。奥斯塔普的梦想则有着更高的格局。他设想的计划是十分宏伟的：不是在蓝色尼罗河上建造一座拦河大坝，就是去里加[②]开一家别墅式赌场，而且在所有边境缓冲国[③]都要开办分场。

第三天午饭前，两人又走过了几个几乎鸟不拉屎的地方：阿纳努利、杜舍蒂和齐尔卡内[④]。终于看到了格鲁吉亚的古都姆茨赫塔。库拉河正是由此处转而流向梯弗里斯。

傍晚，他们又步行走过了泽莫-阿弗恰尔水电站。玻璃、河水和灯火交相辉映，为湍急的库拉河披上了一件五彩斑斓的华服。

两位合伙人在这里和一个当地的农民交了朋友。他驾着大马

---

① 这个协会的官方称谓是：“发动机”司机合作社。

② 拉脱维亚首都。

③ 边境缓冲国指十月革命后美、英、法等西方大国在原帝俄西部边境所建立的资产阶级国家：立陶宛、拉脱维亚、爱沙尼亚、波兰、芬兰等。

④ 这三个地方都是格鲁吉亚地名。

车，晚上十一点之前就把两个人送到了梯弗里斯。到达时，格鲁吉亚首都的居民们都已经纷纷走上街头，在熬过一个闷热的白天后，开始享受夜晚的清凉。

“小城看上去不错。”奥斯塔普来到硕塔 · 鲁斯塔维利[1]大街，心情不错，“我说，基萨……”

突然，奥斯塔普打住话头，朝一个人的身影冲了过去。只见他紧赶了十来步便追上那个人，热切地和他交谈起来。

随后他又快步跑回来，伸出手指捅了一下伊波利特 · 马特维耶维奇的腰。

“猜猜看，那人是谁？”他压低了声音，但语速飞快，“还记得‘敖德萨面包圈合作社——莫斯科小面包圈’吧，他就是那个季斯利亚尔斯基先生。我们去和他聊聊。说起来虽然荒唐，但您现在又是思想巨人、俄罗斯民主之父啦。别忘了鼓腮帮、吹胡子。正好，您的胡髭现在也已经长得够长的了。啊，真是见鬼！简直无巧不成书啊！运气太好了！这次我要是不让他吐出五百卢布来，您直接冲我脸上吐唾沫！快走！快走！”

果然，离两位合伙人不远的地方，站着已经吓得面如土色的季斯利亚尔斯基。他身穿茧绸面料的西服，戴一顶低盔草帽。[2]

“看起来，你们相互认识。”奥斯塔普小声说，“这位就是沙皇陛下的亲信、思想巨人、俄罗斯民主之父。不过，您别在意他的穿着。这是用来作掩护的。给我们找个地方吧，我们得谈谈。”

自从在老城历经了那场劫难，季斯利亚尔斯基本想来高加索

---

① 鲁斯塔维利是 12 世纪格鲁吉亚诗人。
② 这是苏联新经济政策时期暴发户们的典型装束。

好好休息一段时间，谁知离了龙潭又入虎穴，情绪一下子跌落谷底。季斯利亚尔斯基一边嘴里嘀嘀咕咕胡说着什么面包圈生意不好做，一边把两位瘟神般的熟人送上一辆轻便马车。这辆辐条和脚踏板都镀了银的马车载着他们驶向了大卫山。随后，他们乘坐铁轨缆车向遍布餐厅的山顶进发。梯弗里斯的万家灯火缓缓地陷入了脚下幽暗的地狱，三个心怀鬼胎的密谋者也渐渐地向星空攀升。

餐厅的桌子就分散摆在草坪上。高加索的乐队沉闷地重复演奏着一个调子。一个小女孩在父母幸福的眼神关注下，自顾自踩着拍子在餐桌之间跳起了列兹金卡舞。

"您先随便点些什么吧。"本德尔挑明了来意。

经验丰富的季斯利亚尔斯基立刻吩咐端来红酒、蔬菜和格鲁吉亚咸奶酪。

"再来点能填饱肚子的。"奥斯塔普说，"亲爱的季斯利亚尔斯基同志，要是您知道，我和伊波利特·马特维耶维奇这些日子都经历了些什么，您一定会对我们的勇气赞叹不已。"

"又来了！"——季斯利亚尔斯基知道自己在劫难逃了——"这下又要倒霉了。我为什么没去克里米亚[①]呢？我本来明明想去克里米亚的啊！而且亨利椰塔也是这么建议的！"

但他不动声色，顺从地要了两份烤肉，然后讨好地把脸转向奥斯塔普。

"事情是这样的，"奥斯塔普扭头看了看四周，压低了声音，"我长话短说。我们已经被跟踪两个月了，有可能，明天在秘密接

---

① 乌克兰地名，现属俄罗斯。

头地点就会有人伏击我们。我们不得不反击了。”①

季斯利亚尔斯基的脸唰地白了。

“我们很高兴，”奥斯塔普继续说，“在这样凶险的紧要关头能遇见精忠报国的战士。”

“嗯……是啊！”伊波利特·马特维耶维奇傲慢地从牙缝里勉强挤出一句话，他想起自己被饥饿灼痛肠胃时，还在锡安村附近跳列兹金卡舞的情景。

“是的。”奥斯塔普小声说，“我们希望借助您的力量战胜敌人。我给您配一把巴伦贝自动手枪②。”

“不要。”季斯利亚尔斯基没有余地地断然拒绝。他立刻清楚明白地告知对方，作为交易委员会主席，他根本没有机会参与明天的战斗。虽然他深感遗憾，但真的去不了。他本来就不懂军事，所以才被选为交易委员会主席。他表示自己实在是无能为力，不过为了拯救俄罗斯民主之父的生命（他自己以前就是老资格的十月党人），他愿意力所能及地给予经济上的帮助。

“您是祖国忠实的朋友！”奥斯塔普兴奋了，他一边就着甜滋滋的基皮亚尼红酒③大嚼香喷喷的烤肉，一边郑重宣布，“五百卢布就能救思想巨人一条命。”

“请问，”季斯利亚尔斯基的心痛得滴血，“两百卢布能不能救思想巨人一条命？”

奥斯塔普没忍住，在桌子底下兴冲冲踢了伊波利特·马特维

① 1927 年 5 月，《真理报》刊登了一则国家政治保安总局伏击白俄恐怖组织的消息。本德尔显然又是在道听途说的基础上随意胡诌。

② 德国制造的自动手枪。

③ 基皮亚尼红酒是著名的格鲁吉亚半甜红葡萄酒。

耶维奇一脚。

“我觉得，”伊波利特·马特维耶维奇说话了，“现在讨价还价不合时宜！”

他的大腿立刻又挨了一脚，不过这次的意思是说：

“漂亮，基萨，终于出师啦！”季斯利亚尔斯基这辈子第一次听见思想巨人开口说话，吓得不知道该怎么应对才好，于是赶忙掏出了五百卢布，递给了奥斯塔普。接着他又付清了账单，留下两个朋友继续用餐，自己推说头疼，一溜烟逃走了。半小时后，他给老城的老婆发去一封电报：

按你所嘱赶往克里米亚为防万一准备好箱笼

过够了辛苦日子的奥斯塔普要求立刻得到补偿。是夜，了不起的幕僚在山顶的餐厅里喝到不省人事。坐铁轨缆车回宾馆时，他差点没摔到车厢外面去。第二天，他终于圆了自己一直以来的梦想，买了一套十分招摇过市的灰底圆斑西装。尽管穿着这身西服很热，尽管他已经汗如雨下，他也不愿意脱下来。他在梯弗里斯合作社的成衣商店里给沃罗比亚尼诺夫买了一套白色凸纹布制服，又买了一顶海军大檐帽，上面还有一枚不知名游艇俱乐部的金制徽章。正所谓人靠衣装，伊波利特·马特维耶维奇立刻改头换面，变成一个喜欢打扮成海军上将的生意人。他的腰杆也笔直地挺起来，走起路来也神气活现了。

“啊！”本德尔恭维他，“太棒啦！我要是个女人，像您这样威武的美男子，一定给你百分之八的优惠价。啊哈！哈！打扮得这么帅气，我们都可以转圈啦！您会不会转圈，基萨？”

“本德尔同志，”沃罗比亚尼诺夫没忘记正事儿，“那椅子怎么办？还得去打听清楚剧团的情况。”

“呵——呵！”这时的奥斯塔普正抱着把椅子在“奥里安特”宾馆摩尔式拱顶大套间里翩翩起舞，他不爱听这话：“别教训我该怎么生活。我现在心情很糟糕。虽然我现在有钱了，但是我不和您计较。我给您二十卢布，再给您三天时间，您去城里抢劫吧！我嘛——就做一个运筹帷幄的苏沃洛夫[1]！……您去城里抢劫吧。基萨！人生得意须尽欢啊！”

于是奥斯塔普扭着屁股，快节奏地唱起了歌：

夜晚的钟声，夜晚的钟声。勾起心中无数的梦。[2]

整整一星期，两个朋友欢饮无度。沃罗比亚尼诺夫的上将制服沾满了一块块五颜六色的红酒污渍，而奥斯塔普的西服上，污渍已经完全洇开，汇成一块灿烂夺目的大彩斑。

“您好！”直到第八天早上，奥斯塔普才摆脱了宿醉，想起来读一下《东方朝霞》报，“您快看，酒鬼，快看报纸上那些聪明人都写了些什么！您听听！”

戏剧海报

昨日，9月3日，结束梯弗里斯的巡演后，莫斯科哥伦布

---

① 苏沃洛夫（1729—1800），俄罗斯军事统帅，大元帅。曾两次在俄土战争中大获全胜，后又率军远征意大利和瑞士，被誉为常胜将军。俄罗斯陆军学校即以他的名字命名。

② 慢节奏抒情歌曲《晚钟》，阿里亚比耶夫谱曲，科兹洛夫翻译自英国诗人穆尔的诗歌。

剧团已前往雅尔塔继续巡演。

预计剧团在莫斯科冬季演出季前，将一直于克里米亚逗留。

“啊哈！我早告诉过您！”沃罗比亚尼诺夫说。

“您早就告诉我什么了！”奥斯塔普发脾气了。不过，他内心的确有了愧疚感。毕竟这种闪失不是一件好事。本来可以在梯弗里斯就可以追踪到宝藏，可现在却不得不漂泊到克里米亚半岛去了。奥斯塔普说干就干。他买了去巴统的车票，预订了“佩斯捷利”①号邮轮二等舱的铺位。邮轮将于莫斯科时间9月7日晚间二十三时整从巴统出发开往敖德萨。

9月10日至11日的夜里，因为风暴的原因，“佩斯捷利”号邮轮没能驶入阿纳帕湾②，而改道驶向了公海，打算从那里直接开往雅尔塔。那夜，伊波利特·马特维耶维奇做了一个梦。

他梦见自己穿着上将制服，站在老城自家小楼的阳台上。楼下聚集了一群人，似乎每个人都盼着从他身上捞到一点好处。一架巨大的起重机把一头浑身黑斑的猪吊到他的脚边。

这时，门房季洪穿着一身西服走了过来。他一把拎起猪的后腿说：

“咳，去他妈的！‘仙女’怎么可能给你穗子！”

伊波利特·马特维耶维奇的手里突然多了一把匕首。他一刀刺中了猪的肋，一颗颗钻石顿时从豁开的伤口撒了出来，蹦蹦跳

① 佩斯捷利（1793—1826），十二月党人，上校。

② 俄罗斯地名。

跳地滚落到水泥地上。钻石敲击地面的声音越来越响亮，直到最后，敲击声变成了可怕而又难以忍受的巨响。

伊波利特·马特维耶维奇被波浪拍打舷窗的一声巨响惊醒了。

一个风平浪静的天气里，一大早的太阳晒得人头晕，邮轮终于到达了雅尔塔。总算不再晕船的首席贵族一脸得意地站在船头的罩钟旁，钟面上刻有斯拉夫花体字。雅尔塔一派欢乐的气氛，几家小店铺和水上餐厅沿着海岸线一字排开。码头上有几辆轻便马车，清一色的天鹅绒坐垫，一溜的镂花亚麻布顶篷。同样停在那里的还有几辆小汽车，几辆“克里米亚疗养地和城际间交通股份公司”和“克里米亚司机”协会的公共汽车。女孩子们的脸晒得红里透黑，手里转着打开的伞，挥舞着手帕。

两个朋友头一个下了船，踏上了晒得发烫的滨海路。迎客和看热闹的人群里，有位身穿茧绸西服的先生看见了两位合伙人，二话不说拔腿就往出口处快步奔去，想要逃离港口。但他晚了一步。了不起的幕僚猎鹰般的眼睛立刻认出了这位茧绸先生。

“您等一下，沃罗比亚尼诺夫！”奥斯塔普大声吩咐。

只见他箭一般扑了过去，在离出口处还有十步的地方逮住了茧绸男子。不消一会儿，奥斯塔普就拿着一百卢布回来了。

“他不愿意多给。不过我也没坚持，要不然他连回家的钱都不够了。”

事实也确实如此，季斯利亚尔斯基立刻坐上一辆小车去了塞瓦斯托波尔[1]，然后在那里便买了一张三等舱的票，马不停蹄逃回

① 塞瓦斯托波尔是乌克兰城市。

了老城的家。

两位合伙人一整天都在宾馆里度过，光着膀子坐在地板上，每过一分钟就跑进浴室冲凉。但流出的水却比茶水还要下流，竟然是热乎乎的。炎热，无处逃避。就连雅尔塔都似乎马上就要融化，流入大海中。

晚上近八点，两位合伙人一边诅咒着世界上所有的椅子，一边套上滚烫的皮鞋，出发去往剧院。

《婚事》已经开演。双手倒立的斯捷潘，热得几乎虚脱摔倒。阿加菲娅·吉洪诺芙娜在钢丝绳上走得很快，被汗水湿透的双手撑起一把小伞，伞上写着："我要波德克廖辛"。此时此刻，其实这一整天来也都如此，她最最想要的东西只有一样：加了冰块的凉水。观众们也想喝水。所以，不过也有可能是因为斯捷潘大口吞热鸡蛋的吃相让人看了恶心，这出戏并不受欢迎。

两位合伙人倒是十分满意，因为他们看见属于自己的椅子还在。椅子和另外三把松软的新款半安乐椅摆放在一起。

两个朋友瞅准机会躲进了一个包厢，耐着性子等着怎么都不愿意落幕的话剧落幕。观众终于散去了，演员们也都纷纷跑出去纳凉。剧院里除了两位企业合伙股东外，什么都没留下。一场及时雨倾盆而下，凡是有生命的都跑到外面去享受凉意了。

"跟我来，基萨。"奥斯塔普命令，"万一有情况，我们就说是没能找到剧院出口的外地人。"

两个人爬上舞台，虽然划亮好几根火柴，但还是撞到了液压机。他们先把舞台搜查了一遍。

接着，了不起的幕僚顺着梯子向上面的道具室跑去。

"快过来呀！"他叫道。

沃罗比亚尼诺夫便在头顶晃着两只手，飞快地跑了上去。

“看到了吗？”奥斯塔普点燃了一根火柴。黑暗中露出了汉布斯椅子的一角，还有一截小伞，上面有“……我要……”的字样。

“就在这里！我们的未来、现在和过去，都在这里啦。快，基萨，点亮火柴。我这就把它剖开。”

于是奥斯塔普伸手去口袋里掏工具。

“喂……喂。”他伸手去拿椅子，“再划一根火柴，首席贵族。”

火柴电光石火般一闪，那一刻却发生了诡异的事情，只见椅子竟然自己往旁边一跳，随即在两位合伙人错愕的目光中，穿过地板掉了下去。

“妈妈！”伊波利特·马特维耶维奇吓得大叫，身子猛地一晃靠住了墙，虽然这个举动根本就不符合他内心的愿望。

紧接着就响起了玻璃破碎的声音，写着“我要波德克廖辛”的小伞随之被一阵旋风卷起，飞出窗外，飞向海边。奥斯塔普躺倒在地板上，几块胶合板轻巧地压住了他。

这时已经是半夜十二点十四分，也是1927年克里米亚大地震的第一轮震波①。

九级地震给整个半岛带来的灾难和惨重损失是难以估量的，也顺便夺走了两位合伙人已经到手的椅子。

“本德尔同志！怎么回事？”伊波利特·马特维耶维奇吓破了胆。

---

① 这里指的是1927年9月11日晚间发生的地震。但第一轮震波其实在当年6月26日就已经发生，只是威力不如这一次强大。

奥斯塔普也一脸惊慌，不知所措：地震居然成了他大好前程的拦路虎。对于他这样一个久经沙场的老江湖来说，这还是绝无仅有的一次。

“这是怎么回事？”沃罗比亚尼诺夫大喊大叫。外面也传来呼救声、钟声和行人四散奔走的声音。

“我们再不赶紧逃到外面去，就要被墙砸死啦。快点！快呀！把手给我，没用的家伙。”

两个人拼命地奔向出口。让他们意外惊喜的是，就在从舞台通往胡同的门口，那把汉布斯椅子就背朝地躺在那里，完完整整安然无恙。伊波利特·马特维耶维奇狗一样吠了一声，一把抓住椅子，死死抱住不再松手。

“把平口钳给我！”他朝奥斯塔普大吼。

“你这个没出息的白痴！”奥斯塔普一脸的恨铁不成钢，“天花板就要塌了，他还在这里疯疯癫癫！快到外面去啊！”

“平口钳！”失去理智的伊波利特·马特维耶维奇再次大吼。

“那您就见鬼去吧！抱着您的椅子下地狱去吧！我的命才是真的值钱呢！”

说完，奥斯塔普就冲向了门口，伊波利特·马特维耶维奇发出一声犬吠，赶忙抓起椅子，也跟着冲了出去。

两个人刚跑到胡同中央，脚下的大地便令人心悸地晃动起来。从剧院房顶掉下了一块瓦片，就在两人刚离开的地方，液压机的遗骸已经横亘在那里。

“好啦，现在把椅子给我。”本德尔恢复了冷血，“看上去，您已经拿不动了。”

“不给！”伊波利特·马特维耶维奇尖声抗议。

“怎么啦？船员要暴动吗？把椅子拿来。听见没有？”

“这是我的椅子！”沃罗比亚尼诺夫大呼小叫，声音盖过了四周传来的呻吟、哭泣和爆破声。

“您要是这种态度，那就赏您一些甜头，老傻瓜！”

话音刚落，奥斯塔普铁板一样的手掌就甩到了沃罗比亚尼诺夫的脖子上。

恰好在这个时候，一辆消防马车亮着火把飞快地驶过了胡同。忽明忽暗的火光中，伊波利特·马特维耶维奇瞥见了本德尔脸上那恶魔般的神情，于是他立即屈服，把椅子递了过去。

“嗯，这还像话。”奥斯塔普缓和了语气，“暴动得以平息。现在拿着椅子跟我来。您来负责椅子，必须完好无损。就算再来一次五十级大地震，也要把椅子保护好！明白啦？”

“明白。”

这一夜，两位合伙人和慌乱的人群一起东奔西跑，因为担心会有新的余震，所以还不敢进入废弃的楼房。

晨曦微露时，恐惧的气氛稍稍平息，奥斯塔普挑选了一个地方，确定附近既没有随时可能倒塌的墙壁，四周也没有可能会碍事的旁人，他便开始动手拆卸起椅子来。

剖开椅子的结果让两人大失所望。椅子里什么都没有。伊波利特·马特维耶维奇承受了夜晚到早上一次又一次的打击，终于扛不下去，像只耗子一样吱吱嘤嘤地笑起来。

可紧接着就发生了第三次余震，大地轰然裂开。这把汉布斯的椅子在初震发生时还被仁慈对待，得以完整保留，可过了没多久便惨遭人为的开膛破肚，现在终于被大地吞没了。椅面上的小花在没入地下之际，对着尘土中冉冉升起的朝阳绽开了笑颜。

伊波利特·马特维耶维奇四脚着地，抬起疲倦失神的脸，对着尘霾里太阳血红色的大圆盘嚎丧起来。听着他的哭喊，了不起的幕僚昏了过去。当他清醒过来时，看见沃罗比亚尼诺夫长满紫色胡碴的下巴正挨着自己。伊波利特·马特维耶维奇同样失去了知觉。

“毕竟快到头了，”奥斯塔普的语气像是个正处于康复阶段的伤寒病人，“我们现在剩下的机会是百分之百。最后一把椅子（听到椅子两个字，伊波利特·马特维耶维奇立刻清醒过来。）是在十月火车站的货场跟丢的，可是那把椅子绝不可能钻到地缝里去。总该有个去处吧？所以庭审必须继续。”远远传来砖墙轰然倒塌的声音，邮轮拖长了汽笛长鸣不已，一个头发蓬乱的女人只穿着内衣，在街上狂奔。

第四十章　宝藏

十月底的一个阴雨天，伊波利特·马特维耶维奇没有穿西服，他披着撒满银亮细碎星星的月色背心，在伊万诺普罗的房间里忙忙碌碌。伊波利特·马特维耶维奇在窗台上忙活，因为房间里至今还没一张桌子。了不起的幕僚在住宅公司获得了一份大订单，为地址门牌的制作进行艺术加工。奥斯塔普把镂花模板上制作门牌的任务交给了沃罗比亚尼诺夫，而自己从来到莫斯科以后，几乎整整一个月都在十月火车站一带转悠。他大海捞针般寻找最后一把椅子的激情足以令天地为之动容，因为佩图霍娃太太的钻石无疑就隐匿在这把椅子里。

伊波利特·马特维耶维奇眉头紧锁，摁着镂花模板在小铁牌上刷字。在这半年里，疲于奔命的钻石之旅已经让他失去了早先的习惯。

到了夜里，伊波利特·马特维耶维奇总是会做梦。他梦见，连绵起伏的山峦上竟然莫名其妙贴满了不堪入目的宣传画；他梦见，伊兹努连科夫在他眼前飞来晃去，不停地抖动着两条棕褐色的大腿；他梦见，一艘艘小船被掀翻，船上的人们都沉入水底；他梦见，一块砖头从天而降，天塌了，地裂了，灰色的尘土迷住了两眼。

虽然和伊波利特·马特维耶维奇住在同一屋檐下，奥斯塔普却没发现他有任何变化。但实际上，伊波利特·马特维耶维奇已经完全变了一个人。他走路的姿态和以往不一样了，眼神也流露出野蛮，就连新长出来的唇髭都不是和地面平行的，而是几乎垂直于地面，活像一只老公猫。

不仅如此，伊波利特·马特维耶维奇的内心也起了变化。他的性格里出现了以前从未有过的果敢和残忍。有三个插曲使得这些新的个性从他的内心深处逐渐萌芽：在瓦休基业余棋迷们致命的拳头下奇迹般生还，在皮亚季戈尔斯克的“花圃”里初次以乞丐身份粉墨登场，最后就是地震，伊波利特·马特维耶维奇在震后受到了一些伤害，从此便把对同伙仇怨的种子在心里暗暗埋下。

最近以来，强烈的猜忌几乎塞满了伊波利特·马特维耶维奇的脑袋。他担心，奥斯塔普会拆了椅子，卷走财宝，然后独自离开，扔下他一个人自生自灭。但他没有胆量说出自己的猜疑，他领教过奥斯塔普手掌的蛮力，也深知他不达目的不罢休的性格。伊波利特·马特维耶维奇每天枯坐在窗边，用缺了口的旧剃刀片清理修整晾干的字母，内心却六神无主。他每天都提心吊胆，害怕奥斯塔普万一哪天就不回来了，那么他这个前首席贵族就会饿死，横尸在莫斯科浊湿的围墙下了。

然而奥斯塔普每天晚上都会回来，虽然从没有带来让人开心的好消息。他永远都是那么精力旺盛，心情开朗，从未有一刻放弃过心中的希望。

走廊里响起了脚步声，有人砰地撞到了消防箱，胶合板房门随即像被一阵风掀开的书页，哗地被打开了。门口出现了了不起的幕僚。他浑身上下被水湿透，两颊红得像苹果，急促地喘着粗气。

“伊波利特·马特维耶维奇！”他大叫，“您听我说，伊波利特·马特维耶维奇！”

沃罗比亚尼诺夫吃了一惊。技术经理还从没用名字与父称和他打过招呼[1]。不过他立刻就明白了。

“找到了？”他松了口气。

“说得太对啦，找到了。哈，基萨，你还挺机灵嘛！”

“不要叫喊，隔墙有耳。”

“对，对，隔墙有耳。”奥斯塔普赶紧放低了声音，“找到啦，基萨，找到啦，您要是想看，我现在就能带您去看。椅子就在铁路员工俱乐部，新成立的俱乐部……昨天刚举行了落成庆典……我怎么找到的？您还真以为是小菜一碟？难度不是一般的大！天衣无缝的计划，从头到尾完美无缺的实施过程！无与伦比的美妙体验！……一句话，太棒啦！”

还没等伊波利特·马特维耶维奇把西服穿利索，奥斯塔普已经跑到了走廊里。沃罗比亚尼诺夫追到楼梯才赶上他。两个人心情激动，彼此不住地问长问短，沿着湿漉漉的街道快步走向卡兰切夫广场。他们甚至都没想起来可以坐有轨电车去。

“您这身打扮，看起来笨手笨脚。”奥斯塔普兴高采烈地调侃，“谁会这么穿衣服，基萨？浆洗过的内衣才是您需要穿的，还有丝袜，当然，还有圆筒礼帽。您的脸上的确有一些贵族气质！您说，您，没骗我吧，真的是首席贵族？”

首席贵族终于看到了椅子，就放在国际象棋活动小组的房间里，虽然里面藏着天价的珍宝，看上去和普通的汉布斯椅子并没

① 俄罗斯人称呼对方名字和父称是表示尊重。

什么两样。随后，奥斯塔普把沃罗比亚尼诺夫拉到了走廊里。这里一个人也没有。奥斯塔普走到窗前，越冬的窗玻璃还没有被安上，他把两扇窗框的插销全都从槽孔里拔了出来。

“只要爬进这扇小窗，”他说，“今天夜里随时都能轻而易举地进入俱乐部，还不会被人发现。记住，基萨，是大门入口边第三个窗口。”

随后，两个朋友以县国民教育局代表的身份在俱乐部里又逛了好久，对华丽的大厅和房间啧啧称赞不已。

“要是在瓦休基下棋的时候，”奥斯塔普感慨，“我坐的是这样的椅子，一盘棋都不会输给他们。满腔的热情也不会允许我输棋。现在我们走吧，小老头，我还有二十五卢布私房钱呢。半夜拜访这里之前，我们得喝一点啤酒，好好休息一下。喝啤酒不会让您觉得丢脸吧，首席贵族？没关系的，到了明天您就能吧唧吧唧舔香槟酒了，想舔多少就舔多少。”

从啤酒馆到西弗采夫谷地胡同，本德尔一路上兴奋得忘乎所以，不停地骚扰行人。伊波利特·马特维耶维奇已经微醉，被奥斯塔普轻轻地搂着肩膀，就听他细声细气地说：

“您是个非常非常可爱的小老头，基萨，不过我顶多给您百分之十。绝对不能再多了。嗯，您说您要钱干吗，您要那么多钱干吗？”

“什么干吗？我怎么就不需要钱？”这话刺痛了伊波利特·马特维耶维奇。

奥斯塔普坦率地笑了，把脸贴住合作朋友湿漉漉的袖子。

“您打算买什么呢？基萨？您说说？您又没有什么想象力。说实在的，给您一万五千卢布已经绰绰有余了……再说您本来就活不了多久了，您已经老了啊。您拿了钱也没什么用……我觉得，基萨，我，最好还是一分钱都不给您。给钱是溺爱啊。我干脆，小基萨，聘您当我的秘书吧。啊？一个月给您四十卢布，包吃。每个月四天假……啊？定做的制服、小费、社会保险……都齐全，啊？您考虑一下我的建议？”

伊波利特·马特维耶维奇一把抽回手臂，快步朝前走去。奥斯塔普的玩笑让他火冒三丈。

奥斯塔普在玫瑰色小楼的门口追上了沃罗比亚尼诺夫。

“您还真的生我的气了？”奥斯塔普问，“我只不过开开玩笑啊。您还是能拿到百分之三的。说实在的，百分之三对您来说就足够了，基萨。”

伊波利特·马特维耶维奇铁青着脸走进了房间。

“啊？基萨。”奥斯塔普越发来了兴致，“百分之三就同意了吧！说实在的，您就答应了吧！换作别人早就一口答应了。您又不需要买房子，伊万诺普罗要去特维尔[①]整整一年呢，多好的事情。要不做我的贴身男仆也行啊……是个肥差哦。”

看到伊波利特·马特维耶维奇一锥子都扎不出血来，奥斯塔普甜甜地打了个哈欠，深吸一口气，身子挺直几乎碰到了天花板，宽宽的胸膛被空气填得满满的，然后说：

“喂，兄弟，准备好口袋吧。黎明前我们就去俱乐部。这是最佳时机。门卫这时候正在睡觉，做他的黄粱梦呢。也正是因为这样，他们才经常被开除，还拿不到遣散费。不过现在，小宝贝儿，您还是休息一下吧。”

---

① 俄罗斯城市，特维尔州首府。

说完，奥斯塔普就在三张从莫斯科不同地点搜罗来的椅子上躺下了。进入梦乡前，他还在喃喃地说：

“要不就当贴身男仆吧！……收入可观……包吃……小费……嗯，嗯，我开玩笑……庭审继续！要破冰啦，陪审团先生们！”

这成了了不起的幕僚最后的遗言。他很快就恬然睡去，睡得酣畅淋漓，睡得神清气爽，甚至没有受到幽梦的惊扰。

伊波利特·马特维耶维奇却独自来到了外面。他的心里充满了绝望和怨愤。月亮在一朵朵的云彩里捉着迷藏。几幢小别墅的围栏上都挂满了水珠，在月光下亮得刺眼。煤气灯的焰苗在蒙蒙水雾的笼罩下，惊慌失措地跳跃着。“老鹰”啤酒馆里有个醉汉被扔了出来。那醉汉大喊大叫骂骂咧咧。伊波利特·马特维耶维奇皱起了眉头，迈开坚定的步子往回走。他心里有了一个愿望：赶紧做个了断。

他走进房间，冷冰冰地看了一眼熟睡中的奥斯塔普，又擦了擦夹鼻镜，从窗台上拿起了剃刀片。剃刀片的缺口上，能清晰看见干透了的鳞片状油彩。他把剃刀片放进口袋，再次从奥斯塔普身边走过。虽然没有正眼看他，却能听到他呼吸的声音。沃罗比亚尼诺夫随即来到走廊里，那里一片寂静，弥漫着昏睡的气息。显然，所有人都已经躺下睡了。在走廊伸手不见五指的黑暗里，伊波利特·马特维耶维奇突然笑了笑，脸上神情变得极其恶毒，他自己都觉察到，这一笑扯动了额头上的皮肤。为了验证一下这种新鲜的感觉，他再次笑了笑。此时他突然想起来，中学时期有一个同学，名叫佩赫捷耶夫-卡库耶夫，那个同学就会扇动耳朵。

伊波利特·马特维耶维奇又走到楼梯口凝神倾听。楼梯上没有人。街上传来马车嘚嘚的马蹄声，高亢而又声声入耳，似乎是为了计算步数而故意敲得那么响。首席贵族踩着猫一样轻巧的步子走回了房间。他从奥斯塔普挂在椅背上的西服口袋里掏出了二十五卢布，又取出了平口钳，然后戴上了脏兮兮的上将大檐帽，再次仔细聆听起来。

奥斯塔普睡得很安静，没有发出鼾声。他的鼻咽和肺部都很健康，吸气和呼气均匀有力，一只强壮的手臂垂到地板上。伊波利特·马特维耶维奇有那么一刻感到鬓角的脉搏跳得异常激烈，他沉着地把右手的袖子撸到胳膊肘以上，用一块方格毛巾裹住了裸露的手臂。接着，他朝门口走了几步，从口袋里掏出剃刀片，目测了一下房间里的距离，便拧灭了开关。灯熄了，但是街上的路灯依然微微照射进来，房间宛如水族箱一样，被染成幽暗的浅蓝色。

“这样更好。”伊波利特·马特维耶维奇自言自语。他靠近了床头，远远地拉开拿着剃刀片的手，用尽浑身力气把整个剃刀片猛地斜插进奥斯塔普的喉咙，随即立刻拔出剃刀片，自己也一个闪身靠向墙边。了不起的幕僚发出一种声音，活像厨房的盥洗盆吸走了残留的水。伊波利特·马特维耶维奇成功地避开，没有被鲜血溅到。他一边用西服擦拭石墙，一边蹑手蹑脚地挨向浅蓝色的房门，眼角再次瞥了一下奥斯塔普。他的身体挺了两下，便倒在椅背上不动了。街上一道光闪过，照亮了地板上一摊黑色的水渍。

“这是什么水渍？”伊波利特·马特维耶维奇想了想，“啊，是啊，这是血……本德尔同志去世了。”

沃罗比亚尼诺夫解开了有点蹭脏的毛巾，扔掉，然后小心地把剃刀片放到地板上，轻轻掩上了门，便溜走了。

来到街上，伊波利特·马特维耶维奇眉头紧锁，一边不停地嘀咕："钻石都是我的，胡说什么百分之六[①]。"一边朝卡兰切夫广场走去。

走到铁路员工俱乐部正门旁的第三扇窗户，伊波利特·马特维耶维奇停下了脚步。新建的大楼窗明几净，在初露锋芒的晨曦中珍珠般敷上一层银灰。潮湿的空气里，已经响起调度机车沉闷的隆隆声。伊波利特·马特维耶维奇敏捷地爬上窗沿，一把推开窗框，悄无声息地跳进走廊里。

黎明前的俱乐部大厅里虽然晦暗不明，但伊波利特·马特维耶维奇还是轻松地找准了方向，溜进了国际象棋室。他走近那张椅子，脑袋还磕到了挂在墙上的埃马努伊尔·拉斯克尔的肖像。他一点都不着急。也没有必要着什么急。他身后并没有人追赶。

国际象棋大师奥·本德尔已经长眠于西弗采夫谷地胡同的那栋玫瑰色小楼里。

伊波利特·马特维耶维奇坐到了地板上，用两条青筋凸起的腿环抱住椅子，犹如一个冷酷无情的牙医，动手把铜钉一根根从椅子上撬下来。他没有放过任何一根钉子，撬到第六十二根钉子时，他的工作宣告结束。英式印花布和席纹布已经完全脱离了椅子的覆面。

只要掀开布层，就可以看见大大小小装满碎钻石的套子、兜子与盒子。

"得马上坐车离开，"伊波利特·马特维耶维奇果然师承了不起的幕僚，掌握了处世的窍门，他已经考虑好了下一步，"先去火

① 前文是百分之三，百分之六应是作者笔误。

车站。然后去波兰边境。随便给几颗小钻石，就能把我送过边境，到了那里……”

伊波利特·马特维耶维奇急不可待地要看到椅子里面的东西，一把撕下了印花布和席纹布。可是他眼前出现的只是弹簧，精致的英式弹簧，填料，优质的填料，都是战前的工艺，现在上哪儿都找不到了。椅子里竟然没有其他东西了。伊波利特·马特维耶维奇下意识地拨弄着椅子的覆面，在地上坐了整整半小时，两条腿紧紧夹住椅子不愿放开，呆呆地重复说着：

“怎么会什么都没有？这不可能啊！这不可能啊！”

天差不多已经亮了，沃罗比亚尼诺夫也放弃了努力。他没有碰国际象棋室里的任何东西，甚至还忘了带走平口钳，也忘了带走那顶佩着金制徽章的大檐帽。徽章上印刻的游艇俱乐部其实根本就不存在。他拖着沉重而又疲惫的身躯从窗口爬了出去，没人发现他。

“这不可能啊。”他转身走向街道，嘴里仍碎碎念，“这不可能啊！”

于是他再次返回俱乐部，沿着宽大的窗户走了好几个来回，一边嗫嚅着：

“这不可能啊！这不可能啊！这不可能啊。”

偶尔，他会大叫两声，用手抓住被晨雾打湿的脑袋。一想到这个夜里发生的桩桩件件，他就拼命地摇晃灰白的乱发。也许是因为钻石带来的刺激过于强烈，才五分钟不到，他就已经老态毕现了。

“都过来，大家全都过来。”沃罗比亚尼诺夫耳边响起一阵吆喝声。

他看见了一个门卫，身穿帆布制服，脚踩薄皮靴子。虽然门卫已经非常年迈，却脸颊通红，显得鹤发童颜。

“来啊，过来啊。”老头子显然厌烦了一整夜的孤单独处，只听他和蔼地打着招呼，“这位同志，您也过来吧，您会感兴趣的。对对对。我们的俱乐部啊，可以说，很传奇呢。”

伊波利特·马特维耶维奇两眼悲戚戚地看着红光满面的老头子。

“对。”老头子说，“这个俱乐部非常传奇呢。哪里都找不到第二家呢。”

“传奇在什么地方？”伊波利特·马特维耶维奇勉强打起精神。

这个小老头乐呵呵地看了看沃罗比亚尼诺夫。显然，老头子自己很喜欢俱乐部的这个传奇故事，所以非常乐意不厌其烦地重复讲述。

“事情嘛，是这样的。”老头子便开始讲故事，“我在这里当门卫已经第十个年头了，还从没见过这样的事情。告诉你，小兵蛋子。事情是这样的，这里以前一直都是俱乐部，大家都知道，是属于铁路机务处第一区段的。我就在这里看门。那个俱乐部破破烂烂……暖气倒是有，可一点都不起作用。于是克拉西利尼科夫同志亲自来找我：‘喂，你的柴火都用到哪儿去啦？’我难道，有本事把这些柴火吃了？为了这个俱乐部，克拉西利尼科夫同志真是绞尽脑汁——那里太潮湿，这里又太冷，管乐队连地方都没有，剧团在这里演出简直就要了命：演员先生们一个个被冻得够呛。想建一个新的俱乐部，贷款就申请了五年，结果到底怎么样，我也不知道。反正铁路运输工人工会委员会是没有批准。一直到春天，克拉西利尼科夫同志买来一把椅子当舞台道具，这把椅子很漂亮，还很柔软……”①

听到这里，伊波利特·马特维耶维奇整个身体几乎贴住了门卫。他几乎要晕厥过去。老头子却开心地哈哈大笑起来，他继续说，有一次他费力地爬到椅子上，打算把一个电灯泡拧下来，却一不小心摔了下来。

“我就是从这把椅子上滑了下来，外面那层布也扯破了。我定睛一看——几粒碎玻璃一样的东西从布面里散落出来，还有几串用细线穿起来的珍珠项链。”

“珍珠项链。”伊波利特·马特维耶维奇不由跟着重复了一遍。

“就是珍珠项链！”老头子说到兴头上，眉飞色舞，“我再一看，小兵蛋子，里面还有，还有几个大大小小的盒子。我甚至都没碰一下那些盒子，就直接去向克拉西利尼科夫同志汇报了。后来，又在委员会作了报告。我可没碰这些盒子啊，真的没碰过。小兵蛋子，这事情我干得不错吧，后来打开了盒子才发现，里面

---

① 1927年4月15日，两位作者开始写作这部长篇。当日的《真理报》刊发了一篇题为《剧场与俱乐部》的文章，介绍了前不久召开的“工会成员与戏剧活动家会议”，其中就提到了俱乐部经济状况窘迫的现状。《汽笛》报于当天同时刊发题为《有机会，没本事》的评论员署名文章，认为俱乐部艺术家们所面临的问题有必要通过更为积极的社会活动加以改善和解决。文章里讲述了一则关于椅子的故事：铁路员工从1925年起就申请购买一台带喇叭的无线电接收器，可屡次得到的答复都是——没钱。但是，该俱乐部领导却一次性购买了250把维也纳式椅子，而且这种椅子的价格比普通带靠背的长凳贵3到4倍。既然买长凳不缺钱，那么无线电接收器的问题也早就可以解决了。更何况，维也纳式的椅子本来就不坚固，很快就会散架，迟早会被长凳取代。两位作者决定把这则故事写入长篇小说中。所以铁路员工俱乐部的领导“不合理”地购进昂贵的汉布斯椅子，而且后来很快就坏了，但是作者美好的愿望和幽默感让这家俱乐部最终收获的不是一台无线电接收器，而是一栋崭新的大楼。

全都是布尔乔亚藏起来的珠宝……”

“那珠宝在哪儿？”首席贵族失声叫了起来。

“在哪儿，在哪儿。”老头子故意学他的语气，“就在这里啊，小兵蛋子，动动脑筋就知道啦。这就是珠宝啊！”

“哪里？哪里？”

“就在这里啊，看到没有！”看到自己讲述的故事产生了效果，满面红光的老头子十分得意，他大声说，“就在这里啊！你擦亮眼镜好好看！小兵蛋子，全用来建造俱乐部啦！看到了吗？就是这家俱乐部啊！现在有了蒸汽供暖，带计时器的棋盘，小卖部，剧场，穿着套鞋还不让进门呢！……”

伊波利特·马特维耶维奇呆若木鸡，他一动不动地站着，眼睛顺着窗沿来来回回逡巡。

“原来，佩图霍娃太太的财宝都在这里呢！原来是这样！都在这里！就像被谋杀了的奥斯塔普·苏列伊曼·贝尔塔-玛丽亚·本德尔喜欢说的，这些十五万卢布零零戈比，全都在这里了。”

钻石都变成了大块大块的正门玻璃，变成了钢筋混凝土的楼板，凉爽的健身房是用珍珠盖起来的。钻石头饰变成了有旋转舞台的剧场，红宝石吊坠开枝散叶，长成为一枝枝吊灯，镶有祖母绿的纯金蛇形手镯一转眼变成了华丽的图书馆，精美的宝石项圈摇身一变，成了托儿所、滑翔机工作室、国际象棋室和台球室。

珍宝最终得以保留，而且保存完好，甚至变得更有价值。可以用手触摸，却不能拿走，这些珍宝已经转而服务于别的人群。

伊波利特·马特维耶维奇用手摸了摸花岗岩墙面。石头的凉意剑一般刺痛了他的心。他大叫起来。

他的叫声疯狂、绝望而又惨烈，像一头被射穿身体的母狼。

叫声飞向广场的中央，跌跌撞撞穿过桥洞。而大城市正在渐渐苏醒，四处响起的声音很快盖住了这叫声，须臾便淹没了它。秋日壮丽的朝霞从城市的屋顶一跃而下，撒遍了莫斯科的街道。这座城市踏上了它平凡的征途。

1927—1928 年，莫斯科

译后记

关于原著版本

1928年，伊里夫和彼得罗夫的《十二把椅子》正式完稿。但第一次出版前，书刊审查员就做了大幅度删减。以后每出版一次，就改动一次，整整改了十年。最后，这部长篇小说缩减了几乎三分之一的篇幅。现在出版的这个版本，是第一个根据存档手稿修复的完整版本，同时收录了历史、文学等背景方面的注释。

并非两个人的传奇

根据传记文学家们的回忆和描述，这部小说的创作过程可谓不可复制的传奇。时至如今，几乎已经分不清哪些是史实，哪些只是传说而已。

不过至少两位作家的身世是可考的。1923年前，这两位年轻的敖德萨人就来到了莫斯科定居。早在敖德萨期间，身为记者与诗人的伊利亚·阿尔诺里多维奇·法因奇利贝尔格（1897—1937）就为自己取了伊里夫的笔名。叶甫盖尼·彼得罗维奇·卡塔耶夫（1903—1942）曾供职于敖德萨刑事侦查局，他的笔名彼得罗夫可能是改行当记者后才取的。1926年，彼得罗夫来到苏联铁路交通工人工会中央委员会所属《汽笛》报，与伊里夫成为同事。两位作家一起共事十年，是彼此知心的挚友。伊里夫经常开玩笑说：“我们两个要是同生共死该多好！”

1937年，伊里夫于死于急性肺结核发作，享年39岁。彼得罗夫在好友葬礼上伤心不已地说：“我出席的就是我自己的葬礼了……”在生活中两人的性格差异很大，彼得罗夫喜欢发脾气，时常挥舞着双手大喊大叫，伊里夫则比较内敛而又不乏幽默感。一起共事的十年里，两人彼此称呼对方只用敬语“您”，但两人间的友情远比常人眼中的亲密无间更加深厚。1942年，彼时身为战地记者的彼得罗夫乘坐飞机从新罗西斯克返回莫斯科途中，飞机被德国歼击机击中，彼得罗夫不幸身亡，年39岁。

1927年间，著名作家瓦连京·彼得罗维奇·卡塔耶夫也在《汽笛》报供职，而他就是彼得罗夫的亲哥哥，也是伊里夫的好朋友。瓦连京·卡塔耶夫来莫斯科相对较早，1927年的时候，他已经是名满天下的文学家了。大型杂志不但经常发表他的散文，他的剧本也被莫斯科艺术剧院频频搬上舞台，大型出版社“土地与工厂”甚至打算出版他的作品全集。

长篇小说《十二把椅子》的创意发起人就是瓦连京·卡塔耶夫。他本打算与弟弟彼得罗夫、好朋友伊里夫共同创作这部作品。彼得罗夫和伊里夫作为文学“枪手”撰写主要章节，而瓦连京·卡塔耶夫本人则主导修改和编辑。三人商定，出版时将共同署名。这个计划看上去很完美，因为瓦连京·卡塔耶夫已经扬名立万，他的手稿出版社会争先恐后地录用，给出的酬金也会更加丰厚。可是，虽然他手头素材丰富，但是大忙人自有大忙人的难处，瓦连京·卡塔耶夫平时要应付的事情实在太多，导致他无法安心写作。所以，弟弟和好友的出手相助实在是一件雪中送炭的大好事。于是，伊里夫和彼得罗夫在 1927 年 9 月之前就开始动笔写作《十二把椅子》。仅仅三个月后，小说的第一部分《老城里的狮子》便已完稿。两位“枪手”兴冲冲地把手稿交给卡塔耶夫过目，卡塔耶夫阅读完后，竟出人意料地拒绝了当初商定的共同署名计划。他郑重其事地向两位“枪手”宣布，“主导”已经不再需要，两位年轻人大可自己完成小说。此后，两位作者便愈发夜以继日地激情创作，甚至到了废寝忘食的地步。1928 年 1 月，长篇小说即告完成。《30 日》周刊从当年一月份至七月份就以连载的形式出版了《十二把椅子》的插图版。

出版马拉松

上述故事是否完全符合历史事实，已然无从考证。但是从创作和出版的时间看，至少可以肯定，协调出版社的工作早在小说完成之前，甚或小说还没有开始写作时就已经开始了。事实上，《30 日》杂志主编也应该是在小说出版之前就已经先读过了部分初稿，而且审查、校对和排版等一系列出版前的准备工作也早已安排就绪。鉴于当时的出版程序和技术，整个出版过程至少需要两到三个星期，再加上插图绘制也需要至少几个星期。更何况，审查直到批准出版也需要时间。所以小说的出版肯定不是从 1928 年 1 月才开始，而早在 1927 年的 10 月之前就已经启动了。如此推测，就《十二把椅子》出版问题的协商和协调工作则应该开始得更早。

如果上述推理逻辑没有问题，那么瓦连京 · 卡塔耶夫为《十二把椅子》做出的贡献就的确不可忽视了。作为当时的知名人士、两位作家的亲兄弟和好友，他的知名度和社会影响力为小说的出版提供了可靠的保障。很难想象，要是没有瓦连京·卡塔耶夫的长袖善舞，两位当时还名不见经传的年轻作家会获得出版界如此慷慨的信任“透支”。且不说出版社编辑认真阅读了还未完稿的部分章节，《30日》杂志连续7个月以插图形式大篇幅连载，在当时就堪称奇迹。

当然，两位作者选择《30日》也并非无心之举。因为除了瓦连京·卡塔耶夫的知名度可以利用外，两位作者还有不少熟人在这家杂志社工作。这家杂志社的编辑主任和总编就是他们的老熟人和有力支持者，这无疑也是小说顺利出版的助力因素。《30日》月刊总编还特意在插图连载刚一结束，就安排正式出版了《十二把椅子》的纸质书籍，从广告宣传的角度看，这样的安排简直完美。

虽然小说出版过好几个版本，而且每次出版都会对内容做出修改，但每个版本的首页都保留了“献给瓦连京·卡塔耶夫”的字样。一开始在《30日》杂志上连载的插图版共有三十九章，而第一个由“土地与工厂”出版的书籍版本是四十一章，但是此后的所有版本都是四十章。

有版本专家认为，最初的插图版文字部分被缩减到了仅够杂志排版，因此缺乏艺术性。而后1928年出版的第一个书籍版《十二把椅子》虽然恢复了大部分被删减内容，可是两位作者可能由于赶时间，所以文本质量也不是很高。但从第二个版本开始，作者对待小说的态度开始步入正轨，进行了严肃认真而又细致的修改。所以，这个四十章的版本此后就一直成为再版修改的依据。而在此后的十多个版本中，所有版本学家几乎一致认为，1938年被收入“苏联作家”出版社作品集的版本是最出色的。

之所以得出这样的结论，似乎和历史大环境有点关系。因为当时被普遍接受的观点是，作家的思想应该不会被审查意见和编辑的意愿所左右，在有生之年，作者会不断提高自身的艺术修养，也不会停止对艺术价值的追求。而1938年，恰是《十二把椅子》在作者生前最后一次出版（其时伊里夫已经去世，彼得罗夫独自完成了修改），按照这样的逻辑，这个版本理所当然代表了作者的最高艺术境界。

但随着时间的流逝，人们的思想会逐渐发生变化，评判标准也自然变得不一样了。现在的研究者更倾向于认为，作者的原始手稿才最具有代表性。

现存伊里夫和彼得罗夫的早期手稿分为两类：一类是作者的最初亲笔手稿，另一类是打字誊印后，由作者亲自修改过的手稿。最初的手稿里，共划分了二十章，但是都没有标题。可能是因为期刊出版的专业要求，章节越短小，就更便于期刊的版面设计。所以后期的版本在章节篇幅不断缩小的同时也被划分为四十章节，而且每一章都有了自己的小标题。这项缩小章节篇幅的工作显然是作者和杂志编辑共同进行的，其结果便是小说出版周期显著拉长，广告收入也因此而大幅增加了。但是在后来的书籍版本中，被删节的内容被恢复了。此后，每一次出版都经历了幅度不小的改动。其中除了作者自己的修改外，自然也采纳了审查人员的意见。

椅子要为现实服务

《十二把椅子》的每一次修改和再版都留下了历史背景的烙

印。虽然一部分政治隐喻在插图版问世前就被删除了，1928 年的版本还是引发了前所未有的轰动。当时普通读者都能轻易读懂的各种政治隐喻在书中处处可见，作者毫不客气地讥讽了苏联共产党内的派系之争，嘲笑了当时一些名声卓著的文学家，甚至还俏皮地引用了只有在文人、朋友及同事间才会小范围流传的笑话。也许正是因为有太多的政治隐喻，所以此后的修改工作基本都是围绕“去政治化”展开的。直到 1938 年，在审查员们锲而不舍地努力下，失势的政治领导人和高官们的名字终于从书中基本抹干净了。所以确切地说，1938 年的版本其实并不完全符合两位作者的本意，倒是更能反映审查员们的意志。但是《十二把椅子》之所以能畅销多年，绝不是审查员的功劳，而是得益于几经修改的小说仍然得以最大限度地保留了原貌。

《十二把椅子》的出版成为当时全民瞩目的大事件，不少文字立刻以民谚和俗语的形式在民间广为流传，这在苏维埃时期的作家当中是十分罕见的。《十二把椅子》受到读者如此广泛的追捧，这显然大大出乎作者的意料。比如小说的结尾，主人公奥斯塔普·本德尔被杀，这样的结局安排引发了大多数读者的不满。在读者一浪高过一浪的强烈要求下，两位作者只好再度联手写了续集——《金牛犊》。在续集中，深入人心的奥斯塔普·本德尔又“活”了过来，最后回到了自己的家乡。《十二把椅子》的影响力之大，由此可见一斑。

然而媒体舆论对这部作品的评价却显得有些尴尬。小说尽情而又辛辣地讽刺了苏联媒体，这是显而易见的事实。作为被讥讽的对象，想要站在客观的立场进行不偏不倚的评价，实在有些为难。小说出版后的很长一段时间里，各大媒体都眼睁睁看着民众争相传阅而保持着难堪的沉默。直到 1928 年 9 月 21 日，《莫斯科晚报》才刊发了一篇“豆腐块”评论文章，文章不痛不痒地指出：虽然小说阅读起来令人愉快……但也算不上是“上乘”的讽刺佳作……而且有过于“冗长”的嫌疑。最后，各大媒体似乎彼此统一了口径，认为这部小说描写的只是苏联社会的“某些缺点”，并不能代表整个苏联社会。这种类似于“套话”的评论既折中又安全，看上去似乎面面俱到，实际上等于什么都没说。

身经百战的书评家们长时间“集体失声”，不可能是因为不屑于评论“某些缺点”，他们也不可能没发现书中尖锐的讽刺，但他们不愿意操之过急地发表激烈批评，不愿意惹祸上身，这似乎也从另一个侧面证实，当时的确存在一股对政权不满的情绪。

其实在小说出版之初，不论是身为作者的两位籍籍无名的报社记者，还是格外照顾他们的杂志社领导，都不认为过于激进的语言和露骨的嘲弄是明智之举。所以，书中的讽刺内容在 1927 年能被审查通过，看来应该不算过分，至少是可以接受的。但仅仅几个月后，来自上级的“指示”渐渐让两位作者感受到了压力。

虽然文学作品本身只能代表作者的思想诉求，但是作品一旦出版面世，就似乎摇身一变成了一个淘气的孩子，他大摇大摆地闯进普通读者和评论家们的家里，成了他们家庭的一员。每个读者都变得有权利照顾这个孩子，给他买吃的喝的，对这个孩子品头论足，按照自己的审美标准打扮这个孩子，甚至要求这个孩子为自己的家庭代言。《十二把椅子》就是这样一个懵懂的小孩，在无意中走进了政治家们的视野。

《十二把椅子》的主要情节始发于 1927 年 4 月 15 日，正值

“上海政变”[①]爆发。各大主要报纸纷纷报道了此事，小说的主人公们当然也在议论这件大事，但只是把这件事当作稀松平常的谈资，没有骇人听闻的措辞，没有令人绝望的语气。在议论国家的“国际地位”时，小说人物的表现充满了幽默，似乎向读者展现了一个滑稽的反苏维埃的地下社会。作者似乎想告诉读者：苏联没有培养“间谍网”的土壤，也不可能有什么“国内反动势力”，即便有所谓的“间谍”能够渗透进苏联社会，他们也不可能找到赖以生存的基础，更别说什么“资本主义复辟”了。

后来，主流媒体的宣传导向转变了风向，伊里夫和彼得罗夫敏锐而又迅速地对舆论宣传导向做出了反应，对小说内容做了相应的修改。但小说的中心思想没有变，而且依然具有说服力：“布尔什维克很快就会陷落”的论调是没有市场的，不管国外或者国内的反动势力采取什么样的措施，都不会影响苏联天长地久地存在下去。即便是当时已经被罢黜的布哈林，还在 1928 年 12 月 2 日的《真理报》上引用过《十二把椅子》的文字。

值得强调的是，小说的中心思想并没有屈从于“社会舆论的导向”。更多知识分子把小说中的辛辣讽刺看作是对未来美好生活的向往，也是对布尔什维克党执政“更具人情味”的期盼和诉求。两位作者不遗余力地捍卫了新经济政策，肯定了社会的稳定，不希望“战时共产主义”的动荡局面再现，可以说，两位作者的意愿不偏不倚地代表了当时绝大多数群众对政府的希望和要求。

---

① 1927 年 4 月 12 日，蒋介石在上海发动反革命政变，大肆屠杀共产党员、国民党左派及革命群众。史称“四一二政变”。

回忆总是有苦有甜

1927 年 4 月 15 日，小说主人公首席贵族开始寻宝，这位旧时代的遗老试图回到十年以前纸醉金迷的日子。同年秋天，主人公寻宝彻底失败之时，以托洛茨基为首的左派势力被彻底粉碎，政府让人民吃了一颗定心丸，保证了大规模战争和无休止的革命不会发生。小说的结尾，沃罗比亚尼诺夫最终意识到，回到过去只能是梦一场。而本来属于贵族家产的财宝，也最终被用于铁路员工的福利。两位作者通过这个可笑而又可悲的故事告诉我们，任何回到过去的企图都将是徒劳的、疯狂的，甚至是致命的。小说中被送进精神病院的费奥多尔神父、疯了的沃罗比亚尼诺夫和丢了性命的本德尔，还有其他出场人物的命运等，都无一例外佐证了这个观点的正确性和现实性。当时有一句广为人知的政治宣传口号：地主老财万贯钱，造福人民千百万。想必小说的主人公没能及时意识到，这不仅仅是一句口号，而是早已被广泛落到实处的施政举措。

2017 年，是伟大的作家瓦连京 · 卡塔耶夫诞辰 120 周年。俄罗斯为其举办的纪念活动上，有人评论说："他即便没有作品（更何况他本人著作等身），仅仅一部《十二把椅子》的创意，也足以令他名垂青史。"瓦连京 · 卡塔耶夫在敖德萨度过了自己的童年和青少年时期。可以说，敖德萨是他文学创作生涯的起点。也正是在这座风景优美的滨海城市，卡塔耶夫牵着年幼的弟弟叶甫盖尼（即本书的作者之一彼得罗夫）的手，走遍了城市里的各家出版社。对瓦连京 · 卡塔耶夫而言，这段经历为他日后的创作提供了无数现实和幽默的素材。《十二把椅子》出版一年后，瓦连京·卡塔耶夫回忆道：

“不记得在哪里读到过一则野史，《三个火枪手》的作者大仲马并非独自写作，而是雇了几位才华横溢的文学‘枪手’。他的文学创意其实都由几位‘枪手’负责转化为脍炙人口的传世文字。于是我便产生了个想法，效仿大仲马组织成立一个小型写作团队。当时，我的写作创意多得数不过来，天天在我脑子里沸腾……”

就这样，瓦连京·卡塔耶夫决定求助于“枪手”，并把这个想法告诉了伊利亚·伊里夫和弟弟叶甫盖尼·彼得罗夫。

“至于为什么会选择自己的好友和弟弟当我的‘枪手’？说老实话，我自己也解释不清。也许这就是我那出了名的直觉，我就像一条狗一样，他们两位的天赋还没有得到充分展现之前，就被我嗅到了……

“于是我告诉他们，我想写一部关于没落贵族在苏联国内寻宝的故事……两个年轻人饶有兴致地相互把对方从头到脚打量个遍。就像经典长篇小说里写的那样，他俩之间发生了电光石火般的反应。他们彼此友好地笑笑，同意了我的提议……”

小说的第一部分完稿时，瓦连京·卡塔耶夫的震惊是难以想象的。他怀着难以抑制的激动心情发现，自己的创意已经被彻底地改头换面，呈现在他面前的是一篇全新的小说。

“才读了十分钟，我就明白了，这两个‘枪手’不但完成了我布置的任务，故事情节的设计完全符合要求，主人公沃罗比亚尼诺夫的形象也分外鲜明，而且，他们还另外塑造了一个绝妙的形象——奥斯塔普·本德尔。如今，这个名字已经如雷贯耳了。”

至此，瓦连京 · 卡塔耶夫确认，伊里夫和彼得罗夫的确是两位天才。所以他当天就撤回了早先共同署名的建议。但是两位作者并没有就此忘了他，所以尽管这本书被多次修改一版再版，扉页上始终保留着瓦连京 · 卡塔耶夫的名字。

不过瓦连京 · 卡塔耶夫本来就不是一个甘心寂寞的人，他没有就此"罢休"。他对两位年轻的作家提出了一个要求：拿到第一笔稿酬后，两人必须给他买一个纯金烟盒以示感谢。这个故事被瓦连京 · 卡塔耶夫详细记载在自传体小说《我的桂冠是镶钻的》中：

"他们中的一个，递给我一个沉甸甸的小礼品袋，扎着彩带的那种。我打开脆生生的包装纸，眼前顿时金光闪耀。里面是一个小巧的纯金烟盒，盒锁上是镶有绿松石的卡扣，但这个烟盒一看就不是男式的，而是女式的，也就是说，比正常的小了一倍。这两个小气鬼竟然舍不得给我买个男式的烟盒。

"'我们事先可没有说好，烟盒应该是什么规格的——男式的还是女式的。'为了避免争辩，我的朋友率先堵住了我的嘴。而我的小弟竟然仗着有亲属关系庇护，不无幽默地引用契诃夫《意见书》里的话调侃我：'给什么你就吃什么。'

"于是，我们的这宗交易就此画上了句号，接着我便拿着女式烟盒和他们一起去'大都会'酒店痛饮庆祝。"

白桦熊

2019 年 12 月，上海

12 стульев
Ильв и Петров

图书在版编目(CIP)数据

十二把椅子/(苏)伊里夫,(苏)彼得罗夫著;白桦熊译.—上海:上海译文出版社,2021.12
ISBN 978-7-5327-8887-3

Ⅰ.①十… Ⅱ.①伊… ②彼… ③白… Ⅲ.①长篇小说—苏联 Ⅳ.①I512.45

中国版本图书馆CIP数据核字(2021)第238728号

十二把椅子
[苏联]伊利亚·伊里夫　叶甫盖尼·彼得罗夫　著　白桦熊　译
责任编辑/刘晨　装帧设计/周伟伟

上海译文出版社有限公司出版、发行
网址:www.yiwen.com.cn
201101　上海市闵行区号景路159弄B座
上海盛通时代印刷有限公司印刷

开本889×1194　1/32　印张15.25　插页5　字数250,000
2022年4月第1版　2022年4月第1次印刷
印数:0,001—8,000册

ISBN 978-7-5327-8887-3/I·5496
定价:72.00元